ullstein

Das Buch

Der Frühling in Le Lavandou ist herrlich, und Leon genießt das südfranzösische Leben auf seinem Weinberg mit Isabelle. Doch so entspannt bleibt es nicht lange: Leon wird zu einer Obduktion gerufen. Der Tote wurde auf brutale Weise gefoltert, doch dank einer DNA-Spur gibt es schon bald einen Verdächtigen. Als jedoch eine weitere derart zugerichtete Leiche auftaucht, ist Leon nicht mehr derselben Meinung wie die Staatsanwaltschaft und begibt sich auf Spurensuche. Und er wird fündig: Als er ein 20 Jahre altes Grab öffnen lassen will, führt das fast zum Bruch mit Isabelle, doch er kann sich durchsetzen. Wenig später steht er vor einer schwierigen Entscheidung: Ist er wirklich auf der richtigen Fährte, oder verrennt er sich in eine Verschwörungstheorie über jahrzehntealte Machenschaften?

Der Autor

Remy Eyssen, geboren 1955 in Frankfurt am Main, arbeitete viele Jahre als Redakteur und freier Autor für Tageszeitungen und Magazine. Anfang der 90er Jahre entstand die erste Zusammenarbeit mit dem ZDF. Seitdem schreibt Eyssen erfolgreich Drehbücher für TV-Serien und Filme für alle großen deutschen Fernsehsender im Genre »Krimi und Thriller«.

Von Remy Eyssen sind in unserem Hause bereits erschienen:

Tödlicher Lavendel. Leon Ritters erster Fall
Schwarzer Lavendel. Leon Ritters zweiter Fall
Gefährlicher Lavendel. Leon Ritters dritter Fall
Das Grab unter Zedern. Leon Ritters vierter Fall
Mörderisches Lavandou. Leon Ritters fünfter Fall

REMY EYSSEN

GEFÄHRLICHER LAVENDEL

Kriminalroman

Ullstein

Besuchen Sie uns im Internet:
www.ullstein-buchverlage.de

MIX
Papier aus verantwortungsvollen Quellen
FSC® C083411
FSC www.fsc.org

Originalausgabe im Ullstein Taschenbuch
1. Auflage April 2017
5. Auflage 2020

Umschlaggestaltung: zero-media.net, München
Titelabbildung: mauritius images / age / © Jesús Nicolás Sánchez
Satz: LVD GmbH, Berlin
Gesetzt aus der Kepler Std
Druck und Bindearbeiten: CPI books GmbH, Leck
ISBN 978-3-548-28906-9

Meiner Frau und meiner Tochter.
Für ihre Geduld und ihren Rat.

PROLOG

Mittelmeer, Juli 1995

Das angeschlagene Fischerboot kämpfte gegen die Wellen, die sich wie wütende Raubtiere auf den Kutter stürzten. Es war stockdunkel, kalt, und der Sturm brüllte ohrenbetäubend. Nur gelegentlich rissen die Wolken auf und gaben den Vollmond frei, der mit fahlem Licht eine Szene wie aus Dantes Inferno beleuchtete. Die Menschen, die sich an Bord drängten, schrien auf, wenn das Wasser übers Deck schoss und gurgelnd im Niedergang verschwand, der zu dem altersschwachen Dieselmotor führte. Blass vor Angst saßen die Frauen in der Mitte auf den glitschigen Planken, umklammerten ihre Kinder und stützten sich gegenseitig, um nicht von Bord gespült zu werden. Die Schleuser hatten das Boot mit Flüchtlingen so überladen, dass es gefährlich tief im Wasser lag. Der Freibord ragte keinen halben Meter mehr aus der aufgewühlten See, und der Sturm schleuderte einen Wasserschwall nach dem anderen über Deck.

»Gott steh uns bei«, dachte der Mann. Er hatte sich an den Wanten festgeklammert, die den kurzen Mast des Fischerbootes stützten, an dem früher einmal die Netze heraufgezogen worden waren. Jetzt war der Mast verrottet und morsch, wie alles an diesem verdammten Boot. Der Wind war kalt, und der Mann fror erbärmlich in seiner nassen Kleidung.

»Warum sind wir immer noch nicht da? Wir sollten die Küste längst erreicht haben«, dachte er und starrte in die

Nacht, während immer neue Wellen heranrauschten. Drei Tage und drei Nächte waren sie bereits unterwegs. Dabei hatten die Schleuser versprochen, dass die Überfahrt keine 24 Stunden dauern würde. Drei Tage und drei Nächte voller Angst und Verzweiflung. Das Trinkwasser war längst aufgebraucht. Der Mann hatte gesehen, wie Flüchtlinge um die letzten Becher mit dem Messer gekämpft hatten.

Hauptsache, seine Frau und das Baby waren einigermaßen sicher, dachte er. In der Dunkelheit konnte er sie zwar nicht erkennen zwischen all den Menschen, aber er wusste, dass sie da waren und dass die Frauen sich gegenseitig halfen.

In diesem Moment war ein metallisches Knirschen aus dem Motorraum zu hören, und dann verstummte mit einem Schlag der Diesel. Für einen Augenblick war es so, als wäre das Herz des Bootes stehen geblieben. Die Menschen flüsterten ängstlich, und die Schleuser schrien Befehle. Taschenlampen wurden eingeschaltet. Aus der Luke zum Motorraum stemmte sich ein drahtiger Junge, keine zwanzig Jahre alt. Seine Hände waren schwarz vom Öl, an seiner Stirn klaffte eine Wunde, und Blut lief ihm über das Gesicht. Der Junge hielt einen rostigen Schraubenschlüssel in der Hand. Als er bedauernd den Kopf schüttelte, traf ihn der Fußtritt eines Schleusers, der eine *Kufiya*, das traditionelle arabische Tuch, um den Kopf geschlungen hatte. In der Hand hielt er eine Kalaschnikow. Der Junge verschwand erneut unter Deck.

Das aufgewühlte Meer spielte jetzt mit dem steuerlosen Fischerboot wie mit einem Korken. Das Schiff wurde angehoben, gedreht, geschoben, nur um im nächsten Augenblick wieder in ein Wellental abzusacken. Der Mann hörte

Frauen laut jammern, andere hockten auf allen vieren am Boden und kotzten sich die Seele aus dem Leib. Eine neue Welle ließ das Boot quer schlagen. Der nächste Brecher würde mit voller Wucht die Flanke des Schiffs treffen – das wäre das Ende. Die Menschen an Deck sahen die aufgewühlte See heranrollen und schrien. Sie drängten zur windabgewandten Seite des Bootes und brachten es in eine gefährliche Schieflage. In diesem Moment feuerte der Schleuser mit seiner Kalaschnikow über die Köpfe der Passagiere hinweg, die sich in Todesangst aufs Deck warfen. Das Boot pendelte zurück. Wasser schoss über die Reling. Die Welle riss die, die stehen geblieben waren, von den Füßen. Verzweifelt versuchten sie, sich irgendwo festzuklammern. Ein Passagier, der einen blauen Plastiksack im Arm hielt, wurde von der Welle wie Abfall über Bord gespült. Ohne einen Laut verschwand der Fremde im dunklen Meer. Niemand sah ihm nach.

Die letzte Welle hatte das Boot gedreht, und jetzt schob die Strömung es wieder in Fahrtrichtung. Doch ohne Motor war das überladene Schiff verloren. Sie würden alle sterben, dachte der Mann und verfluchte sich dafür, dass er seine Familie in so große Gefahr gebracht hatte.

Aus den Augenwinkeln sah der Mann, dass einer der Schleuser einem anderen etwas zurief. »Nur die *Kuffar!*«, verstand der Mann. Jetzt suchten sie also nach den Ungläubigen, den Christen. Für einen Moment hatte der Mann das Gefühl, ohnmächtig zu werden.

Der Schleuser stieß einem der Flüchtlinge den Lauf der Kalaschnikow in die Rippen. *»Bi smi llahi r-rahmani r-rahim …«*, begann der Schleuser, auf Arabisch aus dem Koran zu zitieren und fixierte mit lauerndem Blick sein Opfer. Der Flüchtling schaute sich verzweifelt zu den anderen um, alle wichen seinem Blick aus. Er kannte die arabischen Worte nicht, er konnte nicht die Eröffnungssure »Al-Fatiha« aus dem Koran rezitieren, denn er war Christ. Der Schleuser feuerte nur einen Schuss. Blut schoss aus der Kopfwunde des Flüchtlings, als er rückwärts über Bord ins Meer stürzte. *»Allahu Akbar!«*, sagte der Schleuser und richtete seine Waffe auf den nächsten Passagier.

Gleich würden die Schleuser auch vor ihm stehen, dachte der Mann. Sie würden ihn töten, so wie sie jetzt alle Christen auf diesem Boot töten und über Bord werfen würden. Der Mann flehte zu Gott, dass sie nur seine Frau nicht entdeckten. Dann stand der Schleuser vor ihm, sah ihm in die Augen und richtete den Lauf der Maschinenpistole auf seinen Kopf. Der Mann sah zum Himmel, wo jetzt die Sterne zu sehen waren, so endlos viele Sterne. Dann schloss er die Augen.

1. KAPITEL

21 Jahre später

Leon Ritter nahm die Abkürzung durch die Gärten. Er liebte den Weg zwischen den alten Mauern, wo sich die Smaragdeidechsen auf den Steinen sonnten. Es war erst März, aber trotzdem schon angenehm warm, und die Einheimischen prophezeiten einen heißen Sommer. Die ersten Touristen saßen vor den Cafés und Bistros in der Sonne. Alle Boutiquen, Souvenirshops und Restaurants hatten geöffnet. Die Saison begann vielversprechend, und trotzdem sahen die Bewohner von Le Lavandou argwöhnisch zum blassblauen provenzalischen Himmel hinauf. Es hatte seit Monaten nicht mehr geregnet. Und das Wetter, das die Feriengäste so genossen, bereitete den Menschen, die hier unten am Meer lebten, Sorge. Die Natur brauchte dringend Wasser.

Die Bäume hatten viel zu spät Blätter bekommen, und dort, wo um diese Zeit schon grüne Wiesen stehen sollten, war der Boden trocken und hart wie Beton. Die Oleandersträucher hatten bis jetzt nur vereinzelte Blüten getrieben, und bei den Mimosen, die um diese Zeit längst üppig blühen sollten, hatte es nur zu ein paar kleinen gelben Rispen gereicht. Es war eine Katastrophe. Schließlich begann die Saison jedes Jahr Ende März traditionell mit dem großen Blumenkorso. Ein überregionales Ereignis, zu dem viele Gäste erwartet wurden. Aber dieses Jahr stand es schlecht um das große Fest. Man würde die Blumen in Italien besorgen müssen, *quel dommage!* Nur der Ginster stand dicht und grün, und Leon musste sich bücken, wenn die Büsche mit den gelben Blüten von oben quer über seinen Weg wucherten.

Hinter den rotbraunen Dächern des kleinen Küstenortes glitzerte das Meer in der Morgensonne. Leon blieb einen Moment stehen, er atmete tief ein und hatte das Gefühl, dass er das Wasser riechen konnte. War er nicht genau deswegen hierhergekommen? Dr. Leon Ritter, erfolgreicher Rechtsmediziner an der Frankfurter Uniklinik, hatte eines Tages alles stehen und liegen lassen, um an die Klinik Saint-Sulpice zu wechseln. Ein Krankenhaus in der Provence, ausgerechnet. Nicht gerade das Sprungbrett zu einer großen Karriere. Doch für Leon war dieser Schritt viel mehr gewesen. Er war seine Rettung, sein Bruch mit der Vergangenheit, seine Flucht vor den schlimmen Erinnerungen, die ihn fast um den Verstand gebracht hatten.

Einige seiner Kollegen an der Uniklinik in Frankfurt hatten ihn gewarnt, er würde sich zu Tode langweilen – sie hatten keine Ahnung. Leon, Sohn eines deutschen Vaters und einer französischen Mutter, genoss das ruhige Leben des Südens. Beim Spaziergang durch die Gärten, dem morgendlichen *Café Crème* im Bistro, dem unvergleichlichen Blick über das Meer und zu den Inseln wusste Leon, dass er genau richtig entschieden hatte.

Heute war Samstag, und Leon nutzte den freien Tag, um sich im *Maison de la Presse* die *Frankfurter Allgemeine* und den lokalen *Var-Matin* zu kaufen. Zehn Minuten später hatte er sich in seinem Lieblingscafé niedergelassen. Das *Chez Miou* lag direkt am Bouleplatz. Unmittelbar dahinter führte die Uferpromenade vorbei, und danach kam nur noch die weitgeschwungene Bucht mit dem breiten Sandstrand, für den Le Lavandou so berühmt war.

Der Bouleplatz war das Informationszentrum des Ortes. Ob jemand schwanger, pleite oder krank war, die Spieler am Quai Gabriel Péri wussten immer zuerst Bescheid. Beim Boule wurde über die heimlichen Amouren des Bürgermeisters genauso offen diskutiert wie über die Wettleidenschaft des Apothekers oder das Alkoholproblem des Priesters. Hier am Bouleplatz gab es Ratschläge zu jeder Lebenslage, dazu noch Tipps für günstige Immobilien oder Handwerkerarbeiten, die natürlich nur schwarz vermittelt wurden. Ganz nebenbei gab es im *Miou* den besten *Café Crème* im Ort, und gelegentlich wurde auch Boule gespielt.

Leon hatte sich an einem der Tische unter den Platanen niedergelassen und die Zeitung aufgeschlagen. Yolande, die Frau von Jérémy, dem Besitzer des *Miou*, kam betont langsam zu Leon herüber. Dabei blieb sie zwischendurch stehen und tat so, als müsste sie sich ein paar Krümel von ihrem engen Strickjäckchen wischen, das sich gefährlich knapp über ihrer üppigen Oberweite spannte. Dabei achtete sie darauf, dass der *Docteur* aus Deutschland ihre Schokoladenseite zu sehen bekam.

»*Bonjour, Docteur*«, begrüßte Yolande ihren Gast.

»*Bonjour, Madame*«, antwortete Leon. »Einen Crème und ein Croissant, *s'il vous plaît.*«

»Sind Männer wirklich so verrückt?«, fragte Yolande und nickte in Richtung des *Var-Matin*, den Leon auf den Tisch gelegt hatte. Die Schlagzeile lautete: »*Juge Lambert – sur la course d'un amour fou?*« Der Richter, mit einer Geliebten durchgebrannt?

»Manche Frauen können Männer schon in Versuchung bringen«, antwortete Leon mit einem Lächeln. Und Yolande war nicht ganz sicher, ob das ein Kommentar zu Richter Lamberts vermeintlichem Seitensprung oder ein an sie gerichtetes Kompliment war.

Das Verschwinden von Richter Nicolas Lambert war seit Tagen Gesprächsthema Nummer eins in Le Lavandou. Der Jurist, der sich besonders für die Rechte von Flüchtlingen einsetzte, war vor fünf Tagen zu einem Vortrag an der Universität von Aix-en-Provence gefahren. Aber dort war er nie angekommen. Es fehlte jede Spur von ihm. Zunächst war ein Anschlag durch rechte Extremisten vermutet worden, aber entsprechende Bekennerschreiben blieben aus. Nicolas Lambert war am Nachmittag zu Hause aufgebrochen und seitdem verschwunden. Seine Frau hatte sich vor den neugierigen Reportern in ihre Villa am Meer zurückgezogen. Jetzt suchten die Journalisten verzweifelt nach Neuigkeiten zu diesem mysteriösen Fall. Vielleicht hatten sich deshalb in den letzten Tagen Hinweise verdichtet, die in eine ganz neue Richtung wiesen: Steckte der Richter in einer Midlife-Crisis und war mit einer Geliebten durchgebrannt?

»*Un amour fou*«, sagte Yolande und bekam einen verträumten Blick, »wie romantisch.«

»Unsinn, es geht um Sex. Es geht immer nur um Sex.« Véronique stand am Tresen und hielt einen Espresso in der Hand. Véronique war 83 Jahre alt und nach Meinung von Leon die beste Boulespielerin des Départements. In ihrem Mundwinkel glimmte die obligatorische Gauloise, die Véronique auch dann nicht ausmachte, wenn sie Jérémys Café betrat. »*Mon Dieu*«, sagte Véronique, »bei den Männern musst du doch nur die richtigen Knöpfe drücken, und schon verlieren sie den Verstand.«

»Drück mir bloß nicht auf meine Knöpfe«, rief Jean-

Claude, der in seinem Rollstuhl durch den Eingang kam und in einer dramatischen Geste beide Hände hob.

»An alten Männern bin ich nicht interessiert«, sagte Véronique. »Das solltest du inzwischen wissen.«

»Vorsicht, *Docteur*, jetzt sind Sie dran«, rief Jérémy von der Bar her und stellte den *Café Crème* und den Teller mit dem Croissant auf die Theke. »Wenn sie so redet, ist sie auf Männerjagd.«

»Vielleicht sind die beiden ja in einem diskreten Hotel. Und sie lieben sich, Tag und Nacht.« Bei dieser romantischen Vorstellung seufzte Yolande tief.

»Jetzt krieg dich mal wieder ein«, Jérémy schob das Tablett vor seine Frau. »Und bring dem *Docteur* seinen *Crème*.«

»Was heißt diskretes Hotel?«, sagte Jean-Claude. »Diesen Lambert zeigen sie doch ständig im Fernsehen. Der kann sich nicht verstecken. Stimmt's, Leon?«

»Ich würde ihm jedenfalls wünschen, dass er mit einer schönen Frau unterwegs ist.«

»Wirklich?«

»Unser *Docteur* ist ein Romantiker«, sagte Véronique zu Jean-Claude, »hast du das nicht gewusst?«

»Klingt nicht so, als würdest du an einen romantischen Liebesausflug glauben.« Jean-Claude versetzte seinem Rollstuhl einen Stoß und rollte näher an Leon heran.

»Ich versuche nur, mir nicht die Alternative vorstellen zu müssen«, sagte Leon, während Yolande ihm das Frühstück brachte.

»Was wäre denn die Alternative?«, fragte Yolande.

»Dass er bereits tot ist.«

In diesem Moment summte Leons Handy. Er klopfte auf die Taschen seines Leinensakkos, konnte das Gerät aber nicht ertasten. Dann sah er das Telefon unter der Zeitung auf dem Tisch liegen. Er warf einen Blick auf das Display. »Dr. Menez« stand da. Leon schaltete das Telefon ein.

»Ritter«, meldete sich Leon. Doktor Menez war der Leiter der Unfallchirurgie in Saint-Sulpice. Wenn der Arzt ihn an einem Samstagvormittag anrief, musste er gute Gründe haben.

»Tut mir leid, ich hoffe, ich habe Sie nicht gestört«, sagte Menez.

»Na ja«, sagte Leon. »Ich sitze gerade bei einem *Café Crème* in der Sonne am Meer und lese gemütlich meine Zeitung.«

»Ja, also …«, er räusperte sich. »Ich bin in der Klinik. Und es gibt da ein Problem, *Docteur*, bei dem ich Ihren fachlichen Rat brauchen könnte.«

»Am Telefon?«

»Nein, Sie müssten bitte hierherkommen.«

»Worum geht es denn?«

»Am besten, Sie machen sich selber ein Bild von der Patientin«, sagte Menez.

»Na gut. Ich kann in einer halben Stunde bei Ihnen sein«, sagte Leon und legte auf.

2. KAPITEL

»Was wissen die schon wieder, das wir nicht wissen, *merde!*«, Thierry Zerna knallte die Zeitung auf den Tisch. Der Chef der *Gendarmerie Nationale* sah lauernd in die Runde seiner Mitarbeiter. Betretenes Schweigen. Im engen Besprechungsraum war es heiß und stickig.

»Die Typen vom *Var-Matin*, die saugen sich so einen Scheiß aus den Fingern«, sagte Lieutenant Masclau. »Das bedeutet gar nichts.«

»Gar nichts? Ich bin heute Morgen um Viertel nach sieben vom Staatsanwalt angerufen worden. Der wollte den Namen der Geliebten von mir hören.« Zerna war sauer. Wenn es darum ging, die Lorbeeren zu kassieren, standen Kripo und Staatsanwaltschaft in Toulon immer in der ersten Reihe. Aber kaum gab es irgendein Problem bei den Ermittlungen, dann wurde die *Gendarmerie Nationale* dafür verantwortlich gemacht.

»Wir haben bereits mit allen in Frage kommenden Personen gesprochen«, sagte Lieutenant Begot. »Die Aussagen liegen Ihnen vor in den Anhängen 16, 25 und …«

»Ja, ja, ja«, unterbrach Zerna und winkte ärgerlich ab, »hab ich gelesen.«

Pascal Begot war ein unerträglicher Klugscheißer, der für drei Monate bei der *Gendarmerie* in Le Lavandou mitarbeitete. Ein Neffe des Kripochefs in Toulon, der Polizeiarbeit und polizeiliche Strukturen im »ländlichen Bereich«

kennenlernen sollte, wie es in dem Schreiben an Zerna hieß. Im Klartext: Pascal Begot sollte sich ein paar schöne Wochen in Le Lavandou machen, bevor er von seinem Onkel auf eine prestigeträchtige Stelle bei der Kripo gesetzt wurde. Ein Punkt, der *Commandant* Zerna ganz besonders schmerzte, denn er spekulierte seit Jahren auf einen Job bei der Kriminalpolizei in Toulon, bisher vergeblich.

»Ein Tipp aus der Praxis, Lieutenant: Es gibt immer irgendwo irgendjemanden, mit dem man noch nicht gesprochen hat.« Zerna lächelte mit falscher Liebenswürdigkeit und sah seine Stellvertreterin *Capitaine* Isabelle Morell an, die neben ihm saß. Isabelle war eine attraktive Person. Ein Stückchen größer als Zerna, was der Polizeichef aber nicht als Hindernis ansah, im Gegenteil. Isabelle war dunkelhaarig und strahlte mit ihrem schmalen Gesicht und den hohen Wangenknochen eine gewisse Exotik aus. Und sie war geschieden. Aber dummerweise war sie an Zerna nicht im Geringsten interessiert.

Isabelle hatte längst bemerkt, wie bei Zerna die kleine Ader an der linken Schläfe anschwoll. Ein sicheres Zeichen dafür, dass einer seiner berüchtigten Wutanfälle bevorstand.

»Ich habe den Artikel auch gelesen, *Patron*. Reine Spekulation, wenn Sie mich fragen«, sagte sie.

»Und die Blumen?«, Zerna zog sich die Zeitung heran, die auf dem Besprechungstisch lag. »Hier«, er tippte auf den Artikel und las vor, »... erinnert sich Blumenhändlerin Monique Jospin (36), dem verschwundenen Richter zur fraglichen Zeit einen Strauß Mimosen verkauft zu haben ...« Zerna sah seine Stellvertreterin vorwurfsvoll an und hielt die offenen Hände vor sich wie Christus vor seinen Jüngern. »Und wir, wir stehen da wie die Trottel.«

Commandant Thierry Zerna befürchtete ständig, dass er nicht mit dem angemessenen Respekt behandelt wurde, nicht von seinem Team und schon gar nicht von den Beamten der Kriminalpolizei in Toulon. Das lag nicht nur daran, dass er knapp 1,72 Meter groß war, was er durch Cowboystiefel mit besonders hohen Absätzen zu kompensieren versuchte. Zerna hatte einen Minderwertigkeitskomplex, gegen den er mit ständig neuen Bodybuilding-Programmen ankämpfte. Dass Isabelle seine Annährungsversuche geflissentlich übersah, nahm er inzwischen als Schicksal hin. Aber warum sie sich statt für ihn für diesen Rechtsmediziner aus Deutschland entschieden hatte, blieb ihm ein Rätsel.

»Ich habe bereits mit Madame Jospin telefoniert«, sagte Isabelle beschwichtigend. »Richter Lambert hat öfter Blumen bei ihr gekauft. Und die waren jedes Mal für seine Frau. Ob er allerdings an dem fraglichen Tag Blumen gekauft hat, daran konnte sie sich nicht mehr erinnern.«

»Hier erzählt sie aber was ganz anderes.« Zerna tippte ungeduldig auf den Artikel.

»Sie sagt, die Leute von der Zeitung hätten ihr das in den Mund gelegt«, antwortete Isabelle. »Auf der anderen Seite«, sie warf einen Blick auf das Foto in der Zeitung, »Richter Lambert ist ein attraktiver Mann und im besten Alter.«

»Was wollen Sie damit sagen?«, fragte Zerna.

»Es würde mich nicht überraschen, wenn er tatsächlich eine Geliebte hätte.«

»Na, sehr gut, dann finden Sie das heraus.« Zerna sah seine Mitarbeiter herausfordernd an.

»Zwischen hier und Aix liegen mehr als 100 Kilometer«, meinte Masclau.

»Genau 121 Kilometer«, korrigierte Begot, dessen Uniform aussah, als hätte er sie gerade aus der Reinigung geholt.

»*Voilà*, dann legen Sie gleich mal los, Begot«, sagte Zerna zu dem Praktikanten, der ihn irritiert ansah.

»Aber wie soll ich …«, Begot blickte hilflos zu Isabelle.

»Lambert fährt einen weißen BMW X4. Das ist ein ziemlich auffälliges Auto«, sagte die stellvertretende Polizeichefin. »Vielleicht steht der Wagen ja öfter vor einem fremden Haus und ist jemandem aufgefallen. Vielleicht hat Lambert mal ein Ticket wegen Falschparkens bekommen. Oder für zu schnelles Fahren. Wenn ja, wo war das? Alles könnte ein Hinweis sein.«

»Aber vielleicht steht Lambert ja auch am Montag wieder in Toulon im Gericht«, sagte Zerna, der es nicht schätzte, wenn jemand anderer als er selbst Ideen entwickelte. »Vielleicht hatte er ja einfach nur die Schnauze voll von Job und Familie und hat sich eine kurze Auszeit gegönnt.« Zerna sah in die Runde. »Dann möchte ich nicht zu denen gehören, die seine Geliebte haben auffliegen lassen.«

»Und wenn es doch eine Entführung war?«, fragte Isabelle.

»Bringen Sie mir einen Hinweis, dass wir es mit einem Verbrechen zu tun haben«, sagte Zerna, »und ich setze die ganze Kavallerie in Gang. Aber bis dahin bleiben wir diskret und ermitteln im Hintergrund. Genau so, wie das Justizministerium es wünscht. Sonst noch was?«

»Die Leute vom Festkomitee wollten mit uns die neue Route für den Umzug besprechen«, sagte Masclau.

»Bitte, Masclau, wir haben jetzt wirklich andere Probleme als den verdammten Blumenkorso«, blaffte Zerna.

Wenige Minuten später saß Isabelle in ihrem Büro. Es hatte sie einen Anruf bei der *Gendarmerie Municipale* gekostet, und sie wusste, dass sie bei der Idee mit den Strafzetteln nicht weiterkam. Nicolas Lambert schien nicht nur ein braver Familienvater, sondern auch ein vorbildlicher Verkehrsteilnehmer zu sein. Es gab nur einen einzigen Eintrag im Polizeicomputer: Der Richter hatte letztes Jahr vergessen, die obligatorische Versicherungsmarke hinter seine Windschutzscheibe zu kleben.

Es klopfte, und Moma stand schon in der Tür, bevor Isabelle »*Entrez*« gesagt hatte.

»Da will dich jemand sprechen. Hast du einen Moment?«, fragte er.

Lieutenant Mohammad Kadir, von allen Moma genannt, hatte algerische Eltern. Geboren war er allerdings in Marseille, und in seiner Seele war er französischer als die meisten Franzosen.

»Du weißt doch selber, was hier los ist«, sagte Isabelle.

Moma hielt die Tür nur einen Spaltbreit geöffnet und sah über seine Schulter, so als wollte er einen ungebetenen Gast zurückhalten.

»Madame Simon will dich sprechen, sie hat gesagt, es wäre dringend.«

»Ich weiß schon, der Blumenkorso«, seufzte Isabelle genervt. »Sag ihr, sie soll morgen früh vorbeikommen. So gegen neun Uhr.«

In diesem Moment drängte eine Frau an Moma vorbei, die sich ihre Sonnenbrille in die blonden Haare geschoben hatte. Josette Simon, Leiterin des Fremdenverkehrsamtes, war 34 Jahre alt und eine äußerst attraktive Erscheinung. Sie trug eine blassblaue Bluse, auf deren Brusttasche das Signet von Le Lavandou eingestickt war, die beiden Walfluken. Darüber hatte sie eine blaue Strickjacke gezogen. Der beigefarbene Rock und die Pumps zeigten den Geschmack einer Frau, die wusste, wie man sich elegant kleidete, ohne aufdringlich zu wirken.

»Verzeihen Sie bitte, wenn ich hier so hereinplatze, *Capitaine* Morell, aber ich würde Sie gerne sprechen.« Sie sah Isabelle an und machte eine kleine Bewegung mit den Augen in Richtung Moma. Ein kurzer Moment des Schweigens entstand, in dem die Besucherin ihren Mut zu verlieren schien. »Ich kann natürlich auch später ... ich meine, wenn Sie jetzt keine Zeit ...«

»Nein, bitte bleiben Sie«, Isabelle spürte sofort, dass es etwas gab, was die sonst so selbstbewusst auftretende Frau ernsthaft beunruhigte.

»Wollen Sie einen Kaffee, Madame Simon, ich brauche nämlich dringend einen.«

»Danke, gerne«, antwortete die Besucherin. »Sehr nett von Ihnen.«

»Könntest du uns bitte zwei Kaffee holen, Moma?«, sagte Isabelle.

»Versteh schon, geht klar.« Moma schloss die Tür und verschwand.

»Bitte«, sagte Isabelle und wies auf den Besucherstuhl. »Setzen Sie sich doch.«

»Es gibt da etwas, das ich Ihnen sagen möchte ...« Madame Simon sah den *Var-Matin* auf Isabelles Schreibtisch liegen und zögerte. »Ich sehe, Sie haben die Zeitung schon gelesen.«

Isabelle beobachtete die Besucherin. Madame Simon hatte ihre Sonnenbrille abgenommen und hielt sie mit beiden Händen fest. Dabei wich sie Isabelles Blick aus.

»Hat es mit Monsieur Lambert zu tun?«, fragte Isabelle mit Blick zur Zeitung.

Josette Simon nickte, schwieg aber.

»Bitte, Madame Simon, wenn Sie irgendetwas wissen, das uns helfen kann?«

»Ich möchte auf keinen Fall, dass irgendjemand …« Sie unterbrach sich erneut.

»Wir behandeln alle Informationen mit absoluter Diskretion.«

»Monsieur Lambert und ich, wir …«, die blonde Frau räusperte sich und konnte nicht weitersprechen.

Isabelle sah ihre Besucherin an. In diesem Moment brachte Moma ein Tablett mit zwei Tassen Kaffee, das er vor Isabelle auf den Schreibtisch stellte.

»Danke, Moma«, sagte Isabelle, und der Lieutenant verließ den Raum. »Bitte, bedienen Sie sich.« Isabelle schob das Tablett zu ihrer Besucherin hin.

»Wie lange geht die Affäre mit Monsieur Lambert schon?«, fragte sie ganz unverblümt, als wäre das Verhältnis allgemein bekannt.

Madame Simon zuckte zusammen, als hätte sie ein kleiner Stromschlag getroffen. Sie sah einen Augenblick zur Tür, dann zurück zu Isabelle.

»Seit vergangenen Silvester«, sagte sie dann leise. »Seit dem großen Empfang im Rathaus.«

»Wann haben Sie den Richter zum letzten Mal gesehen?«

»Das war letzte Woche. Er schaute bei der Besprechung zum Blumenkorso bei mir vorbei. Nicolas, ich meine Monsieur Lambert, er ist mit im Förderverein.«

»Ja, ich weiß, ich habe Monsieur Lambert dort auch schon getroffen«, sagte Isabelle. »Und was war vergangenen Montag? Haben Sie ihn da auch gesehen?«

Madame Simon schüttelte den Kopf. »Er wollte mich eigentlich abholen. Wir wollten zusammen nach Aix fahren, am Nachmittag. Aber er ist nicht gekommen.«

»Und da haben Sie sich nicht gewundert?«

»Doch, natürlich. Aber ich dachte, dass es Probleme mit seiner Frau gegeben hat. Sie ist sehr eifersüchtig. Ich wollte ihn nicht noch zusätzlich in Schwierigkeiten bringen.«

»Sie haben ihn gar nicht angerufen?«

Madame Simon schien einen Moment mit der Antwort zu ringen. »Doch, einmal, das war so gegen 19 Uhr.«

»Ist er rangegangen?«, fragte Isabelle.

»Ich weiß es nicht«, sagte Josette Simon. Isabelle sah sie irritiert an. »Ich meine: Der Anruf wurde entgegengenommen, aber es hat sich niemand gemeldet.«

»Sind Sie sicher?«

»Ich habe gehört, wie jemand geatmet hat.« Sie sah Isabelle unglücklich an.

»Das war aber nicht alles, oder?«

Madame Simon zuckte hilflos mit den Schultern. »Ich glaube, ich habe noch etwas gehört. Es klang wie ein Stöhnen. So, als ob jemand große Schmerzen erleidet.«

Isabelle schaute die Frau prüfend an.

»Vielleicht habe ich mir das auch nur eingebildet. Ich war aufgeregt, ich ... Wem hätte ich denn davon erzählen sollen?« Die Besucherin klang verzweifelt.

»Ist schon in Ordnung, *Madame*. Jetzt haben Sie es ja mir gesagt. Aber Sie müssen das auch dem Staatsanwalt erzählen.«

»Nicolas hätte sich nie so einfach abgesetzt, wie die im Fernsehen behaupten. Er hat mir noch gesagt, dass er nicht viel Zeit hat, weil er am Montag einen dringenden Termin beim Staatsanwalt hat.«

Madame Simon schluchzte und vergrub ihr Gesicht in den Händen.

3. KAPITEL

Leon hatte nur zwanzig Minuten von Le Lavandou zur Klinik Saint-Sulpice bei Hyères gebraucht. Er stellte seinen dunkelblauen Peugeot Cabriolet Baujahr 1993 auf dem Parkplatz für die Mitarbeiter ab, wo der Klassiker zwischen all den brandneuen BMWs, Peugeots und Citroëns wie ein Denkmal aus einer anderen Zeit wirkte.

Leon lief zum Haupteingang der Klinik, die erst vor wenigen Jahren durch einen modernen Anbau vergrößert worden war. Dabei hatte Klinikchef Dr. Hugo Bayet nicht nur auf einem Hubschrauberlandeplatz für Notfallpatienten, sondern auch auf einer eigenen Rechtsmedizin bestanden. Normalerweise leisteten sich nur große städtische Kliniken, die mit Universitäten verbunden waren, solche Abteilungen. Aber Dr. Bayet verfügte über ausgezeichnete Kontakte zum Präfekten des Départements und über noch bessere Kontakte nach Paris. Und eine eigene rechtsmedizinische Abteilung, so hatte Dr. Bayet gehofft, dazu noch unter der Leitung eines renommierten Pathologen, würde ihn seinem Traum von einem Lehrstuhl an der Medizinischen Universität von Marseille näherbringen. Doch der Klinikleiter wartete noch immer auf seine Professur. Was unter anderem daran lag, dass Dr. Leon Ritter äußerst eigenwillige Methoden an den Tag legte, wenn es um die Forensik ging. Dabei schreckte der Rechtsmediziner aus Deutschland auch nicht davor zurück, sich mit der einflussreichen Staatsanwaltschaft von Toulon anzulegen.

Leon ging auf den gläsernen Eingang der Klinik zu. Um diese Jahreszeit war es noch ruhig in Saint-Sulpice, und auch für den *Médecin Légiste*, den Rechtsmediziner, gab es nicht viel zu tun. Das würde sich in den kommenden Monaten ändern, wenn Le Lavandou und Umgebung von Tausenden von Touristen gestürmt wurde. Dann nahm auch die Zahl der tödlichen Autounfälle wieder zu, oder die Besucher brachten sich durch Leichtsinn, Alkohol oder einfach nur durch eine ungesunde Lebensweise um.

Schwester Monique kam Leon bereits entgegen, als er die Eingangshalle der Klinik betrat.

»*Bonjour, Docteur*«, sagte sie aufgekratzt, denn sie verehrte den Arzt aus Deutschland, was sie aber niemals zugegeben hätte. »Dr. Menez erwartet Sie oben auf der Unfallstation. Er hat schon dreimal angerufen.«

»Dann muss ich mich wohl beeilen, damit ich keinen Ärger bekomme.« Leon lächelte Monique an.

»Aber *Docteur*, er wartet bestimmt gerne auf Sie!« Sie sah ihren Lieblingsarzt mit verschwörerischer Miene an. »Es geht um eine Patientin. Sie wurde überfallen. Schlimm.«

»Wie immer hervorragend informiert, Schwester Monique«, sagte Leon.

»Die Treppe wird heute abgeschliffen. Sie müssen also den Lift nehmen oder über das Rückgebäude nach oben gehen.«

Leon nahm immer die Treppe. Er redete sich ein, dass er auf diese Weise etwas für seine Kondition tat. In Wirklichkeit hasste er enge, geschlossene Räume. Und mit anderen Menschen dicht an dicht in einer Sardinenbüchse zu stehen und auf die Stockwerksanzeige zu glotzen, war für ihn ein Alptraum. Aber heute war die Klinik kaum besucht, und der Lift wartete einladend, leer und mit geöffneten Türen. Leon stieg ein und drückte auf den Knopf für die vierte Etage, als sich noch eine Klinikmitarbeiterin hineindrängte.

»*Bonjour, Docteur*«, sagte die Frau höflich, die eine orangefarbene Signalweste über der weißen Klinikkleidung trug.

Leon war der Frau schon ein paarmal begegnet. Carole Abadie war eine etwas ruppige, aber freundliche Unfallsanitäterin, die den Krankenwagen fuhr. Gelegentlich war sie auch schon in der Rechtsmedizin vorbeigekommen. Sie trug ihr Haar kurz geschnitten und leuchtend rot gefärbt, was in einem irritierenden Kontrast zur Farbe der Signalweste stand.

Die Türen schlossen sich, und der Aufzug summte nach oben. Zwei Personen hatten reichlich Platz in dem Lift, trotzdem fühlte Leon sich beengt. In diesem Moment ruckelte die Kabine und blieb stehen. Auf der Anzeige leuchtete die »3«, aber die Türen blieben geschlossen.

Die Panik kam ganz plötzlich und überrollte Leon wie eine dunkle Welle. Er ballte die Hände zu Fäusten und versuchte, jeden Gedanken über seine Situation zu verdrängen: Das war ein ganz normaler Lift, gleich würde sich die Tür öffnen, und sie wären da. Nein, sagte eine andere Stimme in ihm, wir hängen fest, und keiner kann uns helfen. Und wenn die Bremsen nicht halten, dann geht es gleich fünfzehn Meter nach unten. Leon spürte, wie ihm der Schweiß ausbrach. Madame Abadie sah besorgt in seine Richtung.

»Es geht bestimmt gleich weiter. Das sind nur die Leute

von der Inspektion, die überprüfen die Funktionen«, versuchte sie, Leon zu beruhigen.

Leon winkte ab. In diesem Moment war er nicht in der Stimmung für Small Talk. Er war mit dem Bekämpfen seiner Panik beschäftigt.

»Sie müssen schön atmen«, sagte die Frau im leutseligen Tonfall aller Krankenschwestern. »Ruhig und gleichmäßig atmen: ein und wieder aus.«

»Danke, ich bin selber Arzt«, presste Leon heraus, und es klang ruppiger, als er beabsichtigt hatte.

Madame Abadie sah betreten zu Boden. Leon musste sich festhalten. Er merkte, wie ihm schwindlig wurde. Gleich würde er in diesem Lift, vor dieser Schwester ohnmächtig zusammensinken. Die gesamte Klinik würde darüber reden.

»Nimm dich zusammen«, beschwor sich Leon. »Das ist nur ein Lift. Immer schön ein- und ausatmen.«

In diesem Moment tat es einen Ruck, und die Kabine fuhr wieder an. Leon spürte, wie ihn die Angst verließ. Sekunden später öffneten sich die Türen im vierten Stock. Erleichtert ging Leon zum Ärztezimmer, wo ihn Dr. Menez erwartete.

»*Bonjour, Docteur*«, sagte Leon.

»Danke, dass Sie kommen konnten«, antwortete Dr. Menez. »Die Patientin heißt Nathalie Leclerc, ist 25 und kam heute Nacht hierher. Ein Mann hat sie mit einem Messer verletzt und versucht, sie zu vergewaltigen. Sie ist noch ziemlich traumatisiert.«

»Liegt sie hier auf der Station?«, fragte Leon.

»Gleich vorne im Gang links«, antwortete Dr. Menez. Er deutete auf den Tisch, auf dem ein frischgebügelter Ärztekittel lag. »Ich denke, das ist Ihre Größe.«

Ein paar Minuten später stand Leon, zusammen mit Dr. Menez und einer Schwester, im Zimmer von Nathalie Leclerc. Die blonde junge Frau lag im Bett. Leon fiel auf, wie attraktiv die Patientin war, obwohl sie in diesem Moment erschöpft wirkte. Sie hatte Schatten unter den Augen, und Leon konnte am ausgeprägten Ellenbogen und den schmalen Schultern erkennen, dass sie untergewichtig war. Vielleicht magersüchtig, dachte er. Von dem Infusionstropf führte ein Schlauch zu einem Zugang im rechten Arm.

»Das ist der Kollege von der Rechtsmedizin, von dem ich erzählt habe. Er würde sich jetzt gerne Ihre Verletzungen ansehen, wegen der Anzeige«, klärte Dr. Menez seine Patientin auf.

»Natürlich nur, wenn Sie damit einverstanden sind«, ergänzte Leon.

Die junge Frau nickte. »Er hat mich geschnitten, mit einem Messer«, sagte sie leise, und bei der Erinnerung lief eine Träne aus ihrem Auge. »Es war ... es war schlimm.«

»Diese Schnitte würde ich mir gerne ansehen«, sagte Leon freundlich. »Ist das in Ordnung?«

Die junge Frau nickte. »Ja«, sagte sie mit einer Stimme, in der man die Tränen hören konnte. »Es ist an den Beinen und an meinem Arm. Hier ...« Als sie mit der rechten Hand den Ärmel ihres Klinikkittels hochschieben wollte, stoppte die Infusionsleitung ihre Bewegung.

»Lassen Sie nur, wir machen das schon«, sagte Leon und schob den Ärmel herauf. »Helfen Sie mir bitte mal«, wandte er sich an die Schwester.

Am Oberarm waren ein Hämatom zu sehen und drei Schnitte. Leon fiel auf, dass die Wunden nicht tief waren. Vielleicht hatte der Täter unter Stress gestanden, oder er wollte die Frau mit den Schnitten nur gefügig machen. Aber warum hatte er sie dann nicht vergewaltigt?

Die beiden Schnitte an den Innenseiten des linken Oberschenkels waren tiefer als die am Arm. Auch hier gab es blaue Flecken wie von Schlägen. Und auch hier hatte die Klinge die Epidermis nicht vollständig durchdrungen. Die Wundränder waren glatt, gerade und gleichmäßig. Ein Zeichen, dass der Täter ein sehr scharfes Messer benutzt haben musste, dachte Leon. Scharf und kurz, vielleicht ein Teppichmesser.

»Haben Sie das Messer sehen können?«, fragte er die Patientin.

»Nein, es war ja dunkel. Ich habe nur seine Augen gesehen, als er mich durch diese Maske angeschaut hat.«

»Er trug eine Maske?«

»Ja, so ein schwarzes Ding, wie in den Filmen.«

»Haben Sie sich gewehrt?«, fragte Leon.

Sie wich seinem Blick aus und schüttelte den Kopf. »Es ging alles so schnell. Er hat mich von hinten gepackt und auf den Boden gezogen. Dann hat er gedroht, dass er mich umbringt, wenn ich nicht mit ihm ...« Sie presste die Lippen zusammen, und wieder quollen ihr Tränen aus den Augen.

»Schon gut«, sagte Leon und inspizierte den Oberschenkel.

»Ich hab die Augen zugemacht und gebetet, dass es schnell vorbeigeht. Ich hatte wahnsinnige Angst«, sagte die Frau. »Darum habe ich mich nicht gewehrt.«

»Sie müssen sich nicht entschuldigen. Sie haben alles richtig gemacht«, beruhigte Leon die junge Patientin. Dann nahm er die Lupe, die Dr. Menez ihm reichte. Die Verletzungen am rechten Oberschenkel waren nur oberflächlich und sahen eher wie zwei Kratzer aus. Auf dieser Seite gab es auch keine blauen Flecken. Leon nickte seinem Kollegen zu.

»Sie können sie jetzt wieder verbinden«, sagte Dr. Menez zu der Schwester.

»Bitte warten Sie noch mit dem Verbinden«, sagte Leon zur Schwester. »Wir müssten die Verletzungen gleich noch mit der Kamera dokumentieren, und wir werden versuchen, DNA-Spuren zu sichern.«

»Ja natürlich«, sagte die Schwester.

»Muss das genäht werden?« Die junge Frau klang ängstlich.

»Nur der eine Schnitt am linken Oberschenkel«, antwortete Dr. Menez. »Das sind aber nur zwei kleine Stiche. Wir betäuben das vorher. Da werden Sie überhaupt nichts spüren. Die anderen Verletzungen sind zum Glück nicht so tief. Die können wir mit einem speziellen Pflaster kleben.« Dr. Menez zog die Decke wieder über die Beine der Patientin. »Und seien Sie unbesorgt. Es werden keine Narben zurückbleiben.«

»Wie hat er Sie festgehalten?«, fragte Leon die junge Frau.

»Was, was meinen Sie?« Sie klang überrascht.

»Der Täter. Sie haben doch gesagt, er hätte Sie zu Boden gerissen. Wie hat er Sie dann festgehalten?«

Die junge Frau zögerte einen Moment. Die Frage schien sie zu verunsichern. »Na ja, mit den Händen, das heißt ...«, sie überlegte einen Moment. »Er hat mich auf den Rücken geworfen, und dann hat er sich auf mich gesetzt und mich festgehalten. Also mit der einen Hand, in der anderen hatte er ja das Messer.«

»Warum hat der Mann aufgehört?«, fragte Leon.

»Ich verstehe nicht«, antwortete die Frau.

»Sie sagten, er wollte Sie vergewaltigen, aber dann sei er weggelaufen, oder?« Leon sah die Patientin an. Sie wirkte jetzt verunsichert. Hatte seine einfache Frage sie aus dem Konzept gebracht, oder hatte sie ihnen nicht die ganze Geschichte erzählt?

»Warum ist der Täter weggelaufen?«, fragte Leon erneut.

»Da kam ein Auto. Es hat ganz in der Nähe gehalten, und es waren auch Stimmen zu hören. Da ist er plötzlich aufgestanden und weggelaufen.«

»Dann hatten Sie aber wirklich Glück«, sagte Leon. »So, das war's schon.« Er hielt der Patientin die Hand hin.

»Vielen, vielen Dank, *Docteur*«, sagte die junge Frau und hielt Leons Hand länger, als es notwendig gewesen wäre.

»Sie sollten sich in den nächsten Tagen ausruhen. Besser, Sie sind nicht alleine.« Leon wechselte einen kurzen Blick mit Dr. Menez.

»Ich wohne zurzeit bei meiner Mutter. Sie hat eine Villa bei Cavalière, gleich am Meer.«

»Das ist bestimmt ein guter Platz, um sich zu erholen«, sagte Leon. »Passen Sie gut auf sich auf.«

»Nathalie«, sagte sie. »Ich heiße Nathalie.«

»Wiedersehen, Nathalie«, sagte Leon und dann zu Dr. Menez: »Von mir aus können wir.«

»Ich schaue in einer Viertelstunde noch einmal nach Ihnen«, sagte Dr. Menez zu der Patientin. »Bis dahin ist die Infusion durch.«

Die Ärzte gingen zusammen den Flur hinauf. Dann blieb Dr. Menez stehen.

»Also, was denken Sie?«

»Ich denke, dass wir keine Spuren von dem Unbekannten mit dem Messer finden.«

»Sie haben Zweifel an der Geschichte?«

»Schwer zu sagen. Aber sie hat sich auf keinen Fall so zugetragen, wie sie es beschrieben hat.«

»Aber die Patientin hat Schnittverletzungen. Und sie ist eindeutig traumatisiert. Und die Hämatome an Armen und Beinen sind doch eindeutig.«

»Da kann sie sich auch irgendwo gestoßen haben. Magersüchtige Menschen ziehen sich schneller Hämatome zu als normalgewichtige. Das liegt am Mangel an Unterhautfett, die feinen Blutgefäße werden leichter gequetscht.«

»Wir wissen nicht, ob sie unter Essstörungen leidet.«

»Ist nur so ein Gefühl«, sagte Leon. »Ist Ihnen die Richtung der Schnitte aufgefallen?«, fragte Leon.

»Was meinen Sie?«

»Am linken Arm: Das Messer wurde seitlich, außen angesetzt und dann nach innen gezogen. Genauso am linken Bein. Kleine Schnitte, nicht besonders tief.«

»Und was schließen Sie daraus?«

»Es sind genau die Stellen, die man erreichen würde, wenn man ein kurzes, scharfes Messer in seiner rechten Hand hielte.«

»Sie meinen, sie hat sich selber verletzt?«, fragte Dr. Menez.

»Ich glaube nur nicht an den großen Unbekannten mit dem Messer«, sagte Leon. »Ich werde mir später noch die Fotos ansehen.«

»Welche Frau würde sich mit dem Messer verletzen und erzählen, dass sie beinahe vergewaltigt worden ist?«

»Eine Frau mit einer verletzten Persönlichkeit. Eine Frau, die auf sich aufmerksam machen will, die psychische Probleme hat.«

4. KAPITEL

Der Mann weinte. Nicht wegen der Schmerzen. Die Schmerzen machten ihn zwar beinahe wahnsinnig, aber sie bewiesen ihm auch, dass er noch lebte. Dass dies kein böser Traum war und dass dies auch nicht der Hades war, das Schattenreich tief unter der Erde, vor dem er sich als Kind immer gefürchtet hatte. Nein, er weinte wegen der Demütigung, die er in den letzten Tagen erfahren hatte. Wegen seiner absoluten Hilflosigkeit. Und weil dieser Teufel ihn an den Abgrund geführt hatte. Dorthin, wo er dachte, dass sich seine Seele befände. Aber da war nichts, nur schwarze Leere.

Und dann war da sein Körper, der ihn so jämmerlich im Stich gelassen hatte. Sein Körper, auf den er immer stolz gewesen war. Den er konsequent trainiert hatte, egal, wie sehr ihn sein Job als Richter forderte. Jeden Morgen zwanzig Minuten Joggen oder Schwimmen im Meer, je nach Jahreszeit. Das war sein eisernes Programm. Wenn er früher Zeitungsberichte gelesen hatte über Guantanamo oder die Kerker arabischer Terroristen, hatte er sich oft gefragt, wie es wohl wäre, gefoltert zu werden. Könnte man das aushalten? Könnte man seine Peiniger dadurch besänftigen, dass man ihnen freiwillig alles sagte, was sie hören wollten? Wäre man bereit, Frau und Kinder zu verraten, nur damit die Folterknechte von einem abließen? Oder würde man auf den Knien um Gnade flehen und ihnen Geld anbieten?

Aber so war es nicht. Der Mann hatte die bittere Erfahrung gemacht, dass sein Körper die entsetzlichen Torturen durchstand. Als würde der Überlebenswille gegen all die Grausamkeiten, die Schmerzen und Demütigungen immer wieder neu aufstehen. Ihn aus der Ohnmacht reißen, ihn zum Überleben zwingen.

Der Mann versuchte, ganz ruhig dazuliegen, auch die kleinste Bewegung jagte einen stechenden Schmerz durch seinen Körper. Wenn er die Augen öffnete, konnte er die verrosteten Rohre und den verbeulten Kupferkessel sehen. Aus den Rissen der schmutzigen Betonwand wucherte schwarzer Schimmel. Davor stand der Stuhl mit den Kabeln und den Metallklemmen, durch die der Teufel den Strom gejagt hatte. Das war der Moment gewesen, in dem er gedacht hatte, es wäre vorbei, als er geglaubt hatte, er würde sterben. Es war der Moment, als er nur noch schreien konnte und sehnsüchtig auf seinen Tod gewartet hatte. Als er gelernt hatte, dass er kein Held war. Er musste an die Actionfilme denken, die er so liebte. An den Moment, wenn man aus dem Kino kam und sich fühlte, als hätte man selber gerade die Welt gerettet, als wäre man stark und unverletzlich. An Augenblicke, in denen er sicher gewesen war, egal, wie sehr die Bösen einem zusetzten, niemals könnten sie seinen Stolz und seinen Willen brechen. Diesen innersten Kern, der die ganze Existenz zusammenhielt, das unspaltbare Atom der Seele.

Da hatte er sich noch eingebildet, dass er irgendwie durchkommen würde. Dass die Tortur irgendwann ein Ende fände. Dass er eines Tages wieder am Strand stehen würde und den Sand und das schäumende Meerwasser unter den Füßen fühlen könnte. Dass die Brüche und Wunden verheilen würden. Dass die Quetschungen abschwellen würden und die Verbrennungen eines Tages wieder verschwunden wären. Er hatte sein Geheimnis nicht preisgegeben. Aber dann hatte der Teufel den Schmerz tief in seinen Körper hineingetragen. Er hatte in ihm gewütet und getobt. Hatte ihn entlanggeschickt auf dem schmalen Grat zwischen unerträglicher Qual und erlösendem Tod, wie auf einer Rasierklinge.

In diesem Moment hatte der Mann gewusst, dass er dem Schmerz nichts mehr entgegensetzen konnte. Er hatte sich bepisst, und Kot war ihm die Beine hinuntergelaufen und an seinem Körper festgetrocknet. In diesem Moment hatte der Mann zum ersten Mal geweint. Weil er wusste, dass jetzt die ganze Wahrheit aus ihm hervorbrechen würde, die er ein halbes Leben lang so gut verborgen hatte. Tief in sich eingeschlossen, ein allerletztes Geheimnis. Aber der Teufel würde diese Wahrheit aus ihm herausreißen. Der Teufel konnte tun, was er wollte. Der Teufel hatte seine Seele zerbrochen. In diesem Moment hatte der Mann aufgegeben und alles erzählt. In diesem Moment war dem Mann nichts mehr geblieben, nicht einmal seine Erinnerungen. In diesem Moment hatte er nur noch sterben wollen.

5. KAPITEL

Leon fuhr entspannt über die Route du Vin, die Département-Straße zwischen La Londe und Cabasson, die sich in engen Kurven durch die Weingüter schlängelte. Er hätte auch die Schnellstraße nehmen können, auf der man Le Lavandou in der halben Zeit erreichte, aber schließlich war Samstag, und er wollte sich ein wenig vom verdienten Feriengefühl gönnen. Außerdem konnte er so am *Château Léoube* haltmachen und Isabelle eine Kiste Rosé mitbringen. Der »Secret« vom Weingut Léoube war unvergleichlich, fand Leon, zartrosa wie der Himmel über der Provence kurz vor Sonnenaufgang. Im Geschmack erinnerte der Wein an exotische Früchte, und wenn man an ihm roch, meinte man, die warme Frühlingsbrise zu spüren, die vom Meer herüberwehte.

An der Abzweigung zum Weingut hielt Leon an und stellte den Motor ab. Er hatte das Dach geöffnet und konnte jetzt den Wind in den Ästen der Pinien rauschen hören. Die Luft roch frisch und würzig. Der Blick über das Weingut von Léoube auf das glitzernde Meer versetzte Leon in beste Laune. Er verschränkte die Hände hinter dem Kopf, lehnte sich zurück und genoss für einen herrlichen Moment die warme Frühlingssonne im Gesicht. Leon lächelte, genau so hatte er sich den Job des Rechtsmediziners in der Provence vorgestellt.

Leon hatte seinen unvorhergesehenen Besuch in der

Klinik genutzt, um noch etwas Büroarbeit zu erledigen. Die Abteilung für Rechtsmedizin war von Anfang an unterbesetzt gewesen. Leon hatte schon vor Monaten beantragt, noch eine weitere Assistentenstelle zu schaffen, aber die Klinikleitung hatte abgelehnt. Die Mittel waren knapp und mussten anderweitig eingesetzt werden. So stapelten sich während der Woche Gutachten und Laborberichte auf Leons Schreibtisch, die er an seinen freien Wochenenden abarbeiten musste. Als er nach vier Stunden im Büro zurück zu seinem Auto kam, entdeckte er einen Zettel, den jemand unter seinen Scheibenwischer geklemmt hatte. Darauf stand eine Telefonnummer. Daneben war ein Herz gezeichnet, und darunter stand: *Appelez-moi!*

Wer war die geheimnisvolle Unbekannte, die darum bat, angerufen zu werden?, fragte sich Leon. Vielleicht die neue Anästhesistin, der er vor einigen Tagen in der Kantine einen Kaffee spendiert hatte? Weil man sich mit ihr so interessant über Klöster und Kirchen der Provence unterhalten konnte. Hatte sie ihn beim Abschied nicht auf diese besondere Weise angelächelt, wie es nur Frauen konnten? Mit diesem Lächeln, bei dem man nie genau wusste, ob es tatsächlich etwas bedeutete. Aber bei dem man sich so vieles vorstellen konnte. Eine attraktive Person, diese Anästhesistin, das musste Leon zugeben. Aber würde die Kollegin wirklich neben ihre Telefonnummer ein Herzchen auf einen Zettel malen?

Leon musste lächeln. Er benahm sich, als wäre er zwanzig. Dabei lebte er in einer festen Beziehung, und Isabelle war eine wunderbare Frau. Aber sie forderte ihn gelegentlich auch heraus. Dafür bewunderte er sie – meistens jedenfalls. Im Grunde genommen waren sie beide so unterschiedlich, wie man nur sein konnte. Da war auf der einen

Seite die zupackende, agile Stellvertretende Polizeichefin, die sich seit ihrer Scheidung vor einigen Jahren alleine um ihre halbwüchsige Tochter kümmerte. Und dann gab es ihn, den Rechtsmediziner. Leon ging die Dinge gerne ruhig an. Er beobachtete und machte sich ein genaues Bild, bevor er eine Entscheidung fällte. Er wusste, dass diese Eigenschaft Außenstehenden etwas schrullig erschien. Aber wenn er sich erst einmal auf eine bestimmte Richtung festgelegt hatte, dann blieb er auch auf seinem Weg, egal, was die anderen sagten. Und der Erfolg seiner Methode gab ihm recht.

Nach dem Unfall seiner Frau vor sechs Jahren war Leon in ein schwarzes Loch gestürzt. Lange wollte er ihren Tod nicht akzeptieren, arbeitete bis zum Umfallen, nur um nicht an sie denken zu müssen, und wäre beinahe an dem Verlust zerbrochen. Bis er eines Tages beschlossen hatte, neu anzufangen, sich neuen Herausforderungen zu stellen und die Vergangenheit hinter sich zu lassen. Als er den Job in der Klinik Saint-Sulpice angeboten bekam, betrachtete er das als Wink des Schicksals und akzeptierte sofort. Aber ganz so leicht wurde er die Vergangenheit nicht los. Es kostete ihn viel Kraft zu vergessen – bis er Isabelle begegnete. Und schließlich war er mit ihr zusammengezogen. Inzwischen verbrachten sie die Woche in Isabelles Haus in Le Lavandou und die Wochenenden in dem romantischen Bauernhaus, das Leon von seiner Tante übernommen hatte. Er hatte es liebevoll restauriert und in ein wahres *refuge romantique* verwandelt. Ein kleines Paradies mit eigenem Weinberg, keine fünfzehn Kilometer von der Küste entfernt, inmitten der Hügel der Provence.

Warum hatte er also den Zettel nicht einfach weggeworfen?, dachte Leon. Er war ein glücklicher Mann und bestimmt nicht auf der Suche nach Abenteuern. Oder vielleicht doch? Wenn er ganz ehrlich mit sich war: Wann hatte ihm zum letzten Mal eine Frau einen Zettel mit ihrer Telefonnummer unter den Scheibenwischer geklemmt? Es fühlte sich gut an, ein schmeichelhaftes Kompliment. Leon beschloss, den Zettel noch eine Weile zu behalten, einfach so. Er drehte das Radio lauter. Auf seinem Lieblingssender *Nostalgie* sang Michel Sardou »La maladie d'amour«.

Isabelles Haus lag an einem Hang oberhalb des Ortskerns. Leon hatte sich beeilt, nach Hause zu kommen, denn er hatte Isabelle versprochen, sie zur Party anlässlich des bevorstehenden Blumenkorsos zu begleiten. Wie jedes Jahr fand die Einladung zwei Wochen vor dem Umzug in der Villa der Sorels statt. Diese Einladung war mit Abstand das wichtigste gesellschaftliche Ereignis in Le Lavandou, und wer geladen war, gehörte definitiv dazu. André Sorel war Philosophie-Professor an der Sorbonne und pendelte ständig zwischen Paris und Le Lavandou hin und her. Er wurde allgemein bewundert, umso mehr, seit er vor einigen Jahren Mitglied in der hochangesehenen *Académie française* geworden war. Die erlauchte Gesellschaft galt traditionell als Olymp der französischen Intellektuellen. Und die Zahl ihrer Mitglieder war auf vierzig begrenzt. In den Kreis der »Unsterblichen«, wie sich die »Académiciens« selber nannten, konnte nur jemand aufsteigen, wenn zuvor ein anderes Mitglied verstorben war. Da hatte Professor Sorel Glück gehabt, denn er war erst 42, als ihm die große Ehre widerfuhr. Auf diese Weise würde er dieses Privileg noch einige Jahrzehnte genießen können. Die Tatsache, dass die Party bei den Sorels stattfand, hatten die Gäste allerdings der Frau des Professors zu verdanken.

Emilie Sorel war nicht nur eine emsige Unterstützerin diverser Charity-Events, sondern auch Erbin eines Cognac-Imperiums und damit wichtigste Sponsorin des jährlichen Blumenkorsos. Was den Stadtrat aber nicht davon abhielt, sich regelmäßig beim Professor für die Zuwendungen zu bedanken.

Leon hasste große Feste. Sie waren laut und bevölkert von Menschen, die er nicht kannte. Außerdem gab es Drinks, die ihm Kopfweh bereiteten, einfallslose Häppchen und belanglosen Small Talk. Leon bevorzugte die Ruhe auf der heimischen Terrasse mit einem guten Glas Wein und einem anregenden Gespräch. Aber dafür hatten die Partys auch ihre erfreulichen Momente. Zum Beispiel, wenn betrunkene Millionärsgattinnen in den Pool stürzten und vom peinlich berührten Ehemann geborgen werden mussten – eine Art von Entgleisung, die offenbar zu jeder gelungenen Party an der Küste gehörte. Manchmal eskalierte die Sache auch, so wie im letzten Jahr, als sich der Landschaftsgärtner der Sorels mit der Gattin des Optikers in einem der Gästezimmer vergnügte. Dummerweise war dem Ehemann der Flirt seiner jungen Frau nicht entgangen, und er erwischte die beiden in flagranti, so dass der Gärtner nur mit einem Handtuch bekleidet von der Party flüchten musste. Ein Zwischenfall, der nicht nur den Blumenkorso um eine weitere Legende bereicherte, sondern auch in Cafés und Bistros von Le Lavandou das ganze folgende Jahr für dauerhaften Gesprächsstoff sorgte.

Isabelle hatte Leon darum gebeten, auf das Fest mitzukommen. Er war schließlich kein Einheimischer, hatte sie ihn erinnert, und darum könne er auch nicht beurteilen, was für eine Auszeichnung es war, von den Sorels eingeladen zu werden. Leon war es zwar völlig egal, wie die Sorels seinen gesellschaftlichen Status einschätzten, aber um Isabelle einen Gefallen zu tun, hatte er schließlich zugestimmt. Er würde also seinen Anzug anziehen, und irgendwo zwischen seinen Sachen musste auch noch die seidene Krawatte sein, ein Erbstück seines verstorbenen Vaters.

Als Leon die Haustür öffnete, wartete Isabelle bereits im dunkelblauen Kleid mit den weißen Punkten auf ihn.

»Ich dachte schon, du kommst nicht«, sagte sie. »Wir müssen in einer halben Stunde bei den Sorels sein.«

»Du hast gesagt, das wäre eine Riesenparty. Da merkt doch kein Mensch, wann wir kommen.«

»Wenn man bei den Sorels eingeladen ist, kommt man nicht zu spät«, sagte Isabelle in übertriebenem Lehrerinnen-Ton.

»Ich bin der schrullige Doktor aus Deutschland. Die Menschen erwarten von mir, dass ich zu spät komme. Das gehört zu meinem Image.« Leon lächelte sie an, während er immer noch die Weinkiste zwischen den Händen hielt. »Ich habe uns was mitgebracht.«

Isabelle warf einen Blick auf die Kiste. »*Château Léoube*, du bist ein Schatz!« Sie gab ihm einen Kuss auf den Mund. »Und jetzt zieh dich um.«

»Gibt es etwas Neues vom liebestollen Richter?«, fragte Leon, während er die Weinkiste in die Küche trug.

Isabelle war ihm gefolgt. »Heute ist eine Frau bei mir im Büro aufgetaucht. Sie hat behauptet, sie sei die Geliebte von Lambert.«

»Wirklich? Glaubst du ihr?«

Isabelle nickte.

»Jemand, den ich kenne?«

»Du weißt, dass ich darüber nicht sprechen kann ...«

»Natürlich nicht«, sagte Leon ernst. »Ich dachte, du erzählst mir davon, weil du meine Meinung hören willst.«

»Josette Simon«, sagte Isabelle etwas zu bereitwillig.

»Die wilde Blonde vom Fremdenverkehrsamt?«

»Sie ist Head of Communication«, betonte Isabelle den pompösen Titel.

»Und sie ist außerdem ziemlich sexy.«

»Ach, das ist dir also schon aufgefallen?«

»Er hat Geschmack, der Herr Richter«, erwiderte Leon lächelnd.

»Du bist unmöglich. Ich hätte es dir nicht erzählen sollen.«

»Offenbar hat er sich nicht bei ihr versteckt?« Das war weniger eine Frage als eine Feststellung von Leon.

»Lambert wollte sie an diesem Tag abholen. Sie wollten zusammen nach Aix-en-Provence.«

»Wie romantisch. Lass mich raten: Er ist nicht aufgetaucht, und gemeldet hat er sich seitdem auch nicht mehr«, sagte Leon und sah Isabelle an. »Du weißt, was das bedeutet?«

»Dafür kann es eine Menge Gründe geben«, meinte Isabelle.

»Ein erfolgreicher und gutaussehender Richter verabredet sich mit seiner heimlichen Geliebten zu einem amourösen Wochenende«, dachte Leon laut nach. »Das bedeutet, er muss eine Menge Lügen koordinieren. Er muss seine Frau belügen, er muss seine Mitarbeiter belügen. Und seinem Gastgeber an der Uni in Aix wird er auch nicht die Wahrheit gesagt haben. Bei so einem Seitensprung muss jeder Schritt genau überlegt und perfekt geplant sein.«

»Du machst mir Angst.« Isabelle musterte Leon mit skeptischem Blick.

»Der Mann hat Frau und Kinder, und er riskiert seinen guten Ruf.«

»Ja, ja, der arme sexgestresste Mann«, sagte Isabelle. »Hey, er betrügt seine Frau.«

»Das ist genau der Punkt. Er betreibt einen gewaltigen Aufwand und geht ein großes Risiko ein. Aber dann taucht er bei seiner Liebsten gar nicht auf.«

»Menschen verschwinden gelegentlich.«

»Nein.« Leon sah Isabelle an und schüttelte den Kopf. »Ich glaube, ihr sucht nach einem Toten.«

»Ist der Richter tot?«, fragte eine Stimme aus dem Flur. Lilou hatte den letzten Satz mitgehört. Isabelles Tochter trug ein weites Sweatshirt, und ihre Jeans waren mit den angesagten Rissen und Löchern verziert. Das heißt, sie waren natürlich nicht kaputt, sondern »distressed«, wie die Fünfzehnjährige Leon kürzlich korrigiert hatte. Ihre Haare hatte Lilou zu einem Dutt zusammengedreht, der von einer Klammer in Form einer leuchtend roten Erdbeere zusammengehalten wurde. Die Kopfhörer hatte sie um den Hals gehängt, und in der Hand hielt sie ihr Smartphone, ohne das sie keinen Schritt unternahm.

»Zieh dir wenigstens Sandalen an, wenn du über den kalten Steinboden läufst«, sagte Isabelle mit Blick auf Lilous nackte Füße.

»Jetzt chill mal, *Maman*«, stöhnte Lilou. »Hat der Richter echt 'ne Geliebte?«

»Das war nicht für deine Ohren bestimmt, Mademoiselle«, antwortete Isabelle.

»Kannst du ihr mal erklären, dass ich bald sechzehn werde?«, wandte sich Lilou hilfesuchend an Leon.

»Ich soll dir sagen, dass deine Tochter eigentlich schon eine alte Frau ist«, sagte Leon zu Isabelle.

»Eine alte Frau mit Blasenentzündung, wenn sie weiter barfuß rumläuft.«

»Wieso glaubst du, dass er tot ist?«, fragte Lilou.

»Das ist eine laufende Ermittlung«, Leon hob entschuldigend seine Hände.

»Also, wenn ihr mich fragt: Erst ist er mit ihr ins Bett gegangen, und dann hat er sich abgesetzt«, sagte Lilou und nahm sich eine Flasche Grapefruitsaft aus dem Kühlschrank. »So machen es doch alle Kerle.«

»Danke für Ihre Einschätzung, Frau Doktor«, sagt Isabelle. »Ich werde das so an meinen Vorgesetzten weitergeben.«

In diesem Moment läutete der Summer an der Haustür.

»Das ist Olivier«, sagte Lilou, während sie zur Tür ging. »Wir wollten noch kurz rüber zu Ingrid, ein paar Freunde treffen.«

Sie öffnete die Tür und begrüßte Olivier mit zwei Küssen rechts und links auf die Wangen. Olivier war zwar ein Mitschüler, aber neben ihm wirkte Lilou eher wie seine ältere Schwester.

»Moment mal, junge Dame. Das war so aber nicht besprochen«, meldete sich Isabelle.

»Ach, komm, *Maman*. Ihr geht doch auch auf 'ne Party.«

»Wir sind auch schon über sechzehn«, sagte Isabelle.

»Schade eigentlich«, sagte Leon und betrachtete seine Hände.

»*Bonsoir, Madame. Bonsoir, Docteur*«, sagte Olivier artig. Der Junge war erst kürzlich nach Le Lavandou umgezogen. Seine Mutter hatte sich scheiden lassen und arbeitete jetzt in der Apotheke. Olivier bewunderte Lilou und folgte ihr wie ein junger Hund. Er hatte eine liebenswerte und offene Art, die Leon und Isabelle auf Anhieb mochten.

»Ich hab meiner Mutter gesagt, dass ich mit Lilou zu der Party gehe, und sie meinte, das geht in Ordnung.«

»Du bist auch ein Junge, das ist etwas anderes«, sagte Isabelle gereizt.

»Wieso ist das was anderes?«, hakte Lilou sofort nach. Isabelle hob resigniert die Hände. »Sind Ingrids Eltern zu Hause?«

»Was hat das denn damit zu tun?«, fragte Lilou gekränkt.

»Also nicht«, konstatierte Isabelle.

»Eltern haben auf jugendliche Partygäste eine beruhigende Wirkung«, sagte Leon lächelnd.

»Ihr seid ja solche Spießer«, sagte Lilou. »Komm, Olivier, wir gehen nach oben. Da kannst du mir noch mal diese dämlichen Quadratischen Funktionen erklären.«

»Guter Plan.« Leon nickte Olivier aufmunternd zu.

»Im Kühlschrank ist noch Ratatouille von gestern, das könnt ihr euch warm machen«, meinte Isabelle.

Lilou hob gelangweilt die Hand und ging die Treppe hinauf.

»Also, ich liebe Ratatouille. Vielleicht könnten wir uns ja später was holen ...«, schlug Olivier vor, während er dem Mädchen in den ersten Stock folgte.

»Wir sind bald wieder zurück«, rief Isabelle den beiden nach.

»Das wissen wir doch gar nicht«, sagte Leon.

»Die sollen gar nicht erst auf die Idee kommen, es sich gemütlich zu machen«, sagte Isabelle und warf noch einen skeptischen Blick in Richtung Treppe.

6. KAPITEL

»Nimm die Finger von dem Ding. Bist du jetzt voll der Spast, oder was?« Eric ließ mit der rechten Hand das Steuer des weißen BMW X4 los und riss Marcel die Pistole aus der Hand, die der sich gerade aus dem Handschuhfach genommen hatte.

Eric war 25 und machte die Ansagen. Er trug heute Abend seinen Blouson aus schwarzem Satin mit dem aufgestickten goldenen Tiger.

Marcel behauptete zwar, er sei schon neunzehn, aber das war gelogen. In Wirklichkeit war er gerade erst siebzehn geworden und hatte trotzdem schon ein Jahr seines Lebens im Jugendknast verbracht. Er bewunderte Eric und war bereit, alles zu tun, was der ihm auftrug.

»Ist die echt, Mann?«, fragte Marcel.

»Klar ist die echt, was denkst du denn? Ist 'ne Beretta.« Er sah den Freund an. »Genau so eine wie die *flics* haben.«

»'ne Bullenknarre, wow ...« Marcel sah bewundernd auf die Pistole, die jetzt schwarz und glänzend auf der Ablage zwischen den Sitzen lag. Vorsichtig griff er danach.

»Pass bloß auf mit dem Teil, sag ich dir.« Eric steuerte den Geländewagen durch die tristen Vororte von Toulon. Hier waren sie mitten in der Banlieue. Die Gegend war fest in der Hand der Marokkaner und Algerier.

Jetzt, in der Dämmerung, waren nur noch die Männer auf der Straße. Viele trugen *Djellaba* oder *Kaftan*. Sie saßen am Straßenrand auf Klappstühlen und spielten im Schein der Straßenlaternen Backgammon oder dealten oder taten Wer-weiß-was-Verbotenes. Aus Dutzenden von Lautsprechern drang jammernd der Sound der *Rababs,* der traditionellen Streichinstrumente des Maghreb. Ab und zu verlangsamte einer der vorbeifahrenden Wagen sein Tempo und hielt kurz an. Dann lief einer der Männer zum Fahrerfenster, und ein paar Euroscheine und das ein oder andere Plastiktütchen Hasch oder Crystal Meth wechselten den Besitzer. Eric nahm den Fuß vom Gas und fuhr langsamer. Die Afrikaner beobachteten neugierig den weißen SUV, der da durch ihr Viertel kurvte. Eric fuhr jetzt kaum mehr als Schrittgeschwindigkeit. Sollten diese Affen ruhig sehen, wer hier die obergeile Karre rumkutschierte.

»Laufen rum wie die verdammten Gespenster«, sagte Eric angewidert mit Blick auf einen Jungen in *Djellaba*, der sich dem Wagen näherte. »Kommen in unser Land und wissen nicht mal, wie man sich anständig anzieht.« Er drehte den Schild seiner Baseballkappe nach hinten, zog die Sonnenbrille ein Stück nach vorne und sah über die Gläser hinweg. Das war cool, und genau so hatte es Al Pacino in *Scarface* gemacht.

»Verpiss dich!«, rief Eric dem Afrikaner durch die halbgeöffnete Seitenscheibe zu und wedelte mit der Hand, als wollte er eine lästige Fliege vertreiben. Dann sah er Marcel an. »Alles klar?«

»Los, fahr schon weiter«, sagte Marcel.

»Was ist los mit dir?«

»Das hier ist nicht unser verdammtes *Quartier*, das ist los.« Marcel sah sich nervös um. Eric fiel auf, dass der Freund schwitzte. »Zu viel scheiß *beurs* hier draußen.« Er benutzte das *Verlan*-Wort für Araber. *Verlan* war eine Art

Slang, bei dem man die Silben der Worte vertauschte und so ständig neue Ausdrücke kreierte.

»Scheiß dich nicht an«, sagte Eric und beschleunigte den BMW, »es ist gleich da vorne. Ganz cool, Mann. Dein Freund Eric hat alles im Griff.«

Eric bog mit dem auffälligen Geländewagen in eine breite Auffahrt ein, die früher einmal zu einer Tankstelle geführt hatte. Die Zapfsäulen waren längst abmontiert, aber es gab noch die Werkstatt, vor der sich Reifen auf teuren Aluminiumfelgen stapelten. Hier konnte man alles bekommen, was einen aufgemotzten Wagen auszeichnete. Reifen, Felgen, Navis, Sound-Anlagen. Der Besitzer der Werkstatt kaufte den Krempel bei Kleinkriminellen, und die schraubten die Teile von den Touristenautos unten am Hafen ab.

Eric fuhr mit Schwung in die Einfahrt, deren öliger Boden im Scheinwerferlicht in allen Regenbogenfarben schimmerte. Er stoppte und ließ den BMW im Leerlauf blubbern. Aus der Werkstatt kam ein kleiner, stämmiger Mann im Muscleshirt mit glattrasiertem Kopf und tätowierten Armen. In der Hand hielt er einen schweren Schraubenschlüssel. Er blieb drei Meter vor dem BMW stehen und betrachtete ihn mit übertriebener Bewunderung.

»Da hast du dir ja ’ne echt geile Karre besorgt, Eric«, sagte der Tätowierte. »Wen hast du denn dafür plattgemacht?«

»Zurzeit läuft’s richtig rund«, sagte Eric, während er das Fahrerfenster noch ein Stück herunterließ.

»Na super, dann kannst du mir ja gleich mal die 400 zurückgeben, die du noch *short* bist.«

»Lass uns fahren, Mann«, sagte Marcel leise, und er konnte seine Angst nur noch schwer verbergen.

»Ich hab einen besseren Vorschlag«, sagte Eric, griff in die Innentasche der Tür und zog eine durchsichtige Plastiktüte hervor, in der mindestens 200 Gramm Meth-Kristalle glitzerten. Er hielt dem Tätowierten die Tüte hin wie einem Affen eine Staude Bananen. »Na, was hältst du hiervon?«

»Was soll der Scheiß?«, fragte der Mann. »Was ist das?«

»Wie sieht's denn aus? Das ist Spitzenstoff. Kannst du haben, wenn du noch 200 drauflegst.«

Für eine Sekunde war der Tätowierte sprachlos über so viel Dreistigkeit.

»Bist du jetzt völlig verblödet? Willst du mich verarschen?«, fragte der Mann mit der Glatze. »Ich sag dir, was wir machen. Du überlässt mir die Karre. Aber deinen selbstgekochten Scheiß da, den kannst du gleich wieder mitnehmen.« Er machte einen Schritt auf den BMW zu.

In diesem Moment drückte Eric geistesgegenwärtig auf den Knopf für die zentrale Türverriegelung. Der Tätowierte konnte hören, wie die Schlösser einrasteten. Mit einer schnellen Bewegung griff er durch das halbgeöffnete Fenster, packte Eric am Revers seines schwarzen Blousons und drehte den Stoff mit der Hand, so dass der Reißverschluss der Jacke in Erics Hals schnitt.

»Lass mich los, du Wichser«, versuchte Eric zu sagen, hatte aber Mühe, mehr als ein luftloses Krächzen herauszubringen.

»Conard!«, sagte der Tätowierte abfällig und holte mit dem Schraubenschlüssel aus.

Marcel hatte einen Moment gelähmt vor Schreck zugesehen, wie vor seinen Augen die Lage eskalierte. Dann spürte er plötzlich wieder das Gewicht der Beretta in der Hand.

»*Casse-toi!*«, schrie Marcel in einem plötzlichen Anfall von Mut und riss die Waffe nach oben.

Es brauchte Erfahrung und Training, eine durchgeladene Beretta so zu halten, dass man zwar auf den Gegner zielte, aber dabei den Abzug nicht berührte. Marcel beherrschte diese Technik nicht. Er beherrschte eigentlich überhaupt nichts. In der Aufwärtsbewegung kam sein rechter Zeigefinger gegen den Abzug, und die schwere Waffe feuerte. In dem engen Innenraum des SUV hörte es sich an, als hätte Marcel eine Kanone gezündet. Der Schlitten der Waffe flog zurück und riss Marcel die Beretta aus der Hand. Das 9-mm-Geschoss raste mit vierhundert Metern pro Sekunde vorwärts, durchschlug die rechte Hand von Eric, wurde abgelenkt und zertrümmerte das halb herabgelassene Fahrerfenster, was einen Splitterregen aus Glas in das Gesicht des Angreifers schleuderte. Der tätowierte Mann ließ Eric los.

»Fahr! Fahr! Fahr los!«, schrie Marcel hysterisch.

Eric drückte aufs Gas, und der Wagen machte einen Satz nach vorn. Dabei erwischte er einen Mann, der mit einem Baseballschläger bewaffnet aus der Werkstatt gerannt kam. Die Wucht des Aufpralls schleuderte ihn in einen der Reifenstapel.

»Du hast mir die Hand zerschossen, du verdammter Arsch«, schrie Eric, während aus der Wunde an der rechten Hand Blut quoll.

»Das Scheißding ist losgegangen«, jammerte Marcel, »einfach losgegangen ...«

»*Merde! Merde! Merde!*«, schrie Eric.

Er konnte das Steuer jetzt nur noch mit der Linken kontrollieren, während die Verletzung an seiner rechten Hand wie Feuer brannte. Der BMW sprang über die Bordsteinkante und landete auf der Straße. Eric riss den SUV nach rechts, wobei er bedenklich hin- und herschlingerte. Dann fing sich der Wagen und verschwand in der Nacht.

7. KAPITEL

Sie hatten Leons Cabriolet genommen. Obwohl die Luft abends noch frisch war, bestand Isabelle darauf, dass sie offen fuhren. Leon nahm die schmale Straße am Meer entlang. Er sah zu Isabelle auf dem Beifahrersitz hinüber. Was für eine großartige Frau, dachte er. Sie bemerkte seinen Blick und legte ihre Hand auf seine Schulter. Leon lächelte.

Die Villa der Sorels befand sich auf dem noblen Cap Bénat, zehn Autominuten westlich von Le Lavandou. Hier hatten seit Jahrzehnten einige der wohlhabendsten Franzosen ihre Sommerresidenzen. Darum war das gesamte Cap auch geschützt wie militärisches Sperrgebiet. Eine Reihe von Warnschildern wies darauf hin, dass nur noch Anwohnern die Weiterfahrt gestattet war. Dann versperrte plötzlich ein eisernes Tor die Durchfahrt. Der *Gardien* kam aus seinem Pförtnerhaus und hielt ein Klemmbrett mit der Besucherliste in der Hand.

»*Bonsoir*«, sagte Leon freundlich. »Wir sind Gäste von Professor Sorel.«

»Ihr Name, *Monsieur.*« Der Wachmann war stur und für Freundlichkeiten absolut unempfänglich.

»*Docteur* Leon Ritter.«

Der Mann wollte gerade die Liste kontrollieren, da erkannte er Isabelle auf dem Beifahrersitz.

»*Bonsoir*, *Capitaine* Morell«, sagte er diensteifrig und deutete einen Diener an. »Tut mir leid, *Madame.* Ich hab

Sie nicht gleich erkannt. Das schlechte Licht. Bitte, *Monsieur.*« Er wedelte mit seiner Liste und gab den Weg frei. Leon fuhr weiter.

»Was war denn mit dem los?«, sagte Leon.

»Ich habe kürzlich eine Anzeige gegen seinen Sohn fallenlassen«, sagte Isabelle. »Wir hatten ihn mit Hasch erwischt.«

»Die Polizei, dein Freund und Helfer ...«, meinte Leon.

»Es waren nur zwei Gramm. Der Junge ist erst 17«, entschuldigte sich Isabelle.

Leon nahm eine schmale Straße, die den Hang hinauf zu den Klippen führte. Der Weg wurde enger, und dann öffnete sich der Blick auf die Villa der Sorels. Es war ein kühner Bau aus Glas und Beton, der Anfang der Siebzigerjahre entstanden sein musste. Zur Straße hin wirkte das Gebäude ein wenig abweisend und erinnerte eher an einen Bunker als an eine Villa an der Côte d'Azur. Aber in Richtung Meer gab es viel Glas und mehrere Terrassen. Von der untersten führten Stufen zu einem Pool, den man in die Felsen geschlagen hatte, so dass ein Schwimmer das Gefühl haben musste, die Wasseroberfläche des Pools würde direkt ins Meer übergehen.

Der Eingang war von beleuchteten Ventilatoren flankiert, die flammenförmige Stoffbahnen flattern ließen, was der ganzen Veranstaltung den Hauch eines Feriencamps verlieh. Junge Männer wiesen die Fahrzeuge auf dem Parkplatz ein, und Mitarbeiterinnen eines Catering-Betriebs reichten Gläser mit Champagner an die Gäste. Ein Fotograf machte Bilder der Besucher. Isabelle schien den Rummel zu genießen. Sie blieb stehen und wandte sich dem Fotografen zu. Leon rang sich ein Lächeln ab, als das Blitzlicht aufflammte.

Gleich hinter der Tür in der Halle standen Madame und Monsieur Sorel und begrüßten jeden Besucher persönlich. Bei dem Andrang blieb für Small Talk zum Glück nicht viel Zeit, was Leon nur recht war.

»*Bonsoir*, Madame Morell«, sagte der Professor und lächelte Isabelle an. Dann wandte er sich an Leon. »Und Sie müssen der *Docteur* aus Deutschland sein, von dem wir schon so viel gehört haben.« Leon fiel sofort die gesunde Gesichtsfarbe des Hausherrn auf, die er sich offensichtlich bei der täglichen Runde über den Golfplatz geholt hatte. Dazu passte auch die guttrainierte Muskulatur der rechten Schulter und des Arms, dachte Leon. Überhaupt schien der Professor ziemlich fit zu sein für ein Mitglied der eher dem Schöngeistigen zugewandten *Académie française*.

»Sie übertreiben, *Monsieur*, so viel gibt es über einen Rechtsmediziner nicht zu erzählen«, sagte Leon freundlich.

»Seien Sie nicht so bescheiden, *Docteur*«, mischte sich in diesem Moment seine Frau ein. Madame Sorel war eine schlanke blonde Person, die einen halben Kopf größer war als der Professor. »Sie sind ein gefragter Gast heute Abend, *Monsieur*. Und Sie natürlich auch, *Madame*.« Die letzte Bemerkung richtete sich an Isabelle und klang etwas schal. Man lächelte sich freundlich zu, während die Reihe der Gäste nachdrängte und die Sorels die nächsten Besucher begrüßten.

Eine Stunde später bewegten sich etwa achtzig Gäste durch die großen Räume der Villa. Leon hatte Isabelle schon in der ersten Viertelstunde im Getümmel verloren. Im Moment wurde er von zwei älteren Damen belagert, die ihn unbedingt überreden wollten, am kommenden Sonntag bei ihrem Wohltätigkeitsbasar für die Waisenkinder von Mali vorbeizuschauen. Vielleicht könnte er ja etwas über seinen so überaus spannenden Beruf erzählen? Leon winkte einem ihm unbekannten Gast am anderen Ende des Raumes zu, entschuldigte sich und konnte so seinen beiden Verehrerinnen entkommen.

Unter den Gästen gab es den ganzen Abend nur zwei Gesprächsthemen. Die große Trockenheit mit der Frage, ob man in diesem Jahr schon wieder die Blumen für den Korso aus Italien zukaufen müsse. Und dann war da natürlich noch das unerhörte Verschwinden von Richter Lambert. Wobei der erotische Aspekt der Affäre nur hinter vorgehaltener Hand diskutiert wurde.

Nach einer guten Stunde gelang es Leon, sich mit einem Glas Rotwein in die Bibliothek zurückzuziehen. Der Raum hatte keinen Meerblick, dafür aber einen offenen Kamin. Nur ein paar wenige Gäste saßen auf den bequemen Lounge-Chairs, und Leon genoss einen Moment der Ruhe.

Die Bücherregale in der Bibliothek reichten bis zur Decke und wurden nur von zwei Bildern unterbrochen. Dem *Double Elvis* von Andy Warhol und einem Miró aus der Serie *Karneval des Harlekins*. Leon zweifelte keinen Moment, dass es sich bei den Bildern um Originale handelte. Und wenn es tatsächlich Kopien sein sollten, dann hatte der Hausherr die Originale ohne Frage in der Bank deponiert. Auf dem Kaminsims stand ein Foto im Holzrahmen. Es zeigte eine Gruppe junger Männer vor einem Segelboot, die stolz einen Pokal in die Kamera hielten.

»Die Bibliothek ist immer das Herz eines Hauses, finden Sie nicht auch?« Professor Sorel stand plötzlich neben Leon. Er hatte den Hausherrn gar nicht kommen hören.

»War das in Le Lavandou?«, fragte Leon und deutete auf das Foto.

»Der Porquerolle's Cup 1992. Wir haben damals gewonnen. Das war eine Riesensache«, sagte der Professor und rückte das gerahmte Foto gerade.

»Entschuldigen Sie bitte meine Neugier«, sagte Leon. »Aber der Mann da neben Ihnen auf dem Foto, ist das nicht Richter Lambert?«

»Ganz richtig, das ist Nicolas«, der Professor betrachtete einen Augenblick das Foto. »Allerdings war er damals noch nicht Richter, sondern ein gestresster Jurastudent im fünften Semester. Und ich habe Philosophie studiert, nachdem ich die Medizin schon nach drei Semestern wieder aufgegeben hatte. Die Philosophie ist weniger blutig.«

»Sie kennen sich schon lange ...«

»Oh ja, seine Eltern hatten auch ein Haus auf dem Cap. Wir haben viele Sommerferien zusammen verbracht«, sagte Sorel. »Man hat immer noch keine Spur von ihm, oder?«

»Soweit ich weiß, nicht«, sagte Leon. »Ungewöhnlich. Ich meine, dass ein Mensch einfach so verschwindet.«

»Meine Frau und ich, wir begreifen es auch nicht. Niemand versteht es«, Sorel machte eine kurze Pause, um zu unterstreichen, wie erschüttert er war.

»Sie kennen ihn also schon seit Ihrer Jugend«, sagte Leon mit Blick zum Foto. »Würden Sie sagen, dass er ein Abenteurertyp ist?«

»Nein, überhaupt nicht. Aber bei Nicolas weiß man nie genau, was er gerade vorhat.«

»Wie meinen Sie das?«

»Er war schon immer ein Einzelgänger«, sagte der Professor. »Hat sich für Randgruppen starkgemacht. Migranten und Arbeitslose *pro bono* verteidigt. Dabei war sein

Vater Partner in einer der angesehensten Kanzleien von Paris. Aber Nicolas wollte unbedingt Richter in Toulon werden.«

»Das finde ich bewundernswert.«

»Nicolas ist ein sehr engagierter Mensch, darum verstehe ich auch nicht ...«, Sorel unterbrach sich und sah zum Durchgang in den Salon. Dort war ein stark angetrunkener Mann in zerknittertem, ehemals weißem Leinenanzug aufgetaucht. Er war Anfang vierzig und konnte sich kaum noch auf den Beinen halten. In der Hand hielt er ein Rotweinglas, dessen Inhalt er gerade einer Dame über das Kleid gekippt hatte.

»Ich bin untröstlich, *Madame*«, sagte er mit schwerer Zunge. »*Vraiment désolé. Excusez-moi, mille fois.*« Dabei machte er auf Leon nicht den Eindruck, als würde er es ernsthaft bedauern, dass er der Frau gerade ihre Abendgarderobe ruiniert hatte.

Sorel ging auf den Mann zu. Er legte ihm freundschaftlich den Arm um die Schultern und versuchte, ihm mit der freien Hand das Glas abzunehmen, in dem immer noch ein Rest Rotwein schwappte. Doch der schmale, großgewachsene Besucher hielt das Glas über seinen Kopf, so dass der Professor es nicht erreichen konnte. Wieder schwappte Rotwein heraus, aber diesmal platschte er auf den hellen Parkettboden. Dort bildete er eine rote Pfütze. »Wie Blut«, dachte Leon.

»Du wolltest doch nicht herkommen, Gérôme«, sagte der Professor mit gedämpfter Stimme und bemühte sich, dabei freundlich zu klingen. »Für das Kleid komme ich natürlich auf, *Madame*«, wandte sich Sorel an die Dame mit dem Rotweinfleck.

»Das ist schon in Ordnung«, der Dame war der Zwischenfall peinlich. »So etwas kann ja mal passieren.« Und damit verließ sie eilig die Bibliothek.

»Zahlt alles mein berühmter Freund«, lallte Gérôme. »Hast du zufällig Nicolas gesehen?«, fragte er und tat so, als würde er den Richter unter den Gästen suchen. »Hat er sich vielleicht irgendwo verkrochen? Würde ich verstehen, würde ich nur allzu gut verstehen.«

»Komm, Gérôme«, sagte der Professor, »ich lasse dich nach Hause bringen.«

Im Durchgang zum Salon waren einige Gäste stehen geblieben. Sie sahen unauffällig zu Professor Sorel und seinem ungebetenen Gast herüber, während sie so taten, als würden sie sich weiter unterhalten.

»Ich lasse mich von dir nicht abservieren wie einer von deinen Vasallen. Verstanden?«, sagte Gérôme mit schwerer Zunge. »Wo ist denn Nicolas, unser tapferer Richter?«

»Gérôme, bitte, du bist hier nicht alleine«, jetzt klang Sorel schon weniger souverän. Er sah zu seinen Gästen herüber und dann wieder zu dem Betrunkenen. »Ich fahr dich zurück nach Le Lavandou, einverstanden?«

Gérôme blieb stehen, richtete sich zur vollen Größe auf und streckte die Arme aus wie ein Prediger.

»Eines Tages wirst auch du von Angesicht zu Angesicht mit deinem Schöpfer stehen«, sagte er mit lauter Stimme. »Und dann wird der Allmächtige dich fragen: André, welche Sünden hast du begangen? Und du wirst sagen müssen: alle!«

»Wir gehen jetzt, Gérôme.« Diesmal griff der Professor den linken Arm des Betrunkenen mit beiden Händen und schob ihn in Richtung Ausgang. In diesem Moment eilte einer der Helfer vom Parkplatz herbei und schnappte sich Gérômes anderen Arm. Klirrend zerschellte das Rotweinglas auf dem Boden, als die beiden Männer den Störenfried aus der Villa bugsierten.

»Vor Gott dem Allmächtigen, gibt es keine Geheimnisse«, rief Gérôme laut, »und auf den Sünder wartet das Fegefeuer.«

8. KAPITEL

»Sie wissen, dass Sie einen großen Schutzengel hatten«, sagte der Arzt und klappte die Lupe zur Seite, mit deren Hilfe er gerade die Wunde an der rechten Hand seines Patienten mit fünf Stichen genäht hatte. Dann griff er zur Schere und schnitt die überflüssigen Fäden ab.

Eric saß auf dem Behandlungsstuhl und dämmerte aus der leichten Narkose zurück in die Wirklichkeit. Neben dem Arzt stand die OP-Schwester, die jetzt einen Verband anlegte. Der Patient war blass. Die Schwester hatte ihm für die kleine Operation ein kurzärmeliges OP-Hemd angezogen. Erics blutbefleckte Klamotten lagen über einem Stuhl.

»Vielen Dank, *Docteur*«, sagte Eric, dem es Mühe machte, gegen die nachlassende Betäubung anzureden. »Geht schon viel besser.« Er wollte seine Hand heben.

»Stillhalten!«, brummte die Schwester, die gerade dabei war, eine Mullbinde um das sterile Gazepolster an Erics Hand zu wickeln. Der Patient gehorchte.

»Einen Zentimeter weiter, und die Kugel hätte Ihnen die Mittelhandknochen zerfetzt«, sagte der Arzt. »Wie kann man sich nur mit dem eigenen Gewehr in die Hand schießen?«

»Ich wollte es meinem Kumpel geben. Wegen der Wildschweine. Die Drecksviecher haben den Garten von meiner Schwester umgewühlt. Alles verwüstet.«

»Sie wissen, dass wir Schussverletzungen der Polizei melden müssen?«, sagte der Arzt und sah Eric an.

»Oh, bitte nicht, *Docteur*. Ich bekomme Riesenärger und meine Schwester auch«, Eric sah den Arzt mit dem flehenden Blick an, der ihm schon öfter geholfen hatte, Menschen von seiner Unschuld zu überzeugen. »Das war das Gewehr von meinem Schwager. Der flippt aus, wenn er hört, dass ich's genommen habe. Der kriegt einen riesigen Wutanfall, und meine Schwester bekommt's dann ab«, Eric sah den Arzt an. »Ist ja noch mal gutgegangen.«

»Haben wir alle Daten des Patienten?«, fragte der Chirurg die Schwester.

»Die Aufnahme hat den Ausweis kopiert«, sagte die Schwester.

»Adresse, Name, ich hab der Schwester alles gesagt«, antwortete Eric etwas zu schnell.

»Dann legen Sie später den OP-Bericht dazu«, wies der Arzt die Schwester an. Er wandte sich wieder seinem Patienten zu. »Sie bleiben am besten noch eine Stunde hier, bis die Narkose nachgelassen hat.«

»Nein, das geht gar nicht«, sagte Eric. »Tut mir leid, aber ... meine Mutter ... ich meine ...«, er unterbrach sich, weil ihm so schnell keine glaubwürdige Erklärung einfallen wollte.

»Was ist mit Ihrer Mutter?«

»Die ist krank«, sagte Eric schnell. »Ist ganz alleine im Haus. Ich muss mich kümmern. Essen besorgen und all so was.«

Der Arzt und die Schwester wechselten einen kurzen Blick. Sie glaubten dem Patienten kein Wort.

»Mit der Hand können Sie im Moment sowieso nichts machen«, der Doktor sah zu Erics Hand, die von der

Schwester dick verbunden worden war. »Wie wollen Sie denn nach Hause kommen?«

»Mein Kumpel wartet draußen, der fährt mich.«

»Ich muss Sie warnen: Die Kugel ist zwar glatt durchgegangen. Aber Sie haben eine Schussverletzung, das ist keine Lappalie, da müssen Sie vorsichtig sein«, sagte der Arzt, während er sich die OP-Handschuhe abstreifte und sie in den Müll warf.

Eric nickte.

»Ich möchte Sie spätestens übermorgen wieder hier in der Chirurgie sehen. Wir müssen Ihre Hand neu verbinden, damit sich die Wunde nicht entzündet. Haben Sie das verstanden?«

»Ja, klar. Ich komm vorbei, und Sie schauen sich alles an«, Eric wirkte erleichtert.

Der Arzt nickte der OP-Schwester zu.

»Der Patient bekommt Ibu 800«, wies er seine Assistentin an. Dann sagte er zu Eric: »Nehmen Sie eine morgens und eine abends. Aber sollten Sie trotzdem Schmerzen haben, kommen Sie vorbei. In Ordnung?«

»Danke, *Docteur*«, Eric streckte dem Arzt die verbundene Hand hin, registrierte den Fehler und reichte ihm die linke.

Fünf Minuten später wankte Eric bleich durch den Warteraum der Klinik. Außer einer jungen Algerierin mit Kleinkind, das ununterbrochen brüllte, war Marcel zu so später Stunde der einzige Besucher im Wartezimmer. Er sprang auf, als er Eric sah, und lief zu ihm. Eric hatte sich sein blutbeschmiertes T-Shirt wieder übergezogen und sah aus wie eine Figur aus einem Zombiefilm.

»Was haben sie gesagt?«, fragte Marcel.

»Gesagt, gesagt, Scheiße haben sie gesagt«, er hob vorwurfsvoll seine Hand, die er jetzt in einer Schlinge trug. »Operiert haben sie mich.«

»Und dann lassen sie dich einfach so gehen ...?«

»Willst du jetzt diskutieren, oder was? Los, wir verschwinden.«

»So kannst du aber nicht fahren.«

»Ich kann immer noch nicht glauben, dass du mich angeschossen hast, du Vollarsch«, sagte Eric. Er griff in seine Tasche und holte den Autoschlüssel heraus. »Ich brauch jetzt sofort was zu trinken.«

»Aber wie ... ich meine, mit der Hand?« Marcel sah seinen Freund an.

»Du fährst, Arschloch«, sagte Eric und gab ihm den Autoschlüssel.

»Echt, Mann?«, fragte Marcel und betrachtete den Schlüssel in seiner Hand, als würden in diesem Augenblick seine geheimsten Träume in Erfüllung gehen.

9. KAPITEL

Inzwischen war es schon 22.30 Uhr, und die meisten Gäste hatten die Party der Sorels bereits wieder verlassen. Leon und Isabelle standen auf der breiten Terrasse und sahen stumm übers Meer, auf das das Mondlicht seine silberne Bahn warf. Im Garten standen zwei hohe Zypressen, aus denen Fledermäuse flatterten. Die Szenerie wirkte unwirklich, wie auf einem der Gemälde von Delacroix. Leon und Isabelle konnten die Wellen hören, die tief unter ihnen gegen die Felsen schlugen, und irgendwo im Garten quakten Frösche.

»Gefällt Ihnen die Aussicht?« André Sorel stellte sich zu seinen Gästen. »Die Zypressen hat noch mein Vater gepflanzt.«

»Der Blick ist fantastisch«, sagte Isabelle.

»Ich bin wirklich überrascht«, sagte Leon.

»Nur überrascht? Dabei wollte ich Sie beeindrucken«, sagte der Gastgeber mit einem Lächeln. »Ich weiß, was Sie denken: Ein Philosophie-Professor sollte in einer düsteren Altbauwohnung sitzen und abgestandenen Kaffee trinken.«

»So etwa hatte ich mir das vorgestellt«, sagte Leon.

»Mein Vater hat dieses Haus 1970 bauen lassen. Ein Schüler von Le Corbusier hat die Pläne gezeichnet.«

»Jetzt bin ich wirklich beeindruckt«, sagte Leon mit einem Lächeln und betrachtete das Haus.

»Das will ich doch hoffen«, antwortete Sorel und sah sich nach einem der Kellner um. »Darf ich Ihnen noch einen Schluck Wein anbieten?«

»Nein, danke«, sagte Isabelle, und Leon schüttelte ebenfalls den Kopf.

»Tut mir leid, dass Sie heute Abend Zeuge dieser kleinen Auseinandersetzung geworden sind«, sagte Sorel.

»Er hatte bestimmt nur etwas zu viel Wein«, wiegelte Leon ab. »Aber Sie kennen ihn sicher besser.«

»Gérôme? Nein, kaum. Er ist ein freundlicher Kerl, der leider gerne trinkt und auf Partys auftaucht, zu denen er nicht eingeladen wurde. Habe ich mir jedenfalls sagen lassen.«

»Danke für die Warnung«, sagte Leon.

In diesem Moment sah Isabelle Moma in Uniform auf die Terrasse kommen. Er ging sofort auf die Stellvertretende Polizeichefin zu.

»Lieutenant Kadir …?«, wunderte sich Isabelle.

»Entschuldigen Sie, *Capitaine*, wenn ich störe«, sagte Moma höflich, und Isabelle erkannte sofort, dass etwas Wichtiges vorgefallen war. »Guten Abend, *Docteur*, guten Abend, Professor Sorel.« Dann wandte er sich an Isabelle. »Kann ich Sie kurz sprechen?«

Isabelle ging mit dem Lieutenant ein paar Schritte zur Seite, und Leon und der Gastgeber taten so, als hörten sie weg.

»Es gab einen Toten«, sagte Moma leise. »Oben in Bormes, beim Parkplatz.«

»Wer ist es?«

»Wir wissen es nicht. Er hatte keine Papiere bei sich«, meinte Moma. »So wie es aussieht, irgendein Clochard. War wohl noch zu kalt letzte Nacht, um draußen zu schlafen.«

»Habt ihr alles abgesperrt?«, fragte Isabelle. Moma nickte. »Dann lass uns hinfahren.«

»Es gibt da nur ein Problem«, druckste Moma herum. Isabelle sah ihn fragend an. »Der Tote ist schon weg.«

»Was heißt: Er ist schon weg?«

»Na ja. Begot hat heute Abend Bereitschaft, und da hat er den toten Penner gleich wegbringen lassen. In die Rechtsmedizin.«

»Dieser Begot kann doch nicht einfach ...« Isabelle merkte, dass sie laut geworden war, und unterbrach sich. »Ist Zerna informiert?«

»Er ist schon weggefahren. Zur Hochzeit seines Bruders in Montpellier, bis übermorgen. Ich dachte, ich rede erst mal mit Ihnen.«

»In Ordnung, Moma«, sagte Isabelle. »Wurde sonst noch jemand informiert?«

»Der Staatsanwalt in Toulon«, Moma warf einen Blick in Richtung Leon. »Er hat gemeint, der *Médecin Légiste* sollte sich die Leiche gleich ansehen.«

»Das wird ja wohl bis morgen früh Zeit haben.«

»Der Staatsanwalt hat gesagt, es wäre besser, wenn der *Docteur* sich heute noch darum kümmern würde.«

Isabelle drehte sich zu Leon um. »Es gibt was zu tun, Leon. Du wirst auch gebraucht.«

»Wann?«

»Jetzt gleich. Tut mir leid, Professor. Aber es war wirklich ein sehr schöner Abend.«

Zwanzig Minuten später stand Isabelle vor der Kapelle *Saint-François* in Bormes-les-Mimosas. Von hier hatte man einen wunderschönen Blick über die nächtlichen Dächer des Ortes, bis zum Meer und den Inseln. Jetzt hatte die Gendarmerie das ganze Areal abgesperrt und damit auch die Zufahrt zu dem mehrgeschossigen Parkplatz blockiert. Ein paar Autofahrer beschwerten sich, dass sie ihre Fahrzeuge nicht abholen konnten. Neugierige Touristen machten Fotos mit ihren Handys. Aber außer dem rot-weißen Absperrband mit der Aufschrift »*Gendarmerie Nationale*« gab es nichts zu sehen.

Isabelle lief mit Moma und einem kleinlauten Lieutenant Begot die Stufen zur zweiten Parketage hinab. Dort gab es ganz am Ende eine ungenutzte Nische zwischen den Betonträgern. Ein paar Quadratmeter verschwendeter Raum, der seinerzeit vom Architekten falsch eingeplant worden war. Von dieser Stelle hatte die Polizei schon öfter Obdachlose verscheucht, die versucht hatten, es sich hier gemütlich zu machen. Jetzt beleuchtete ein Scheinwerfer der Polizei das Versteck unter dem Parkdeck.

»Er lag da vorne, mit dem Kopf zur Mauer. Sah aus, als würde er schlafen«, sagte Begot. »Ein junges Touristenpärchen hat uns alarmiert.«

»Haben wir den Namen der Zeugen?«, fragte Isabelle.

»Ja, haben wir. Kommen aus Clermont-Ferrand. Die sind noch die ganze Woche hier.«

Isabelle leuchtete mit einer Taschenlampe in die zugemüllten Ecken des Verstecks. Zwischen dem Schutt lagen zerquetschte Bierdosen und leere Plastikflaschen. Es gab eine angerostete Dose mit *haricots verts*, und hinter der Betonsäule hatte jemand seine Notdurft verrichtet. Dann war da noch eine schmutzige Fleecedecke, die unter eine Betonschwelle gestopft war.

»Was hätte ich denn machen sollen?« Begot kam der unausgesprochenen Frage seiner Vorgesetzten zuvor. »In der Kapelle hat der Chor gesungen. Da waren über hundert Zuschauer. Wir hatten nur noch 'ne halbe Stunde, bis die alle zurück zu ihren Autos wollten. Können Sie sich vorstellen, was dann los gewesen wäre – *catastrophe*.« Der Lieutenant verdrehte demonstrativ die Augen, um Isabelle eine Ahnung davon zu geben, welche Panik er mit seinem Einsatz vermieden hatte.

»Und da haben Sie gedacht: Schaffen wir den Kerl doch einfach aus dem Weg.« Isabelle war sauer. Schließlich widersprach Begots Anordnung allen Polizeivorschriften.

»*Mon Dieu*, der Kerl war tot«, sagte der junge Polizist. »Das hat die Unfallsanitäterin auch gesagt. Wahrscheinlich Herzschlag, oder die Kälte. Es kann zurzeit nachts noch verdammt kalt werden.«

»Wir haben klare Richtlinien bei Leichenfunden«, sagte Isabelle. »Ich vermute, die sind Ihnen bekannt.«

»Der war total verdreckt. Die Klamotten zerrissen, und er hatte sich ... na ja, vollgepisst.« Begot traf der strenge Blick von Isabelle. »Er hat gestunken. Echt schlimm. Da habe ich der Sanitäterin gesagt, er könnte weg. Gut, ich bin von den Richtlinien abgewichen. Aber wir hatten ja schon die Fotos gemacht.«

»Und dann?«

»Die Sanitäterin und ihr Assistent haben den Toten auf die Bahre gelegt und in die Rechtsmedizin geschafft.«

»Nehmen Sie die Decke mit, die könnte dem Mann gehört haben«, sagte Isabelle. »Und den anderen Kram können Sie auch gleich aufsammeln.«

»Wie, den ganzen Dreck?«, fragte Begot mit angewidertem Gesicht. »Das ist doch alles total versifft. In dem Loch da verstecken sich immer die Afrikaner und das ganze Gesindel.«

»Jetzt mal schön langsam, Begot«, sagte Isabelle mahnend.

»Ist doch wahr«, schimpfte Begot, der aus seiner Haltung gegenüber Ausländern keinen Hehl machte. »Wollen sich hier doch nur 'ne faule Zeit machen, auf unsere Kosten.«

»Na gut«, sagte Isabelle, die innerlich kochte. »Dann stecken Sie mal jedes Teil in eine eigene Asservatentüte. Und vergessen Sie nicht die genaue Beschriftung.«

»Und warum ist das bitte notwendig, *Capitaine*?«

»Weil das hier – verdammt noch mal – vielleicht ein Tatort ist, Lieutenant! Und fangen Sie endlich an!«

10. KAPITEL

Die Straßen waren um diese Zeit wie ausgestorben. Leon hatte keine 25 Minuten bis nach Saint-Sulpice gebraucht. Die Klinik lag da wie ein düsterer Monolith. Nur im Eingang und in einzelnen Zimmern der oberen Stockwerke brannte noch Licht. Leon betrat den Bau über die Krankenanfahrt. In der Pförtnerloge saß Monsieur Baraud und ließ die Glastür per Knopfdruck zur Seite gleiten, als er Leon erkannte.

»*Bonsoir, Docteur*«, sagte er, »ich hab schon gehört, dass Sie noch einen Kunden haben. Ihnen gönnt man aber auch kein freies Wochenende.«

»*Bonsoir*, Monsieur Baraud«, Leon blieb kurz stehen. »Mal wieder die ganze Nacht Dienst. Ohne Sie könnte die Klinik dichtmachen.«

»Sie wissen doch, wie das ist mit alten Männern«, sagte Baraud. »Die können nachts sowieso nicht schlafen.«

Leon betrat das Gebäude und lief die Treppe hinunter zur Rechtsmedizin. Nur die Notbeleuchtung brannte hier unten und tauchte die Abteilung in ein grünliches geheimnisvolles Licht. Leon verzichtete darauf, die grellen LED-Leuchten einzuschalten, die überall in die Decke eingelassen waren. Er mochte das Dämmerlicht, er fühlte sich wohl in der Ruhe dieser Abteilung, die von den meisten anderen Klinikmitarbeitern gerne gemieden wurde. Für Leon hatte der Aufenthalt in der Pathologie vom ersten Tag an etwas

Meditatives gehabt. Er fühlte sich in diesen Räumen nie alleine oder einsam. Im Gegenteil, für ihn gehörte die Rechtsmedizin zum Klinikbetrieb, genau wie alle anderen Abteilungen auch, nur dass hier die Toten seine »Patienten« waren.

Damals in Frankfurt vor vielen Jahren, als er in der Rechtsmedizin anfing, hatten ihn die Kollegen gewarnt. Empathie, hieß es, habe in der Rechtsmedizin nichts verloren. Die Opfer wurden von seinen Kollegen als »Beweismittel« betrachtet, und genau so wurden sie auch behandelt. Wenn Leon sich in den Räumen der Rechtsmedizin Gefühle leistete, würde er daran zerbrechen. Doch Leon sah das ganz anders. Diese Toten hatten einmal gelebt. Sie hatten gelacht und geweint. Hatten Freunde, Familie, einen Partner gehabt. Bis irgendein Ereignis sie brutal aus ihrer Welt herausgerissen und in die Räume der Rechtsmedizin geführt hatte. Leon schuldete es ihnen, die Wahrheit über ihr Sterben herauszufinden. Darum erwartete er von seinen Mitarbeitern, dass sie den Toten mit dem gleichen Respekt begegneten wie den lebenden Patienten. Denn nur so, erklärte Leon, kann man sich die Toten zu Verbündeten machen. Und nur dann erzählten sie einem ihre Geschichten und verrieten ihre Geheimnisse.

Natürlich wusste Leon, dass hinter seinem Rücken geredet wurde. Manche Kollegen bezeichneten ihn als schrullig. Aber er wusste auch, dass da eine Menge Neid mit im Spiel war. Schließlich wurden mit Hilfe seiner zugegebenermaßen gelegentlich unkonventionellen Untersuchungsmethoden immer wieder komplizierte Mordfälle gelöst. Fälle, an denen andere kläglich gescheitert waren. Leons Aufklärungsquote, was Todesursachen anging, war legendär.

Leon zog sich um. Dabei hängte er Hose und Sakko getrennt auf zwei Bügel und achtete darauf, dass der Stoff keine Falten schlug. Er ärgerte sich, dass Rybaud noch nicht eingetroffen war. Obwohl er seinen Assistenten noch vom Auto aus angerufen hatte. Rybaud war überhaupt ein merkwürdiger Mensch. Er redete so gut wie nie, und wenn er im Labor hinter dem Mikroskop saß, hörte er am liebsten Heavy Metal über seine Kopfhörer. Anfangs war Leon skeptisch gegenüber seinem Assistenten gewesen, der sich geräuschlos wie ein Geist durch die Abteilung zu bewegen schien. Aber inzwischen hatte er ihn als intelligenten und zuverlässigen Mitarbeiter schätzen gelernt. Allerdings nahm Rybaud es mit der Zeit nicht so genau. Eine typische Eigenart des Südens, an die sich Leon wohl nie gewöhnen würde. Na gut, dann würde er eben schon mal ohne seinen Assistenten anfangen.

Leon betrat die Autopsie und betätigte den Lichtschalter. Mitten im Raum, gleich neben dem Sektionstisch, stand die Bahre mit dem grauen Leichensack. Leon zog den Reißverschluss in einer Bewegung nach unten. Der gummierte Nylonstoff glitt zur Seite und gab den Körper des Opfers frei.

Der Kopf des Mannes war zur Seite gekippt, so dass Leon ihm nicht direkt ins Gesicht sehen konnte. Die dunklen Haare klebten ihm an der Stirn. Die Haut war grau von Schmutz und Staub und erinnerte Leon an eine Maske. Der Tote trug ein völlig verdrecktes und zerrissenes Hemd, auf dem sich dunkle Flecken abzeichneten. Ein Ärmel fehlte. Die Jeans stand vor Schmutz. Leon erkannte den scharfen Geruch von Fäkalien. Der Gürtel fehlte, und die Knöpfe am Bund waren offen. Die Hose war ein Stück heruntergerutscht, so als wäre sie dem Opfer ausgezogen und nicht wieder richtig angezogen worden. Neben der Gürtelschlaufe in Hüfthöhe erkannte Leon den typischen Lederbesatz mit dem Logo einer Levis 501. Das war keine Jeans aus der Altkleidersammlung. Leon musterte den Toten, wie man ein Bild betrachten würde. Das war nicht der alte, verwahrloste Clochard, den Leon erwartet hatte. Dieser Mann hatte trainierte Schulter- und Armmuskeln. Auch wenn er ungewaschen und seine Haut voller Hämatome, Risse und Kratzer war. An Händen und am Hals schien die Haut dünn und faltig zu sein, Symptome, wie sie stark dehydrierte Körper aufwiesen.

Leon war irritiert. Irgendetwas stimmte nicht mit diesem Toten. Eines war sicher: Man hätte diese Leiche auf keinen Fall von der Fundstelle entfernen dürfen. Nicht, bevor Leon die genaue Lage gesehen, die Außentemperatur gemessen und all die anderen wichtigen Untersuchungen gemacht hätte. Jetzt war es zu spät dafür. Er würde den Todeszeitpunkt nur noch grob schätzen können. Leon griff zu seinen Latexhandschuhen der Stärke »0«. Andere Kollegen bevorzugten bei Obduktionen derbe Gummihandschuhe, mit Stulpen bis über die Unterarme. Schon aus Sorge vor Verletzungen und möglichen Übertragungen von Krankheiten. Leon teilte diese Ängste nicht. Er vertraute seiner Geschicklichkeit und bevorzugte die hauchdünnen Handschuhe, die nicht die Empfindlichkeit seiner Fingerkuppen und damit seinen Tastsinn einschränkten. Er drehte sich um und drückte auf den Startknopf des Diktiergeräts, um seine ersten Eindrücke zu protokollieren. Mit der Sektion würde er warten, bis Rybaud eingetroffen war.

In diesem Moment hörte er ein leises Rascheln hinter sich auf der Bahre. Leon blieb ganz ruhig. Er kannte solche

Momente in der Stille des nächtlichen Autopsieraums, wo ihm gelegentlich die Einbildung einen Streich spielte. Augenblicke, in denen ihn sein Gehirn imaginäre Bilder sehen ließ, Botschaften aus dem Unterbewusstsein, die ihn schon öfter auf die richtige Spur geführt hatten. Leon atmete ruhig ein und drehte sich um. Der rechte Arm des Opfers war aus dem Leichensack gerutscht und hing jetzt schlaff von der Bahre herab. Und auf einmal spürte Leon ein Prickeln, als ob Strom durch seine Muskeln kriechen würde. Er versuchte, ruhig zu bleiben. Für alles gab es eine logische Erklärung.

Hatte die Leichenstarre bereits wieder nachgelassen? Aber das würde bedeuten, dass der Mann seit mindestens zwei Tagen tot war. Warum war er dann nicht schon viel früher entdeckt worden? Und wo waren die Fliegen, die längst Nasenlöcher, Mund und Augen erobert und ihre Eier abgelegt hätten? Auch bei diesen frischen Außentemperaturen müssten längst die Maden in das Fleisch des Opfers eingedrungen sein. Aber da war nichts als blasse graue Haut. Ein dunkler Tropfen ließ Leon den Atem anhalten. Er lief am Finger des Opfers herunter, löste sich und fiel auf den hellen Kachelboden des Sektionsraums, wo er einen roten Flecken bildete, der von einer Corona winziger Spritzer umgeben war. Ein weiterer Tropfen folgte. Keine Frage, das war Blut. Aber Tote bluten nicht. Für den Bruchteil einer Sekunde war Leon wie gelähmt: Dieser Mann lebte!

Das hier war der Alptraum jedes Rechtsmediziners. Ein Augenblick wie aus den Horrorgeschichten eines Edgar Allan Poe. Ein Szenario aus einer Zeit, als die ärztliche Kunst noch viel früher als heute an ihre Grenzen stieß. Als es an der Tagesordnung war, dass Menschen für tot erklärt wurden, die eigentlich noch lebten. In der immer wieder Menschen lebendig begraben wurden. Genau aus diesem Grund war seinerzeit die Untersuchung von Leichen, die »Leichenschau«, wie sie auch heute noch in der Rechtsmedizin genannt wurde, eingeführt worden: um zweifelsfrei festzustellen, dass ein Mensch auch wirklich tot war.

Mit einem Schritt stand Leon neben dem Mann. Er legte ihm die Fingerspitzen auf die *Arteria carotis*, die große Halsschlagader, und atmete dabei langsam aus. Wenn es in diesem Körper noch einen Puls gab, dann musste er ihn an dieser Stelle ertasten können.

Der Ruhepuls eines gesunden Mannes lag im Durchschnitt bei siebzig Schlägen in der Minute. Aber diese Frequenz konnte unter bestimmten Voraussetzungen dramatisch sinken. Zum Beispiel nach einem sogenannten Perikarderguss, einer Flüssigkeitsabsonderung im Herzbeutel. Oder nach einem Kälteschock, etwa wenn Menschen ins Eis einbrachen und im kalten Wasser das Bewusstsein verloren. Angeblich waren solche Unfallopfer noch nach zehn Minuten erfolgreich reanimiert worden. Das Gehirn regelte in solchen Extremsituationen den Kreislauf herunter und versuchte nur noch, sich selbst mit dem kostbaren Sauerstoff, der in den roten Blutkörperchen gebunden war, zu versorgen.

In diesem Moment spürte Leon ein entferntes Zucken unter seinen Fingern und Sekunden später noch eins. Das war ein Puls, das musste ein Puls sein! Leon setzte die linke Hand mit dem Handballen auf die untere Hälfte des Brustbeins und legte die Rechte zur Unterstützung darüber. Dann begann er, in schnellem Rhythmus den Brustkorb über dem Herzen zusammenzudrücken. Seine Zeit als Notarzt in der Frankfurter Universitätsklinik lag zwar schon zwanzig Jahre zurück, aber der Takt, den sein Ausbilder ihnen für die Herzdruckmassage empfohlen hatte, würde er nie vergessen. Sie sollten an einen Song der Bee Gees denken, »Stayin' Alive«. Damit kam man auf etwa 110 Pumpstöße pro Minute. Ein hohes Tempo, das kein Helfer lange durchhalten konnte. Leon wusste, dass er damit bestenfalls dem Kreislauf einen ersten Impuls geben könnte. Aber dieser Patient brauchte viel mehr. Er brauchte den Schockraum mit der kompletten Unterstützung der modernen Notfallmedizin. Und er brauchte diese Hilfe sofort. Aber Leon war alleine hier unten, und der Schockraum war im ersten Stock und schien ihm in diesem Moment weiter entfernt zu sein als der Mars. Leon pumpte weiter, jetzt fester und immer im Takt der Bee Gees. Er wusste, dass das nicht genug war. Er musste den Mann beatmen. Er sah zu dem Gesicht, den Spuren von getrocknetem Blut und Schleim in den trockenen Mundwinkeln. Er griff unter das Kinn, neigte den Kopf des Opfers nach hinten, holte Luft und beugte sich herunter. In diesem Moment drang aus dem Mund des Opfers ein Geräusch. Ein fernes Blubbern, wie aus einem tiefen Rohr, und dann ein Husten.

»Können Sie mich hören?« Leon spürte, wie aufgeregt seine Stimme klang. Er musste den Patienten beruhigen, falls der ihn überhaupt wahrnahm. »Sie sind in der Klinik, in Sicherheit. Gleich kommen Ärzte.«

Das war natürlich gelogen. Niemand in der Klinik ahnte etwas von der Katastrophe, die sich in diesem Moment in den Kellerräumen der Rechtsmedizin abspielte. Ein Krankenhaus nach Mitternacht ist so verschlafen wie das Finanzamt an Weihnachten. Leon musste dringend telefonieren, wenn er diesen Mann retten wollte. Aber die Herzmassage zu unterbrechen, könnte den Patienten kollabieren lassen. In diesem Moment hörte Leon, wie sich die Schwingtür zur Abteilung öffnete.

»Rybaud!«, rief Leon. »Kommen Sie! Schnell, ich bin in der Autopsie!«

Im nächsten Moment stand der Assistent in der Tür und starrte fassungslos seinen Chef an, der Wiederbelebungsversuche an einem offenbar toten Mann unternahm.

»Rufen Sie die Notaufnahme an!« Leon stieß die Worte hervor, während er versuchte, den Rhythmus der Herzmassage beizubehalten. »Na los, schnell! Der Mann lebt.«

Rybaud begriff sofort. Mit drei Schritten war er am Telefon. Er drückte auf einen Knopf und hörte zunächst nur das Freizeichen. Leon sah ihn besorgt an, in diesem Moment wurde auf der anderen Seite abgenommen.

»Rybaud hier«, sagte der Assistent. »Wir haben einen Notfall. Einen Mann, ja, dringend.«

»Sagen Sie ihm, wir kommen mit dem Aufzug hoch. Wir brauchen den Schockraum sofort«, rief Leon laut in der Hoffnung, dass der andere am Telefon ihn auch hörte.

Keine Minute später liefen Leon und sein Assistent mit dem Patienten durch den Gang, der die Rechtsmedizin mit dem Aufzug verband. Rybaud schob die Bahre. Leon versuchte, Schritt zu halten und trotzdem die Herzmassage nicht zu unterbrechen. Sekunden später schoben sie den Verletzten in den Aufzug. Jetzt im grellen Licht, sah Leon direkt in das Gesicht des Mannes, und in diesem Moment verstand er, was ihn die ganze Zeit so irritiert hatte: Dieser Mann war Nicolas Lambert, der Richter, nach dem die Polizei seit Tagen suchte.

»Monsieur Lambert?« Leon sprach den Patienten an.

Lambert blinzelte und versuchte, die Augen zu öffnen. »Sie müssen jetzt durchhalten, *Monsieur.* Sie machen das gut …«

»Das ist Lambert?« Rybaud starrte den Mann auf der Bahre an, dann sah er zu Leon. »Echt? Das ist irre.«

»Wir sind gleich da«, versuchte Leon seinen Patienten zu beruhigen, »in der Notaufnahme. Sie schaffen das. Ganz bestimmt!«

Von Lambert kam ein Krächzen. Leon sah ihn an und unterbrach die Druckmassage. Lambert bewegte die trockenen, rissigen Lippen, auf denen sich die Haut abschälte. Blutige Blasen quollen aus seinem Mundwinkel. Leon beugte sich zu dem Mann hinunter, der ihm offenbar etwas sagen wollte.

»Ich verstehe Sie nicht«, Leon konzentrierte sich. Und dann glaubte er, das Wort zu verstehen, das Lambert hervorstieß.

»Teufel«, schien Lambert zu flüstern, »Teufel, Teufel …« Es klang wie ein Husten.

In diesem Moment öffneten sich die Türen des Lifts, und Dr. Menez übernahm mit einem Assistenten den Patienten. Dann liefen sie mit der Bahre den Gang hinunter zum Schockraum, vor dem schon zwei Schwestern warteten.

11. KAPITEL

Als Leon am nächsten Morgen aufwachte, war Isabelle bereits aufgestanden. Leon fühlte sich, als hätte er einen von diesen üblen Träumen gehabt, nach denen man sich erst einmal innerlich sortieren musste, bevor man aufstand. Aber es hatte keinen Traum gegeben, im Gegenteil, er hatte so gut wie überhaupt nicht geschlafen. Die Nachricht von Lamberts Entdeckung war wie eine Bombe eingeschlagen und hatte die verschlafene Klinik Saint-Sulpice in ein summendes Wespennest verwandelt. Toulon hatte sofort Staatsanwalt Orlandy geschickt. Die Universitätsklinik von Marseille schickte einen Spezialisten zur Behandlung von Schockpatienten, das Justizministerium beorderte einen Beobachter nach Saint-Sulpice, und Klinikleiter Dr. Bayet musste zeigen, wer der Chef in Saint-Sulpice war. Hinzu kamen noch mehrere Beamte der Gendarmerie, die für den Richter eine Rund-um-die-Uhr-Bewachung organisierten, als wäre er der Staatspräsident persönlich. Alle diese Spezialisten und Beobachter drängten sich im Gang vor der Intensivstation, um mögliche Neuigkeiten als Erste zu erfahren. Aber in Wirklichkeit versuchte jeder nur, den anderen in seiner Wichtigkeit zu übertreffen, und alle machte sie die Ärzte und Schwestern nervös.

Leon war ebenfalls in der Klinik geblieben. Er war kein Spezialist für Schockpatienten, aber er hatte Lambert gesehen, hatte gespürt, wie das Leben aus diesem Menschen beinahe verschwunden wäre. Wie nur noch ein winziges Flackern übriggeblieben war. Wie bei der Flamme eines verlöschenden Teelichts, die längst keine Wärme mehr abgab und sich trotzdem noch am Docht festklammerte. Leon hatte gesehen, wie Lambert noch einmal aus dem Reich der Toten zurückgekommen war, um ihm etwas zu sagen. Oder hatte er sich das nur eingebildet? Waren das gar keine Worte gewesen, sondern nur die Atemgeräusche eines Sterbenden?

Die Ärzte mühten sich nach Kräften, Lambert am Leben zu halten. Inzwischen war der Patient ins Koma gefallen. Seine Blutwerte waren alarmierend, und die Ausschläge des EKG fielen immer wieder in den roten Bereich. Zweimal hatten sie ihn bereits reanimieren müssen. Jeder in der Klinik fragte sich, wie lange der geschundene Körper trotz der vielen Maschinen und all der ärztlichen Kunst noch am Leben zu erhalten wäre. Und es gab niemanden, der ernsthaft daran glaubte, dass Lambert in absehbarer Zeit würde erklären können, wie er in diese Lage geraten war.

Leon hatte in der Autopsie um das Leben dieses Mannes gekämpft. Er fühlte sich verantwortlich, weil Lambert in seiner Abteilung gelegen hatte. Aber wenn er ehrlich war, hatte auch er wenig Hoffnung, dass der Patient überleben würde. Leon hatte Dr. Menez und die anderen zum Schockraum begleitet. Als sie Lambert Jeans und Hemd heruntergeschnitten hatten, um Zugänge und Kontakte für die Messgeräte anzulegen, konnte er einen Blick auf den nackten Körper werfen. Das Opfer war übersät mit Hämatomen und anderen Verletzungen. Dieses Bild wollte ihm nicht mehr aus dem Kopf gehen. Warum hatte jemand Nicolas Lambert, einen unbescholtenen Richter aus Toulon, der sich für sozial Bedürftige einsetzte, dermaßen zugerichtet?

Leon war todmüde, als er gegen vier Uhr in der Früh die Klinik verließ. In der Eingangshalle war er auf eine nervöse Carole Abadie gestoßen.

»*Docteur*«, hatte sie ihn angehalten, gerade als er aus der Tür gehen wollte.

»*Bonsoir*, Madame Abadie«, sagte Leon.

»Kann ich Sie mal sprechen, nur für einen Moment?«, drängte die Frau, und ihre Stimme klang besorgt.

»Ja, natürlich«, sagte Leon und wartete, dass sie weitersprach. Besucher und Polizei liefen durch die Eingangshalle. Einige sahen zu ihnen herüber.

»Begleiten Sie mich doch zu meinem Auto«, meinte Leon. Carole Abadie nickte dankbar und folgte ihm nach draußen.

»Es war ...«, Madame Abadie wusste nicht, wie sie es sagen sollte. »Ich meine, noch nie in meiner ganzen Zeit als Unfallsanitäterin habe ich so etwas ...«

»Keine Sorge«, sagte Leon. »Es hat sogar schon Ärzte gegeben, die Patienten für tot erklärt haben, obwohl sie noch lebten.«

»Dieser Polizist ... der Neue aus Marseille.«

»Sie meinen Lieutenant Begot?«

»Ja. Der war dabei und hat die ganze Zeit Druck gemacht. Dass wir den Mann sofort wegschaffen sollen. Weil ja die Besucher jeden Moment aus der Kapelle kommen würden und so ...«, sie sah Leon an. »Es gab keinerlei Vitalzeichen bei dem Mann. Ich schwöre.«

»Ich glaube Ihnen«, sagte Leon. »Eine Verkettung unglücklicher Umstände – so etwas kommt vor.« Er sah die verunsicherte Frau an, die noch immer ihre orangefarbene

Sicherheitsweste über dem Overall trug. »Am besten, Sie fahren nach Hause. Und wenn es Probleme mit den Behörden gibt: Sie wissen, wie Sie mich erreichen.«

»Danke, *Docteur*«, sagte Madame Abadie.

An diesem Morgen stand Leon fast zehn Minuten unter der Dusche. Er genoss das heiße Wasser und bildete sich ein, dass es ihm auch half, seine Gedanken zu ordnen. Hätte er mehr für Lambert tun können? Hätte er die Lebenszeichen nicht früher erkennen müssen? Oder spielte bei dessen körperlicher Verfassung Zeit sowieso keine Rolle mehr?

Als Leon in die Küche kam, machte Isabelle gerade Rühreier. Er ging zu ihr, nahm sie in den Arm, und als sie sich zu ihm umdrehte, gab er ihr einen schnellen Kuss auf den Mund.

»Ich habe dich heute Nacht gar nicht kommen hören.«

»Du hast geschlafen wie ein Murmeltier«, sagte Leon. »Und geschnarcht wie eine Bisamratte.«

»Das ist nicht wahr«, sagte sie mit gespielt gekränkter Stimme. »Frauen schnarchen nicht.«

»Das ist ein Mythos, den die Frauenbewegung in die Welt gesetzt hat«, sagte Leon mit einem Lächeln. »Hast du etwas Neues gehört?«

»Die Gerüchteküche brodelt.«

»Bitte weihe mich ein«, sagte Leon und stellte Käse und Tapenade auf den Küchentisch.

»Ich denke, du hältst nichts von Gerüchten.«

»Im Gegenteil, ich liebe Gerüchte. Wenigstens, solange sie nicht mich betreffen.«

»Paris will die ganze Führungsmannschaft der Gendarmerie austauschen.«

»In Le Lavandou?«

»Nein, in Toulon. Der Innenminister soll so laut geflucht haben, dass sie es noch im Élysée-Palast hören konnten. Hast du gewusst, dass Lambert als möglicher Justizminister im Gespräch war?«

»Nein, keine Ahnung. Gibt es schon irgendeine Spur?«

»Überhaupt nichts. Als wäre Lambert vom Himmel gefallen.« Isabelle schüttelte den Kopf. »Aber ich schwöre dir, wir werden den ganzen Ort auf den Kopf stellen.«

»Ihr glaubt, dass er die ganze Zeit hier in Le Lavandou war?«

»Natürlich«, sie sah Leon an. »Du etwa nicht?«

»Ich denke, dass er dort abgelegt wurde, wo man ihn gefunden hat.« Leon nahm sich eine Olive aus dem Schälchen.

»Um elf Uhr soll es eine Pressekonferenz geben. In der *Mairie*, vorher ist Besprechung. Es wäre gut, wenn du auch kämst.«

»Du weißt, wie ich Pressekonferenzen hasse«, sagte Leon.

»Lass mich bitte nicht alleine mit der Meute«, Isabelle sah Leon an. »Zerna kann frühestens heute Abend hier sein.«

»Na gut, überredet. Ich wundere mich allerdings, dass dein Chef sich die Show entgehen lässt«, sagte Leon dann und mit einem Blick auf die Pfanne mit den Rühreiern. »Für wen sind die?«

»Für Lilou. Sonst frühstückt sie überhaupt nichts mehr. Hast du gesehen, wie dünn sie geworden ist?«

»Gestern sah sie noch ganz gesund aus.«

»Glaubst du, sie wird magersüchtig?« Isabelle klang besorgt.

»Nein, bestimmt nicht. Sie ist eine ganz normale Fünfzehnjährige mit gesundem Selbstbewusstsein«, sagte Leon. »Letzte Woche hat sie mir erzählt, sie will mal das erste vegane Restaurant in Le Lavandou eröffnen.«

»Wirklich? Mir hat sie gesagt, sie wolle Model werden …« Isabelle unterbrach sich, denn in diesem Moment tauchte Lilou in der Tür auf.

Das Mädchen trug eines seiner verwaschenen, ausgeleierten Sweatshirts, das ihr bis zu den Oberschenkeln herunterhing. Darunter hatte sie eine Jeans mit Löchern und Rissen an. In der Hand hielt Lilou ihren bunten Stoffbeutel mit den Schulsachen, den sie demonstrativ auf den Küchenboden plumpsen ließ. Dann schlurfte sie zum Kühlschrank, um sich eine Sojamilch zu holen.

»*Bonjour*, mein Schatz«, sagte Isabelle.

»*Bonjour*«, nuschelte Lilou in ihre Milch.

»Warum ziehst du nicht mal wieder den hübschen Jeansrock an, den wir in Marseille gekauft haben? Der steht dir so gut«, sagte Isabelle und versuchte, aufmunternd zu klingen.

»Doch nicht in die Schule, *Maman*«, murmelte Lilou, während sie ein paar Nüsse und eine Tomate aß.

»Du siehst müde aus, *ma petite*«, Isabelles Blick auf ihre Tochter war leicht besorgt, aber liebevoll. »Wann ist Olivier denn gegangen?«

Lilou gab einen genervten Seufzer von sich.

»*Bonjour, Madame.*« Olivier war in der Küchentür aufgetaucht und strahlte die Stellvertretende Polizeichefin mit seinem breiten Kinderlächeln an. »*Bonjour, Docteur*«, sagte er artig zu Leon.

»*Bonjour*, Olivier«, sagte Leon mit einem Lächeln. »Ja, diese Quadratischen Funktionen sind manchmal komplizierter, als man denkt.«

»Ist echt wahr«, sagte Olivier. »Ich frag mich, wofür man die überhaupt mal später braucht.«

»Hast du etwa hier übernachtet?« Isabelle sah Olivier an.

»*Maman*, also wirklich ...«, sagte Lilou.

»Es war voll spät. Da hab ich mich bei Lilou hingehauen«, bekannte Olivier ganz offen.

»Aber Lilou. Darüber haben wir doch gesprochen ...« Isabelles Stimme klang jetzt nicht mehr so freundlich.

»Du bist so peinlich«, sagte Lilou.

»Ich habe auch keines von den frischen Handtüchern genommen, *Madame*«, versuchte Olivier die Situation zu retten. »Ich wollte Ihnen keine Arbeit machen, oder so.«

»Ein Mann mit Prinzipien«, sagte Leon und erntete einen kurzen Blick von Isabelle. »Das finde ich gut.«

»Lilou, wir müssen uns unterhalten«, sagte Isabelle im Ton der enttäuschten Mutter, die erkennt, dass offenbar alle Erziehungsversuche vergeblich waren.

»*Maman*, bitte. Nicht jetzt«, sagte Lilou. »Wir müssen los.«

»Wenn ein Junge bei dir übernachtet, möchte ich, dass wir das vorher besprechen. Ist das denn zu viel verlangt?«

»Achtung, Schwangerschaftsalarm! Ein Junge war in meinem Zimmer«, Lilou hob demonstrativ die Hände.

»Ich habe voll auf dem Sofa gepennt, echt, *Madame*. Das Bett ist viel zu eng, um zu ...«, Olivier merkte, dass er gerade dabei war, sich zu verplappern, und sah Isabelle mit seinem treuen Hundeblick an.

Leon musste grinsen, was Isabelle nicht entging.

»Jetzt sag doch auch mal was!« Isabelle sah Leon auffordernd an.

»Ich denke, die beiden haben recht. Sie müssen los,

wenn sie noch rechtzeitig in die Schule kommen wollen.« Leon registrierte einen dankbaren Blick von Lilou.

Olivier bückte sich, hob Lilous Rucksack auf und reichte ihn galant Lilou. »Dein Rucksack«, sagte er.

»Gib her«, Lilou nahm ihm den Rucksack aus der Hand. »Sind wir jetzt hier beim Bachelor, oder was? Ciao, *Maman*, ciao, Leon.«

Lilou und Olivier marschierten aus der Küche.

»Und was ist mit Frühstück?« Isabelle betrachtete enttäuscht die Rühreier in der Pfanne.

»Wir holen uns Croissants bei Lou«, rief Isabelles Tochter, und Sekunden später fiel die Haustür ins Schloss.

»Danke für deine großartige Unterstützung«, sagte Isabelle bitter.

»Lilou ist ein tolles Mädchen. Du siehst doch, wie sie mit Olivier umgeht«, sagte Leon. »Die hat alles im Griff.«

Leon hatte sich vom ersten Augenblick an mit Lilou verstanden. Er selber hatte keine Kinder, aber er schien einen angeborenen Instinkt dafür zu haben, wie man eine pubertierende Fünfzehnjährige behandeln musste. Vielleicht lag es einfach daran, dass er sich nie große Gedanken über Kindererziehung gemacht hatte und Lilou das Gefühl gab, dass er sie als gleichberechtigte Mitbewohnerin betrachtete. Er mochte die freche, selbstbewusste Art des Mädchens, und es gab immer wieder Situationen, da kam Lilou mit ihren Problemen erst zu ihm, bevor sie sich ihrer Mutter anvertraute. Anfangs hatte das bei Isabelle für Verunsicherung gesorgt, aber inzwischen war sie dankbar, dass Leon für ihre Tochter so etwas wie ein Ersatzvater und Freund geworden war.

»Du überschätzt sie, Leon«, sagte Isabelle. »Sie wirkt erwachsen, ich weiß, aber in ihrer Seele ist sie erst fünfzehn.«

»Du machst dir Sorgen wegen Olivier?«

»Er ist ein Junge. Was ist, wenn sie miteinander schlafen?«

»Was soll ich machen, das Bett auf fremde DNA untersuchen?«, fragte Leon. »Isabelle, ich glaube nicht, dass Olivier irgendetwas probieren würde, das Lilou nicht will.«

»Trotzdem. Bitte rede mal mit ihr«, sagte Isabelle. »Auf dich hört sie. Ich bin nur die nervige Mutter.«

»Nein, du bist eine fantastische Mutter«, sagte Leon und lächelte sie an. »Meinst du, ich kann das Rührei haben?«

12. KAPITEL

Die Nachricht vom wieder aufgetauchten Richter traf Le Lavandou wie ein Tsunami. Der verschlafene Küstenort wurde sozusagen über Nacht aus seiner beschaulichen Vorsaisonruhe gerissen. Wie ein Schwarm Hornissen fielen die TV-Stationen über die Stadt her und parkten mit ihren Vans und den großen Parabolantennen die Uferpromenade zu. Das wiederum führte zu Ärger mit den Touristen, die nicht mehr wussten, wo sie ihre Autos abstellen sollten. Und dann waren da noch die Pensionäre, die mit ihren *tou-tous*, ihren Hündchen, zum Morgenspaziergang unterwegs waren und plötzlich über armdicke Stromkabel der Sendewagen stolperten.

Man konnte die Spannung regelrecht spüren, die über dem Küstenort lag. Egal, ob man beim Bäcker, Metzger, im Zeitungsladen oder an der Kasse des Supermarktes stand, alle beschäftigte nur eine Frage: Was war mit Nicolas Lambert passiert?

Und genau diese Frage stellten auch die Fernsehteams, die jeden in Le Lavandou ansprachen, der ihnen vor die Kamera lief. Die Spekulationen um Richter Lambert wurden von Stunde zu Stunde abenteuerlicher. Die meisten Bewohner von Le Lavandou waren überzeugt, dass der Richter ein Casanova war, der von einem eifersüchtigen Ehemann überrascht worden war, als er gerade dessen Frau verführte. Andere vermuteten weniger romantische

Umstände und glaubten, dass Lambert Drogen genommen oder Opfer eines tagelangen Saufgelages geworden war. Und dann gab es natürlich noch Madame Auteuil, die pensionierte Lehrerin, die schwor, dass sie den Richter bei Mondschein nackt über den Strand hatte laufen sehen.

Kurz gesagt: In Le Lavandou schien niemand auch nur die geringste Ahnung zu haben, was dem Richter wirklich widerfahren war. In dieser Beziehung ging es den Bewohnern nicht anders als der Polizei.

Leon nahm wie immer den Fußweg durch die Gärten, während Isabelle schon mit dem Wagen vorgefahren war. Der Weg war knochentrocken, die Erde hellbraun und rissig, und jeder Schritt wirbelte eine kleine Staubwolke auf. Das Gras, das in anderen Jahren kniehoch den Pfad durch die Gärten säumte, bedeckte jetzt den Boden nur als grüner Flaum. Die Natur sehnte sich nach Wasser.

Leon überquerte die Avenue de Provence. Er ging am Kriegerdenkmal vorbei und weiter zum Platz unter den Platanen, dessen Brunnen nach dem Unfall des betrunkenen Apothekersohns immer noch nicht repariert worden war. Die Besitzerin des Brillenladens auf der Avenue Général Charles de Gaulle winkte Leon freundlich zu. Bei »*Poulet à GoGo*« schob der Rôtisseur die ersten Hähnchen vor die Flammen des Grills. Das Müllauto kam wie üblich nicht am Lieferwagen der Metzgerei vorbei, und die Besitzerin des Blumenladens stritt sich mal wieder mit der Verkäuferin vom Schuhgeschäft um die besten Plätze auf dem Trottoir für ihre Auslagen.

Leon spürte, wie sehr ihm dieser Ort inzwischen ans Herz gewachsen war und wie weit er bereits sein Leben in Frankfurt hinter sich gelassen hatte. Le Lavandou war ein ganz besonderer Platz. Nicht weil es die schicken Leute angezogen hätte, wie es Saint-Tropez tat, oder weil es wie Monaco für wilde Partynächte oder seinen teuren Yachthafen berühmt gewesen wäre. Ganz im Gegenteil, dieser Ferienort zeichnete sich dadurch aus, dass er die meisten Trends der letzten Jahrzehnte verschlafen hatte. Dafür hatte er sich etwas bewahrt, das so viele Orte der Provence längst verloren hatten, einen unvergleichlichen Charme. Es war Le Lavandou gelungen, genau das zu bleiben, was es schon immer gewesen war. Ein verschlafener Flecken am Meer, der auf Französisch weiterträumte, während sich die anderen Orte der Côte d'Azur in seelenlose, immer gleichförmigere Ansammlungen von Edelboutiquen verwandelten.

Leon nahm die wenigen Stufen zum Quai Gabriel Péri, bog an der Brasserie du Centre um die Ecke und befand sich plötzlich in einer anderen Welt. Vor dem Eingang des Rathauses drängte sich eine schimpfende Horde von Journalisten, die von zwei Beamten der Gendarmerie nur mühsam davon abgehalten werden konnte, das Gebäude zu stürmen. Als Leon näher kam, lief eine dürre dunkelhaarige Frau auf ihn zu, die ein Mikrofon in der Hand hielt und einen Kameramann hinter sich herzerrte. Leon erkannte sie sofort. Brigitte Dupin, eine Journalistin, die es mit der Wahrheit nicht so genau nahm und ihm schon öfter Schwierigkeiten bereitet hatte. Er konnte diese Person nicht ausstehen, wusste aber, dass es gescheiter war, diplomatisch zu bleiben.

»*Docteur* Ritter«, rief die Reporterin mit ihrer schrillen Stimme. »Nur eine kurze Frage.«

Leon blieb stehen. Wie sollte er auch an der Frau vorbeikommen, die mit ihrem Kameramann geschickt den Durchgang zwischen zwei Blumenkübeln versperrte?

»Wie ich sehe, arbeiten Sie inzwischen fürs Fernsehen«, sagte Leon höflich.

»Das Fernsehen ist immer auf der Suche nach guten Leuten«, sagte Brigitte Dupin.

»Da waren Ihre objektiven Artikel im *Var-Matin* sicher eine Empfehlung.« Leon konnte sich den Spott nicht verkneifen.

»Ich habe gehört, dass Sie Richter Lambert das Leben gerettet haben.« Die Reporterin hielt Leon das Mikro vor den Mund.

»Nein, das waren die Notärzte der Klinik«, erklärte Leon und fragte sich, woher diese Frau von dem Zwischenfall in der Rechtsmedizin erfahren hatte. »Ich habe den Kollegen nur geholfen.«

»Ist der *Médecin Légiste* nicht nur für die Toten zuständig?«, fragte sie lauernd.

»Auch Rechtsmediziner sind ausgebildete Ärzte«, sagte Leon. »Und wir helfen, wann immer wir gebraucht werden.«

»Wieso ist dann ein schwerverletzter Mann ausgerechnet in Ihrer Abteilung gelandet, *Docteur*?« Brigitte Dupin spielte ihre Trumpfkarte aus.

»Dazu kann ich Ihnen leider nichts sagen, *Madame*«, sagte Leon höflich und fragte sich gleichzeitig, wer der Informant dieser unangenehmen Person war.

»Unsere Zuschauer haben ein Recht darauf zu erfahren, was genau letzte Nacht in der Klinik passiert ist.«

»Dann müssen sich Ihre Zuschauer noch etwas gedulden«, sagte Leon. »Aber ich bin sicher, dass alle Fragen auf der Pressekonferenz beantwortet werden. Und jetzt müssen Sie mich bitte entschuldigen, *Madame*. Ich werde drinnen erwartet.«

Leon drängte sich freundlich, aber bestimmt an der Reporterin und ihrem Kameramann vorbei.

»Wir sehen uns wieder, *Docteur*«, rief ihm Brigitte Dupin mit ihrer Lautsprecherstimme hinterher, und es klang in Leons Ohren wie eine Drohung.

In diesem Moment kam Bewegung in die Pressemeute, und alle Blicke richteten sich in Richtung Strand, der direkt hinter der Uferpromenade begann. Über dem Ort war das typische klatschende Geräusch eines Helikopterrotors zu hören, das schnell lauter wurde. Im nächsten Moment erschien ein Hubschrauber über den Dächern. Die Maschine beschrieb im Tiefflug einen Bogen übers Meer und schwebte dann dicht über den Wellen direkt auf den weißen Sandstrand zu. Leon hatte den Eindruck, dass der Pilot ganz bewusst eine Show abzog und extra langsam näher kam, damit ja auch alle auf der Uferpromenade ihn bemerkten. Inzwischen waren alle Kameras auf die dunkelblaue Maschine der *Gendarmerie Nationale* mit dem weißen Streifen an der Seite gerichtet.

Als der Helikopter auf dem Strand aufsetzte, wirbelten die Rotoren Sand und Staub auf, den der Wind auf die wartenden Journalisten zutrieb. In diesem Moment wurde die Schiebetür aufgestoßen, und Leon erkannte Zerna, der aus dem Hubschrauber sprang. Der Polizeichef bückte sich, als er von dem Hubschrauber weglief, so als müsste er sich vor den Rotoren in Acht nehmen, was bei seiner Körpergröße von 1,73 Metern eine geradezu lächerliche Vorsichtsmaßnahme war. Leon sah, wie der Polizeichef auf die Treppenstufen zumarschierte, die vom Strand zur Uferpromenade führten. Dabei versank Zerna bei jedem Schritt mit den hohen Absätzen seiner Cowboystiefel im Sand, was ihn noch kleiner erscheinen ließ. Aber Zerna war das egal. Er rückte seine verspiegelte Ray-Ban-Brille gerade und genoss die Show. Er wusste, dieser Augenblick gehörte ihm alleine. Zerna erreichte die Straße und winkte mit einer lässigen Geste aufdringliche TV-Journalisten zur Seite, während er auf den Glaseingang des Rathauses zustürmte.

»*Bonjour, Docteur*«, wurde Leon von Zerna ungewohnt freundlich am Eingang begrüßt.

»Endlich mal keine Probleme mit dem Parkplatz«, sagte Leon mit Blick auf den Hubschrauber, der eben wieder hinter den Hügeln verschwand.

»Von Marseille bis hierher in 35 Minuten. Sollten Sie auch mal probieren.«

»Wenn wir Rechtsmediziner gerufen werden, herrscht meist keine Eile mehr.«

»Das Innenministerium war der Meinung, dass es besser wäre, wenn ich die Koordination der Ermittlungen übernehme«, sagte Zerna und versuchte, lässig zu wirken, während er zu Leon hinaufsehen musste, der fast einen Kopf größer war.

»Das halte ich für eine sehr weise Entscheidung des Ministeriums«, sagte Leon, und Zerna sah ihn an, als sei er sich nicht sicher, ob Leon die Bemerkung ironisch gemeint hatte.

Fünf Minuten später saßen alle Beteiligten zusammen im großen Besprechungsraum des *Hôtel de Ville*, des Rathauses. Normalerweise wurden solche Lagebesprechungen in den Räumen der *Gendarmerie Nationale* abgehalten, aber angesichts der großen Aufmerksamkeit, die dieser Fall hatte, und wegen der anschließenden Pressekonferenz war man auf das Rathaus ausgewichen.

Polizeichef Zerna saß in der Mitte mit dem Rücken zum Fenster. Flankiert wurde er von seiner Stellvertreterin Isabelle Morell und Bürgermeister Nortier, der es sich nicht nehmen ließ, an einer so wichtigen Besprechung in seinem Amtssitz teilzunehmen. Außerdem waren noch einige Beamte der Gendarmerie mitgekommen, um Präsenz zu zeigen. Das war heute auch bitter nötig. Denn diesmal waren es nicht Zerna und die Gendarmerie, die das Sagen hatten, selbst wenn der Polizeichef sich das gewünscht hätte.

Wenn sich ein Verbrechen ereignet hatte, musste die örtliche Gendarmerie den Fall an die Kriminalpolizei in Toulon abgeben. Zerna hasste diese Regelung, und ganz besonders hasste er *Madame la Commissaire* Patrizia Lapierre vom Dezernat für Mord und Entführungen. Und genau diese Dame saß ihm jetzt gegenüber. *Madame* trug wie immer ein blaues Kostüm und eine weiße Bluse. Auf ihrem Blazer war die stilisierte Distel, das Emblem der Kriminalpolizei, zu erkennen. Die Kommissarin ordnete zum wiederholten Mal den Ermittlungsbericht, den Notizblock und den Kugelschreiber vor sich auf dem Tisch. Sie saß stocksteif mit durchgedrücktem Rücken und eiserner Miene da und versuchte, Augenkontakt mit anderen Teilnehmern zu vermeiden. Lapierre lächelte nie, weil sie glaubte, sich nur durch besonders strenges Auftreten Respekt verschaffen zu können. Leon wusste, dass das Selbstvertrauen hinter dieser Fassade gering war, besonders heute, wo Madame Lapierre die Versammlung nicht leiten durfte. Wichtigster Mann im Raum war diesmal Staatsanwalt Julian Orlandy.

Orlandy war ein Karriere-Jurist, der es mit seinen 33 Jahren bereits zum Vertreter des Oberstaatsanwaltes gebracht hatte. Was ihm jetzt noch für den Sprung nach ganz oben fehlte, war ein spektakulärer Fall. Und vielleicht war das hier ja die Chance, auf die er gewartet hatte. Denn heute gab es jemanden in der Runde, den man beeindrucken konnte. Jean-Pierre Fontaine, Staatssekretär aus dem Innenministerium, der sich bisher im Hintergrund gehalten und nur beobachtet hatte.

»Was wir brauchen, sind Namen, Namen und nochmals Namen!« Der Staatsanwalt warf den Bericht abfällig vor sich auf den Tisch. »Das hier, *Commandant*«, damit sah er Zerna an, »ist nichts als heiße Luft.«

»Es sind die Ergebnisse unserer bisherigen Ermittlungen«, sagte Zerna.

»Ich bin erstaunt, dass Sie das Ergebnisse nennen.« Jetzt war es an Lapierre, dem Staatssekretär zu zeigen, dass sie wusste, wie man diesen Provinzpolizisten Dampf machte. »In diesem Bericht steht rein gar nichts. Es gibt nicht mal eine Liste von Tätern, die schon einmal mit ähnlichen Verbrechen in Verbindung gebracht wurden.«

»Das ist richtig, *Madame*«, sagte Zerna, und es fiel ihm zunehmend schwer, vor diesem Haufen von Wichtigtuern nicht die Beherrschung zu verlieren. »Wir wissen ja noch nicht einmal, mit welcher Art von Verbrechen wir es hier zu tun haben.«

»Wie wäre es zum Beispiel mit einer Entführung?«, fragte der Staatsanwalt süffisant. »Damit würde ich doch schon mal anfangen.«

»Ein Entführungsopfer, das einfach so wieder auftaucht?« Zerna war nicht bereit, sich und seine Leute von dem Staatsanwalt vorführen zu lassen. »Was für eine Entführung soll das sein, bei der es keinerlei Forderungen gibt?«

»Vielleicht konnte Richter Lambert ja seinen Kidnappern entkommen. Haben Sie darüber schon mal nachgedacht?«, hakte der Staatsanwalt nach.

Leon hatte sich ganz ans Ende des Besprechungstisches gesetzt. Er konnte sehen, wie die Ader an Zernas rechter Schläfe pochte. Ein cholerischer Anfall schien unabwendbar. Versuchte der Staatsanwalt, ihn deshalb zu provozieren? Es war an der Zeit, dass er Isabelle und ihrem Chef zu Hilfe kam.

»Dass Richter Lambert entkommen ist, halte ich für ausgeschlossen«, Leon sprach ganz ruhig, aber laut und deutlich. Alle drehten sich zu ihm um.

»Sie möchten etwas sagen?« Die Bemerkung des Staatsanwalts kam leise und gefährlich.

Leon ignorierte den Ton und sprach einfach weiter. »Aufgrund der Verletzungen und des Allgemeinzustandes von Monsieur Lambert schließe ich eine Flucht definitiv aus. Ich denke, das würden die behandelnden Ärzte Ihnen bestätigen.«

»Sie sind ...?«, fragte der Mann aus dem Innenministerium.

»Doktor Ritter, Rechtsmediziner«, sagte Leon.

»Ah, der *Médecin Légiste*, ich verstehe«, Fontaine nickte langsam mit dem Kopf, als hätte er schon so einige üble Dinge über Leon gehört. »Auf Ihre Rolle in diesem unfassbaren Schlamassel kommen wir später noch zu sprechen.«

»Ich weiß nicht genau, welchen Schlamassel Sie meinen. Ich weiß nur, dass die Ärzte von Saint-Sulpice Richter Lambert das Leben gerettet haben.«

Leon beobachtete, wie Fontaine sich räusperte und dann mit dem Finger in seinen Kragen fuhr, um sich Luft zu verschaffen. Typischer Fall von Hyperthyreose, dachte Leon. Zu den Symptomen einer Schilddrüsenüberfunktion passte auch der leichte Kropf, den der Mann aus dem Ministerium hatte. Aufregung sollte Fontaine in jedem Fall vermeiden, dachte Leon, aber das hatte ihm sein Arzt sicher schon öfter gesagt.

»Ich frage mich, wie Monsieur Lambert überhaupt in Ihrer Abteilung landen konnte«, Fontaine tippte auf die schmale Akte. »Das ist mehr als befremdlich.«

»Deswegen hatte ich jedenfalls Gelegenheit, mir einen ersten Eindruck von der Verfassung des Richters zu verschaffen«, Leon machte eine kurze Pause. »Es war offensichtlich, dass er misshandelt worden war.«

»Und das haben Sie alles in den wenigen Sekunden festgestellt, bevor Sie bemerkten, dass er noch am Leben war?«

»Man bekommt einen Blick für diese spezielle Art von Verletzungen, *Monsieur Secrétaire d'État*.«

»Für Richter Lambert wäre es das Beste gewesen, wenn man ihn sofort in die Notaufnahme gebracht hätte«, mischte sich der Staatsanwalt wieder ein. »Da sind wir uns doch hoffentlich alle einig.«

»Ich bin der Rechtsmediziner. Für den Transport der Opfer sind andere zuständig.«

»Danke, das ist uns durchaus bekannt«, sagte der Staatsanwalt und sah Zerna dabei an.

»Es ist alles absolut korrekt abgelaufen.« Zerna ging sofort zum Gegenangriff über. »Das genaue Protokoll liegt dem Bericht bei, den Sie bekommen haben.«

»Ein Bericht der Schande«, bemerkte Fontaine theatralisch.

Bevor die Stimmung kippte, beschloss Leon, noch einmal einzugreifen.

»Die sichere Feststellung des Todes ist gelegentlich nicht so einfach«, sagte er und hatte sofort die Aufmerksamkeit der Versammlung. »Es kann psychische und physische Einwirkungen auf einen Menschen geben, bei denen der Körper katatonisch reagiert. Etwa bei extremem Stress, bei starken Schmerzen oder bei schwerer Folter. Dann kann der Körper in eine Art Schockstarre fallen. Die Muskeln verkrampfen und werden hart, ähnlich wie bei der Totenstarre. Der Puls reduziert sich auf wenige Schläge in der Minute. Und wenn dann auch noch die Atmung flach und schwach ist …«

»Ich bitte Sie. Jeder Arzt würde doch so etwas erkennen.«

»Da muss ich leider widersprechen«, sagte Leon. »Auch Ärzte haben sich in solchen Fällen schon geirrt.«

»Wollen Sie damit sagen, dass die Polizei schuld an dem Schlamassel ist?«, setzte der Staatsanwalt nach und sah zu Fontaine herüber, ob der auch merkte, dass er sich für ihn starkmachte.

»Nein. Ich will damit nur sagen, dass es unter bestimmten Umständen zu Fehleinschätzungen kommen kann.«

»Danke für die interessanten Erläuterungen«, unterbrach Fontaine die Diskussion und sah Zerna an. »Der Minister will wissen, wer die Verantwortung für diesen Vorfall trägt, und zwar bis heute Mittag.«

»Wir müssen in dieser Sache noch mit verschiedenen Zeugen sprechen, *Monsieur*.« Zerna hielt Fontaine die offenen Handflächen hin, als wollte er zeigen, dass er nichts zu verbergen hatte. »Das dauert seine Zeit.«

»Wir reden vom Innenminister der Republik«, sagte Fontaine, und bei ihm klang das so, als ginge es um den lieben Gott.

»Sagen Sie doch dem Minister, es handele sich um eine Verkettung unglücklicher Umstände«, empfahl Leon.

»Sollten wir uns jetzt nicht erst einmal auf die nächsten Ermittlungsschritte konzentrieren?« Isabelle spürte, dass die Stimmung zu kippen drohte, und sah den Staatsanwalt freundlich an. »Damit könnten wir auch die Presse besänftigen.«

»Glauben Sie bloß nicht, dass die Presse Ihnen das abkauft«, sagte der Mann vom Innenministerium, und er sollte recht behalten.

Die Pressekonferenz, die eine halbe Stunde später stattfand, war ein Witz. Da die verschiedenen Interessengruppen versuchten, sich gegenseitig die Schuld zuzuschieben, verstrickten sich die Anwesenden in immer größere Widersprüche. Zerna wollte die Tatsache, dass der lebende Richter im Leichensack in der Rechtsmedizin gelandet war, als dummen Fehler der Klinik darstellen. Die Staatsanwaltschaft sprach von einer Verkettung unglücklicher Umstände, und der Beobachter des Ministeriums versicherte, der Innenminister werde die Angelegenheit zur Chefsache machen, um die ungeheuren Vorgänge aufzudecken.

Die Journalisten spürten sofort, dass hier ein Skandal unter den Teppich gekehrt werden sollte, und reagierten entsprechend. »Richter Lambert, scheintot auf dem Seziertisch«, titelte der *Var-Matin*. Und Journalistin Dupin von *Canal 6* begann ihre Reportage mit einem Schwenk über das Meer. Dann richtete sich die Kamera auf sie.

»Stellen Sie sich vor, Sie haben einen schweren Unfall. Und wenn Sie wieder zu sich kommen, liegen Sie auf dem Seziertisch in der Pathologie. Und der Gerichtsmediziner ist gerade dabei, Ihren Körper mit dem Skalpell aufzuschneiden«, begann die Reporterin. »Diesen Alptraum musste Richter Lambert durchleiden, weil Polizei und Ärzte auf ganzer Linie versagt haben – mit entsetzlichen Folgen ...«

Le Lavandou würde mit einem Skandal in die neue Saison starten.

13. KAPITEL

Leon stand bei der Pressekonferenz etwas abseits und sagte gar nichts. Das war auch nicht nötig, da die Veranstaltung vor allem durch die Vertreter von *Gendarmerie Nationale*, Kriminalpolizei und Staatsanwaltschaft bestritten wurde. Nach etwa zehn Minuten flüsterte Leon der Stellvertretenden Polizeichefin ins Ohr, dass er sich jetzt absetzen würde. Wenn man ihn suchte, könnte man ihn aller Wahrscheinlichkeit nach am Bouleplatz finden.

Leon war ein ausgeglichener Mensch, aber wenn es etwas gab, das ihn wirklich tiefenentspannte, dann war das Boule-Spielen, oder *Pétanque*, wie man hier im Süden sagte. Die Ruhe vor dem Wurf, das Antizipieren des Laufs der Kugel, das Entwickeln einer Strategie, das waren Dinge, die seine Konzentration forderten und bei denen er vollkommen abschalten konnte.

»*Oh là, là ... merde*!« Jérémy blies die Backen auf und wedelte aufgeregt mit den Händen, als seine Kugel das *Cochonnet*, die kleine hölzerne Zielkugel, verfehlte, vom Boden absprang und gegen den Begrenzungsbalken prallte.

Unter den Platanen am Quai Gabriel Péri standen Leon, die alte Véronique und Jérémy, der Besitzer des *Miou*, und warfen ein paar Kugeln. Dabei ging es den Boulespielern weniger um die Partie als darum, den *Médecin Légiste* in eine Unterhaltung zu verwickeln. Denn alle am Platz brannten darauf, Neuigkeiten zum Fall Lambert zu erfahren. Und wer hätte ihre Neugier besser befriedigen können als der Mann, der die ganze aufregende Tragödie sozusagen aus nächster Nähe hatte miterleben dürfen.

»Wenn du dich so aufregst, Jérémy«, sagte Véronique, »landest du auch noch mal bei Leon auf dem Seziertisch.« Dann lachte sie, was bei ihr immer wie ein Husten klang.

»Im Fernsehen haben sie gesagt, du hättest schon das Messer am Richter angesetzt«, bemerkte Jean-Claude, der wie immer in seinem Rollstuhl saß und ein Glas Pastis in der Hand hielt.

»Ganz so schlimm war es, Gott sei Dank, nicht«, sagte Leon.

»Das ist echt 'ne beschissene Vorstellung«, Jérémy sammelte seine beiden Kugeln ein. »Du wachst auf, und da steht einer mit dem Messer vor dir und will dich aufschneiden. Ich glaube, ich würde durchdrehen.«

»Wenn mich schon einer aufschneidet, wärst du mir am liebsten, Leon.« Véronique lachte.

»Ehrlich gesagt«, Leon sah seine Mitspieler an, die sich ihm zuwandten, um kein Wort zu verpassen. »Der Richter hat das alles gar nicht mehr richtig mitbekommen.«

»Ich habe gehört, die Ärzte haben ihn ins Koma versetzt, damit er nicht verrückt wird.« Yolande brachte ein Tablett mit Gläsern, in denen Rosé funkelte. »Eine Runde für die Spieler.«

»Danke, Yolande«, sagte Leon. »Aber Sie wissen ja: kein Wein vor 19 Uhr. Ich nehme noch einen *noisette*.« Leon liebte den Espresso mit dem Sahnehäubchen.

»Gib mir seinen Wein«, sagte Jean-Claude. »Die Deutschen und ihre Prinzipien. Kein Wunder, dass euch keiner leiden kann.« Damit nahm er das Glas vom Tablett und prostete Leon zu.

»Also, was war mit dem künstlichen Koma?«, fragte Jérémy.

»Die Ärzte machen das, um den Organismus zu entlasten, damit der Körper wieder Kräfte sammeln kann. In so einem Fall kann das Tage oder sogar Wochen dauern.«

»Und wie soll der Richter dann erzählen, was ihm passiert ist?« Yolande klang enttäuscht, so als hätte Leon sie gerade um eine gute Geschichte gebracht.

»Ich fürchte, darauf werden wir alle noch eine Weile warten müssen«, sagte Leon, während er seine Kugeln einsammelte.

»Der *Noisette* kommt gleich«, Yolande ging zum Tresen und schwang dabei ihre Hüften, die wie immer in einem zu engen Rock steckten.

»Ich schau noch mal in die Zeitung«, sagte Leon, während er zu dem Tisch ging, wo seine *Frankfurter Allgemeine* und das Handy lagen.

»Und das ist alles, was du weißt?«, fragte Jérémy enttäuscht. »Ich denke, du sitzt direkt an der Quelle.«

Leon winkte ab und suchte nach einem Taschentuch, um sich den Staub der Boulekugeln von den Händen zu wischen. Als er in die Tasche seines Sakkos griff, stieß er wieder auf den Zettel der unbekannten Verehrerin. Leon wollte ihn eigentlich zusammenknüllen, doch er zögerte. Nicht aus erotischem Interesse, es war vielmehr die Neugier, die ihn davon abhielt, die geheimnisvolle Botschaft zu vernichten. Was, wenn es tatsächlich die nette Anästhesistin war, die sich nur einen Scherz mit ihm erlaubte? War er schon so spießig, dass er keinen Spaß mehr verstand? Leon schmunzelte, dann gab er sich einen Ruck und tippte die Nummer in sein Display. Es klingelte, aber niemand hob ab. Leon wollte gerade wieder auflegen, als sich eine junge Frauenstimme meldete.

»Hallo …?«, sagte die Unbekannte.

Leon zögerte, irgendwie kam ihm die Stimme bekannt vor. In diesem Moment fiel ihm ein, dass er nicht einmal den Namen der Anästhesistin kannte. Aber für einen Rückzieher war es jetzt zu spät.

»Entschuldigen Sie«, sagte Leon, »ich glaube, jetzt habe ich mich verwählt.«

»Das glaube ich aber gar nicht …«, sagte die Frau am Telefon, und in ihrer Stimme schwang eine leichte Provokation mit.

In diesem Moment fiel ihm ein, wann er diese Stimme schon einmal gehört hatte. Es war die Patientin, die er für Dr. Menez begutachtet hatte. Im Augenblick, als er ihre Stimme erkannte, wusste er, dass dieser Anruf ein Fehler war.

»Du hast meine Nachricht also gefunden«, sagte die Frau sanft. »Ich wusste, dass du anrufst. Ich habe es vom ersten Moment an gewusst, als wir uns getroffen haben.«

Der vertrauliche Ton hatte für Leon etwas Beunruhigendes. Er musste dieses Gespräch sofort beenden.

»Tut mir leid, *Madame*«, sagte Leon betont distanziert. »Ich dachte, eine Kollegin hätte mir ihre Nummer hinterlassen. Bitte entschuldigen Sie die Verwechslung. Auf Wiederhören.«

Bevor die Frau ihm antworten konnte, hatte er aufgelegt. Ein ungutes Gefühl überkam ihn. Er hatte schon bei der Untersuchung vermutet, dass diese Patientin psychische Probleme hatte. Jetzt war er sicher, dass er mit seiner Einschätzung richtiglag. Das Dumme an der Sache war, dass sie jetzt seine Handynummer besaß.

»Hallo, *Docteur*«, Olivier war an seinem Tisch stehen geblieben. Für einen Augenblick kam sich Leon vor, als hätte ihn der Junge bei etwas Verbotenem erwischt.

»Sorry, ich wollte Sie nicht stören, echt«, sagte Olivier.

»Tust du nicht.« Leon steckte das Handy ein und deutete auf den freien Platz. »Komm, setz dich. Willst du 'ne Cola?«

»Danke, Doc«, nickte Olivier. Er rutschte unruhig auf dem Stuhl hin und her, als wüsste er nicht genau, wo er seine Beine verstauen sollte.

»Yolande«, rief Leon, »können Sie bitte meinem Freund Olivier eine Cola bringen?«

»Kommt sofort«, rief Yolande gut gelaunt.

Olivier trug Bermudas und ein T-Shirt. Leon sah sich kurz um, aber von Lilou war nichts zu sehen.

»Ist Lilou nicht mitgekommen?«, fragte Leon. Von Olivier kam nur ein vielsagendes Brummen. »Ist irgendwas?«

»Sie hat mich abserviert«, sagte Olivier. Es klang nicht verzweifelt, eher wie die Feststellung einer traurigen, aber unabänderlichen Wahrheit.

»Ach komm, Olivier, heute Morgen hab ich euch doch noch zusammen gesehen.«

»Das sah nur so aus.«

»Ein anderer Junge?«, fragte Leon.

»Woher wissen Sie das?«

»Langjährige Erfahrung.«

»Echt?«

»Stell dir vor, ich war auch mal jung«, sagte Leon. Olivier lächelte zum ersten Mal. »Die schlechte Nachricht ist: So etwas kann dir immer wieder passieren.«

»Und was ist die gute Nachricht?«

»Man lernt, darüber hinwegzukommen.«

»Ich weiß nicht, ob ich dazu Lust habe.«

»Du bist ein sympathischer Kerl, Olivier.«

In diesem Moment brachte Yolande den Espresso und die Cola.

»Ich hab dir extra viel Eis reingetan«, sagte Yolande zu dem jungen Gast.

»Danke, *Madame*«, sagte Olivier höflich. Yolande lächelte ihn an und verschwand.

»Die Frauen mögen dich, warte es ab.« Leon gab zwei Löffel Zucker in den Espresso und rührte um. »Und Lilou mag dich sowieso. Sie weiß es nur noch nicht so genau.«

»Er heißt Arthur. Ist schon achtzehn.« Olivier titschte mit dem Finger auf die Eiswürfel. »Aber er ist ein Arsch. Wissen Sie, was sein Vater ihm geschenkt hat? Ein Mercedes-Cabrio. Zum Führerschein. Ist doch irre, oder?«

»Auf Geld kommt's nicht an.«

»Echt nicht? Ich weiß nicht«, Olivier betrachtete die Cola in seiner Hand. »Die Mädchen fahren total auf ihn ab.«

»Wenn er so ein Vollpfosten ist, wie du sagst, wird Lilou es auch merken.«

»Glauben Sie?«

»Da bin ich sogar ganz sicher.«

Olivier schlürfte an der Cola und sah zwei jungen Mädchen hinterher, die untergehakt vorbeiliefen und kicherten.

»Warum ist alles immer so kompliziert?«

»Das ist das ganz große Geheimnis des Lebens.«

Olivier sah auf die Uhr, die im *Miou* über dem Tresen hing.

»Gleich halb fünf. Ich muss los. Ich arbeite im Hafen bei den Yachten. Putzen, streichen und so was.«

»Sehr gut. Meinst du, du kannst mir auch mal mit dem Haus helfen? Ich will die Küche umbauen.«

»Ja klar, gerne. Jederzeit. Und danke für die Cola, *Docteur.*«

Olivier lief davon und grüßte lässig mit der Hand über der Schulter, ohne sich noch einmal umzusehen. Leon sah dem Jungen nach und dachte daran, dass er wohl selber nie alt genug werden würde, um das Geheimnis des Lebens zu lüften.

14. KAPITEL

Kurz hinter dem Flughafen Toulon-Hyères wurde das Land flach wie ein Teller. Hier begann die Halbinsel von Giens. Ein breites Sumpfgebiet, in dem sich bis Mitte der Neunzigerjahre die Salinen befunden hatten. Heute stand das Land unter Naturschutz und wurde von seltenen Wasservögeln bevölkert. Isabelle hatte die D197 genommen, die schnurgerade bis zur Spitze der Halbinsel führte, wo die Fähren zu den Inseln ablegten. Neben ihr saß Didier und schwieg beleidigt. Isabelle konnte seinen Ärger verstehen. Sie sollten irgendeinen jungen Kerl überprüfen, der sich eine Schussverletzung bei einem Jagdunfall zugezogen hatte. *Mon Dieu*, konnten diese Idioten nicht besser aufpassen? Während die Kollegen in der Gendarmerie von Le Lavandou zu ermitteln versuchten, wo Richter Nicolas Lambert die letzten fünf Tage verbracht hatte, musste sie durch die Pampa gondeln, um irgendwelche Sonntagsjäger zu befragen.

»Da hätten sie genauso gut jemanden von der *Municipale* schicken können«, schimpfte Didier.

Isabelle musste ihrem Kollegen recht geben. Die *Police Municipale* war zwar normalerweise für den Verkehr zuständig, aber sie kümmerte sich auch um kleine Ordnungswidrigkeiten. Aber nein, Zerna musste ausgerechnet sie von dem Fall des Jahres abziehen. Isabelle klappte die Sonnenblende herunter und schaute über die ehemaligen Salzlagunen, die sich kilometerweit vor ihnen ausdehnten.

»Kannst du mir mal verraten, was es hier zu jagen geben soll?«, fragte Didier.

»Im Protokoll der Klinik stand was von Schussverletzung bei der Jagd auf Wildschweine.«

»Hier in den Sümpfen? Können Wildschweine überhaupt schwimmen?«

»Jetzt müsste es irgendwo abgehen«, sagte Isabelle und fuhr langsamer.

»Wer will denn hier schon wohnen?«, fragte Didier.

»Früher gab es eine Menge Familienbetriebe in der Gegend. Die haben alle Salz produziert«, erklärte Isabelle.

»Echt?« Didier sah von der Karte auf seinem Smartphone auf und deutete auf einen Feldweg, der etwa dreißig Meter vor ihnen nach rechts abbog. »Da vorne, das müsste die Abzweigung sein.«

Isabelle lenkte den Streifenwagen auf eine einspurige Sandpiste, die zwischen ehemaligen Salinen verschwand, die inzwischen von wilden Büschen und Sträuchern eingewachsen waren. Nur vereinzelt standen hier noch Gruppen von Pinien oder Platanen, die Schatten spendeten. In dem flachen Wasser einer Lagune, in dem früher das begehrte *Fleur de Sel* abgeschöpft worden war, stolzierte eine Gruppe Flamingos auf der Suche nach Muscheln und Krebsen. Als sie den Wagen der Gendarmerie kommen sahen, erhoben sie sich mit eleganten Flügelschlägen und glitten wie eine rosa Wolke zur nächsten Lagune. Isabelle ließ ihre Scheibe herunter. Hier draußen über den schattenlosen Sümpfen brannte die Sonne wie im Hochsommer vom Himmel, dabei hatten sie erst März.

»Da vorne sind Häuser«, Didier deutete zu einer Baumgruppe, unter der das Flachdach eines Gebäudes zu erkennen war.

»Das könnte es sein«, sagte Isabelle und fuhr langsamer.

»Ganz schön runtergekommen, die Bude«, sagte Didier.

Inzwischen konnte man einen Bungalow und einen Schuppen erkennen. Davor standen rostige Regale und ein verwitterter Traktor. Offenbar stammte die Anlage aus der Zeit, als hier noch Salz gewonnen wurde. Als der Polizeiwagen nur noch hundert Meter von dem Haus entfernt war, hielt Isabelle an.

»Gibst du mir bitte mal das Fernglas, Didier?«

Ihr Partner reichte ihr das Glas, das neben ihm in der Tür in einer Halterung steckte. Isabelle beobachtete schweigend das Gebäude.

»Siehst du was?«

»Was für einen Wagen hat Richter Lambert? Einen BMW, richtig?«

»Ein weißer X4, SUV. Sauteures Teil, können wir uns nie leisten.«

»Ich glaube, genau so einer steht da,« sagte Isabelle und reichte ihrem Partner das Glas. »Gleich neben dem Schuppen unter den Bäumen. Ich kann das Kennzeichen nicht sehen. Die Heckklappe steht offen.«

Während Didier durch das Fernglas sah, griff Isabelle zum Funkgerät und drückte die Sendetaste.

»*Capitaine* Morell«, meldete sie sich. »Es geht um eine Fahrzeugüberprüfung. Wie lautet das Kennzeichen des gesuchten BMW von Nicolas Lambert?«

Es dauerte keine fünf Sekunden, da hatte Isabelle die nötigen Informationen und fuhr weiter auf das Haus zu. Der Weg beschrieb eine leichte Kurve und endete an einem rostigen Blechtor, das weit offen stand. Isabelle fuhr auf das Grundstück und stoppte vor dem Schuppen. Überall war Schrott gestapelt. Neben dem Gebäude standen vier identische Waschmaschinen mit eingeschlagenem Glas, die offensichtlich aus einem Waschsalon stammten. Aus dem Haus tönte laute Heavy-Metal-Musik.

»Die haben es sich hier ja richtig gemütlich eingerichtet«, Didier stieg aus. Es war niemand zu sehen.

»Ich schätze mal, die erwarten keinen Besuch«, sagte Isabelle.

Didier sah zu dem Haus hinüber, dann ging er zu dem weißen BMW X4 und zog die offene Heckklappe hinunter.

»Ist 'ne Nummer von hier«, rief er Isabelle zu, die beim Einsatzwagen wartete. »856 AJH 83«, sagte Didier, während er zu Isabelle zurückkam.

»Wirklich?« Isabelle sah ihren Partner verblüfft an. »Das ist das Kennzeichen von Richter Lamberts Auto. Ich rufe die Zentrale an.« Sie öffnete die Fahrertür.

»*Et voilà la merde*«, sagte Didier in einem Ton, als würde er sich freuen, dass der Routineeinsatz plötzlich eine so unerwartete Wende nahm. Er zog seine Waffe, und bevor Isabelle etwas sagen konnte, sprintete er geduckt zum Hauseingang.

»Didier! Warte! Ich fordere Verstärkung an«, rief Isabelle ihm mit gedämpfter Stimme zu.

»Vergiss es, den Kerl holen wir uns jetzt.«

Didier riss die Haustür auf und stürzte in das Gebäude. Im nächsten Moment war Gepolter zu hören. Etwas fiel um, Glas splitterte, und dann verstummte die Musik.

»Verdammt!«, sagte Isabelle, zog ihre Waffe und lief auf die offene Tür zu. »Didier?!«, rief sie.

Es kam keine Antwort. Isabelle duckte sich und spähte

mit einem kurzen Blick in den Hausflur, aber da war niemand. Sie hielt jetzt ihre Sig Sauer mit beiden Händen. Isabelle lief in den düsteren Gang und stieß mit dem Fuß die Tür zum Wohnzimmer auf. Mit einem Schritt stand sie im Raum. Die Jalousie war halb geschlossen und sorgte für ein Halbdunkel, an das sich die Augen erst gewöhnen mussten. Die Wände waren schmutzig. Neben der Tür hing ein altes Plakat, das eine verschneite Berglandschaft zeigte, der Teppich auf dem Boden hatte Löcher. Auf dem Holztisch unter dem Fenster lagen Plastiktütchen, die mit einer hellen Substanz gefüllt waren. Crystal Meth, vermutete Isabelle. Auf einem Flachbildfernseher lief ohne Ton eine Road-Show, bei der gezeigt wurde, wie Pick-ups mit überdimensionalen Reifen andere Autos überrollten. Davor standen zwei Gartenstühle mit aufgerissenen Polstern.

Inmitten dieser Müllhalde lag ein junger Mann auf einem Sofa und hatte sich ein Kissen unter den Kopf geschoben. Er war blass, Schweiß glänzte auf seiner Stirn und verklebte ihm die Haare, sein Blick war fiebrig. Ganz offensichtlich hatte er Schmerzen. Er hielt, wie zur Entschuldigung, seine verletzte Hand hoch. Isabelle sah, dass der Verband durchgeblutet war.

»Wo ist mein Partner?«, sagte Isabelle, die noch immer die Waffe mit beiden Händen hielt.

»Weiß nicht«, sagte der Mann. »Kam hier durchgerannt wie ein Verrückter.«

»Sind Sie alleine?«

»Was wollen Sie von mir? Ich bin verletzt, sehen Sie das nicht?«

In diesem Moment hörte Isabelle hinter sich ein Knarren.

»Waffe fallen lassen«, sagte eine Stimme.

Isabelle fuhr herum. Ein Jugendlicher hatte den linken Arm um den Hals von Didier geschlungen und den Polizisten dicht an sich herangezogen. In der rechten Hand hielt der Junge eine Beretta, die er Didier an das Gesicht presste. Isabelle erfasste die Situation sofort. Sie sah den ängstlichen Blick des Jungen und seine Hand, die zitterte.

»Ganz ruhig«, sagte Isabelle und ließ ihre Hand mit der Waffe sinken. »Keiner will dir was tun.«

»Pass auf mit dem ...«, presste Didier hervor.

»Halt's Maul«, schrie der Junge, und seine Stimme kippte. »Haltet alle das Maul, sag ich.« Er drückte Didier die Mündung der Waffe unter das Auge.

»*Baise-toi* ...«, stieß Didier wütend hervor, was ihm einen neuen Stoß mit der Waffe einbrachte.

»Noch ist nichts passiert. Nimm einfach nur die Waffe runter«, sagte Isabelle, so ruhig sie konnte, während sie langsam ihre Pistole senkte. »Siehst du, ich mach's genauso.«

Isabelle spürte, dass der Junge kurz davor war, die Nerven zu verlieren.

»*Ta gueule, salope*«, zischte der Junge.

»Komm, gib mir die Waffe«, sagte Isabelle, ohne auf die Beleidigung einzugehen, und streckte die linke Hand aus. »Gib sie mir, und wir vergessen die Sache. Einverstanden?«

»Du hast mir gar nichts zu sagen«, der Junge schrie jetzt. »Ihr Scheißbullen sagt mir nichts mehr. Nie mehr. Verstanden?« Er sah zu seinem Partner auf dem Sofa hinüber. »Eric, jetzt tu doch was. Hilf mir!«

Der Verletzte auf dem Sofa versuchte, sich aufzurichten, aber Isabelle sah ihn nur kurz an, und er lehnte sich wieder ins Kissen.

»Ich leg jetzt meine Waffe auf den Boden, einverstanden?«, sagte Isabelle und ging in die Knie. »Und dann bist du dran.«

»Glaub den Flics kein Wort«, rief der Mann vom Sofa und versuchte, sich erneut aufzurichten.

»Was soll ich denn jetzt machen, verdammt?«, rief der Junge seinem Freund zu.

In diesem Moment merkte Isabelle, dass der Junge abgelenkt war und seine Waffe ein wenig senkte. Auch Didier war die Unaufmerksamkeit nicht entgangen. Er drehte sich langsam um und griff dann plötzlich nach der Beretta. Doch der Junge war schneller.

Die nächste Sekunde lief für Isabelle ab wie in Zeitlupe. Der Junge hob die Pistole und zog im gleichen Moment den Abzug durch. Isabelle konnte sehen, wie der Hahn nach vorne schnellte. Sie wusste, was kommen würde. Sie hatte die verheerende Wirkung von Kugeln gesehen, die aus so kurzer Distanz abgefeuert wurden. Doch es war nur ein Klicken zu hören, sonst nichts. Für den Bruchteil einer Sekunde geschah gar nichts. Es war, als hätte jemand den Film angehalten, der zwangsläufig mit einer Katastrophe enden musste. Doch die Patrone hatte nicht gezündet.

Didier nutzte die Chance und schlug mit voller Wucht zu. Der Junge stieß mit dem Gesicht gegen den Türrahmen, ging in die Knie, und die Waffe fiel zu Boden. Der nächste Schlag von Didier erwischte den Jungen am Kopf und riss ihn von den Füßen. Jetzt trat ihm Didier gegen den Brustkorb. Isabelle konnte die Wut im Blick ihres Partners sehen.

»Hör auf, Didier!«, schrie sie. »Hör sofort auf.«

»Hast du's nicht gesehen? Der verdammte Wichser wollte mich umlegen«, brüllte Didier und trat noch einmal zu und noch einmal. »Verdammte Drecksau!« Der Junge stöhnte laut auf.

»Hör auf«, Isabelle hob ihre Waffe und richtete sie auf Didier. »Lieutenant Masclau! Lassen Sie den Mann in Ruhe. Sofort!«, sagte sie im Befehlston einer Ausbilderin.

Didier hielt inne und sah seine Partnerin irritiert an. Auf dem Boden hielt sich der Junge stöhnend den blutenden Kopf.

»Leg ihm Handschellen an!«, sagte Isabelle.

Isabelle bückte sich und hob die Waffe auf, die Didier verschont hatte. Vorsichtig rastete sie den Sicherungshebel ein. Dann drehte sie sich zu dem Verletzten um, der noch immer reglos auf dem Sofa saß.

»Zeigen Sie mir Ihre Hände!«, fuhr sie den Mann an, der widerspruchslos gehorchte. »Ich will beide Hände sehen.«

Der Mann legte die Hände auf seine Knie und drehte die Handflächen nach oben.

»Eric ...?«, stöhnte der Junge am Boden.

»Du bist so ein verdammter Idiot«, antwortete der Mann.

»Behalte die beiden im Auge«, sagte Isabelle zu Didier und reichte ihm ihre Waffe. »Ich rufe die Zentrale an.«

Dann zog Isabelle das Handy aus der Tasche ihres blauen Dienstoveralls und wählte die Nummer der *Gendarmerie Nationale*.

15. KAPITEL

Am Ende redeten sie alle. Es war nie der Schmerz alleine, der sie aufgeben ließ, es war die Demütigung. Manche Leute behaupteten, dass man durch Folter niemals die Wahrheit erfuhr. Das war Unsinn. Das Problem war nur, zwischen der Wahrheit und dem zu unterscheiden, was die Opfer erzählten, damit der Schmerz endlich aufhörte. Aber der Teufel konnte nicht aufhören, er wollte nicht aufhören.

Der Teufel hatte eine Mission. Jeder musste seiner gerechten Strafe zugeführt werden. Jeder. Was die Opfer sich nicht vorstellen konnten, das war der Rausch, den der Teufel empfand, wenn er seinem grausamen und blutigen Handwerk nachging. Die Opfer jammerten, boten Geld, waren bereit, alles zu versprechen und jeden zu verraten. Aber das alles interessierte den Teufel nicht. Nicht, wenn der Rausch erst einmal begonnen hatte, dieser außerirdisch dunkle Sog, bei dem man alles vergaß. Da gab es keine Barmherzigkeit mehr und keinen Respekt vor dem Leben. Da gab es nur noch die Lust, Schmerzen zuzufügen und natürlich den Tod zu bringen, die vollkommene Vernichtung. In diesem Augenblick waren Menschen keine beseelten Wesen mehr. Dann waren sie nur noch pulsierende Zellhaufen rund um eine Ansammlung von Organen. Wie Quallen, die der Sturm an den Strand warf und die langsam in der Sonne verdampften.

Die Opfer hatten keine Ahnung von der Lust, die der Teufel empfand, wenn er ihre Seele zerbrechen konnte. Diese abgrundtiefe Befriedigung zu erleben, wenn dem Menschen nichts mehr von dem blieb, was ihn vom Tier unterschied. Wenn der Glaube und die Hoffnung verlorengingen und nur noch ein winselndes Etwas übrigblieb, das sich in seinem Blut und seinen Exkrementen wand. Das war der Augenblick, in dem der Teufel auch noch die allerletzten Geheimnisse erfuhr. Der Augenblick, in dem das Opfer auf die andere Seite hinüberging, von der es keinen Weg mehr zurück gab. Wenn es gelang, die Seele zu brechen, dann erfuhr der Teufel seinen Kick, wie der Morphiumsüchtige, der sich seinen Schuss setzte.

Sie hatten es nicht anders verdient, dachte der Teufel. Eines Tages standen sie alle ihrem Schöpfer gegenüber, und dann entschied sich, ob sie ein Leben in Demut oder in Sünde geführt hatten, ob sie ins Licht aufsteigen durften oder in der Finsternis versanken.

16. KAPITEL

»Nein, nein, das war ich nicht«, Marcel sah Zerna mit verzweifeltem Blick an, doch der schien nicht beeindruckt zu sein. »Ich hab dem Mann nichts getan. Wir haben ihn überhaupt nicht ... verdammt, das hab ich doch schon alles erzählt.«

»Ich würde es aber sehr gerne noch einmal hören«, sagte Zerna in einem gespielt freundlichen Tonfall, dem man jedoch anhörte, dass er dem Gefangenen kein Wort glaubte.

Nach Isabelles Anruf war die *Gendarmerie Nationale* mit allen zur Verfügung stehenden Leuten auf der Halbinsel angerückt. Sie hatten das Haus und den Schuppen auf den Kopf gestellt und jedes Regal und jeden Raum Zentimeter für Zentimeter durchsucht. Dabei war schnell klargeworden, dass die beiden Verdächtigen eine Crystal-Meth-Küche betrieben. Der BMW war eindeutig der Wagen des entführten Richters, und die Erklärung der beiden Ganoven, wie sie an das Auto gekommen waren, klang mehr als dürftig.

Eigentlich wollte Madame Lapierre sofort nach Le Lavandou kommen, um die beiden Verdächtigen zu übernehmen. Doch Zerna war es gelungen, ihren Besuch noch um ein paar Stunden aufzuschieben. Angeblich, um die Festgenommenen einigen Zeugen zu präsentieren, vielleicht ergaben sich ja so weitere Spuren. Die beiden Männer wurden in getrennten Räumen vernommen. Isabelle unterhielt sich mit Eric, dessen Hand von einem Arzt versorgt worden war. Zerna befragte den jüngeren Gefangenen.

Marcel saß im sogenannten Archiv der Polizeistation, einem fensterlosen Raum in der ersten Etage, ganz am Ende des Ganges. Hier gab es nichts außer staubige Aktenordner und einige Kartons mit Papptellern und Plastikbechern, die vom letzten Sommerfest übriggeblieben waren. Ansonsten waren da nur noch ein paar Plastikhocker und ein einfacher Tisch, an dem sich Marcel und Zerna gegenübersaßen. Begleitet wurde der Polizeichef von Moma, weil die Vorschrift verlangte, dass Verdächtige immer von zwei Beamten vernommen werden mussten. Eine Vorschrift, die keineswegs immer eingehalten wurde. Didier Masclau hatte der Polizeichef in sein Büro geschickt, damit er seinen Bericht schreiben konnte. Er wollte vermeiden, dass der Lieutenant noch einmal auf den Gefangenen losging.

»Krieg ich noch was zu trinken, oder wie?« Marcel sah ramponiert aus. Didiers Schlag hatte ihn voll erwischt und das rechte Auge zuschwellen lassen. Auf der linken Seite hatte der Siebzehnjährige einen blutigen Kratzer im Gesicht, den der Arzt mit einem Pflaster versorgt hatte.

»Erzähl uns doch noch mal, wie ihr an den Wagen gekommen seid.« Zerna lehnte sich zurück, schlug die Beine übereinander, so dass man seine Cowboystiefel sehen konnte.

»He, ich will was trinken. Ich hab auch Rechte. Alles, was hier läuft, erzähl ich meinem Anwalt.« Marcel saß nicht zum ersten Mal in einer Polizeistation, und er wusste, dass die Flics Anwälte hassten.

»Wo war das Auto? Und diesmal will ich es ganz genau wissen.« Zerna blätterte in seinem Block, in dem er sich ein paar Notizen gemacht hatte.

»Die Scheißkarre stand vorm Bahnhof. In Toulon, wie oft soll ich das denn noch erzählen?«

»Einfach so, ja?«, fragte Moma. »Ein Auto für über achtzigtausend Euro und nicht mal abgeschlossen. Ist das nicht ein Wunder?«

»Ein echtes Wunder …«, ergänzte Zerna.

»Aber genau so war's. Und die Scheißschlüssel lagen auf dem Sitz. Da sind wir rein und weg.«

»Und die Beretta? Die hat der Besitzer netterweise für euch gleich ins Handschuhfach gelegt.«

»Scheiße, ja, was soll ich denn sagen?«, stöhnte Marcel.

»Wie wäre es zum Beispiel mit der Wahrheit?« Moma versuchte, freundlich zu bleiben.

»Das ist die Wahrheit«, sagte Marcel.

In diesem Moment griff Zerna blitzschnell über den Tisch, packte die Handschellen des Gefangenen, drückte ihn mit dem Gesicht auf die Tischplatte und riss ihn dann hoch.

»Ich sag dir mal, wie es wirklich war.« Zerna sah dem Gefangenen in die Augen. »Ihr habt den Richter abgepasst, als er in sein Auto einsteigen wollte. Vielleicht war er ja beim Pissen, oder er hat sich ein Eis gekauft. Was weiß ich? Und da habt ihr ihn zusammengeschlagen und später entsorgt wie einen Sack Müll. Weil ihr dachtet, he, was soll's, der Kerl ist ja tot. War's nicht so?« Zerna ließ den Jungen los.

»Sie haben mir weh getan …«, jammerte der Junge und drehte die Hände in den Metallfesseln.

In diesem Moment kam Isabelle zur Tür herein. Sie reichte Zerna einen Ausdruck.

»Ist vom Jugendamt. Ich dachte, das könnte euch interessieren.«

Zerna überflog das Schreiben, während Marcel nervös zu ihm herübersah.

»Sehr interessant, danke, *Capitaine*.«

»Bis später«, sagte Isabelle.

»Ich will meinen Anwalt sprechen, jetzt gleich«, rief Marcel. »Ich bin minderjährig.«

»Nur weil du dir in der Disco kein Bier bestellen kannst«, Zerna sah den Jungen an, »können wir dich trotzdem vor Gericht stellen. Und zwar wegen versuchten Mordes.«

»Ich, ich habe doch keinem was getan.« Langsam kroch die Panik in dem Jungen hoch. »Die Flics haben mich fertiggemacht. Sehen Sie sich doch mein Gesicht an.«

»Du hast versucht, eine Beretta-9-Millimeter auf den Kopf eines Beamten der *Gendarmerie Nationale* abzufeuern.«

»Nein, nein, das stimmt nicht.« Marcel schüttelte den Kopf und sah Moma an, der keine Miene verzog. »Es ist nichts passiert, überhaupt nichts. Ich habe nicht geschossen.«

»Aber nur, weil du verdammtes Glück gehabt hast«, sagte Moma.

»Bei der Patrone hat das Zündplättchen versagt.« Zerna sprach jetzt ganz ruhig. »Weißt du, wie oft so was vorkommt? Einmal bei 1000 Patronen. Was du getan hast, war ein verdammter Mordversuch.«

»Das war nichts, gar nichts. Ich bin aus Versehen an den Abzug gekommen.« Marcel wusste, diesmal hatten sie ihn. »Ich wollte den Mann nicht verletzen. So was könnte ich gar nicht.«

»Januar 2015. Jugendstrafanstalt Marseille.« Zerna sah kurz auf den Ausdruck. »Du erinnerst dich?«

»Das, das dürfen Sie hier gar nicht haben«, beschwerte

sich lautstark Marcel und deutete auf das Blatt. »Das war 'ne Jugendstrafe.«

»Halt den Mund«, sagte Moma.

»Du hast einen Mitgefangenen beraubt.« Zerna sah von dem Papier auf. »Aber das hat dir nicht genügt. Du hast den Jungen über Stunden gequält. Regelrecht gefoltert, steht hier.«

Marcel starrte die beiden Polizisten mit düsterem Blick an.

17. KAPITEL

Der Alarm auf dem Monitor, der die Herzfrequenz anzeigte, wurde um 18:24 ausgelöst. Das war zunächst nicht besonders beunruhigend, da die Geräte manchmal Fehlanzeigen lieferten, besonders wenn sie nach einer OP nicht sorgfältig angeschlossen wurden und sich einer der Kontakte wieder löste, was gelegentlich geschah. Doch in diesem Fall war es etwas anderes. Dieser Monitor auf der Intensivstation von Saint-Sulpice wurde permanent kontrolliert, und er war voll funktionstüchtig. Jetzt zeigte er eine waagerechte orangefarbene Linie, wo eigentlich die gleichmäßigen Ausschläge des Herzschlags von Richter Lambert zu sehen sein sollten. Die Pulsanzeige war blinkend auf »rot« gesprungen und stand bei null. Das Gerät gab einen schrillen Warnton von sich. Der Kreislauf des Patienten kollabierte.

Die Schwester drückte den Alarmknopf, der den diensthabenden Notarzt rief, und lief zum Bett des Richters, das durch eine Stellwand von den übrigen Patienten auf der Intensivstation abgetrennt war. Wenige Augenblicke später stürmten Dr. Menez und zwei weitere Ärzte in die Station. Der Kampf um das Leben von Nicolas Lambert hatte begonnen. Er dauerte fast zwanzig Minuten. Der Patient lag zwar im Koma, aber später fragte sich Dr. Menez, ob er als Arzt eigentlich ein Recht dazu hatte, das Leid und die Qualen eines Patienten in einer solchen Situation noch zu verlängern. Der erste Stromstoß mit dem Defibrillator brachte zwar den Körper von Lambert dazu, sich aufzubäumen, setzte das Herz jedoch nicht wieder in Gang. Beim nächsten Versuch verlängerte Dr. Menez die Dauer des 4000-Volt-Stoßes auf zwanzig Millisekunden. Diesmal tat das Herz tatsächlich einige unregelmäßige Schläge, die auch auf der Anzeige zu sehen waren, und für einen Augenblick schöpfte das Ärzteteam neue Hoffnung. Doch dann brach der Kreislauf erneut zusammen. Auch die Versuche drei und vier, bei denen der Arzt den Defibrillator auf maximale Stärke stellte, zeigten keine Wirkung. Der totale Kreislaufzusammenbruch hatte bei Nicolas Lambert auch die Venen kollabieren lassen, so dass es nicht mehr möglich war, eine Injektion anzusetzen. Also entschloss sich Dr. Menez zum allerletzten Mittel. Er stach die Nadel der Adrenalinspritze dem Patienten direkt ins Herz – vergeblich. Um 18.45 Uhr stellte das Ärzteteam den Tod des Patienten Nicolas Lambert fest. Der abschließende Eintrag in die Patientenakte lautete: »Herzstillstand nach multiplem Organ- und Kreislaufversagen.«

Die Klinikleitung informierte Staatsanwalt Orlandy, Polizeichef Zerna und Jean-Pierre Fontaine vom Innenministerium. Der hatte sich gerade im Restaurant *Au Sourd* in Toulon an den gedeckten Tisch gesetzt und freute sich auf seine Bouillabaisse und ein Glas Sancerre, als sein Handy summte. Als er erfuhr, was geschehen war, verfluchte er diese Provinzärzte, die sich offenbar nicht vorstellen konnten, dass zivilisierte Menschen um diese Zeit ihr *Dîner* zu sich nahmen.

Als Letzter wurde Leon informiert. Er hatte sich eigentlich auf einen gemütlichen Abend eingestellt. Isabelle wollte ein *Coq au Vin* machen, und sogar Lilou war ausnahmsweise bereit, ihre vegetarischen Vorsätze zu vergessen und am gemeinsamen Abendessen teilzunehmen. Leon freute sich jedes Mal auf die Abende, die sie zu dritt bei Isabelle im Haus verbrachten. Er hatte sich schon immer nach einer richtigen Familie gesehnt, aber das war etwas, worüber er nie sprach. Leon war als Einzelkind bei seiner Mutter aufgewachsen, und sein Vater, ein Physikprofessor, war nur selten zu Hause gewesen. Als Leon nach dem Medizinstudium mit Sarah zusammenzog, wollten sie sich mit Kindern Zeit lassen. Und als sie sich endlich durchgerungen hatten, doch noch eine richtige Familie zu werden, unternahm Sarah die verhängnisvolle Reise nach Thailand. Die Reise, von der sie nie mehr zurückkommen sollte.

Leon hatte zum Nachtisch Brombeeren besorgt. Die würde es mit frisch geschlagener *Chantilly* geben. Außerdem hatte er einen roten *Réserve* aus dem Weingut Brégançon aufgemacht und sich und Isabelle ein Glas eingeschenkt. Sie saßen auf der Terrasse auf dem alten Korbsofa mit den gestreiften Kissen. Es war eigentlich zu früh im Jahr, um schon abends draußen zu sitzen. Aber der Tag war sonnig gewesen. Die Kacheln der Veranda waren noch warm, und Isabelle lehnte sich an Leon, während sie auf Le Lavandou hinuntersahen, wo jetzt die ersten Lichter angingen.

»Das Huhn braucht noch eine halbe Stunde«, sagte Isabelle und trank einen Schluck aus ihrem Glas.

»Zwei Autodiebe sollen einen Richter gefoltert haben? Ich weiß nicht …«, sagte Leon.

»Der Jüngere der beiden ist erst siebzehn.«

»Hat er gestanden?«

»Nein, natürlich nicht«, sagte Isabelle. »Aber die Beweise sind eindeutig. Sie haben das Auto, und sie haben sogar die Waffe von Lambert.« Isabelle unterbrach sich.

»Was du mir natürlich nicht erzählen darfst.«

»Ich mache heute mal eine Ausnahme.« Isabelle lächelte. »Der Jüngere hat schon ein Jahr in Jugendhaft gesessen.«

»Das muss nichts bedeuten.«

»Aber er hat Mitgefangene erpresst und einen sogar gefoltert.«

»In der Jugendhaft?«, fragte Leon ungläubig.

»Ich hab das Urteil des Jugendgerichts gelesen.« Sie sah Leon an, als könnte sie in seinem Gesicht lesen, was er dachte. »Du glaubst nicht, dass die beiden Lambert entführt haben?«

»Ich habe natürlich keine Beweise, aber …« Leon unterbrach sich und drehte das Rotweinglas in seiner Hand.

»Jetzt sag schon.«

»Ich hatte ja kaum Zeit, Lambert anzuschauen. Aber was ich gesehen habe, diese Verletzungen, die hatten etwas Methodisches. Das war nicht die Tat eines wütenden Jugendlichen. Das war etwas anderes …« In diesem Moment klingelte Leons Handy. Er zog es aus der Tasche und sah auf das Display. »Die Klinik, entschuldige.«

18. KAPITEL

Als Leon dreißig Minuten später seinen Peugeot auf dem Parkplatz des Krankenhauses abstellte, sah er Sorel auf einen grün-metallicfarbenen Bentley zugehen, der neben ihm parkte.

»*Bonsoir, Professeur*«, sagte Leon und wollte Sorel die Hand geben.

Sorel erschrak, als er Leon sah. Wie jemand, der aus seinen Gedanken gerissen wurde.

»Guten Abend, Doktor Ritter.« Sorel ignorierte die Hand und öffnete die Zentralverriegelung des Bentley mit der Fernsteuerung.

»Ich habe es erst vor einer halben Stunde erfahren«, sagte Leon. »Es tut mir leid um Ihren Freund.«

»Ich bin zu spät gekommen«, sagte Sorel schnell, als wäre er Leon eine Erklärung schuldig.

»Es ist bitter, jemanden zu verlieren, den man so lange kannte.«

»Ach, wissen Sie, wir haben uns in den letzten Jahren kaum noch gesehen«, sagte Sorel, stieg in seinen Wagen und ließ die Scheibe herunter. »Ich bin ja meist in Paris, und Nicolas war in Toulon am Gericht.«

»Ich habe gehört, dass Ihr Freund für einen Ministerposten im Gespräch war.«

»Sie sind nicht von hier«, sagte Sorel und sah Leon kurz an. »Sie dürfen nicht alles glauben, was so geredet wird.«

Damit startete Sorel seinen Bentley und fuhr davon. Ohne Gruß. Ein merkwürdiger Mensch, dachte Leon, als er auf den Eingang der Klinik zuging.

Die anderen warteten bereits auf ihn. Polizeichef Zerna, Staatsanwalt Orlandy und Staatssekretär Fontaine aus dem Innenministerium standen im Vorraum der Rechtsmedizin, wo sie Assistent Rybaud davon abhielt, das Allerheiligste zu betreten, indem er sich wie der Erzengel Michael vor der Eingangstür aufgebaut hatte. Er schien erleichtert, als Leon den Vorraum betrat.

»Ich hoffe, Sie mussten nicht allzu lange warten«, sagte Leon.

»Wir wurden aufgefordert, hier draußen auf Sie zu warten«, erklärte der Staatssekretär schmallippig.

»Das ist gut«, antwortete Leon. »Oder hatten Sie vor, schon mal ohne mich anzufangen?«

Niemand verzog auch nur eine Miene. Nur Rybaud konnte sich ein Lächeln nicht verkneifen.

»Ich habe die Leiche bereits vorbereitet, *Docteur*«, sagte der Assistent.

»Danke, Rybaud.« Leon sah zu den Männern. »Sie können von hier draußen zusehen.«

Im Vorraum befand sich ein großes Fenster, von dem man einen Teil des Autopsieraumes einsehen konnte. Von hier aus konnten Zeugen oder Verwandte ihre Toten identifizieren, ohne ihnen zu nahe kommen zu müssen. Was besonders nach schweren Unfällen oder Bränden von Vorteil war. Die unmittelbare Nähe eines auf diese Weise zerstörten Körpers war für viele Menschen nur schwer zu ertragen.

»Wir werden selbstverständlich mit in den Obduktionsraum kommen«, sagte Fontaine.

Leon, der schon die Hand an der Tür zum Sektionsraum hatte, blieb stehen und drehte sich um.

»Es ist da drinnen zu eng für alle.« Leon sah die Männer an. »Und ich muss mich konzentrieren. Deshalb möchte ich Sie bitten, durch die Scheibe zuzusehen. Falls Sie Fragen haben ... Es gibt eine Gegensprechanlage.«

In diesem Moment schaltete Rybaud, der vorausgegangen war, die LED-Leuchten an. Auf der anderen Seite der Scheibe sah man jetzt im Lichtkegel den Sektionstisch, auf dem ein Toter lag, der mit einem grünen Tuch abgedeckt war. Nur die Füße waren zu sehen. Um das rechte Fußgelenk trug der Tote ein schmales Plastikband mit seinem Namen und einem Barcode, das hier unten in der Rechtsmedizin *le ticket* genannt wurde.

Der Blick durch die Scheibe in den Obduktionsraum war wie der Blick in eine andere Welt. Als hätte sich der Vorhang zu einem makabren Theaterstück geöffnet. Die Männer, die sich eben noch vordrängen wollten, schwiegen. Alle, bis auf einen.

»Der Innenminister besteht darauf, dass ich persönlich als Zeuge anwesend bin«, sagte er, und Leon sah, wie an der Schläfe des Staatssekretärs ein dünner Schweißfaden hinunterlief. »Anderenfalls bin ich autorisiert, die Leiche zur Obduktion nach Paris überführen zu lassen.«

Leon sah Zerna und den Staatsanwalt an. »Ich denke, wir sehen uns die Show von hier draußen an«, sagte Zerna, und Staatsanwalt Orlandy nickte.

»Dann kommen Sie bitte.« Leon hielt dem Staatssekretär die Tür auf. »Mein Assistent wird Ihnen einen Kittel geben.«

Wenig später nahm Rybaud das Tuch von dem Toten, und Leon glaubte, ein erschrockenes Stöhnen der Zuschauer zu hören, als alle den geschundenen Körper sahen. Der Anblick erinnerte ihn an alte Fresken über die Leiden der Märtyrer, die er immer als Kind mit neugierigem Schauder in den Kirchen betrachtet hatte. Dieser Mann, der da vor ihm auf dem Autopsietisch lag, hatte gelitten. Der Körper war übersät mit kleinen und größeren Verletzungen, Abschürfungen und Schnitten. Es gab Quetschungen, Schwellungen und zerstörte Hautflächen, wo der Körper offensichtlich verbrannt worden war. Es bestand kein Zweifel: Dieser Mann war systematisch und äußerst brutal gefoltert worden.

Im Autopsiesaal war es totenstill. Leon war neben der Leiche stehen geblieben und betrachtete sie regungslos. Er wusste, dass die anderen darauf warteten, dass er damit anfing, Proben zu nehmen, Schnitte vorzunehmen und die Körperhöhlen zu eröffnen. Alles war für die Zuschauer leichter zu ertragen als der Anblick dieses gequälten Menschen. Aber das würde erst später kommen. Leon begann, wie er immer begann, wenn er das erste Mal ein Opfer betrachtete. Er ging langsam um den Toten herum.

Leon fragte sich, was dieser Mensch wohl erlebt hatte, nachdem er in die Hände seiner Entführer gefallen war. Und dass er entführt worden war, daran bestand für ihn kein Zweifel. Dafür sprachen alleine schon die Hämatome an Hand- und Fußgelenken, die offensichtlich von Fesseln stammten. Da sie schmal und an den Rändern scharf begrenzt waren, war Leon sicher, dass die Kidnapper Kabelbinder verwendet hatten. Jemand hatte diesen Mann gefesselt, ihn aber nicht gleich getötet. Er hatte ihn gequält, systematisch und mit wachsender Grausamkeit. Gab es vielleicht eine sexuelle Komponente in diesem Drama?, fragte sich Leon. Welches Geheimnis könnte ihm der Tote erzählen? In welche Abgründe teuflischer Gewalt musste er geblickt haben, durch welche Höllenqualen gegangen sein?

Der Entführer hatte offenbar geglaubt, dass sein Opfer nicht mehr lebte, als er es an dem Parkplatz abgelegt hatte. Aber warum hatte der Täter sich ausgerechnet diesen Mann ausgesucht, warum Richter Nicolas Lambert? Leon griff zu dem digitalen Diktiergerät, das ihm sein Assistent reichte, und schaltete es ein. Dann zog er die große Lupe zu sich herunter, die mit einem Gelenk an der Decke befestigt war, schaltete die Beleuchtung ein und begann zu sprechen.

»Der Tote ist 43 Jahre alt, Gewicht 79 Kilo, Größe 180 Zentimeter. Der Körper weist multiple Verletzungen auf. Hämatome, Schnitte, Abschürfungen. Die Schultergelenke zeigen Schwellungen, die auf Überdehnungen hinweisen. Der Tote macht einen stark dehydrierten Eindruck, obwohl dem Körper in den letzten Stunden über einen Zugang Elektrolyte und Flüssigkeit zugeführt wurden. Haut und Gewebe des Toten weisen zahlreiche Rupturen, besonders im Bereich des Anus, auf, wo es auch zu Blutaustritten gekommen ist …«

Leon fiel auf, dass keinerlei Fragen von den Zuschauern gestellt wurden. Es war still wie in einem Grab. Staatssekretär Fontaine war schon nach einigen Minuten aus dem Lichtkegel des Sektionstisches ins Halbdunkel des Raumes zurückgewichen. Leon sah aus dem Augenwinkel, dass der Staatssekretär sich mehrfach mit dem Finger den Kragen lockerte und dabei versuchte wegzusehen, wenn Leon das Skalpell ansetzte. Aber Fontaine wusste natürlich, dass jede seiner Reaktionen von den Männern auf der anderen Seite der Scheibe genau beobachtet wurde.

Irgendwann während der Sektion stieß Rybaud seinen Chef an und machte eine Kopfbewegung in Richtung Fontaine, der sich schwer atmend an einer Stuhllehne festhielt. Sein Gesicht war grau, Schweiß stand ihm auf der Stirn.

»Sie können gerne in mein Büro gehen«, sagte Leon freundlich und deutete in Richtung der Glastür mit den matten Scheiben. »Da drinnen ist es kühler.«

»Nein danke.« Fontaine versuchte, unerschrocken und professionell zu wirken. Doch sein Räuspern verriet, dass es ihm schwerfiel, sich zu beherrschen. »Es ist alles in Ordnung.«

Als Leon den Y-Schnitt ansetzte und den Unterleib vom Brustbein bis zum Schambein öffnete, sah der Staatssekretär zu Boden.

»Es ist zu multiplen Blutungen im Bauchraum gekommen«, diktierte Leon in diesem Moment in das Aufzeichnungsgerät, »das Rektum wurde mehrfach perforiert ...«, Leon unterbrach die Aufzeichnungen.

»Etwas wurde dem Opfer durch den Anus eingeführt«, sagte Leon zu seinem Assistenten. »Ich brauche eine Rochester-Klemme. Eine von den langen, am besten die gebogene.«

Rybaud griff hinter sich und reichte Leon das Instrument. Als der Rechtsmediziner die Klemme einsetzte, um vorsichtig aus dem Anus des Opfers einen zehn Zentimeter langen, blutigen Holzsplitter zu ziehen, hörte er den Staatssekretär hechelnd nach Luft schnappen.

»Der Mann wurde gepfählt ...«, sagte Leon und drehte nachdenklich den Holzsplitter im Licht der Lupe. »So etwas habe ich noch nie gesehen.« In diesem Moment hörte er, wie der Staatssekretär zu würgen begann. »Da ist ein

Waschbecken«, sagte Leon sachlich, und im nächsten Moment hörten alle, wie Fontaine sich erbrach.

Rybaud half dem wankenden Staatssekretär nach draußen, wo sich die beiden anderen Besucher höflich um ihn kümmerten, während Leon die Autopsie zu Ende brachte. Das Pfählen war im Mittelalter eine beliebte Folter, die dem Delinquenten unerträgliche Schmerzen bereitete. Denn die Darmwand verfügte über ein eigenes, hochempfindliches Nervensystem, das die Peristaltik steuerte. Waren die Verletzungen schwer, konnten innere Blutungen zum Tod führen.

An Hoden und Penis waren dem Opfer offenbar Klemmen angelegt worden. Den Verbrennungen nach zu urteilen, die die Kontakte auf der Haut verursacht hatten, waren die Stromstöße heftig gewesen. Am rechten mittleren Zeh fehlte der Nagel. Leon konnte nicht mehr feststellen, ob er ausgerissen worden war oder das Opfer ihn durch einen Unfall verloren hatte. Außerdem waren Lambert zwei Finger gebrochen worden. Wie Leon vermutet hatte, war der Richter an seinen hinter dem Rücken gefesselten Händen nach oben gezogen worden. Dabei waren beide Schultergelenke ausgekugelt worden. Offenbar hatte der Täter die Gelenke anschließend wieder eingerenkt, denn die Klinikberichte hatten diese äußerst schmerzhaften Überdehnungen nicht erwähnt.

Schließlich öffneten Leon und sein Assistent auch den Brustraum und den Schädel des Toten. Sie nahmen Proben und machten die üblichen Gewebeschnitte der Organe. Das Herz zeigte Spuren eines leichten Hinterwandinfarktes, der aber schon mindestens ein halbes Jahr zurücklag. Im Zweifelsfall eine Folge von zu viel Stress. Darüber hinaus stieß Leon auf keine neuen Spuren. Merkwürdig war nur, dass der Richter, nachdem die Ärzte seinen Kreislauf für über 24 Stunden erfolgreich stabilisiert hatten, so plötzlich kollabiert war. Leon würde sich den Bericht über die verabreichten Medikamente noch einmal genau durchsehen und mit den Proben vergleichen müssen.

»Monsieur Rybaud, wir brauchen Schläuche, Zugänge und die letzten Infusionsflaschen des Patienten aus der Intensivstation«, sagte er zu seinem Assistenten.

»Habe ich schon sichergestellt«, sagte Rybaud. »Sind alle im Labor.«

»Sehr gut«, sagte Leon. Rybaud war vielleicht ein etwas eigenartiger Mensch, aber in seinem Job war er vorbildlich.

Eine Stunde später, die Besucher hatten längst die Rechtsmedizin verlassen, entdeckte Leon doch noch etwas, das seine Neugier weckte. Unter dem Ehering des Richters, der eng am Finger saß, zog Leon mit der Pinzette das Ende eines vertrockneten Pflanzenstiels heraus, der in zwei grauen Blüten endete. Unter der Lupe erkannte er eine Lavendelblüte. Er bat seinen Assistenten, den Fund zu archivieren.

19. KAPITEL

Der Kutter, Baujahr 1949, trug den schönen Namen *Fille de la Marée,* Tochter der Gezeiten, aber das war auch schon das einzig Positive, das man über das Boot sagen konnte. Das Schiff war eigentlich ein Wrack, und nur der Liegeplatz am hintersten Steg des ehemaligen Fischerhafens hatte bisher verhindert, dass der Kahn bei Sturm vollgelaufen war.

Gérôme Baladure saß vor dem Steuerstand auf der Abdeckung zum ehemaligen Frachtraum, den er sich schon vor Jahren zu einer Behausung umgebaut hatte. Das war damals, kurz nach dem Jahrtausendwechsel, als er noch große Pläne gehabt hatte. Als er diesen ganzen riesigen Scheißhaufen aus Angst und Schuld hinter sich lassen und rund um die Welt schippern wollte. Und was war aus seinen Plänen geworden? Verdammt, es war doch nicht seine Schuld, wirklich nicht. Er war an der Wahrheit zerbrochen. Er hätte wer weiß was werden können, aber das, was geschehen war, blieb für immer in seine Erinnerung eingebrannt. Natürlich, jeder Mensch hütete irgendein Geheimnis ganz tief in seiner Seele. Nur konnten die meisten damit leben, er nicht.

Es wurde kühl, und Gérôme verzog sich ins Innere seines Bootes. Er hatte die Petroleumlampe neben sich auf den Tisch gestellt, es sich auf dem Sofa bequem gemacht und lauschte dem Geräusch der Wellen, die mit der Abendbrise gegen den Rumpf plätscherten. Auf den Knien hielt er sein schwarzes Tagebuch und seinen Bleistift. Dieses Buch war sein Schatz und sein bester Freund. Er hatte es begonnen, als er ganz unten gewesen war im dunklen Keller seiner Seele. Alleine mit seinen schwarzen Hunden, den Depressionen. Damals wollte er mit dem Kutter einfach hinaus in den Sturm fahren, um sich den Elementen zu überlassen. Er wäre glücklich gewesen, wenn die Wellen sein Boot zerschlagen und es mit ihm zusammen in die Tiefe gerissen hätten. Aber dann wollte der verdammte Motor nicht anspringen, und er war hiergeblieben, am letzten Steg des ehemaligen Fischerhafens. Danach hatte er begonnen, seine Gedanken und Erinnerungen aufzuschreiben.

Manchmal las er auch nur in seinem Buch. Von den Zeiten, als alles noch leicht gewesen war. Als er in Paris noch Mathematik studiert hatte und er sogar im Gespräch für die »Fields Medaille« gewesen war. Weil er einen Weg gefunden hatte, mit dem man die »Riemann'sche Vermutung« beweisen konnte – ja, beweisen. Aber dann passierte das, was all seine Träume zerplatzen ließ. Er hatte sich immer eingeredet, dass alles nur eine Verkettung unglücklicher Umstände gewesen war. Aber heute wusste er, dass er selbst schuld gewesen war. Weil er nicht nein gesagt hatte. So einfach war das.

Genau das war auch der Grund, warum er alles hingeschmissen hatte. Aber das konnte er natürlich niemandem erzählen. Er hatte niemanden mehr, dem er vertrauen konnte, deshalb war er ins Kloster gegangen, um Theologie zu studieren, bis sie ihn rausgeworfen hatten. Er war eben nicht so ein glatter Hund wie dieser Sorel, den sie alle anhimmelten für sein intellektuelles Geschwafel. Der immer einen auf Samariter machte, aber in der Tiefe seines

Herzens ein verkommenes Monster war. Der Richter war tot, hatten sie in den Nachrichten gesagt. Nur zu, warum fragten die Journalisten nicht mal den Professor, dieses ehrenwerte Mitglied der *Académie Française*, was er dazu zu sagen hatte? Vielleicht sollte er ja selbst den Medien einen Tipp geben.

Gérôme griff zu der Flasche Rotwein, die auf dem Tisch stand, und goss sein Glas randvoll. Als er versuchte, einen großen Schluck zu trinken, lief ihm Wein die Mundwinkel herunter, durch den Bart und tropfte auf die Decke, zu all den anderen Rotweinflecken, die sich dort in den letzten Monaten angesammelt hatten. Die Flamme der Petroleumlampe flackerte kleiner. Er würde sie ausgehen lassen und schlafen. Schlafen und vergessen. In diesem Moment machte der Kutter eine winzige Bewegung, wie sie nur von jemandem zu spüren war, der mit seinem Boot so verwachsen war wie Gérôme. Dann hörte er das Knarren einer Decksplanke.

Würden sie ihn holen kommen? So, wie sie den Richter geholt hatten? Irgendwelche Ganoven, die keine Ahnung hatten, dass sie in Wirklichkeit eine göttliche Aufgabe erfüllten. Zwei kleine Idioten, winzige Störungen in der gigantischen mathematischen Weltenformel, die manche Menschen auch Schicksal nannten.

»Na, dann kommt doch, ihr verdammten Idioten. Ihr tut mir einen Gefallen«, dachte Gérôme in seiner Koje und starrte ins Dunkel. Für einen Moment war es totenstill, dann hörte er wieder Schritte. Oder bildete er sich das nur ein? Egal, wenn seine Zeit gekommen war, würde er vor seinen Schöpfer treten müssen, und dann half alles Schreien und Jammern nicht mehr – dann nahm das Schicksal seinen Lauf.

20. KAPITEL

Die Meldung vom Tod des Richters war Titelgeschichte in allen Tageszeitungen und Aufmacher in jeder Nachrichtensendung. Dementsprechend schien sich die Zahl der Übertragungswagen der TV-Stationen über Nacht verdoppelt zu haben. Inzwischen gab es an der gesamten Uferpromenade keinen Parkplatz mehr, und Leon beschloss, seinen Wagen stehen zu lassen und zu Fuß zur Polizeistation zu gehen. Die Gendarmerie wurde ebenfalls belagert, aber hier konnten die Polizeibeamten die Medienvertreter wenigstens schon am Eingangstor aufhalten. Als die Polizisten Leon erkannten, öffneten sie ihm die Tür, was bei den wartenden Journalisten für lautstarken Protest sorgte.

Leon fühlte sich erschöpft. Er hatte schlecht geschlafen, und irgendwann am frühen Morgen, kurz bevor das erste Licht über den Horizont kroch, hatte er einen Alptraum gehabt. Da war diese Frau, sie saß, nur bekleidet mit einem offenen Flügelhemd, auf dem Obduktionstisch und ließ ihre Beine baumeln. Zunächst sah er sie nur von hinten, aber er erkannte sofort ihre roten Haare und wusste, wer sie war. Leon rief ihren Namen: »Sarah«. Wie war das möglich? Seine Frau war doch tot ...? In diesem Augenblick drehte sich Sarah zu ihm um und lächelte ihn an. Dann sah er den großen Schnitt der Obduktion, der ihren Körper von den Schlüsselbeinen bis zum Schambein geöffnet hatte. Die Eingeweide glitten aus ihr heraus und rutschten auf den Boden, und sie ertrug es, ohne ihr Lächeln zu verlieren. In diesem Moment hatte er laut ihren Namen gerufen und war aufgewacht.

»Leon«, das war Isabelle, »Leon.« Sie rüttelte ihn sanft an der Schulter, und er brauchte einige Sekunden, bis er in die Wirklichkeit zurückfand. »Du hast geschrien.«

»Entschuldige«, sagte er. »Bitte schlaf weiter.«

Schon nach ein paar Augenblicken hörte er wieder ihren gleichmäßigen Atem. Er ging leise ins Bad und duschte lange und heiß. Danach zog er sich an und streifte sich einen warmen Pulli über. Mit dem Wagen fuhr er bis zur Seepromenade und lief am Strand entlang. Zu dieser Jahreszeit war es frühmorgens noch kühl. Leon liebte den menschenleeren Strand im ersten Tageslicht. Nahe an der Wasserlinie, dort, wo um diese Zeit nur kleine Wellen an den Strand schwappten, war der Sand fest, und man konnte zügig laufen. Nur ab und zu blieb er stehen und bückte sich nach einem Kiesel, den das Meer rund geschliffen hatte. Meist drehte er den Stein kurz in der Hand, um ihn dann schnell wieder wegzuwerfen. Nur wenn sie die richtige Größe hatten, also klein genug waren, um in seiner Hand zu verschwinden, und wenn ihre Oberfläche angenehm glatt und glänzend war, nahm Leon sie in seine Sammlung auf. Er brauchte sie zum Nachdenken, hatte er Isabelle einmal erklärt, die sich über die Steine wunderte, die sie in den Taschen seiner Jeans und Sakkos fand. Leon drehte den neuen Stein in seiner Hand, während ihm die Obduktion der vergangenen Nacht nicht mehr aus dem Kopf gehen wollte.

Leon begutachtete in der Rechtsmedizin nicht nur die Toten, die ihm gebracht wurden. Er beschrieb nicht nur ihre Wunden oder bestimmte die genaue Art, wie sie zu

Tode gekommen waren. Was ihn interessierte, war vor allem das Warum. Jede Wunde, jede Quetschung, jeder Schnitt erzählte immer auch etwas über den Täter. Aber im Fall Lambert hatte seine Untersuchung keinen Hinweis auf ein Motiv ergeben, sondern nur neue Fragen aufgeworfen.

Als Leon das Revier der *Gendarmerie Nationale* betrat, herrschte dort hektisches Durcheinander. Beamte, die sonst nur selten ihre Büros verließen, wuselten durch die Gänge, um zu zeigen, dass sie wichtigen Ermittlungen nachgingen. Zur heutigen Lagebesprechung hatten sich nämlich Madame Lapierre und Staatssekretär Fontaine angesagt, da war es vorteilhaft, Aktivität zu zeigen, auch wenn niemand einen Plan hatte, wo man mit den Ermittlungen beginnen sollte. Nachdem sich eine mysteriöse Entführung über Nacht in einen besonders grausamen Mordfall verwandelt hatte.

Bei Lieutenant Moma stand Madame Hupert, eine Dame von über achtzig Jahren, die sichtlich aufgebracht war, dass sich in dieser Polizeiwache offenbar niemand für ihre Sorgen interessierte. Hilfesuchend sah Moma zu Leon herüber, der auf dem Weg zum Besprechungszimmer war.

»Er stiehlt das Ewige Licht«, empörte sich Madame Hupert. »Können Sie sich so etwas vorstellen?«

»Nein, *Madame*«, sagte Moma etwas hilflos. »Eigentlich nicht.«

»Vom Grab meines geliebten Émile«, sie sah den Polizisten skeptisch an. »Das Licht, Sie wissen doch, was das Ewige Licht bedeutet?«

Moma zuckte hilflos mit den Schultern. »Ich bin Moslem.«

»*Mon Dieu*«, die Witwe sah zum Himmel hinauf, um göttliche Hilfe zu erflehen, doch der Blick endete bereits an der Decke des Flurs. »Wie soll mein Émile denn jetzt rüberkommen?«

»Rüberkommen, ich dachte, er ist tot?« Moma sah noch einmal zu Leon.

»Na, eben zur anderen Seite«, sagte Leon. »Madame Hupert spricht vom Paradies, Lieutenant.«

»Merci, *Monsieur*«, sagte Madame Hupert und sah Leon dankbar an. »Da ist ein Clochard auf dem Friedhof, der stiehlt immer das Licht von unserem Grab. Ich hab es mindestens schon fünf Mal neu aufgestellt. Jetzt will ich eine Anzeige erstatten.«

»Sprechen Sie mit Lieutenant Kadir«, Leon wies mit einer Handbewegung auf Moma.

»Aber ... aber der ist doch ... Ich meine ...«, sie unterbrach sich, um bloß nichts Falsches zu sagen.

»Er kann Ihnen ganz bestimmt helfen.«

»Wissen Sie, was der Dieb mit dem Licht macht?«, raunte sie Leon und Moma zu, als würde sie ein ungeheures Geheimnis verraten. »Er stellt es auf das Grab von Pater Berthier.«

Pater Alphonse Berthier war Ende des vergangenen Jahrhunderts ein regelrechter Star in der Gemeinde gewesen. Sein Ruf reichte über die Grenzen der *Commune* hinaus, und seine Predigten waren legendär. Angeblich hatte er nicht nur einen Blitzschlag überlebt, sondern auch das Krebsleiden der 95-jährigen Gemeindeschwester Marguerite weggebetet. Und wenn es nach den Einwohnern von Le Lavandou und Bormes-les-Mimosas gegangen wäre, hätte der Papst Pater Berthier, der vor über zwanzig Jahren gestorben war, schon längst seligsprechen müssen.

»Auf das Grab von Pater Berthier? Nicht zu fassen«, sagte Leon, schüttelte den Kopf und ging weiter.

Der Besprechungsraum war brechend voll. Alle wollten dabei sein, wenn ein Fall wie dieser auf der Tagesordnung stand. Kommissarin Lapierre war als Erste eingetroffen, und heute hatte sie auch noch den Staatssekretär an ihrer Seite. Der saß da, öffnete den obersten Kragenknopf und musterte jeden, der den Raum betrat, während die Schweißtropfen auf seiner Stirn größer wurden. Zerna saß wie üblich an der langen Seite des Besprechungstischs. An seiner Rechten hatte er Isabelle platziert. Zu seiner Linken saß der Gast aus Paris. Dann folgten Kommissarin Lapierre und weitere Polizeibeamte. Lieutenant Begot saß weit entfernt am Ende des Besprechungstisches, was nichts Gutes verhieß. Alle sahen zu Leon, der als Letzter Platz nahm.

»Bonjour, Docteur«, sagte Fontaine überdeutlich. »Können wir dann jetzt anfangen?«

»Mit dem größten Vergnügen, Monsieur Fontaine«, sagte Leon höflich und setzte ein falsches Lächeln auf.

»Wie ist der aktuelle Stand der Ermittlungen?«, erkundigte sich der Staatssekretär in Richtung der Kommissarin.

»Der Stand von heute Morgen liegt Ihnen als Bericht vor«, antwortete Zerna, noch bevor die Kommissarin etwas sagen konnte.

»Ich würde den Stand gerne von der Leiterin der Ermittlungen hören.« Fontaine sah Zerna an. »Wenn Sie gestatten.«

Zerna hob gespielt demütig die Hände und schwieg.

»Danke, *Monsieur le Secrétaire d'État*«, sagte die Kommissarin steif. »Wir haben zurzeit zwei Verdächtige in Untersuchungshaft, die allerdings jede Tatbeteiligung abstreiten.«

»Natürlich tun sie das«, polterte Zerna, der sich jedes

Mal ärgerte, wenn die Kriminalpolizei von Toulon versuchte, sich mit seinen Erfolgen zu schmücken. »Die beiden Verdächtigen wurden von *Capitaine* Morell und Lieutenant Masclau festgenommen. Unter Einsatz ihres Lebens, wie ich ergänzen möchte.«

Alle anwesenden Polizeibeamten klopften anerkennend auf die Tischplatte. Zerna hob die Hand, um den Applaus zu beenden.

»Dass sie noch nicht gestanden haben, bedeutet gar nichts«, sagte Zerna. »Diese Männer sind polizeibekannte Kriminelle, und sie sind schuldig.«

»Wollen wir diese Frage nicht lieber dem Staatsanwalt überlassen?«, fragte Madame Lapierre schnippisch.

»Wir haben den BMW von Richter Lambert auf dem Grundstück der Verdächtigen entdeckt«, kam Isabelle ihrem Chef zu Hilfe. »Außerdem fand sich im Haus eine Waffe, die auf Richter Lambert eingetragen ist.«

»Das muss nicht zwingend bedeuten, dass die beiden auch die Entführer sind«, sagte Fontaine nüchtern.

»Natürlich nicht, aber bedenken Sie: Die beiden Männer hatten das Auto, und sie haben versucht, einen meiner Beamten zu erschießen«, sagte Zerna betont ruhig. »Aber da ist noch was. Der jüngere der beiden Männer musste bereits eine einjährige Strafe wegen schwerer Körperverletzung absitzen. Und die ist nur so niedrig ausgefallen, weil er noch unter das Jugendstrafrecht fiel.«

»Danke, sonst noch etwas?« Fontaine sah kurz auf, als hätte er diesem langweiligen Vortrag gar nicht so genau zugehört.

Zerna sah den Mann mit dem siegessicheren Lächeln eines Spielers an, der noch ein Ass im Ärmel versteckt hielt.

»Der ältere der beiden Männer, Eric Dupont, wurde

2011 zu zwei Jahren Haft verurteilt, wegen eines Überfalls auf eine Tankstelle bei Pierrefeu«, begann der Polizeichef und machte eine dramatische Pause. »Der Richter, der ihn damals verurteilte, war Nicolas Lambert.«

»Davon steht aber nichts in Ihrem Bericht ...« Der Staatssekretär drehte vorwurfsvoll das einzelne Blatt in der Hand, als hätte er irgendetwas überlesen.

»Das haben wir erst heute Morgen aus Marseille erfahren«, sagte Isabelle schnell.

»Sie glauben also wirklich, die Entführung war die Rache für ein Gerichtsurteil?«, fragte Madame Lapierre skeptisch.

»Ist das nicht offensichtlich?«, meinte Zerna. »Ein Täter will Genugtuung, und sein Komplize ist ein vorbestrafter Gewaltverbrecher.« Zerna schaute den Staatssekretär an. »Sie haben doch selber gesehen, was die Männer mit Richter Lambert gemacht haben.«

Der Staatssekretär räusperte sich verlegen, als der Polizeichef ihn an die vergangene Nacht in der Rechtsmedizin erinnerte.

»Kann der *Médecin Légiste* schon etwas zu der Art der Verletzungen sagen?«, fragte Lapierre.

Mit Leon verband die Kommissarin des Morddezernates von Toulon ein zwiespältiges Verhältnis. Auf der einen Seite bewunderte Madame Lapierre den scharfsinnigen Mediziner aus Deutschland. Auf der anderen Seite wusste sie natürlich, dass Leon als Rechtsmediziner unabhängig von Polizei und Justiz arbeitete, was ihr überhaupt nicht gefiel. Und gerade deshalb bereitete es Leon großes Vergnügen, sie gelegentlich daran zu erinnern.

»Mein Bericht ist noch nicht fertig«, sagte Leon. »Es fehlen noch die Ergebnisse der Laboruntersuchungen. Aber so viel kann ich schon sagen: Ich teile nicht die Meinung von *Commandant* Zerna.«

»Was heißt das, Sie teilen nicht meine Meinung? Sie kennen doch die Fakten, daran führt kein Weg vorbei«, grummelte Zerna.

»Richter Nicolas Lambert wurde systematisch und auf ungewöhnlich grausame Weise gefoltert.« Leon sah sich in der Runde um. Alle schwiegen und sahen ihn gespannt an. »Wer das getan hat, war entweder ein ausgemachter Sadist, oder er verfolgte einen bestimmten Plan.«

»Danke, Doktor«, sagte der Staatssekretär. »Wir möchten von Ihnen nur etwas über die Art der Verletzungen erfahren. Das psychologische Profil überlassen wir lieber den Fachleuten bei der Staatsanwaltschaft.«

»Die Mordkommission würde trotzdem gerne hören, was der *Médecin Légiste* zu dem psychologischen Täterprofil zu sagen hat«, mischte sich Madame Lapierre ein. »Natürlich nur, wenn sich die Interpretationen unmittelbar aus den Verletzungen ableiten lassen.«

Fontaine machte eine Handbewegung, die so viel bedeutete wie: Bitte sehr, dann langweilt uns der Doktor eben noch eine Weile weiter mit seinen überflüssigen Einschätzungen.

»Gerne, *Madame*«, sagte Leon mit einem Lächeln in Richtung Kommissarin. Diese Frau überraschte ihn immer wieder. »Dem Opfer wurden die Hände hinter dem Rücken gefesselt und anschließend hochgezogen. Das ist nicht nur besonders schmerzhaft, sondern führt bei den meisten Menschen dazu, dass die Schultergelenke ausgekugelt werden. Eine bekannte Methode, die in Folterkellern auf der ganzen Welt angewandt wird. Verbrennungen an den Genitalien des Opfers wurden offensichtlich durch Elektroschocks verursacht. Wahrscheinlich mit Hilfe von Stromklemmen und einem Transformator. Eine Ausrüstung, wie man sie in jedem Baumarkt kaufen kann. Aber da ist noch etwas, und das ist in der Tat sehr ungewöhnlich: Richter Lambert wurde gepfählt.«

Bei der letzten Bemerkung ging ein überraschtes Raunen durch den Saal, und die Besucher begannen, miteinander zu flüstern.

»Ich bitte um Ruhe«, sagte Zerna, und in Richtung Leon: »War's das?«

»Wie, gepfählt? Sie meinen so richtig, in den …?«, sagte Masclau, der das aussprach, was alle im Saal in diesem Moment beschäftigte.

»Dem Opfer wurde ein langer spitzer Gegenstand – wahrscheinlich aus Holz – gewaltsam in den Anus eingeführt«, erklärte Leon sachlich. »Dabei wurde der Darm perforiert, was zu inneren Blutungen führte.«

»Was für ein perverses Schwein«, sagte Masclau, und wieder sprach er aus, was alle im Besprechungsraum dachten.

»Ich darf doch bitten …«, ging Fontaine dazwischen.

»Pfählen ist eine ungeheuer qualvolle Foltermethode«, sagte Leon, »die in der Regel zum Tod führt.«

»Nicht bei Richter Lambert. Der hat noch gelebt«, sagte Lieutenant Masclau und schaute zu seinem Kollegen Begot, der seinen Blick nicht erwiderte.

»Weil es der Täter offenbar darauf angelegt hatte, dass sein Opfer möglichst lange überlebt«, sagte Leon.

»Der Folterknecht ist also ein echter Samariter«, die Bemerkung kam wieder von Masclau, was ihm ein paar Lacher einbrachte.

»Die Frage ist doch: Warum werden Menschen gefoltert?«, griff Leon die Bemerkung auf. »Aus Rache, aus Hass, als Demonstration von Macht. Oder um jemanden zu zwingen, ein Geheimnis preiszugeben.«

»Was für ein Geheimnis soll das denn sein?« Zernas Stimme klang ungeduldig.

»Das weiß ich leider nicht«, sagte Leon. »Aber das hier ist nicht die Handschrift eines 17-jährigen Schlägers, der seinem Komplizen hilft, einem Richter wegen eines Urteils eine Tracht Prügel zu verpassen.«

»Das ist aber jetzt nur eine Vermutung von Ihnen?« Fontaine sah Leon von der Seite an.

»Da ist noch etwas: Wenn ein Täter sein Opfer so zurichtet wie im vorliegenden Fall, lässt er es in der Regel irgendwo verschwinden. Wir sehen es, wenn überhaupt, erst nach Wochen oder Monaten in der Rechtsmedizin wieder. Im Fall Lambert scheint es der Täter aber geradezu darauf angelegt zu haben, dass das Opfer entdeckt wird.«

»Weil der Täter dachte, dass der Richter gerettet werden kann. Schwer verletzt, aber lebend.« Das war Fontaine, er sah Lieutenant Begot an, der nervös seine Finger knetete.

»Nein, der Täter muss geglaubt haben, dass Richter Lambert tot ist«, widersprach Leon. »Ich selber habe das im ersten Moment auch geglaubt. Und alle anderen Beteiligten ebenso.«

»Aber er hätte überleben können, wenn sich alle an die Vorschriften gehalten hätten«, bohrte der Staatssekretär nach.

»Wenn die Vorschriften eingehalten worden wären«, sagte Leon, »wäre der vermeintlich tote Richter zunächst am Fundort liegen geblieben. Bis irgendwann die Spurensicherung aus Toulon aufgetaucht wäre und der Polizeifotograf seine Bilder gemacht hätte.« Leon sah Zerna an.

»Glauben Sie mir, bis dahin wäre Lambert mit Gewissheit tot gewesen.«

»Wollen Sie damit sagen, dass Monsieur Begot den Richter gerettet hat?« Der ironische Unterton von Zerna war nicht zu überhören.

»In gewisser Weise, ja«, antwortete Leon. »Zumindest für die folgenden 24 Stunden.«

In diesem Moment kam Moma in den Raum. Er ging zu Zerna und reichte ihm einen Computerausdruck. Der Polizeichef warf einen Blick darauf und nickte.

»Ich denke, das war im Augenblick alles. Haben Sie noch Fragen, Monsieur Fontaine?«

»Nein, aber ich möchte noch einmal mit allem Nachdruck darauf hinweisen, dass nichts von dem, was hier gesagt wurde, diesen Raum verlässt«, sagte der Staatssekretär und musterte die Runde der Polizisten, die nur darauf brannten, sofort die Neuigkeiten mit ihren Kollegen zu diskutieren. »Jede Information an die Medien wird vorher mit mir abgestimmt.«

21. KAPITEL

Der Einsatzwagen der *Gendarmerie Nationale* fuhr die engen Serpentinen nach Bormes-les-Mimosas hinauf. Am Steuer saß Moma. Er zog den Wagen durch eine enge Kurve, dass die Reifen pfiffen.

»Langsam, Moma«, sagte Isabelle, die neben ihm saß. »Wir sind nicht bei der Formel 1. Und mach besser das Licht aus.«

Brav nahm Moma den Fuß vom Gas und schaltete das Blaulicht ab. Wie alle Polizisten liebte Moma es, mit dem Streifenwagen Gas zu geben und mit Sirene und Blaulicht die engen *corniches* der Provence entlangzujagen, auch wenn der Einsatz es gar nicht erforderte. Seit seiner Jugend war Moma ein Fan französischer Gangsterfilme gewesen, und die Szenen, in denen die Gendarmerie Gangster die Côte d'Azur entlangscheuchte, konnte er gar nicht oft genug sehen.

»Nimm die untere Straße«, sagte Isabelle, und Moma bog in eine schmale Gasse ab, die sich schnurgerade den Hügel nach Bormes-les-Mimosas hinaufzog.

Es gab einen neuen Verdächtigen im Fall Lambert. Das heißt, bisher hatte die Polizei nur den Namen eines Mannes, der ebenfalls im BMW von Lambert gesessen hatte und der so unvorsichtig gewesen war, dort seine Fingerabdrücke zu hinterlassen.

Der gute alte Fingerabdruck, dachte Isabelle. In Zeiten

von DNA und Highspeed-Internet ein geradezu anachronistisches Beweismittel. Trotzdem, bei der Spurensuche war ein Fingerabdruck immer noch mit minimalem technischen Aufwand nachweisbar.

Der Abdruck, den sie im BMW des entführten Richters gefunden hatten, gehörte einem gewissen Louis Pignol, einem Antiquitätenhändler, der bei der Polizei kein Unbekannter war. Die Geschäfte von Monsieur Pignol waren höflich ausgedrückt zwielichtig. Sie bestanden darin, wohlhabende Villenbesitzer mit provenzalischem Mobiliar zu versorgen. Die Reichen liebten schöne alte Möbel, vor allem, wenn sie eine Geschichte hatten. Und in diesem Punkt war Pignol besonders kreativ. In Wirklichkeit besorgte sich Pignol billiges Mobiliar auf dem Land, trimmte es auf alt und verkaufte es dann als Rarität aus dem 19. Jahrhundert mit fettem Gewinn an ahnungslose Ferienhausbesitzer weiter. Es hatte mehr als eine Anzeige gegen ihn gegeben, aber der Betrug ließ sich nie eindeutig nachweisen. Obwohl jeder in der Gegend wusste, dass Pignol ein Schwindler war, der von schrägen Geschäften geradezu magnetisch angezogen wurde, lief sein Handel erfolgreich.

Moma hielt an einem ruhigen Platz am Rand von Bormes, der von mittelalterlichen Mauern umschlossen war. Bormes-les-Mimosas war ein Städtchen wie aus einem Bilderbuch. Der Ort lag auf der Kuppe eines Hügels und trug schon immer in den Reiseführern des *Guide Michelin* die Auszeichnung *Mérite un détour*, er war einen Umweg wert. Und diese Auszeichnung hatte sich das Städtchen zu Recht verdient. Die Gassen und alten Steinhäuser, die romantischen Durchgänge und Treppen, die ummauerten Gärten, aus denen im Sommer die Bougainvilleen quollen, boten nicht nur endlos viele Fotomotive, sondern auch immer wieder spektakuläre Aussichten über die Ebenen mit ihren Weinbergen bis hinunter zum Meer und den Inseln.

»Niemand zu Hause?« Moma klopfte noch einmal mit dem schweren Eisenring gegen die verwitterte Holztür, und man konnte den Widerhall der Schläge in dem Antiquitätengeschäft hören. Es tat sich nichts. Moma trat einen Schritt zurück. Auf dem Dach des trutzigen Steinhauses drehte sich ein verrosteter Wetterhahn.

»Eigentlich ist er um diese Zeit immer da«, sagte Moma.

»Ich seh mal unten nach. Warte du hier oben.« Isabelle lief die steile Steintreppe hinunter, die nach unten zum Hof des Gebäudes führte. Da stand er.

Louis Pignol schien völlig in seine Arbeit vertieft. In dem engen Hof roch es nach Kloake. Er hielt einen Schlauch in der Hand und spritzte das Pflaster ab. Dazu schimpfte er, ohne sich nach Isabelle umzudrehen.

»Das sind alles die verdammten Touristen. Kommen her und besaufen sich, und dann hab ich die Sauerei im Hof.« Louis Pignol richtete den Wasserstrahl gegen die Mauer. Die Arbeit schien seine volle Konzentration zu erfordern. »Kommen aus den Bistros und benutzen meinen Hof als öffentliches Scheißhaus. Pinkeln und kotzen einfach an die Mauer.«

Mit einem weiteren Wasserschwall beförderte Pignol die Hinterlassenschaften der ungebetenen Besucher in den Kanal.

»*Bordel!*«, schimpfte der Mann. »Ich war schon zigmal bei den Flics.«

»Können Sie mal einen Moment damit aufhören?«, bat Isabelle laut.

Pignol drehte sich um und tat überrascht, eine Frau der

Gendarmerie Nationale auf seinem Hof zu sehen. »Entschuldigen Sie, *Madame*, ich hatte ja keine Ahnung.«

Isabelle wusste genau, dass ihr Pignol nur etwas vormachte. Die Show gehörte zum Geschäft. Genauso wie sein Aufzug. Der Vierzigjährige war kräftig und groß. Er hatte seine Haare zu einem Pferdeschwanz zusammengebunden, und im Ohr trug er einen silbernen Ring. Gegen die Sonne und vor allem, weil er glaubte, dass es ihn männlicher machte, hatte er einen abgewetzten Lederhut aufgesetzt. Die Ärmel seines weißen Leinenhemdes hatte er hochgekrempelt, damit man seine braunen Unterarme und die Handgelenke mit den Silberkettchen sah.

Pignol hatte sanfte Augen und eine angenehme Stimme, was den Umgang mit weiblichen Kunden wesentlich erleichterte.

»Was kann ich für Sie tun?« Pignol warf einen kurzen Blick auf die drei Streifen auf Isabelles Schulterklappen. »*Capitaine*.«

»Wir müssen uns mit Ihnen unterhalten, Monsieur Pignol.«

»Ich hab die Werkstatt voller Arbeit.« Pignol deutete in Richtung Schuppen, wo auf einem Tisch eine elektrische Schleifmaschine lag. »Können wir das nicht verschieben?«

»Nein, können wir nicht. Ich muss Sie bitten, uns zu begleiten.«

»Was gibt es denn so Wichtiges?« Pignol hängte den Schlauch auf einen Haken an der Mauer.

»Sie kannten Richter Lambert?«, fragte Isabelle.

»Jeder hier kannte den Richter.« Der Antiquitätenhändler musterte Isabelle misstrauisch.

»Aber nicht jeder hat in seinem Auto gesessen.« Moma kam in den Hof.

»Was soll der Quatsch? Ich denke, Sie haben die Kerle erwischt, die ihn in der Mache hatten?«, sagte Pignol und klang schon weniger selbstbewusst. »Kam doch alles in den Nachrichten.«

»Sie haben uns nicht richtig verstanden«, erwiderte Isabelle. Diesmal eine Spur kühler. »In dem Wagen wurden Ihre Fingerabdrücke entdeckt.«

22. KAPITEL

Pignol saß schon seit über einer halben Stunde auf dem verdammten Plastikstuhl. Sie hatten ihm die Hände mit Handschellen an den Tisch gefesselt. Wollten ihn weichkochen. Nur weil er ein wenig Krach geschlagen hatte. Aber er ließ sich nicht herumschubsen, schon gar nicht von diesen blöden Flics. Die konnten ihn mal. Die hatten doch keine Ahnung. Flics hatten nie Ahnung von irgendwas. Pignol lachte in sich hinein, was bei ihm wie das Schnauben eines Pferdes klang.

Und wenn sie doch irgendwie von der Sache erfahren hatten? Er hatte keine Ahnung, wie. Vielleicht hatte jemand ihn hingehängt. *Merde alors*, ihn konnten sie doch dafür nicht verantwortlich machen. Verdammt, sie konnten ihm nichts vorwerfen, ihm doch nicht. Pignol versuchte, cool zu bleiben, aber es wurde ihm von Minute zu Minute mulmiger in dem engen Verhörzimmer. Es war stickig, und die abgestandene Luft zwang ihn, schneller zu atmen. Jetzt nur nicht die Nerven verlieren, sagte er sich.

»He, kommt da vielleicht mal einer?«, rief Pignol laut. Er war sicher, dass einer von den Flics draußen vor der Tür stand und nur darauf wartete, dass er einknickte. Aber wovor? Er hatte nichts getan, und wenn doch, dann lag es an seiner beschissenen Jugend. Klar, das behaupteten alle. Aber, hallo, sein Alter war ein Psychopath, und was für einer. Hatte ihn mit einem Hydraulikschlauch verprügelt.

Bis die Platzwunden an seinem Rücken durch das Hemd geblutet hatten. Und wenn der Alte besoffen war, mussten er und seine Mutter sich in der Garage verstecken. Da konnten sie dann zuhören, wie der Vater in seiner Wut die Möbel im Haus zerlegte. Das ging so lange, bis er fünfzehn Jahre alt wurde. Bis zu der Nacht, als sein Vater nicht mehr nach Hause kam. Er hatte sich aufs Gleis vor den TGV Toulon-Paris gestellt. Keiner wusste, was seinem Alten damals durch den Kopf gegangen war. Der Zug fuhr mit 290 Stundenkilometern, als er ihn erwischte. Das hatten jedenfalls später die Unfallexperten von der Bahn behauptet. Niemand im Zug bekam etwas mit. Die Schweinerei hatten sie erst entdeckt, als der TGV in Paris in den Gare de l'Est einfuhr. Die Überreste seines Vaters klebten vorn am Windabweiser unter der Kupplung. Aber das meiste hatte sich auf der Strecke über halb Frankreich verteilt. Seine Mutter war damals durchgedreht und kam in die Geschlossene, und er konnte sich alleine durchschlagen. Das lief nicht mal schlecht, wenn er überlegte, wo er heute stand. Mit eigenem Geschäft und so. In diesem Moment ging die Tür auf, und Isabelle kam mit Moma in den Raum.

»Ich brauche mein Spray«, sagte Pignol.

»Was für ein Spray?«, fragte Isabelle.

»Na, das Asthma-Spray. Was denn sonst?« Pignol schüttelte den Kopf. »Oder wollen Sie, dass ich hier einen Anfall kriege? O Mann, mein Anwalt wird ausflippen vor Glück.«

»Sie glauben also, dass Sie einen Anwalt brauchen?«, fragte Isabelle.

»Das hab ich nicht gesagt.« Pignol sah zu der Tasche seiner Lederjacke. »Ist da in der Tasche. Ich komm nicht dran.«

Moma beugte sich vor, griff in die Tasche und reichte

Pignol die Sprayflasche mit dem Aerosol. Pignol setzte sie an den Mund und tat gierig einen Zug.

»Dann erzählen Sie uns doch noch mal, wie Ihre Fingerabdrücke in den Wagen von Richter Lambert gekommen sind«, Isabelle zog sich einen Stuhl heran und sah Pignol an.

»Das hab ich doch schon erzählt.«

»Ich würde es aber gerne noch einmal von Ihnen hören.«

Pignol zerrte vorwurfsvoll an seinen Handschellen. Auf ein Nicken von Isabelle hin schloss Moma die Handfesseln auf und steckte sie ein. Sicherheitshalber stellte sich der Lieutenant aber vor die Tür.

»Keine Angst, ich hau schon nicht ab«, sagte Pignol. »Warum denn auch? Ich habe nichts getan.«

»Also ...?« Isabelle sah den Gefangenen an.

»Er kam mit einem Stuhl zu mir.« Pignol hob die Schultern, als wollte er sagen: Was kann ich denn dafür?

»Und weiter ...?«

»Das war alles. Ich habe geholfen, das Teil aus dem Auto zu heben«, erklärte Pignol. »Ende der Geschichte.«

»Und wo genau befand sich der Stuhl?«, fragte Moma. »Ich mein, im Auto. Kofferraum, hintere Sitzbank? Wo?«

»Was weiß ich? Hinten, denke ich«, Pignol strich sich nervös mit den Fingern durchs Haar.

»Warum sind dann Ihre Fingerabdrücke auf dem Griff der Beifahrertür und am Armaturenbrett?«, fragte Isabelle.

»Verdammt, was wollen Sie von mir?«

»Erzählen Sie uns eine Geschichte, die wir glauben können«, sagte Moma.

»Das ist keine Geschichte.« Pignol sah nervös zwischen Isabelle und Moma hin und her. »Das ist die verdammte Wahrheit.«

Weil Pignol jetzt keinen Hut mehr trug, konnte Isabelle sehen, dass ihm die Haare am Hinterkopf ausgingen. Wahrscheinlich trug er deswegen diese alberne Pferdeschwanz-Frisur.

»Sie wissen ja, warum die Polizei Ihre Fingerabdrücke gespeichert hat«, sagte Isabelle. Der Gefangene musterte sie stumm. »Juli 2013, die Schlägerei in Toulon.«

»Mein Gott, der Kerl hatte was getrunken, genau wie ich. Das war keine große Sache – echt nicht.«

»Nein?« Isabelle sah in ihre Unterlagen. »Das Opfer war vierzehn Tage in der Klinik. Das Knie und der Ellenbogen mussten operiert werden.«

»Und was hat das hiermit zu tun?«

»Sie sind aggressiv, neigen zu Gewaltausbrüchen, Pignol.« Isabelle sah ihn an. »Und Sie waren im Auto des Opfers.«

»Ich sage doch, der Typ hat mir einen Stuhl vorbeigebracht.«

Moma zog ein Röhrchen aus der Tasche, in dessen Deckel ein Wattestäbchen befestigt war.

»Was soll das?«, fragte Pignol.

»Wir brauchen Ihre DNA. Nur zum Abgleich.« Sie nickte Moma zu.

»Und wenn ich mich weigere?«

»Im Moment sind Sie nur ein Zeuge.« Isabelle blickte den Mann freundlich an. »Wollen Sie ein Verdächtiger werden?«

»Scheiße, nein«, Pignol sah Moma an und öffnete den Mund.

Moma machte einen sorgfältigen Abstrich von der Mundschleimhaut des Mannes, bei dem er sich besonders viel Zeit zu nehmen schien.

»Den Stuhl«, sagte Isabelle, und Pignol verdrehte die Augen, um zu zeigen, wie genervt er war. »Den würden wir auch gerne sehen. Da müssen ja jede Menge Spuren des Richters dran sein.«

»Ich ... jetzt ist aber gut.« Pignol schob die Hand des Lieutenant zur Seite. »Ich hab ihn schon abgebeizt. Der ist sauber.«

»Wir würden ihn trotzdem gerne sehen.«

»*Mon Dieu*, wir haben noch einen Moment in seinem Auto gesessen und gequatscht.«

»Der Richter hat mit Ihnen gequatscht, in seinem Auto«, sagte Moma mit spöttischem Unterton.

»Ja und ...? Warum denn nicht? Ich kenne 'ne Menge Prominente.«

»Worüber haben Sie denn so mit Richter Lambert geredet, in seinem Auto?«, fragte Isabelle.

»Über eine Anzeige, wenn Sie es genau wissen wollen ...«, Pignol unterbrach sich, als hätte er gerade zu viel gesagt. »Probleme mit 'nem Kunden.«

»Und da fragen Sie mal eben den bekanntesten Juristen der Republik um Rat? Respekt!«, sagte Moma.

»Sie haben gesagt, dass ich Zeuge bin, oder?« Pignol sah Isabelle an. »Dann möchte ich jetzt gehen.«

»Bitte, Monsieur Pignol«, Isabelle hob die Hand und deutete zur Tür, »aber wir werden bestimmt bald noch mehr Fragen haben. Ich muss Sie daher auffordern, die *Commune* nicht zu verlassen. Und wenn, dann geben Sie uns vorher Bescheid.«

»Das können Sie nicht machen. Ich kenne meine Rechte.«

»Vorsicht, Pignol! Falls Ihnen das immer noch nicht klar sein sollte. Wir ermitteln in einem Mordfall. Da können sich die Dinge ganz schnell ändern.«

23. KAPITEL

Leon war von der Besprechung in der *Gendarmerie Nationale* direkt zur Rechtsmedizin in Saint-Sulpice gefahren. Natürlich nicht, ohne sich zuvor von Staatssekretär Fontaine zu verabschieden, dem der Zwischenfall in der Autopsie noch immer peinlich war. Leon tröstete ihn und erklärte, dass viele berühmte Ärzte die Rechtsmedizin gemieden hatten, weil sie den Anblick der Toten nicht ertragen konnten. Eine Information, die Fontaine zu beruhigen schien.

Leon konnte sich nur schwer auf den Quartalsbericht der rechtsmedizinischen Abteilung konzentrieren, den er dringend fertigstellen musste. Der Tod des Richters ging ihm nicht aus dem Kopf. Was ihn dabei vor allem beschäftigte, war die Tatsache, dass Nicolas Lambert minutenlang lebend auf seinem Seziertisch gelegen hatte. Natürlich war es nicht seine Schuld, aber Leon fragte sich, ob er irgendetwas hätte machen können, um die Überlebenschancen des Richters zu verbessern. Hätte er schneller zur Klinik fahren und ihn früher entdecken können? War die Herzdruckmassage alleine nicht genug gewesen, und hätte er Lambert zusätzlich beatmen müssen? Warum hatte das Schicksal ausgerechnet ihn mit der Lebensrettung von Lambert betraut?

Gegen elf Uhr rief die Sekretärin des Klinikleiters an, der Leon umgehend in seinem Büro sehen wollte. Leon war klar, dass es irgendwelche Probleme gab. Dabei wollte er nichts lieber, als den Bericht fertigstellen und zurück nach Le Lavandou fahren, um noch einen *Noisette* im *Chez Miou* zu trinken. Vielleicht könnte er auch eine Runde Boule spielen und Nicolas Lambert für eine Weile vergessen. Aber den Leiter der Klinik versetzte man nicht. Alleine seine Sekretärin konnte einem schon das Leben schwermachen.

Einige Minuten später klopfte die Sekretärin an die Tür von Klinikleiter Dr. Bayet, und aus dem Raum drang ein kurzes »Ja!«.

»Bitte, *Docteur*«, sagte die kühle blonde Frau und sah Leon dabei mit ihrem eisigen Lächeln an.

Dr. Bayet saß hinter seinem Designer-Schreibtisch, auf dem ein Foto seiner Frau und seiner Tochter stand. Daneben leuchtete ein geöffneter Laptop. Der Klinikleiter trug, wie immer, Jeans und Blazer und sah aus, als ob er Vorstand des Golfclubs wäre und nicht Leiter eines Krankenhauses.

Vor ihm, in einem Stuhl aus Chrom und weißem Leder, saß zusammengesunken Carole Abadie im weißen Overall der Unfallsanitäter. Sie wischte sich mit dem Papiertaschentuch eine Träne aus dem Auge.

»Ah, *Docteur* Ritter«, sagte Dr. Bayet, ohne von seinem Chefsessel aufzustehen. »Danke, dass Sie es einrichten konnten. Madame Abadie kennen Sie ja.«

»*Bonjour, Madame*«, sagte Leon freundlich.

»*Bonjour*«, antwortete Carole Abadie mit kleiner Stimme.

»Es geht um den unglücklichen Zwischenfall mit dem Patienten Nicolas Lambert«, formulierte der Klinikleiter gespreizt. »Wie ich höre, haben Sie ja bereits in dieser Angelegenheit mit Madame Abadie Kontakt aufgenommen.«

»Wir haben uns über die Schwierigkeiten einer Diagnose unter bestimmten Umständen unterhalten«, sagte Leon, und die Sanitäterin nickte. »Wenn Sie das meinen?«

»Ich meine: Es wurden Fehler gemacht, die niemals hätten passieren dürfen«, sagte der Klinikleiter streng.

»Aber ich habe Ihnen doch beschrieben, wie ...«, Carole Abadie wollte weiterreden, aber der Klinikchef hob nur die Hand, und sie verstummte.

»Dafür gibt es keine Entschuldigung«, sagte Dr. Bayet.

»Aber vielleicht doch eine Erklärung.« Leon wartete nicht ab, bis er gefragt wurde. Er hatte keine Lust, sich von diesem medizinischen Leichtgewicht vorführen zu lassen wie ein Schuljunge. Außerdem ärgerte ihn die herablassende Art, die Bayet gegenüber der Sanitäterin an den Tag legte. Bayet sah ihn überrascht an.

»Es gibt Situationen«, fuhr Leon fort, »da ist sehr schwer erkennbar, ob ein Mensch noch lebt. In diesem Fall befand sich das Opfer in einem tiefen Schockzustand und war katatonisch. Dazu war es bereits dunkel, und der Mann lag an einer schwer einsehbaren Stelle.«

»Ich sagte bereits, die Sache ist nicht zu entschuldigen«, ging Dr. Bayet dazwischen.

»Wenn ich das eben noch ausführen könnte«, das war keine Frage von Leon, denn er wartete keine Antwort ab, sondern sprach einfach weiter. Diesmal eine Nuance energischer. »Hinzu kam, dass Madame Abadie unter großem Zeitdruck stand. Die Polizei wollte, dass der vermeintliche Tote so schnell wie möglich geborgen wurde. Madame Abadie hat einen schweren Job und trägt eine große Verantwortung. Ich habe ihr gesagt, dass ihr zwar ein Fehler unterlaufen ist, aber der hätte auch jedem anderen Mediziner passieren können.«

»*Docteur*, ich bitte Sie«, unterbrach Bayet. »Jeder Arzt

im ersten klinischen Jahr hätte gemerkt, dass der Mann noch lebt.«

»Das möchte ich stark bezweifeln.« Leon sprach ganz ruhig. »Ich selber habe beim ersten oberflächlichen Blick auf Lambert nicht erkannt, dass der Mann noch lebte. Die verkrampften Muskeln während eines solchen Schockzustandes sind einer Totenstarre durchaus ähnlich. Erst als ich mir den Mann genauer ansah, wurde mir klar, was los ist. Wie Sie richtig vorschlagen: Um eine Fehldiagnose auszuschließen, müsste man immer noch zusätzlich einen Arzt mitschicken.«

Die Bemerkung war natürlich eine Provokation, denn dafür gab es schlicht zu wenig medizinisches Personal in der Klinik.

»Wollen Sie mir einen Rat geben, Doktor Ritter?«

»Aber nein, das war nur ein Vorschlag. Ich muss allerdings dazu sagen, dass Fälle wie diese äußerst selten sind. Ich erlebe das in all den Jahren als Rechtsmediziner hier zum ersten Mal.«

»Aus Ihrer fachlichen Sicht würden Sie also sagen ...«, der Klinikleiter machte eine kurze, dramatische Pause, »dass die Sanitäterin gar nicht anders entscheiden konnte?«

»Aus meiner fachlichen Sicht würde ich sagen: Madame Abadie hat die nötigen Tests korrekt durchgeführt, aber leider die falsche Schlussfolgerung gezogen. Um den Zustand von Lambert richtig beurteilen zu können, hätte es in dieser Situation tatsächlich den Blick eines erfahrenen Arztes gebraucht. Da muss ich Ihnen völlig recht geben, Doktor Bayet.«

»Sie waren ja nicht alleine vor Ort?« Der Klinikleiter sah Madame Abadie über seine Brillengläser hinweg an.

»Ich hatte einen Hilfssanitäter dabei«, sagte die Frau.

»Er ist noch in der Ausbildung. Er hat nur beim Transport geholfen.«

»Ich werde mir die Sache durch den Kopf gehen lassen«, sagte der Klinikleiter. Leon war klar, dass er über die Entlassung der Sanitäterin nachdachte. »Und ich würde Sie bitten, Doktor Ritter, dass Sie mir über den Vorfall in Ihrer Abteilung einen kurzen Bericht schreiben.«

»Gerne, Doktor Bayet«, sagte Leon. »Und wie gesagt, ich bin überzeugt, dass Madame Abadie, angesichts der schwierigen Umstände, alles richtig gemacht hat. Ich würde diese Meinung auch jederzeit vor einem Untersuchungsausschuss vertreten, falls Sie meine Unterstützung brauchen sollten.«

Zehn Minuten später saß Leon in seinem Peugeot. Als er vom Parkplatz der Klinik fuhr, merkte er nicht, dass ihm ein silberner Golf folgte. Leon fuhr seine Lieblingsstrecke an der Küste entlang. Bei zurückgeklapptem Verdeck hörte er im Radio die Stimme von Jacques Brel, der »Au printemps« sang. Leon spürte die warmen Strahlen der Nachmittagssonne im Gesicht. Die Luft war trocken und roch nach dem Harz der nahen Pinien. Das Gras zwischen den Weinstöcken war immer noch nicht richtig gewachsen. Wenn es nicht bald regnete, konnte man die Weinernte in diesem Jahr vergessen. Leon hatte im *Var-Matin* gelesen, dass der Lac du Trapan einen so niedrigen Pegelstand hatte wie seit Jahrzehnten nicht mehr, was eine mittlere Katastrophe darstellte. Schließlich versorgte der Stausee die ganze Region mit Trinkwasser. Noch reichte das Frischwasser, das über den Canal de Provence eingespeist wurde. Um diese Zeit waren erst wenige Touristen hier, aber das würde sich schon mit dem nächsten Monat ändern.

Leon rollte langsam die Uferpromenade entlang, aber die Parkbuchten waren noch immer von den Übertragungswagen der Fernsehstationen blockiert. Also bog er auf den Parkplatz beim Hafen ab. Er fand einen Platz an der Hafenmauer. Leon stieg aus und klappte das Verdeck zu, damit der Wind ihm nicht den Staub ins Auto blies. Er wollte gerade nach seinem gelben Pulli greifen, als ihm jemand von hinten sanft die Hände auf die Augen legte, und er spürte, wie eine Frau ihren Körper an ihn drückte.

»Hallo, *Docteur* …«, sagte eine sanfte Stimme.

Leon drehte sich um, und vor ihm stand eine schlanke blonde Frau. Sie war einen guten Kopf kleiner als er und höchstens Mitte zwanzig. Eine attraktive, zarte Erscheinung. Sie hatte einen schönen Mund und volle Lippen. Die großen Augen gaben ihrem Gesicht etwas Verletzliches, und die kurzen blonden Haare erinnerten im Gegenlicht an einen Heiligenschein. Leon brauchte einen Augenblick, bis er die junge Frau wiedererkannte. Es war die Patientin von Dr. Menez, deren Verletzungen er begutachtet hatte.

»*Bonsoir*«, sagte Leon irritiert. »Ich habe Sie gar nicht kommen hören.«

»Freust du dich denn nicht?«, fragte die junge Frau, und in ihrer Stimme schwang ein leiser Vorwurf mit. Sie sah Leon von unten mit ihren großen Augen an. »Du hast mich doch angerufen.«

»Oh, das …«, sagte Leon schnell. »Das tut mir leid. Das war eine Verwechslung.«

»Nein, so etwas darfst du nicht sagen.« Sie schüttelte den Kopf und stieß Leon trotzig die Hände gegen die Brust.

»Ich habe gleich einen Termin«, log Leon und sah sich nervös um. Schließlich kannte er im Ort jede Menge Menschen, und diese Situation konnte leicht falsch verstanden werden. Aber da waren nur ein paar Eltern mit ihren Kindern, die einen Kombi mit Badeutensilien beluden, und eine Polizeistreife, die Falschparker aufschrieb.

»Du kannst jetzt nicht gehen. Das erlaube ich nicht.« Die junge Frau sagte das mit einem Lächeln, so dass Leon einen Moment unsicher war, ob sie sich vielleicht nur einen Spaß mit ihm erlaubte.

»Ich muss wirklich los«, sagte Leon. »War nett, Sie mal wiedergesehen zu haben.«

»Nathalie, ich heiße Nathalie. Das weißt du doch noch«, sagte sie.

»Natürlich, ich erinnere mich«, Leon lächelte aufgesetzt freundlich. »Ich hoffe, Ihre Verletzungen verheilen gut.« Wieso brachte ihn diese junge Frau so durcheinander? Vielleicht weil er nicht in der Lage war, ihre merkwürdige Art richtig einzuordnen. Auf der einen Seite war sie eine hinreißende Person, auf der anderen Seite spürte er instinktiv, dass etwas mit ihr nicht stimmte. Das war ihm gleich bei der ersten Begegnung im Krankenhaus aufgefallen.

»Ich weiß, dass du mich liebst«, sagte Nathalie. »Das wusste ich im ersten Moment, als du mich berührt hast.«

»Ich habe Sie nicht ...« Leon sah sie irritiert an. »Ich habe Sie nur untersucht.« Warum rechtfertigte er sich vor dieser Frau?

»Ja, und du warst so besorgt dabei. Das war schön. Sehr schön sogar.« Sie fuhr sich mit den Fingern durchs Haar, warf den Kopf in den Nacken und drehte sich dabei so, dass die flache Nachmittagssonne durch ihre helle Bluse schien und er die Konturen ihrer Brüste erkennen konnte. Leon starrte sie einen Moment fasziniert an. Er musste sich regelrecht zwingen wegzuschauen. Mein Gott, was war denn los mit ihm? Kaum hatte der geile alte Rechtsmediziner seine Gruft verlassen, schon ließ er sich von einem überdrehten Mädchen vorführen.

»Haben Sie schon mit Doktor Menez gesprochen?« Er musste dringend das Thema wechseln. Doch Nathalie hörte gar nicht hin.

»Du schaust mich gerne an, stimmt's?«, sagte sie und betrachtete ihn mit ihren blauen Augen. »Gib mir deine Hand.«

Leon reagierte nicht.

»Na, mach schon, ich beiße nicht.« Jetzt lächelte sie und griff nach seiner Hand. Ohne den Blickkontakt zu ihm zu unterbrechen, nahm sie seine Hand und legte sie auf ihre Brust.

Für einen kurzen Moment konnte Leon durch den dünnen Stoff der Bluse ihren Körper spüren. Er zögerte einen Augenblick zu lange. Aber was sollte er tun? Laut nach der Polizei rufen, weil ihn eine höchst attraktive Frau auf dem Parkplatz zwang, ihre Brust zu berühren? Er zog die Hand weg.

»Das hat dir gefallen«, sagte sie und lächelte. »Soll ich dir etwas verraten? Ich trage im Sommer nie Unterwäsche.« Sie reckte sich und strich mit den Händen ihre Bluse nach unten über die abgeschnittenen, ausgefransten Jeans, die auf halbem Weg zum Knie endeten.

»Ich muss jetzt los«, sagte Leon und räusperte sich.

»Wann sehen wir uns wieder?« Nathalie legte die Hand auf seinen Arm.

»Nathalie«, sagte Leon bestimmt. »Hören Sie mir bitte zu.«

»Jetzt hast du zum ersten Mal meinen Namen gesagt.«

»Wir sehen uns gar nicht wieder, Nathalie. Ich gehöre

zum Ärzteteam von Saint-Sulpice, und wir treffen uns nicht mit Patientinnen.«

»Ich weiß, das musst du jetzt sagen. Aber ich weiß auch, dass du es nicht so meinst.« Sie sah ihn an, und plötzlich griff sie nach seinem Hals, zog ihn zu sich herunter und küsste ihn auf den Mund.

»Jetzt hören Sie auf damit, sonst ...« Leon klang ärgerlich, als er sich mit einem Ruck aus ihrer Umarmung befreite. Aus den Augenwinkeln sah er, dass die Familie an dem Kombi zu ihnen herübersah. Wie konnte sie ihn so in Bedrängnis bringen?

»Sonst *was* ...?«, fragte die junge Frau und sah Leon provozierend an. »Fickst du mich sonst nicht?«

»Ich gehe jetzt«, sagte Leon.

»Willst du, dass ich jemandem von uns erzähle?«

»Da gibt es nichts zu erzählen«, sagte Leon, drehte sich um und ging.

»Wir sehen uns wieder, *mon cher*«, rief sie hinter ihm her.

Leon drängte sich durch die ankommenden Autos und hoffte, dass sie ihm nicht folgte. Nach einigen Schritten riskierte er einen schnellen Blick zurück und sah, wie Nathalie in einen silbernen Golf stieg.

Warum hatte ihn die Begegnung mit dieser Frau so verwirrt? Er hatte sich wirklich nichts vorzuwerfen, dachte Leon. Oder doch? Immerhin hatte er die junge Frau angerufen. Und eben auf dem Parkplatz ... Er konnte nicht behaupten, dass die kurzen Berührungen unangenehm gewesen waren. Aber er wusste auch, dass diese Frau Probleme hatte, große Probleme. Und sie wusste genau, wie man einen Mann in Schwierigkeiten bringen konnte. Und genau darauf schien sie es abgesehen zu haben.

Er sollte dringend mit Isabelle über die Sache reden. Das

wäre das Beste. Aber würde er damit nicht nur schlafende Hunde wecken? Manchmal war es verdammt schwer, das Richtige zu tun, dachte Leon. Er beschloss, die Sache erst einmal auf sich beruhen zu lassen und im Zeitungsladen nachzusehen, ob die neue *FAZ* schon da war.

Eine Viertelstunde später setzte sich Leon an einen der runden Blechtische, die Jérémy für seine Stammgäste an der Tür des *Miou* freihielt. Weil man von dort am besten beobachten konnte, was sich auf dem Bouleplatz tat. Die großen Tische vor der Tür mit den Sonnenschirmen und den Korbstühlen waren nur für die Touristen. Meist kamen Familien mit zwei oder drei Kindern, die sich gierig auf Jérémys neueste Eiskreationen stürzten.

»*Bonsoir*, Leon. Ich habe Sie am Parkplatz gesehen.« Véronique betrat das Bistro. In der Hand hielt sie die speckige Ledertasche mit den Boulekugeln, in ihrem Mundwinkel glimmte eine Gauloise.

»*Bonsoir*, Véronique«, sagte Leon und sah von seiner Zeitung auf. »Ihnen entgeht aber auch nichts.«

»Attraktive Frau«, sagte Véronique. »Sehr attraktiv, möchte ich sagen.«

Véronique hatte so laut gesprochen, dass auch Jérémy und seine Frau die Ohren spitzten.

»Nur jemand aus der Klinik«, versuchte Leon das Thema zu wechseln. »Bitte noch einen *Noisette*.«

»Aber mit Vergnügen, *Docteur*«, rief Yolande von der Bar.

»Darf ich Ihnen einen Rat geben?« Véronique zog sich einen Stuhl heran und setzte sich.

»Nein, danke«, sagte Leon. Er konnte es nicht leiden, wenn andere sich in seine Angelegenheiten mischten. Aber das interessierte im *Miou* natürlich niemanden.

»Die Kleine tut Ihnen nicht gut, glauben Sie mir«, sagte Véronique. »Außerdem haben Sie doch so eine reizende Freundin.«

»Danke, vielen Dank«, sagte Leon und versuchte, so etwas wie Sarkasmus in seinen Ton zu legen.

»Welche Kleine tut ihm nicht gut?«, fragte Yolande, als sie den *Noisette* brachte.

»Unser *Docteur* hier ist ein Schwerenöter«, meinte Véronique. »Umschwärmt von jungen Frauen.«

»Da werde ich aber eifersüchtig, *Docteur*«, sagte Yolande mit gespieltem Vorwurf und schob die Unterlippe vor.

»Können wir vielleicht über etwas anderes reden?«, sagte Leon gequält. Yolande und Véronique sahen sich vieldeutig an.

In diesem Moment kam Jean-Claude in seinem Rollstuhl um die Ecke.

»*Bonsoir, messieurs dames*«, rief der ehemalige Fremdenlegionär.

»*Bonsoir*, Jean-Claude«, sagte Leon, erleichtert, dass er nicht mehr länger den neugierigen Bemerkungen der Frauen ausgesetzt war.

»Ich hab dich da gerade mit einer oberscharfen Maus auf dem Parkplatz gesehen ...«, Jean-Claude zwinkerte Leon zu. »Jesus Christus, da möchte man auch noch mal vierzig sein.«

»Ich bin 48«, sagte Leon. »Aber das ist auch völlig unerheblich, denn ich kenne die Dame nicht.«

»*Oh là, là*. Dann möchte ich nicht wissen, was auf dem Parkplatz los gewesen wäre, wenn du die Dame gekannt hättest.«

Alle sahen Leon an.

»*Mais, Docteur.* Was man da alles über Sie hört ...«, Yolande schnalzte genüsslich und vielsagend mit der Zunge, während sie leere Tassen zurück zur Theke trug.

»Darf ich dir einen Rat als erfahrener Kämpfer geben?«, fragte Jean-Claude.

»Kann ich das denn verhindern?«

»Nein, kannst du nicht.« Jean-Claude beugte sich aus seinem Rollstuhl näher zu Leon, als müsste er ihm ein Geheimnis anvertrauen. »Ein Legionär begibt sich nie auf feindliches Terrain, ohne vorher die Lage genau erkundet zu haben. Mehr sage ich nicht ...« Jean-Claude sah Leon bedeutungsvoll in die Augen.

»Danke, aber wie schon gesagt ...«

»Ich weiß schon, du kennst die Dame nicht«, unterbrach Jean-Claude.

In diesem Moment begannen die Fernsehnachrichten auf *Canal 6*, und Yolande stellte den Ton lauter. Man sah einen Schwenk über die Promenade von Le Lavandou, dann fokussierte sich die Kamera auf Brigitte Dupin, die ein Mikro in der Hand hielt.

Jérémy hatte sich jahrelang dagegen gewehrt, in seinem Lokal einen Bildschirm an die Wand zu hängen. Seiner Meinung nach sollten sich die Leute in einem Lokal miteinander unterhalten. Und wem das nicht genügte, der sollte nach Hause gehen und dort fernsehen. Das klang eigentlich sehr vernünftig, aber spätestens während der letzten Fußballweltmeisterschaft geriet Jérémys pädagogischer Ansatz ins Wanken. Plötzlich waren im Ort alle anderen Lokale brechend voll, während im *Chez Miou* nicht mal die Stammgäste auftauchten. Also besorgte Jérémy einen günstigen Fernseher, montierte ihn über der Bar an die Wand und schaltete ihn nur bei Fußball ein, oder an einem Tag wie diesem, als Le Lavandou plötzlich im Fokus von Frankreichs Medien stand.

»Hier im idyllischen Ferienort Le Lavandou«, begann Brigitte Dupin mit dramatischer Stimme, »hat das Grauen Einzug gehalten. Der beliebte Richter Nicolas Lambert, der bereits für das Amt des zukünftigen Justizministers gehandelt wurde, ist tot. Er starb an den Folgen unmenschlicher Folter. Wie aus geheimen Untersuchungsberichten der Polizei hervorgeht, die *Canal 6* exklusiv vorliegen, wurde der Jurist gepfählt, eine Foltermethode, wie sie im tiefsten Mittelalter üblich war. Jetzt quält die Menschen in Le Lavandou nur eine Frage: Wer ist der Wahnsinnige, der das getan hat? Und wird er noch einmal zuschlagen? Heute hat die Polizei einen Antiquitätenhändler aus der Region verhört. Ist er der Mörder, der Menschen zu Tode foltert? Mehr zu diesem spektakulären Mordfall in unserer Nachrichtensendung um 19 Uhr. Ich bin Brigitte Dupin von *Canal 6* live aus Le Lavandou. Bleiben Sie dran.«

»Mach den Quatsch aus«, sagte Jérémy, und seine Frau stellte den Ton ab, während ein Werbespot über den Bildschirm flimmerte.

»Die reden von Pignol«, Jérémy kam um den Tresen, in der Hand die Eiskarte mit den Fotos seiner neuesten Kreationen, die er auf den Tischen auslegte.

»Pignol? Ausgerechnet!« Véronique schüttelte den Kopf.

»Was hat die Frau im Fernsehen gemeint mit Pfählen?«, fragte Yolande in einer Mischung aus Neugier und Ekel.

»Warum fragst du nicht den *Docteur*?«, schlug Véronique vor. »Der hat ihn doch untersucht. Oder etwa nicht, Leon?«

»Sie wissen, dass ich über laufende Ermittlungen nicht sprechen darf«, sagte Leon. »Ich wundere mich, wie der Sender an diese Informationen gekommen ist.«

»Der Killer muss gewütet haben wie ein Tier ...« Jérémy sah Leon an und zuckte mit den Schultern. »Sagt man zumindest.«

»Habe ich auch gehört«, sagte Jean-Claude. »Der Kerl vom Innenministerium soll sogar gekotzt haben, als er die Leiche gesehen hat.«

»Wissen Sie was darüber?« Jérémy und die anderen schauten Leon an. Sie versuchten jedes Mal, von ihm Details zu laufenden Fällen zu erfahren. Insiderwissen, mit dem sie vor ihren Freunden und Bekannten glänzen konnten. Normalerweise schwieg Leon eisern bei solchen Fragen, aber heute wollte er verhindern, dass sie wieder mit der Frau vom Parkplatz anfingen.

»Für manche Menschen ist so eine Obduktion einfach zu viel«, sagte Leon.

»Für die Toten zum Beispiel«, bemerkte Jérémy trocken, was ihm ein paar Lacher einbrachte.

»Ist es wahr, dass der Richter ...«, Jérémy dämpfte seine Stimme, bevor er das Wort aussprach, »gepfählt wurde?«

»Dazu kann ich wirklich nichts sagen.« Leon hob die Hände.

»Das ist abartig. Die ganze Welt ist verkommen und verroht.« Véronique schüttelte den Kopf. »Jérémy, hast du einen Rosé für mich?«

»*Rosé pour Madame*«, rief der Chef des *Miou* seiner Frau zu, die ein Glas aus dem Regal nahm.

»Kannst mir auch einen geben?«, fragte Jean-Claude und sah zu Leon. »Was ist mit dir?«

Leon schüttelte den Kopf.

»Ich weiß schon«, Jean-Claude hob die Hand. »Kein Alkohol vor 19 Uhr.«

»So ist es«, sagte Leon.

»Er muss noch viel lernen«, sagte Jean-Claude im Tonfall eines besorgten Vaters.

Die anderen lachten. War er wirklich so ein Spießer?, fragte sich Leon. Der prinzipientreue Rechtsmediziner aus Deutschland, der nicht wusste, wann er loslassen konnte.

»In Ordnung: Ich nehme auch einen Rosé«, sagte Leon.

»*Avec plaisir, Docteur*«, rief Jérémy hinter dem Tresen und schenkte ein weiteres Glas ein.

»Jetzt spricht er wie ein Franzose!«, sagte Jean-Claude.

»Willkommen in der Provence.« Véronique hob ihr Glas.

Leon prostete ihr zu.

24. KAPITEL

Es war dunkel, und es roch nach Rost und Schimmel. Gérôme Baladure versuchte, flach zu atmen, weil er Angst hatte, dass die Schmerzen zurückkommen könnten. Und noch einmal würde er diese Qualen nicht ertragen. Er hatte keine Ahnung, wie lange er hier schon lag, wusste nicht, wie lange er ohnmächtig gewesen war. Aber die Ohnmacht hatte sich wie ein erlösender Schlaf über ihn gesenkt. Das war in dem Moment, als er seine Hand nicht mehr bewegen konnte, weil sie jemand mit Klebeband an das Rohr geklebt hatte. Und dann kam die Zange, und dieser Teufel packte damit seinen Fingernagel und riss ihn heraus, einfach so. Der Schmerz war so unsagbar scharf und hell, als würde man mitten in einem Blitzschlag stehen. In diesem Augenblick hatte ein gnädiger Gott seinen dunklen Mantel über ihn geworfen. Aber jetzt kamen die Schmerzen zurück. Der Ringfinger und der Zeigefinger der rechten Hand brannten, als würden sie in Säure getaucht.

Gérôme blinzelte in den Raum. Zuerst konnte er nur graue Konturen erkennen. Wo war er? Waren das Rohre da oben an der Wand? Es war so kalt. Er fror und zitterte am ganzen Leib, so dass die Kette klirrte, die ihn in diesem rostigen Verlies festhielt. Gérôme hockte am Boden eines offenen Kessels, der in den Boden eingelassen war. Die Kette war um seinen Hals geschlungen und zu einem Halsband zusammengeschraubt. Die Enden waren rechts und links an Eisenringen befestigt und hielten ihn unten, so dass er nicht über den Rand des Kessels hinausschauen konnte, selbst wenn er sich in seinem engen Gefängnis aufrichtete. Gérôme drehte den Kopf und starrte zur Decke. Irgendwo von da oben sickerte Licht in diesen trostlosen Raum. Langsam gewöhnten sich die Augen an die Dämmerung. Die weißen Kacheln an den Wänden waren angeschlagen und gesprungen. Wenn er nach rechts sah, sich gegen die Kette stemmte und den Hals reckte, konnte er die blutbefleckte Lehne des Stuhls erkennen, an den man ihn gefesselt hatte. Unbeweglich festgeklebt, während die zwei scharfzackigen Klammern in seine beiden Oberschenkel kniffen. Wie bösartige Reptilien, die sich an ihm festbissen. Und dann kamen der Strom und die Krämpfe. Alles war nur noch Schmerz. Der ganze Körper war ein einziger Aufschrei: Aufhören! Bitte aufhören! Ich sage alles, ich tue alles. Aber es hörte nicht auf. Es kam wieder und wieder, eine Welle der Qual nach der anderen. Er hatte um Vergebung gefleht, um Erlösung und um den Tod.

Gérôme wusste, warum er hier war. Aber es gab Dinge, die konnte man nicht wiedergutmachen. Es hieß Auge um Auge und Zahn um Zahn, aber was geschehen war, war nun einmal geschehen. Er hatte immer gewusst, dass er eines Tages vor seinem Schöpfer stehen und seine Sünden bekennen musste. Dass dann der oberste Richter entscheiden würde, ob er in die Hölle oder in den Himmel käme. Ja, Gérôme wusste Bescheid. Er war in einer streng katholischen Familie aufgewachsen. Aber er hatte auch erfahren, dass der Glaube, in dem man ihn erzogen hatte, faul war wie eine alte, überreife Frucht.

Schon als Junge im Internat hatte er lernen müssen, dass der Gott, an den er so gerne glauben wollte, ihm keineswegs immer zur Seite stand. Nicht in den Nächten, wenn die Erzieher kamen und ihm keine Ruhe ließen. Wenn sie ihn demütigten und ihm Schmerzen zufügten. Damals war etwas zerbrochen in ihm, und er lernte, sich zu verteidigen und zu vergessen. Vergessen und verdrängen waren seine Waffen gegen die bösen Erinnerungen, die er in der Tiefe seiner Seele versteckt hatte. Aber manchmal kamen sie herausgekrochen wie stinkende Gasblasen aus einem Moor. So wie damals, während der Studienzeit, als das Unaussprechliche geschah und er ahnte, dass Verdrängen nicht mehr genügen würde, nicht ein ganzes Leben lang. Und jetzt war er hier. War das die Hölle? Ein rostiger Tank, in dem er in Ketten lag?

Der Teufel würde zurückkommen. Er kam immer zurück. Er könnte ihn mit einem Fingerschnippen töten. Aber das tat er nicht. Er wollte ihn quälen und ihm beim Sterben zusehen.

Irgendwo in den Tiefen des Gemäuers hörte Gérôme ein Quietschen und Schleifen, als ob ein großes Eisentor zur Seite geschoben wurde. Da wusste er, dass der Teufel zurück war. Und er hatte sich neue Grausamkeiten ausgedacht. Neue Schmerzen, mehr Blut, mehr Leid. Gérôme wusste, dass er dem nichts mehr entgegenzusetzen hatte. Er versuchte, sich zu konzentrieren, stark zu sein. Aber er merkte, wie die Panik in ihm aufstieg wie ein Feuer, das von seinen Füßen aus nach oben brannte und seinen Brustkorb umfing wie ein eisernes Band. Gérôme schloss die Augen und sprach das einzige Gebet, das ihm noch einfiel, den Psalm aus seinen Kindertagen:

»Der Herr ist mein Hirte, mir wird nichts mangeln. Er weidet mich auf einer grünen Aue und führet mich zum frischen Wasser ...« Die Angst schnürte Gérôme die Kehle zu, und Tränen traten ihm in die Augen, als er leise weitersprach. »Und ob ich schon wanderte im finsteren Tal, fürchte ich kein Unglück; denn du bist bei mir, dein Stecken und Stab trösten mich.«

In diesem Augenblick hörte er, wie ein eiserner Riegel aufgeschoben wurde, und dann öffnete sich irgendwo hinter ihm eine schwere Tür mit einem schabenden Geräusch, und ein eiskalter Wind fuhr in den Raum.

25. KAPITEL

Als Leon am Morgen aufwachte, hörte er Tellerklappern aus der Küche. Er hatte schlecht geträumt. Wenn er Isabelle morgens nach ihren Träumen fragte, dann hatte sie immer ganze Geschichten zu erzählen. Da wurde sie zum Polizeipräsidenten befördert, oder ihre Tochter Lilou bekam ein Baby. Leons Träume sahen da ganz anders aus. Es waren kurze Sequenzen mit dem immer gleichen Thema: Er befand sich in Schwierigkeiten, und es gab keinen Ausweg. Die Träume traten besonders häufig auf, wenn er unter Stress stand, so wie jetzt. Dann befand er sich in einer fremden Stadt und suchte verzweifelt nach seinem Auto. Aber konnte sich partout nicht erinnern, wo er es geparkt hatte. Oder er musste dringend zum Flughafen, stieg aber ständig in die falsche U-Bahn ein. Oder er durchlebte den Traum, den er auch in dieser Nacht geträumt hatte. Dass er in eine Wohnung kam und dort Sarah auf ihn wartete. Noch während er träumte, wusste er, dass das unmöglich war, denn Sarah war tot. Aber in diesem Augenblick des Traums schien alles in selbstverständlicher Ordnung zu sein.

Leon nahm eine kurze, heiße Dusche und ging nach unten. Er wollte Isabelle und Lilou gerne noch sehen, bevor sie das Haus verließen. Er hatte diese morgendlichen Gespräche am Küchentisch zu schätzen gelernt. Das waren Augenblicke des Tages, die er ganz besonders genoss und auf die er so lange hatte verzichten müssen.

»Meine Güte«, sagte Isabelle. »Ich dachte, ich mache dir damit eine Freude.«

»Wie denn?« Lilou lehnte an der Küchenablage, löffelte ihren Joghurt und sah nicht auf. »Indem ich für alle den Clown mache?«

»Letztes Jahr wolltest du unbedingt auf dem Themenwagen mitfahren. Ich erinnere mich genau.«

»Da war ich auch noch jünger.«

»Guten Morgen, *mesdames*«, sagte Leon vergnügt, nahm Isabelle kurz in den Arm und küsste sie auf den Mund. »Morgen, Lilou.«

Lilou hielt Leon die Wange hin und bekam einen kurzen Kuss.

»Sag bitte *Maman*, dass der Blumenkorso eine oberschlumpfige Spießerveranstaltung ist.«

»Ich soll dir sagen, dass der Blumenkorso die größte Spießerveranstaltung der Provence ist«, sagte Leon.

»Das stimmt nicht.« Isabelle klang gekränkt. »Der Umzug hat eine lange Tradition. Die Leute kommen aus ganz Frankreich, um ihn zu sehen.«

»Weißt du, wie das Motto dieses Jahr heißt?« Lilou sah zu Leon, der nur mit den Schultern zuckte. »Karneval in Rio!«

»Klingt für mich nicht besonders französisch«, meinte Leon.

»Das Motto haben sie doch nur genommen, damit ein paar Mädels ihre Titten zeigen«, bemerkte Lilou sachlich.

»Lilou, bitte ...«, sagte Isabelle.

»K-A-R-N-E-V-A-L-I-N-R-I-O ...«, sang Lilou, streckte ihre Brust raus und wippte mit dem Hintern.

»Darum geht's doch gar nicht«, erklärte Isabelle. »Der Blumenkorso gehört einfach dazu. Der stammt noch aus dem ... aus dem Mittelalter.«

»Genau wie die alten, geilen Säcke im Festkomitee«, sagte Lilou cool.

Leon grinste, denn damit lag Lilou wahrscheinlich ziemlich richtig. Soweit er wusste, hatte der Blumenumzug zwar wirklich historische Wurzeln, aber davon war nichts mehr übrig. In den letzten Jahren war der Korso zu einer Art Faschingsumzug mutiert, und die Themen hatten schon lange nichts mehr mit der Geschichte der Provence zu tun. Aber die Veranstaltung spülte Geld in die Kassen der Hotels, Läden und Restaurants, und das war die Hauptsache. Dass dieses Jahr ein Mord die Feierlichkeiten überschattete, schien den Stadtrat nicht sonderlich zu beunruhigen. Immerhin berichteten die TV-Stationen dadurch auch über den bevorstehenden Korso. Eine landesweite und auch noch kostenlose Werbeaktion für die Veranstaltung.

»Eines der Mädchen auf dem ersten Wagen ist ausgefallen«, sagte Isabelle. »Sie haben mich gefragt, ob Lilou nicht ihren Platz übernehmen will.«

»Damit ich mir so eine oberdämliche Krone aufsetze und Federn an den Arsch klebe. Nein, danke.«

»So schlimm wird es schon nicht werden«, sagte Leon, der wusste, dass Isabelle die Veranstaltung jedes Jahr mit viel Engagement unterstützte.

»Vielleicht überlegst du es dir ja noch mal«, meinte Isabelle.

Lilou sah Leon mit aufforderndem Blick an. Aber er hatte beschlossen, dass es klüger war, sich aus dem familiären Scharmützel zwischen Mutter und Tochter herauszuhalten.

»Für dich hat gestern eine Frau angerufen«, sagte Lilou zwischen zwei Löffeln Joghurt.

»Hat sie gesagt, was sie wollte?«, fragte Leon nach einem kurzen Zögern.

»Ist vielleicht Doktor Ritter zu Hause?«, zitierte Lilou mit betont sexy Stimme und übertriebenem Augenklimpern.

»Wahrscheinlich jemand von der Klinik.«

»Das glaube ich nicht ...«, sagte Lilou. »Sonst hätte sie bestimmt ihren Namen gesagt.«

»Vielleicht ein Groupie, *Docteur* ...«, sagte Isabelle in leicht anrüchigem Ton.

»Rechtsmediziner haben keine Groupies.« Leon nahm sich ein Stück vom Baguette.

»Wie traurig«, sagte Isabelle. »Bist du zum Mittagessen zu Hause, Lilou?«

»Arthur hat gesagt, dass er mich von der Schule abholt.« Lilou nahm sich noch einen Joghurt aus dem Kühlschrank. »Wir fahren zum Golfclub.«

»Ihr geht zum Mittagessen in den Golfclub?« Isabelle sah von dem Apfel auf, den sie für ihr Müsli in kleine Stücke schnitt.

»Lunchen, Isabelle. In den besseren Kreisen geht man zum Lunchen«, korrigierte sie Leon, ohne die Miene zu verziehen.

»Keine Angst, das zahlt alles Arthurs Vater«, sagte Lilou.

»Gefällt mir nicht, dass ihr in diesen Angeber-Club geht.«

»Und warum bitte nicht?«

»Ihr solltet irgendwo hingehen, wo auch andere Kids sind. Eine Pizza zusammen essen, oder einen Hamburger«, sagte Isabelle.

»Du sagst doch immer, Hamburger sind ungesund.«

Isabelle sah zu Leon. Es gab Momente, da konnte sie einfach nicht mehr zu ihrer Tochter vordringen.

»Ich habe übrigens Olivier getroffen«, sagte Leon. »Schien mir ziemlich geknickt zu sein.«

»Er ist echt süß«, sagte Lilou. »Aber er ist so ein Kind.«

»Im Gegensatz zu dir«, sagte Isabelle. »Du bist ja schon fünfzehn. Weiß dein Freund das?«

»Ich werde bald sechzehn.«

»Nächstes Jahr«, erinnerte Isabelle ihre Tochter. »Ich würde gerne mal mit Arthur reden. Warum bringst du ihn nicht mit?«

»Damit du ihn vernehmen kannst …«

»Ich bitte dich, Lilou. Ich will nur mal hallo sagen.«

Lilou sah genervt zur Decke. »Ich muss los!«, sagte das Mädchen. Und schon war sie aus dem Raum.

»Du warst keine große Hilfe«, Isabelle rührte sich einen Joghurt in ihr Müsli.

»Du bist immer gleich so misstrauisch.« Leon nahm einen Schluck von seinem *Café au Lait.* »Lilou muss lernen, ihre eigenen Entscheidungen zu treffen.«

»Du erwartest zu viel von ihr.« Isabelle schüttelte den Kopf. »Ich weiß, was im Kopf einer Fünfzehnjährigen vorgeht. Ich sage dir: Das hat nicht viel mit Vernunft zu tun.«

»Vielleicht ist dieser Arthur ja ganz okay.«

»Er ist achtzehn, fährt ein Mercedes-Cabrio und geht mit meiner fünfzehnjährigen Tochter zum Lunchen in den Golfclub«, sagte Isabelle in abfälligem Ton. »Ich finde das gar nicht okay.«

»Sie will doch nur etwas Spaß haben. Sie hat ein gutes Urteilsvermögen, und sie ist kritisch. Das hat sie von dir.«

Isabelle lächelte und legte ihre Hand auf seinen Arm. Leon wusste, was Isabelle bewegte. Warum sie Lilou so schlecht loslassen konnte. Die Entführung ihrer Tochter vor zwei Jahren, während der Erittlung in einem Serienmordfall, hatte in Isabelles Seele Spuren hinterlassen. Die Angst um ihr Kind saß tief. Tiefer, als sie zugab.

»Gibt es etwas Neues im Fall Lambert?«, wechselte Leon das Thema.

»Die Wahrheit?« Isabelle sah Leon an. »Wir haben nicht die allergeringste Spur. Wir wissen nichts, gar nichts. Wir wissen nicht mal, wonach wir suchen. Haben wir es mit einem verrückten Mörder, einem Entführer oder einem Perversen zu tun?«

»Schwer zu sagen.« Leon rührte noch einen halben Löffel Zucker in seinen Kaffee. »Was bringt Menschen dazu, andere zu foltern?«

»Denk nur an die Hexenverfolgungen oder die Opfer von Guantanamo.«

»Folter ist kein Garant dafür, die Wahrheit zu erfahren. Das wussten die Menschen von Anfang an. Sogar schon im Mittelalter.«

»Also doch ein psychisch kranker Mörder?«

»Möglich. Aber es gibt ja noch andere Motive. Erpressung zum Beispiel.«

»Geld? Das hätte uns doch die Familie erzählt.«

»Bleibt noch Rache.«

»Ziemlich blutige Rache.«

»Dann hätten wir allerdings ein Problem«, sagte Leon. Isabelle sah ihn fragend an. »Was immer den Täter getrieben hat, er wollte dem Richter nicht nur Schmerzen zufügen, er wollte ihn auch demütigen und zerstören. Mehr noch, er scheint den langsamen Tod seines Opfers regelrecht zelebriert zu haben. Was uns wieder zu deiner Frage zurückbringt: Für was rächt er sich?«

26. KAPITEL

»Haben Sie zufällig gestern die Nachrichten gesehen?« Zerna lehnte sich in seinem ledernen Bürostuhl nach vorne und stützte die Handflächen auf, als wollte er Moma und Masclau jeden Augenblick an den Hals springen.

»Ja, *Patron*«, sagte Moma zögernd. »Ich habe keine Ahnung, woher die Journalisten das schon wieder hatten.«

»Also, das mit der Folter, das haben sie zuerst auf *Canal 6* gebracht«, Masclau rieb sich nervös die Hände.

»Wissen Sie, wer mich heute Morgen angerufen hat?« Zerna sah seine beiden Lieutenants lauernd an. »Staatssekretär Jean-Pierre Fontaine. Er glaubt, dass wir vertrauliche Ermittlungsberichte nach draußen geben. Wissen Sie, was das bedeutet? Dass die ganze verdammte Scheiße an mir hängenbleibt.« Dabei schlug Zerna so fest auf die Tischplatte, dass sein Kaffee in der Tasse schwappte.

»Das war keiner von uns«, sagte Moma. »Ganz bestimmt nicht. Keiner will mit diesen Fernsehfuzzis zu tun haben. Schon gar nicht mit dieser Daupin von *Canal 6*.«

»Große Titten hat sie ja«, sagte Masclau und fing sich einen Blick von Zerna ein. »Stimmt doch, oder?«

»Angeblich geht sie mit jedem ins Bett, der 'ne gute Story für sie hat«, sagte Moma, und Masclau nickte zustimmend.

»Was die Daupin da berichtet hat, das waren doch alles Infos aus der Rechtsmedizin, richtig?« Masclau machte eine dramatische Pause.

»Was wollen Sie damit sagen?«, fragte Zerna.

»Ich weiß nur, dass der *Docteur* und die Daupin sich kennen«, antwortete Masclau vieldeutig.

»Quatsch, Didier, der *Docteur* würde doch nie was dem Fernsehen stecken. Nie im Leben«, sagte Moma.

»Weißt du's?«

Es klopfte, und im gleichen Moment ging die Tür auf, und Isabelle kam in den Raum.

»Guten Tag, *Capitaine* Morell. Ich dachte schon, Sie kommen gar nicht mehr«, sagte Zerna.

»Tut mir leid, aber ich habe gerade das hier gefunden.« Isabelle reichte Zerna eine Seite mit einem kurzen gedruckten Text, die sie in eine durchsichtige Folie gesteckt hatte.

»Das hat jemand hinter meinen Scheibenwischer geklemmt.«

»Manifest«, las Zerna vor. »Wir haben der erbärmlichen Existenz des Vaterlandsverräters Nicolas Lambert ein Ende gesetzt. Der feige Ausländerfreund wollte unsere französische Heimat dem Asylantenpack überlassen. Darauf kennen wir nur eine Antwort – den Tod. Es lebe Frankreich!«

»Von wem stammt denn der Scheiß?«, fragte Masclau.

»Hier steht: *Les Gardiens de la Patrie*«, sagte Zerna.

»Hüter des Vaterlandes ...?« Moma dachte nach. »Gab es mit denen nicht Ärger in Nizza?«

»Ich erinnere mich. Das war, als die da die neue Moschee bauen wollten.«

»Verdammt«, rief Zerna. »Jetzt können wir uns auch noch mit den Klugscheißern vom DCRI rumärgern.«

Der DCRI, der neue Inlandsgeheimdienst, war dem Innenministerium unterstellt und erst 2008 geschaffen worden. Seine zentrale Aufgabe lag in der Terrorbekämpfung. Dafür war er allen Sicherheitsorganen übergeordnet worden, was ihn bei den anderen Polizeieinheiten nicht besonders beliebt machte. Für Zerna war die Vorstellung, dass in Zukunft noch mehr Beobachter in seiner Wache auftauchen könnten, ein Alptraum.

»Ich denke, das ist nur ein Trittbrettfahrer.« Isabelle wies auf das Blatt, das Zerna vor sich auf den Tisch gelegt hatte.

»Und wie kommen Sie darauf?«

»Lambert war kein Politiker und damit eigentlich kein Ziel für Radikale. Wenn Terroristen einen Gegner aus dem Weg schaffen wollten, dann haben sie bisher immer geschossen oder eine Bombe gezündet.«

»Ich wusste gar nicht, dass Sie zur Abteilung für Fallanalyse gewechselt sind, *Capitaine*. Oder hat Sie da Ihr Freund beraten?«

Isabelle schenkte Zerna ein falsches Lächeln und ging nicht weiter auf die Bemerkung ein.

»Was hat Richter Lambert schon getan?«, meinte Moma. »Ein paar liberale Urteile gefällt, na und?«

»Da gibt es Leute, denen ist schon das zu viel.«

»Aber die entführen niemanden, um ihn zu Tode zu foltern«, sagte Isabelle.

»Vielleicht haben Sie ja recht.« Alle sahen überrascht zu Zerna. »Aber ich muss diesen Mist trotzdem weitergeben.«

Zerna steckte das Blatt in ein großes Kuvert.

»Das wär's«, sagte er. »Konnten Sie in Bormes irgendwelche Zeugen auftreiben?«

»Zwei Zeugen wollen einen hellen Lieferwagen im Parkhaus rangieren gesehen haben. Was ihnen merkwürdig vorkam. Der ist rein- und gleich wieder rausgefahren«, sagte Isabelle.

»Was heißt hell«, fragte Zerna. »Weiß, gelb, wie genau?«

»Das konnten sie nicht so genau sagen«, meinte Isabelle. »Eher grau.«

»Wann war das?«

»Etwa zwei Stunden, bevor Richter Lambert entdeckt wurde.«

»Konnte das Kennzeichen des Lieferwagens festgestellt werden?«

»Nichts«, Isabelle schüttelte den Kopf.

»Weiße Lieferwagen gibt es ein paar tausend in der Region.«

»Hakt da noch mal nach«, sagte Zerna. »Vielleicht lässt sich ja wenigstens der Fahrzeugtyp ermitteln. Und überprüfen Sie alle Überwachungskameras in der Gegend.«

»Alles klar, *Patron*.«

»Und schicken Sie mir Begot.«

»Der hat es heute leider noch nicht ins Büro geschafft«, bemerkte Masclau süffisant.

»Wieso, was gibt's denn?«

»Probleme mit dem Auto, hat er gesagt.«

27. KAPITEL

Der Peugeot stand noch immer auf dem Parkplatz am Hafen. Dort, wo Leon ihn hatte stehen lassen, als er versuchte, seiner aufdringlichen Verehrerin zu entkommen. Er ahnte, dass sich dieses Problem nicht von alleine lösen würde. Die Frau würde keine Ruhe geben und sich weiter in sein Leben drängen. Was konnte er tun? Jede Kontaktaufnahme seinerseits interpretierte sie als Annährungsversuch. Er beschloss, mit Dr. Menez zu reden. Menez hatte eine ruhige Art im Umgang mit seinen Patienten. Vielleicht würde es ihm ja gelingen, die junge Frau zur Vernunft zu bringen.

An der Uferpromenade bereiteten sich inzwischen verschlafene Reporter auf ihre erste Sendung vor. Sie hatten bis spät in die Nacht in den Bistros und Bars gesessen, um irgendwelche berichtenswerten Neuigkeiten im Fall Lambert zu ergattern. Die Zuschauer waren wie eine hungrige Wolfsmeute, die ständig mit frischem Fleisch gefüttert werden wollte. Lieferte ein Sender keine Neuigkeiten mehr, wandte sie sich sofort der nächsten Futterquelle zu. Aber die Einwohner von Le Lavandou hatten entweder keine Lust, mit den Journalisten zu reden, oder sie wussten wirklich nichts. Also hielten sich die TV-Crews an die lokalen Weine und tranken so lange, bis ihnen der Fall Lambert egal war.

Immerhin hatte ein braver Bürger mit seinem Handy gefilmt, wie der vermeintlich tote Lambert auf der Bahre vom Parkplatz zum Krankenwagen transportiert wurde. Gestern Abend hatte der Mann diese 15-Sekunden-Sequenz an die meistbietende TV-Station verkauft, und die sendete den Clip die ganze Nacht, mit immer neuen Kommentaren. Brigitte Dupin war sauer, denn *Canal 6* war bei dem Deal leer ausgegangen, und die Sendeleitung in Paris machte mächtig Druck. Inzwischen war die Journalistin bereit, für ein paar interessante Informationen die eigene Mutter zu verkaufen, als an diesem Morgen unverhofft das Glück an die Tür ihres Sendewagens geklopft hatte. Jetzt lag ein Foto des toten Richters Lambert vor ihr, in Farbe und direkt aus den Akten der Rechtsmedizin. Und der Überbringer dieses Knüllers ließ sich von ihr auch noch auf tausend Euro runterhandeln. Diesen Scoop wollte sich Brigitte Dupin für die Mittagssendung aufheben. Die Kollegen der anderen Sender würden schäumen vor Neid. Aber die Sendeleitung in Paris würde sie dafür lieben.

Als Leon die Promenade entlanglief, zwängte sich plötzlich Lieutenant Begot zwischen den Sendewagen hindurch und stieß beinahe mit ihm zusammen. Leon wünschte freundlich einen guten Morgen, aber Begot murmelte nur eine unverständliche Antwort und marschierte eilig in die Gegenrichtung davon. Wenige Minuten später saß Leon in seinem offenen Cabriolet und fuhr über die Küstenstraße in Richtung Hyères. Auf *Radio Nostalgie* spielten sie mal wieder »La Mer«. Das Chanson stammte aus den Fünfziger-Jahren. Der Text war geradezu unerträglich kitschig, aber wenn Charles Trenet sang und man mit dem offenen Verdeck die Küste entlangrollte, konnte einem das Herz aufgehen.

In der Rechtsmedizin hatte Rybaud die Untersuchungen so weit abgeschlossen, dass Leon sich den Laborergebnissen widmen konnte. Alle Werte schienen normal. Zumindest für einen 43-jährigen Richter, der seine anstrengenden Sitzungen gerne mit einem Feierabend-Wein im Bistro ausklingen ließ. Die Blutfettwerte von Lambert lagen im oberen Bereich, waren aber nicht beunruhigend. Das Gleiche galt für die Leberwerte, die die Leidenschaft des Richters für die traditionelle französische Küche untermauerten. In der rechten Niere hatte Leon zwei Steine gefunden, bis zu einer Kolik wäre es nur noch eine Frage der Zeit gewesen.

Nach der Überprüfung der Laborwerte fiel Leons Blick auf seine handschriftliche Notiz, die er am Tag der Autopsie gemacht hatte: »Infusionen und Behandlungsprotokolle«. Das war zwar nicht mehr sein Zuständigkeitsbereich, aber irgendetwas ließ ihm keine Ruhe in diesem Fall, und wenn Leon sich in ein Problem verbissen hatte, entwickelte er eine geradezu manische Genauigkeit. Dazu gehörte es auch, jeden noch so unbedeutenden Laborwert zu kontrollieren. Und wenn er nichts fand, fing er noch einmal von vorne an.

»Haben Sie die Infusionen überprüft?«, fragte Leon seinen Assistenten, der mit viel Geklapper die Instrumente reinigte und ihn nicht hören konnte. »Monsieur Rybaud!«, rief Leon.

Der Assistent kam in Leons Büro geschlurft. Er hatte den üblichen vorwurfsvollen Blick im Gesicht, den er immer aufsetzte, wenn er bei seiner Arbeit unterbrochen wurde.

»Sie wollten doch die letzten Infusionen überprüfen, die Lambert bekommen hat.«

»Liegt alles auf Ihrem Schreibtisch«, sagte Rybaud unwirsch und deutete auf einen dünnen Ordner, in dem sich nur wenige Blätter befanden.

»Danke«, antwortete Leon und überflog die Listen. Die eine war eine Aufzählung aller Medikamente, die der Patient in den sechs Stunden vor seinem Tod bekommen hatte. Aus der Liste ging hervor, dass die Ärzte den Zustand des Patienten, den sie im künstlichen Koma hielten, so weit stabilisiert und im Griff hatten. Das zeigte auch die Aufzeichnung der Pulsfrequenz und der Sauerstoffsättigung des Blutes. Aber dann um 18.24 Uhr kam es plötzlich zu einem Einbruch bei den Vitalwerten. Natürlich war man als Arzt bei einem so schwer angeschlagenen Patienten wie Nicolas Lambert nie vor Überraschungen sicher, trotzdem fragte sich Leon, was zu der plötzlichen Veränderung geführt haben konnte.

Zumal Lambert in der letzten halben Stunde vor seinem Tod nichts als die Ringerlösung bekommen hatte, die helfen sollte, den hohen Flüssigkeitsverlust wieder auszugleichen, den der Patient in den Tagen der Folter erlitten hatte.

Leon griff zum letzten Blatt, das die von Rybaud ermittelten Laborwerte der Infusionen enthielt. Hier standen für Tests leider nur noch der Zugang, die Schläuche und die bis auf wenige Kubikzentimeter geleerte letzte Infusionsflasche zur Verfügung. Die übrigen gebrauchten Infusionsbehälter und leeren Medikamentenampullen waren vorschriftsmäßig von den Pflegern der Intensivstation entsorgt worden.

Leon überflog eine kurze Statistik. Die Werte von Natrium, Kalium, Kalzium und den Chloriden entsprach dem Inhalt der verabreichten Lösung. Aber irgendetwas stimmte nicht. Leon betrachtete einen Moment die Zahlen, bis er bemerkte, dass der Analysecomputer einen Wert für Kaliumchlorid ausgeworfen hatte, der so nicht stimmen konnte. Kaliumchlorid war zwar auch in der Ringerlösung enthalten, aber nur in kleinsten Dosen. In höheren Mengen wurde Kaliumchlorid nur in Ausnahmefällen eingesetzt. Etwa bei Transplantationen, wenn es darum ging, ein Herz schnell zum Stillstand zu bringen, damit die Herz-Lungen-Maschine den Kreislauf des Patienten vorübergehend übernehmen konnte. Denn das wasserlösliche Salz verfügte über eine teuflische Eigenschaft: In zu hoher Dosierung lähmte es die Herzmuskelzellen.

Leon spürte, wie ihm ein Schauder über den Rücken lief. Er war sicher, dass er auf eine heiße Spur gestoßen war. Er lehnte sich in seinem Bürostuhl zurück und stellte sich die Situation in der Intensivstation vor.

Hatte jemand an dem Abend, als sich der Zustand von Nicolas Lambert zu stabilisieren schien, Angst bekommen, dass der Richter tatsächlich überleben könnte? Der Täter könnte auf die Intensivstation gegangen sein und mit Hilfe einer Spritze eine hohe Dosis Kaliumchlorid in den Infusionsbeutel gedrückt haben. Kurz darauf wäre der Kreislauf und wenig später das angeschlagene Herz des Patienten kollabiert. Jeder Versuch der Ärzte, das Leben dieses Mannes noch zu retten, wäre von vornherein zum Scheitern verurteilt gewesen.

Das Problem an seiner Theorie war nur: Leon konnte sie nicht beweisen. Denn das Gift hinterließ keine Spuren in der Leiche. Also hatte auch Leon als Todesursache nur Herzstillstand und multiples Organversagen feststellen können. Alles andere wäre reine Spekulation.

28. KAPITEL

Um zwölf Uhr sendete *Canal 6* die Mittagsnachrichten. Um 12.15 Uhr bekam Leon bereits einen Anruf von *Commandant* Zerna. Er und Kommissarin Lapierre erwarteten Leon auf dem Präsidium. Leon ahnte, dass es Ärger geben würde. Normalerweise ließ er sich nicht so einfach zur Polizei zitieren. Schließlich war Zerna weder sein Vorgesetzter, noch hatte sich Leon irgendetwas zuschulden kommen lassen, aufgrund dessen man ihn vorladen könnte. Aber er würde die Gelegenheit nutzen und die Polizei über seine neuesten Obduktionsergebnisse informieren.

Die Départementstraße aus Hyères endete kurz vor Le Lavandou in einem großen Kreisverkehr. In der Mitte des Rondells prangte das Wappen von Le Lavandou als Blumenschmuck. Allerdings hatte die Dekoration in den letzten Wochen stark unter dem Wassermangel gelitten, und die Pflanzen waren inzwischen braun und vertrocknet. Leon bog vom Kreisel ab, fuhr am großen Supermarkt vorbei und erreichte die Wache der *Gendarmerie Nationale*, vor deren Tor bereits zwei Übertragungswagen des Fernsehens parkten.

Wenige Minuten später saßen Leon, Isabelle, Madame Lapierre und Masclau bei *Commandant* Zerna im Büro, wo auf dem großen Bildschirm an der Wand eine Aufzeichnung der Mittagsnachrichten von *Canal 6* lief. Zu sehen war Reporterin Brigitte Dupin, die sich für ihren großen

Auftritt extra ein Kostüm angezogen hatte. Vor der Strandpromenade begann sie ihre emotionale Ansage.

»Aus Respekt vor Richter Nicolas Lambert und seiner Familie haben wir in der Nachrichtenredaktion lange diskutiert, ob wir Ihnen die Bilder, die Sie gleich sehen werden, zeigen dürfen«, begann sie und schien um Fassung zu ringen. »Trotz großer Zweifel haben wir uns zuletzt für unsere Informationspflicht entschieden. Darum zeigen wir Ihnen die folgenden Aufnahmen als Dokumente der Zeitgeschichte, und unsere Gedanken sind in diesem Moment bei der Familie von Nicolas Lambert.«

Dann war die Leiche des Richters auf dem Seziertisch zu sehen. Das Foto zeigte das Gesicht und den Brustkorb des Opfers. Die schweren Verletzungen waren nur allzu deutlich erkennbar. Und wem das noch nicht genügte, der bekam von Brigitte Dupin in allen Einzelheiten erklärt, worum es sich bei den Wunden genau handelte.

»Stellen Sie den Mist ab«, sagte Zerna, und Moma hielt mit der Fernsteuerung die Aufzeichnung an.

»Das sind die Fotos von der Obduktion«, Leon war empört. »Woher hat diese Frau unsere Bilder?«

»Genau das wollten wir eigentlich von Ihnen wissen«, sagte Kommissarin Lapierre.

»Wir geben unsere Fotos und die Berichte direkt an die Staatsanwaltschaft in Toulon«, sagte Leon.

»Und die schickt sie an uns weiter«, ergänzte Isabelle.

»Sie sind ja nicht alleine in der Abteilung«, bemerkte Madame Lapierre spitz.

»Falls Sie meine Mitarbeiter meinen, für die lege ich die Hand ins Feuer«, Leon war empört. Glaubte diese Kommissarin wirklich, dass aus seiner Abteilung Verschlusssachen an die Medien weitergereicht wurden?

»Dann bleiben ja nur noch die Mitarbeiter der *Gendarmerie Nationale*«, Madame Lapierre sah Zerna an. Leon konnte erkennen, wie die Ader an der Schläfe des Polizeichefs wieder zu pochen begann.

»Da geht es mir genau wie dem *Docteur*«, sagte Zerna mit einem bedrohlichen Beben in der Stimme. »Meine Mitarbeiter geben nichts an die Medien weiter.«

»Na gut«, bemerkte Lapierre schmallippig. »Das Innenministerium hat jedenfalls eine interne Ermittlung in dieser Angelegenheit angeordnet. Und ich möchte Ihnen allen sagen: Man ist in Paris sehr enttäuscht, dass ganz offensichtlich die Dienststelle einer französischen Behörde sich so schamlos über alle Vorschriften und ethischen Grundsätze hinweggesetzt hat. Diese Angelegenheit wird Konsequenzen haben.«

»Dann richten Sie doch bitte dem Herrn Innenminister aus, dass wir in der Rechtsmedizin ebenfalls empört über die Vorgänge sind«, sagte Leon knapp. Dabei überlegte er sich, ob seine Begegnung mit Begot an diesem Morgen vielleicht mit der Veröffentlichung dieser Fotos zu tun haben könnte.

Nachdem sich die Gemüter wieder beruhigt und jeder der Anwesenden seine Empörung zum Ausdruck gebracht hatte, berichtete Isabelle über neue Spuren im Fall Lambert. Das dauerte nicht lange, denn es gab nicht viel zu sagen. Allerdings hatte sich ein weiterer Zeuge für den hellen Lieferwagen gemeldet, bei dem die Polizei inzwischen davon ausging, dass es sich um einen Peugeot Bipper handelte. Allein im Département Var waren über sechshundert dieser beliebten Transporter zugelassen. Der Kastenwagen war klein, wendig und im Straßenbild so häufig zu sehen, dass er durchaus geeignet schien, um damit einen Menschen unauffällig zu transportieren.

Es gab außerdem eine Überwachungskamera vor einem Restaurant in Bormes-les-Mimosas, die im Anschnitt auch den Parkplatz zeigte. Da der helle Lieferwagen an dieser Kamera nicht vorbeigefahren war, ging die Polizei davon aus, dass er aus den Hügeln hinter dem Ort gekommen sein musste. Das war nicht viel, aber immerhin ein Hinweis, der sich mit dem letzten ermittelten Einwahlpunkt von Richter Lamberts Handy, einem Sendemast bei Puget-Ville, deckte. Danach war das Handy abgeschaltet worden.

Leon informierte die Runde über die jüngsten Ergebnisse seiner Untersuchungen. Es gab einige Rückfragen, bis alle verstanden hatten, was die Entdeckung des Kaliumchlorids bedeuten könnte.

»Versteh ich Sie da richtig«, fragte Zerna. »Sie glauben also, Lambert wurde vergiftet. Aber es gibt keinen Beweis und vor allem keine Spuren an der Leiche?«

»Es ist eine logische Schlussfolgerung aus den vorliegenden Spuren«, sagte Leon.

»Die aber weder zwingend ist, noch sich auf irgendeine Art beweisen lässt«, sagte Lapierre.

»So als wäre Lambert erschossen worden, hätte aber keine Schusswunde?«, fragte Masclau, der noch immer Probleme hatte, der Sache zu folgen.

»Für mich klingt die Argumentation schlüssig«, sagte Isabelle. »Aber wer käme da als Täter in Frage?«

»Jeder, der eine Spritze in einen Infusionsbeutel stechen kann«, sagte Leon. »Der Tropf mit der Ringerlösung läuft etwa zwei Stunden, das schränkt den Zeitraum etwas ein.«

»Könnte aber genauso gut sein, dass Sie sich irren ...« Zernas Bemerkung klang abfällig. Und genau so war sie auch gemeint. »Sie sagen ja selber, dass es keinerlei Beweise für Ihre Theorie gibt.«

»Beweise nicht, aber starke Indizien«, sagte Leon.

»Darf ich Sie daran erinnern, *Monsieur Médecin Légiste,* dass Sie vor 48 Stunden bei Richter Lambert Herz- und multiples Organversagen als Todesursache festgestellt haben?« Die Kommissarin blätterte in den Unterlagen. »Und zwar aufgrund einer Vorschädigung des Herzens durch Myokardinfarkt. Also Herzinfarkt, wenn ich das richtig verstehe.«

»Die neuen Laborwerte und die besonderen Umstände lassen einen Verdacht ...«, versuchte es Leon noch einmal.

»Ja natürlich, die geheimnisvollen Umstände ...«, unterbrach ihn Zerna. »Wir alle kennen ja Ihre Schwäche für Verschwörungstheorien.«

»Was ich hier präsentiere, sind simple wissenschaftliche Tatsachen«, erwiderte Leon und ärgerte sich, dass er sich vor Zerna rechtfertigen musste. Er wusste, dass der Polizeichef die Situation genoss, zumal Isabelle anwesend war.

»Präsentieren Sie uns lieber Hinweise, die uns dabei helfen, einen Täter festnehmen zu können«, sagte Zerna.

Leon ärgerte sich über sich selber. Er hätte seine Theorie nicht vor der Runde erläutern sollen. Zumindest jetzt noch nicht. Er war voreilig gewesen. Das Ergebnis seiner Untersuchung hatte ihn leichtsinnig gemacht. Der Polizeichef hatte leider recht. Die Probe aus dem Infusionsbeutel bewies überhaupt nichts.

Leon entschuldigte sich und gab vor, nochmals in die Rechtsmedizin fahren zu müssen. Dass er am fraglichen Abend Professor Sorel auf dem Parkplatz der Klinik gesehen hatte, erwähnte er nicht, noch nicht. Die ganze Theorie stand auf so wackligen Füßen, dass er vorsichtig sein musste. Er würde lieber ein paar eigene Ermittlungen anstellen.

29. KAPITEL

Gérôme wusste, dass er sterben würde. Der Teufel war noch einmal in seiner blutigen Wut über ihn hergefallen. Er hatte entsetzliche Dinge mit ihm getan, Dinge, die kein Mensch sollte erdulden müssen. Sein Körper war randvoll mit Schmerzen gewesen, und er hatte um Gnade gefleht. Gejammert und gewinselt wie ein Hund, das war das Schlimmste. Man hatte ihn erniedrigt, ihm seine Würde genommen. Gérôme wollte nicht weiterleben, jetzt nicht mehr. Darum war das bevorstehende Ende eigentlich nichts, wovor er noch Angst haben musste. Aber vor diesem erlösenden Sterben lag noch eine letzte, schreckliche Prüfung.

Gérôme war so verzweifelt, dass er am liebsten laut geschrien hätte, aber dazu fehlte ihm die Kraft, und seine Stimme war rau und stumpf geworden vom Schreien. Und wer sollte ihn auch schon hören in diesen Katakomben? Er fror und spürte, wie die Nässe in seine Poren drang. Das war der Beweis, dass das kein Alptraum war.

Der Zulauf war rostig und schob sich in einem Bogen über den Rand des zylindrischen Kessels, in dem er festgekettet war. Über dem Rohr befand sich ein gusseisernes Rad, mit dem man das Ventil öffnen und schließen konnte. Aus diesem Zulauf floss jetzt ein stetiger Wasserstrahl. Nicht stark und laut, sondern leise und schmal. Etwa so dick wie sein Zeigefinger. Und dieser stetige Strahl füllte das Becken langsam mit Wasser. Es strömte aus dem alten Rohr mit einer Gleichmäßigkeit, wie der Sand in ein Stundenglas fließt.

Es waren dieser schachtartige Kessel, das Wasser und die Dunkelheit, die Gérômes Gedanken wandern, seine Erinnerungen aufbrechen ließen, die er doch sein Leben lang so sorgfältig versteckt hatte. Da war zunächst die Wärme des Sommers, aber da waren auch die Bretter, und die waren grau und schwarz und verhängnisvoll.

Über den morschen Brettern des alten Brunnenschachts war schon lange Gras gewachsen, und als seine Eltern damals das Bauernhaus bei Brignoles kauften, erinnerte sich niemand mehr daran, dass es den Schacht im Wald je gegeben hatte. Gérôme war sechs Jahre alt, und das Bauernhaus mit der Scheune und dem Land voller Oliven- und Feigenbäume war für ihn und seinen vierjährigen Bruder ein einziger, wunderbarer Abenteuerspielplatz gewesen. Seine Eltern hatten sich einen Traum erfüllt und verbrachten die ganzen Sommerferien mit den Kindern im neuen Feriendomizil. Die Eltern wollten nur zum Supermarkt. Gérôme würde so lange auf seinen kleinen Bruder aufpassen. Und das tat er auch, bis es krachte und sein Bruder vor ihm im Boden verschwand. Als hätte ein unheimlicher Zauberer plötzlich sein Tuch weggezogen. Aber es war kein Zaubertrick, es war der alte Brunnenschacht, der seinen Bruder verschluckt hatte.

Gérôme wollte seinem Bruder helfen, der tief unten im Wasser trieb, wollte ihn retten und stürzte selber in die bodenlose Finsternis. Da unten mussten sie ausharren, aber niemand kam, weil sich niemand an den alten Brunnen erinnerte. Und weil niemand seine Rufe hörte. Als es Nacht wurde, konnte er hoch über sich die Sterne der Milchstraße sehen, wie durch ein Fernrohr. Und irgendwann war der kleine Bruder in seinem Arm ganz kalt und still, da wusste Gérôme, dass er tot war. Sie fanden ihn am nächsten Morgen. Gérôme hatte seitdem Angst vor dem Wasser, und wenn er gelegentlich im Meer schwamm, dann nur in der Nähe des Ufers, wo er noch das Seegras am Grund sehen konnte.

Es war bitterkalt in dem rostigen Kessel. Gérôme versuchte, sich gegen die Ketten zu stemmen, aber es half nichts, das Wasser hatte bereits seinen Hinterkopf erreicht, und es würde weiter steigen. Am Anfang, als ihm die Kälte noch nicht die Kräfte geraubt hatte, rechnete sich Gérôme aus, wie lange es dauern würde, bis der Zulauf den Kessel gefüllt hatte. Für jemand, der beinahe die Fields-Medaille in Mathematik bekommen hätte, eine geradezu lächerlich leichte Aufgabe. Wobei natürlich einige Variablen auf reiner Schätzung beruhten. Zum Beispiel die Menge des Wassers, die in einer Minute zufloss. Gérôme schätzte, dass es drei Liter waren. Bei dem Volumen des Kessels benutzte er sein Körpermaß zur Kalkulation. Wenn er sich ins Zentrum stellte, konnte er mit ausgestreckten Armen beinahe gleichzeitig die rostige Kesselwand erreichen. Daraus schloss er auf einen Durchmesser von etwa zwei Metern. Das Volumen eines Zylinders berechnete sich aus der Höhe mal dem Radius zum Quadrat multipliziert mit der Zahl π. Gérôme war bei seiner Berechnung auf knapp fünf Kubikmeter Inhalt gekommen. Eine so simple Rechnung, aber das Ergebnis war trotzdem sein Todesurteil, denn es würden nicht einmal 27 Stunden vergehen, bis das Wasser in seine Atemwege drang, und er konnte nichts dagegen tun.

Inzwischen spürte Gérôme, wie das eingelaufene Wasser seinem Körper Auftrieb verlieh, während die Kette ihn nach unten zog. Er konnte zusehen, wie der Wasserspiegel langsam, aber stetig stieg und stieg. Das Wasser fühlte sich eiskalt an, als es in seine Ohren lief, und er hörte es knistern. Gérôme wollte einfach untergehen, aber irgendwas in ihm kämpfte gegen die Vorstellung, jetzt sterben zu müssen. Irgendetwas in seinem Inneren war noch immer nicht gebrochen. Das Wasser stieg über sein Kinn und erreichte den Mund. Er presste die Lippen zusammen, zerrte an der Kette, aber es fehlte nur noch ein halber Zentimeter, dann würde das Wasser auch seine Nase erreichen. War dies hier das Jüngste Gericht, das über seine Aufnahme in den Himmel entscheiden sollte? Konnte Gott so grausam sein …?

30. KAPITEL

Leon war nicht mehr zurück in die Klinik gefahren. Er wollte nur raus aus dem Präsidium. Er spürte, dass er auf dem richtigen Weg war, aber er wusste auch, dass er seine Kompetenzen bei weitem überschritt, wenn er sich allein auf die Suche nach der Wahrheit machte. Sein offizieller Auftrag bestand einzig und allein darin, bei den Opfern die Todesursache festzustellen, das war's. Das sagte er sich jedes Mal, nur um dann trotzdem alle Vorschriften zu ignorieren und so lange nachzuhaken, bis er sich die wichtigste aller Fragen beantworten konnte, die sich ihm bei jedem Opfer stellte. Die Frage nach dem Warum.

Leon hatte den Wagen auf einem der Parkplätze am Strand abgestellt und wanderte die Bucht von Le Lavandou entlang. Im Sand zu laufen war ermüdend, darum hatte er seine Schuhe und Socken ausgezogen und marschierte jetzt an der Grenzlinie zwischen Meer und Strand. Hier, wo die Wellen abliefen, massierten ihm die groben Kiesel angenehm die Fußsohlen. Bei den Felsen blieb Leon stehen und beobachtete die Krebse, die sich blitzschnell in die Felsspalten zurückzogen.

Leon liebte die Spaziergänge durch die Bucht. Besonders um diese Jahreszeit, wenn die Saison noch nicht begonnen hatte. Nur wenige Familien saßen am Strand, und die Mütter riefen ihre Kinder aus dem Wasser, wenn deren Lippen blau vor Kälte waren.

Der Fall Nicolas Lambert ließ Leon keine Ruhe. Er barg ein Geheimnis, das Leon unbedingt lüften wollte. Inzwischen hatten die Medien auch den letzten Winkel von Lamberts Leben, seiner Ehe, seiner heimlichen Geliebten, seines Jobs und seiner Vermögensverhältnisse beleuchtet. Nichts in seinem Leben schien verborgen geblieben zu sein. Es gab nichts Auffälliges in Lamberts Vergangenheit. Seine Nachbarn schätzten ihn. Er war ein geachtetes Mitglied der Gemeinde. Und er hatte einflussreiche Freunde wie Professor Sorel, den er seit Kindertagen gekannt hatte. Und trotzdem musste es im Leben dieses Mannes ein Geheimnis gegeben haben. Ein Geheimnis, das zu seinem Tod geführt hatte.

Leon glaubte keine Sekunde an das politische Bekennerschreiben, das Isabelle ihm gezeigt hatte. Er teilte ihre Meinung, dass diese Tat nicht dem Muster von Rechtsradikalen entsprach, sondern das Pamphlet eines Trittbrettfahrers war. Nein, die Verletzungen, die er am Körper des Toten begutachtet hatte, waren die Tat eines Psychopathen. Irgendwo da draußen gab es jemanden, der versucht hatte, Lambert im wahrsten Sinn des Wortes zu zerstören. Aber was wäre, überlegte Leon, wenn dieser Psychopath Gefallen an seiner Tat gefunden hatte?

Leon lief am Strand zurück, zog sich Strümpfe und Schuhe an und genehmigte sich einen *Café au Lait* im *Miou*. Véronique forderte ihn zu einer Runde Boule gegen zwei englische Touristen auf. Aber Leon spielte nur halbherzig. Und obwohl die beiden Touristen alles andere als gut waren, verloren er und Véronique. Leon wollte den beiden Männern einen Wein spendieren, aber sie bestanden auf einem belgischen Leffe-Bier, das mit seinen sieben Prozent Alkohol schon beinahe so stark war wie Wein. Die Touristen tranken zügig, bestellten nach und würden es schwer haben, zurück zum Hotel zu finden.

Leon wusste, dass Isabelle heute erst spät nach Hause käme, und Lilou hatte angekündigt, dass sie mit ihrer Freundin Ingrid eine Hausarbeit besprechen wollte. Also versuchte Leon, den Abend allein zu genießen, und genehmigte sich ein Abendessen in der *Auberge Provençale*. Das Restaurant in der Rue Patron Ravello war nicht nur gemütlich, sondern verfügte auch über eine hervorragende Küche. Leon bestellte als Vorspeise Rindercarpaccio mit hausgemachter Pestosauce aus Basilikum, Kapern und Olivenöl. Danach gab es frisches Rotbarbenfilet mit Caponata. Das Essen war köstlich, aber es half Leon trotzdem nicht, seinen Frust zu vertreiben. Er saß still an seinem Tisch, beobachtete die vorbeiflanierenden Touristen in ihren bunten Shorts und dachte doch die ganze Zeit nur an den Fall Nicolas Lambert. So vieles passte nicht zusammen. Die Entführung ohne eine Erpressung. Die blutige Folter und das Ablegen des Opfers auf dem Parkplatz. Die Rettung des Richters, die um ein Haar gelungen wäre, und dann die ungewöhnlichen Spuren von Kaliumchlorid in der Infusionslösung.

Als Leon nach Hause kam, war es bereits halb zehn. Isabelle stand in der Küche. Ihr war die Nervosität anzusehen.

»*Bonsoir*«, sagte Leon überrascht. »Ich dachte, ihr müsstet heute lange arbeiten. Ist Lilou oben?«

»Nein, sie ist noch nicht zu Hause, obwohl es gleich halb elf ist.« Isabelle sagte es, als ob sie ein Polizeiprotokoll anfertigen müsste.

»Sie ist bei Ingrid«, versuchte Leon sie zu beruhigen. »Du kennst die Mädchen doch.«

»Nein, sie ist nicht bei Ingrid«, sagte Isabelle. »Und sie

war auch heute Nachmittag nicht bei ihr. Ich habe eben mit Ingrids Mutter telefoniert.«

Leon sah, wie Isabelle hektisch das Geschirr aus der Spülmaschine in den Hängeschrank räumte, und er spürte ihre Angst, dass ihrer Tochter etwas zugestoßen sein könnte. Lilou wusste um die Sorgen ihrer Mutter, nahm es aber trotzdem mit der Zeit nie so genau. Leon fragte sich, ob das Mädchen vielleicht nur seine Grenzen erweitern wollte.

»Geht sie denn nicht an ihr Handy?«, fragte Leon.

»Da meldet sich nur die Mailbox. Ich habe schon drei Mal angerufen.« Sie sah Leon an. »Ich habe ein ganz blödes Gefühl, Leon.«

»Keine Sorge.« Leon legte Isabelle die Hand auf den Arm. »Geben wir ihr noch eine Viertelstunde.«

»Na klar«, sagte Isabelle bitter und zog den Arm weg. »Dein Kind ist es ja nicht.«

»Das ist ungerecht, und das weißt du auch.«

»Entschuldige, Leon, aber Lilou weiß genau, dass sie um neun zurück sein soll.«

»Sie wird sicher gleich kommen, ganz bestimmt.«

»Genau das hast du damals auch gesagt, als sie ...«, in diesem Moment summte Isabelles Handy. Sie sah auf das Display.

»Gleich da, Kuss Lilou«, las Isabelle vor.

»Sie wird bald sechzehn, Isabelle«, sagte Leon. »Sie will sich ausprobieren. Eigene Entscheidungen treffen. Du musst ihr Raum lassen.«

»Raum lassen. Du solltest dich mal hören«, sagte Isabelle, deren Angst langsam in Ärger umschlug. »Lilou ist unzuverlässig, und egoistisch ist sie auch. Sie denkt keine Sekunde darüber nach, wie ich mich dabei fühle.«

»Sie ist jung, und sie ist neugierig. Das ist doch ganz

normal«, sagte Leon. »Und dass sie schon so selbstbewusst auftritt, ist nun wirklich kein Fehler. Außerdem liebt sie ihre Mutter.«

»Das tut sie alles nur wegen diesem Arthur. Ein blasierter Klugscheißer«, Isabelle bemerkte, dass Leon lächelte. »Ja, ja ... ich weiß, aber ich kann den Kerl nicht leiden.«

»Du musst ja auch nicht mit ihm den Abend verbringen«, sagte Leon.

»Kannst du mir sagen, was sie an dem findet?«

»Ich denke, sie mag ihn«, sagte Leon.

In diesem Moment ging die Haustür. Auf der Straße hörte man einen Wagen davonfahren.

»Lilou?«, rief Isabelle.

Aus der dunklen Diele kam nur ein Räuspern und dann ein Poltern, als Lilou gegen den Schirmständer stieß.

»Fuck!«, fluchte Lilou mit gedämpfter Stimme. Dann tauchte sie in der Küche auf. »Hallo, ihr beiden«, Lilou hielt ihre Schuhe in der Hand wie jemand, der gerade geräuschlos die Treppe hochschleichen wollte.

»Hattet ihr einen interessanten Abend, du und Ingrid?«, fragte Isabelle lauernd.

»Du hast sie an-ge-rufen, stimmt's?«, antwortete Lilou und stolperte über ein paar Vokale.

»Abend, Lilou«, versuchte Leon die Situation zu entspannen. »Alles klar bei dir?«

Lilou zeigte mit dem Daumen nach oben und musste sich konzentrieren, dass sie dabei nicht stolperte.

»Wir hatten etwas ausgemacht, Mademoiselle«, sagte Isabelle vorwurfsvoll.

»Es war nichts, gar nichts«, Lilou wischte sich mit dem Handrücken über den Mund, wo der Lippenstift verschmiert war.

»Du hast Alkohol getrunken«, Isabelle sah ihre Tochter mit dem enttäuscht-traurigen Blick an, den nur Mütter beherrschten.

»Nein!«

»Ach, Lilou, jetzt komm aber«, sagte Leon.

»Na gut, ihr Splie … Schbier …«

»Spießer?«, schlug Leon vor.

»Genau, Spießer …«, sagte Lilou und musste sich auf jede Silbe konzentrieren.

»Was hast du getrunken?«,

»Nur einen A-pe-rol m-mit Po-prosecco.«

»Ist dir schlecht?«, fragte Isabelle besorgt. »Hat Arthur dir den Drink gegeben? Wo wart ihr?«

»M-muss mal nach oben«, Lilou deutete in Richtung erster Stock. »Schö-nen Abend noch.«

»Lilou, wir müssen reden …«, wollte Isabelle sagen, aber Lilou hatte sich bereits umgedreht, und man hörte sie die Treppe hinaufstapfen.

»Lass sie, Isabelle. Jetzt kannst du sowieso nicht mit ihr reden.«

»Sie ist total betrunken.«

»Na ja, nicht total, aber sie hat ordentlich einen sitzen«, sagte Leon.

»Hoffentlich wird ihr schlecht und sie muss sich übergeben.«

»Da bin ich sicher«, antwortete Leon.

In diesem Moment hörte man die Badezimmertür zuschlagen. Leon sah, dass Isabelle am liebsten aufgesprungen wäre, um ihrer Tochter beizustehen.

»Lass sie«, sagte Leon bestimmt. »Da muss sie allein durch.«

»Daran ist nur dieser Idiot schuld, dieser Arthur.«

»Ich denke, jedes Mädchen in diesem Alter trinkt mal zu viel.«

»Sie hat mich belogen.«

»Menschen machen Fehler, wenn sie verliebt sind.«

»Klar, du bist natürlich der große Frauenversteher.« Isabelle sah Leon an, der sich ein Glas Perrier eingeschüttet hatte.

»Du auch?«, fragte er. Ihm war jetzt nicht mehr nach Wein. Isabelle nickte.

»Ich weiß, du hast ja recht«, sagte Isabelle. »Aber ich kann doch nicht immer nur nachgeben.«

»Tust du doch gar nicht. Du behandelst sie genau richtig.«

»Ich denke, ich sollte doch besser mal nach ihr sehen.«

Leon lächelte. Isabelle umarmte ihn und gab ihm einen schnellen Kuss. Dann lief sie die Treppe hinauf.

31. KAPITEL

Der Mann hinter dem Steuer des Siebentonners kurbelte das Fenster herunter. Der kühle Wind des frühen Morgens tat gut. Es war mal wieder spät geworden gestern Abend. Es wurde immer spät, wenn sie stritten, seine Frau und er. Und in der letzten Zeit stritten sie eigentlich jeden Abend. Es ging immer um das gleiche Thema: Geld, Geld, Geld. Klar, sie hätten das Haus nicht kaufen sollen. Hinterher war man immer schlauer. Damals hatte er ja auch noch seinen Job bei Total gehabt, als Koordinator der Tankwagen für Dieseltreibstoff im Var. Na ja, genauer gesagt, als dritter Koordinator. Irgendwann war der Job futsch, Einsparungen. Und als er raus war bei Total, hatte ihn ein Kumpel überredet, bei ihm einzusteigen. Fahrbare Abfüllanlage für kleine Weingüter. Darum fuhr er jetzt diese Karre. Neun Meter lang und fast sieben Tonnen schwer.

Viele Winzer hatten keine eigenen Abfüllanlagen. Und da kamen sie ins Spiel. Parkten ihre fahrbare Anlage im Weingut. Vorne wurde der Wein eingefüllt, und hinten kamen die Flaschen raus. Fix und fertig verkorkt und mit dem Etikett des Weinguts versehen. Keine schlechte Geschäftsidee, nur gab es dummerweise in Frankreich eine Menge Leute, die die gleiche Idee hatten. Darum waren die Preise fürs mobile Abfüllen inzwischen im Keller, und sie verdienten kaum noch etwas. Letzte Woche hatte er bei einem Auftrag sogar draufgezahlt.

Der Mann bog hinter der Ortschaft Gonfaron von der Hauptstraße ab auf die D39. Die schmale Département-Straße zog sich in zahllosen Kurven durch die Hügel nach Süden. Man musste am Steuer ordentlich kurbeln, aber dafür gab es hier so gut wie keinen Verkehr, schon gar nicht um diese Zeit. Und außerdem sparte er sich die Autobahngebühren. Als der Mann den höchsten Punkt der Straße erreicht hatte, überflutete das Sonnenlicht das Land. Er hielt den Wagen an und sah über die Hügel in das sanfte Tal, das vor ihm lag. Es war so friedlich hier oben. In diesem Moment überkam ihn ein unglaubliches Glücksgefühl, hinter dem Steuer seines Lasters zu sitzen. Alle Probleme waren so weit weg, und er wünschte sich, dass die Straße bis in die Unendlichkeit reichen würde. Der Mann startete die Dieselmaschine, und dann blubberte der Lastwagen die Straße in Richtung Collobrières hinunter. Vorbei an Kastanienhainen und Feldern mit Olivenbäumen. Das rhythmische Drehen des Steuers schien einer vorbestimmten Choreographie zu folgen. Kurve nach rechts, Kurve nach links. Durch das offene Fahrerfenster hörte er hinter sich die leeren Weinflaschen im Laderegal klirren.

Als der Fahrer den Mann auf der Straße liegen sah, wusste er, dass es zu spät zum Bremsen war. Trotzdem trat er mit voller Kraft auf das Pedal. Die Trommelbremsen des Lasters packten zu, und die Reifen radierten schwarze Streifen auf den Asphalt. Der Mann konnte den Ruck in der Lenkung spüren, als die Reifen über den Körper walzten.

32. KAPITEL

Der Anruf aus der Zentrale erreichte Isabelle um 6.40 Uhr. Leon begleitete sie. Erstens war er schon wach, und zweitens würde er das Unfallopfer später sowieso in der Rechtsmedizin untersuchen müssen. Da war es besser, wenn er sich selber vor Ort ein Bild machte. Also hatte er sich angezogen, seinen Koffer mit der Ausrüstung geschnappt und war zu Isabelle in den Wagen gestiegen.

Sie fuhren mit Isabelles Mehari. Hier im Süden sah man gelegentlich noch die luftigen Oldtimer mit der bunten Plastikkarosserie, die auf dem Fahrgestell des unverwüstlichen Citroën 2 CV gebaut worden waren. Das offene Auto schaukelte über die Bodenwelle der Landstraße wie ein Schlauchboot in der Dünung. Leon schlug den Kragen seiner Jacke hoch, denn das flatternde Stoffverdeck konnte die Morgenluft nicht zurückhalten, die kühl durch das Auto wehte. Trotzdem gefiel es Leon, über die schmale Landstraße chauffiert zu werden und neben der Frau zu sitzen, die er liebte und bewunderte.

Die *Police Municipale* hatte die Straße abgesperrt. Die Autofahrer hupten eine Weile und stellten schließlich ihren Motor ab. Einige waren ausgestiegen, bis in die Nähe des Unfallorts vorgedrungen und versuchten jetzt, an den Polizisten vorbei einen Blick auf das Opfer zu erhaschen.

Der tonnenschwere Laster hatte den Mann voll erwischt. Es war ein übler Anblick, und die Männer der *Gen-*

darmerie Nationale hielten diskreten Abstand. Nur Lieutenant Begot stand mit seinen schwarzen Stiefeln ganz vorne neben den Zwillingsreifen und fotografierte mit seinem Handy den Unfallort. Als Leon und Isabelle auftauchten, ließ er sein Telefon sofort in der Tasche verschwinden. Masclau hielt das Absperrband hoch.

»*Bonjour, Docteur*. Sieht echt übel aus. Verdammte Sauerei.«

»*Bonjour*, Lieutenant«, sagte Leon. »Bitte bleiben Sie hinter mir.«

Leon ging zu dem Lastwagen, der sich bei dem Bremsmanöver quer gestellt hatte und jetzt die Straße komplett blockierte. Halb unter dem Fahrzeug verborgen lag der Tote. Die vorderen Reifen hatten den Kopf erwischt und ihn aufplatzen lassen wie eine überreife Frucht. Die Hirnmasse war ausgetreten und hatte sich in einem Radius von etwa einem Meter verteilt. Ein weiterer Reifen hatte dem Mann die Brust zerquetscht.

Leon ging in die Knie und nahm ein Messband aus seinem Koffer, mit dem er sorgfältig die Entfernung der Blutspuren zum Kopf des Opfers maß, ohne den Asphalt zu berühren.

»Morgen, *Docteur*, ich würde sagen, das arme Schwein hatte keine Chance gegen den Laster«, Lieutenant Begot baute sich wichtigtuerisch neben Leon auf.

»Würden Sie bitte hinter mich treten wie all die anderen auch«, sagte Leon kühl.

»Keine Sorge, Doc, ich kenne mich aus. Ich fass schon nichts an«, Begot versuchte, möglichst cool zu wirken.

»Ich habe aber den Unfallort noch nicht freigegeben. Verstehen Sie, was ich sage, Lieutenant?«

»Kommen Sie da weg, Begot. Nach hinten!« Das war Isabelle, und der junge Polizist folgte zähneknirschend den Anweisungen seiner Vorgesetzten.

»Haben Sie da eben Fotos mit dem Handy gemacht?«, fragte Isabelle.

»Ich dachte nur, falls der Polizeifotograf nicht auftaucht.« Begot klang nervös.

»Sie löschen die Bilder. Jetzt gleich. Haben wir uns da verstanden?« Isabelle hatte keine Lust, dass noch einmal Polizeifotos bei den Medien auftauchten und das Innenministerium erneut die *Gendarmerie Nationale* verdächtigte.

»Wie sieht es mit Zeugen aus, Didier?«, fragte sie.

»Es gibt da nur einen Mann mit einer kleinen Ziegenfarm, gleich zwei Kurven weiter. Aber der hat gesagt, er hätte nichts gesehen. Er hat nur das Bremsen des Lasters gehört.«

»Mit dem will ich später trotzdem reden. Was ist mit dem Fahrer?«

»Sitzt da vorne im Krankenwagen«, mischte sich Begot ein. »Der ist ganz schön fertig mit den Nerven.«

»Der Fahrer behauptet, dass der Mann schon auf der Straße lag, als er um die Kurve kam«, sagte Masclau.

»Warum sollte sich jemand auf die Straße legen?«, fragte Isabelle.

»Ich denke, der Kerl lügt. Hat Angst, dass wir ihn wegen Fahrlässigkeit oder Körperverletzung drankriegen.«

»Habt ihr einen Alkoholtest gemacht?«, fragte Isabelle.

»Er hat 0,2 Promille«, meinte Masclau. »Ist noch von gestern Abend, behauptet er.«

»Isabelle, kommst du bitte mal«, Leon war aufgestanden. »Ich würde dir gerne etwas zeigen.«

Isabelle kam näher und versuchte, den Toten unter dem Lastwagen nicht so genau anzusehen.

»Ich kann auch Masclau bitten«, sagte Leon.

»Nein, nein, es geht schon.«

»Es geht um die Spuren.« Leon hatte sich Latexhandschuhe übergezogen und deutete auf die Lache, die sich rund um den offenen Schädel gebildet hatte und jetzt in der Sonne glitzerte. Fliegen hatten sich bereits auf dem Opfer niedergelassen.

»Du siehst das Blut?« Leon sah Isabelle an, die nickte stumm. »Es ist aus dem Schädel ausgetreten, aber es gibt kaum Blutspritzer.«

»Was meinst du?«

»Bei einem solchen Unfall werden große Gefäße aufgerissen. Da müsste das Blut meterweit spritzen.«

»Aber …?«, fragte Isabelle und riskierte einen kurzen Blick auf das verstümmelte Opfer.

»Da ist nichts. Der Mann hatte keinen Druck auf den Arterien, als er überfahren wurde.«

»Ist denn so etwas möglich?« Isabelle sah Leon an.

»Nur dann, wenn er bereits tot war«, sagte Leon.

»Du glaubst …?«

»Da bin ich sogar ziemlich sicher.«

»Vielleicht ein Wanderer, der einen Schlaganfall erlitten hat«, Isabelle war froh, dass sie nicht länger auf das verstümmelte Opfer sehen musste.

»Wie bei dem Ehepaar. Oben auf der Route des Crêtes«, Moma war dazugekommen. »Letztes Jahr, als die Frau beim Wandern tot umgefallen ist.«

»Der hier hat aber keinen Rucksack dabei.« Leon sah den Toten an. »Und das sind für mich auch keine Wanderschuhe.« Leon deutete auf die ausgetretenen Mokassins an den Füßen des Toten.

»Was glauben Sie? Wie lange ist er schon tot?«, fragte Moma und betrachtete das Opfer.

»Die Fliegen hatten ihn bereits entdeckt, bevor der Lastwagen hier war.«

»Verdammte Fliegen«, fluchte Masclau. »Ich hasse diese Viecher. Erst schlabbern sie an 'ner Leiche rum, und dann landen sie in meiner Küche auf dem Baguette.«

Leon ging in die Hocke und betrachtete das zerstörte Gesicht des Toten. Er mochte die Fliegen, er mochte alle Insekten, die von toten Körpern Besitz ergriffen. Die Natur folgte einem strikten Ablaufplan. Zuerst kamen immer die Fliegen, die konnten einen toten Körper viele hundert Meter weit riechen. Die trächtigen weiblichen Tiere legten ihre Eier an Mund und Nase der Opfer ab. Daraus schlüpften innerhalb von Stunden die Maden. Später kamen die Käfer. Jeder zu seiner festen Zeit. Leon betrachtete alle Insekten als eine Art Verbündete. Sie halfen ihm herauszufinden, wann ein Mensch gestorben war.

»Es sind bereits Maden geschlüpft.« Leon stand wieder auf. »Ich denke, er ist mindestens seit zehn Stunden tot. Das heißt natürlich nicht, dass er die ganze Zeit hier gelegen haben muss.«

»Und wie ist er dann hierhergekommen?«

»Keine Ahnung«, sagte Leon.

»Wissen wir schon, wer das Opfer ist?«, fragte Isabelle ihre Mitarbeiter und bekam nur ein Schulterzucken als Antwort.

»Er hatte keinen Ausweis bei sich«, sagte Leon, »nur das hier.« Er reichte Isabelle einen Asservatenbeutel, in dem ein blutbefleckter Zettel zu sehen war.

»Was ist das?« Sie drehte den Zettel im Licht.

»Ein Reparaturschein für eine Brille, soweit ich das beurteilen kann«, sagte Leon.

Vor der Absperrung hatte ein grauer Transporter gehalten. Moma hatte ein paar Worte mit dem Fahrer gewechselt, dann kam er zurück.

»Die Bestatter fragen, ob sie ihn mitnehmen können«, sagte Moma.

»Wenn der Fotograf durch ist.« Leon machte eine Kopfbewegung in Richtung des Mannes, der neben dem Lastwagen stand und einen Blitz auf seine Kamera steckte.

Isabelle sah Leon mit kritischem Blick an.

»Ist was?«

»Nein.«

»Irgendwas beschäftigt dich doch.«

Leon sah zu dem Lastwagen und dem Toten. Inzwischen stand die Sonne hoch am Himmel, es würde warm werden in den Hügeln. Von der Straße aus konnte man weit über das Land sehen.

»Jemand wollte, dass der Mann überfahren wurde.«

»Warum?«, fragte Isabelle. »Um einen Mord zu vertuschen?«

»Oder um den Körper eines Feindes zu zerstören.«

33. KAPITEL

Im Brillengeschäft in der Avenue des Martyrs de la Résistance erinnerte sich die Verkäuferin an den Kunden, der neue Gläser für seine Lesebrille bestellt hatte. Er wollte sie eigentlich schon in der letzten Woche abholen. Ein Blick in das Auftragsbuch, und Isabelle hatte den Namen und die Adresse. Der Kunde hieß Gérôme Baladure, und er hatte als Adresse den Quai du Labbé im Hafen angegeben.

Isabelle und Moma gingen zu Fuß zum Hafen. Die meisten Leute, die bei den Anlegestegen arbeiteten, kannten den schrulligen, aber freundlichen Mann, der seit Jahren auf seinem Kutter, der *Fille de Marée* lebte. Gérômes Boot lag fest vertäut am Pier. Die Bordwand wurde von ein paar ausgewaschenen Fendern aus Tauwerk und alten Autoreifen gesichert, damit sie nicht gegen die Eisenkante der Hafenmauer rieb. Das Schiff war alt, gebaut in den Sechziger-Jahren, um zwischen der Küste und den Inseln nach Doraden zu fischen. Aber der Fischfang war schon lange kein Geschäft mehr. Irgendwann hatte der Besitzer des Kutters aufgegeben, und das Boot lag danach fast zwei Jahrzehnte auf dem Trockendock. Bis Baladure es gekauft und umgebaut hatte. Jetzt war der hellblaue Kutter im ehemaligen Fischereihafen hinter den Fährbooten vertäut und bewegte sich sanft in der Dünung.

Moma klopfte an den Rumpf und rief Baladures Namen. In diesem Moment tauchte ein Rentner mit einer Kappe von *Olympique Marseille* am Steg auf. Er hielt eine Angel und einen Eimer in der Hand und wurde von einem kläffenden Terrier begleitet.

»Gérôme ist nicht da«, rief der Mann. »Da können Sie lange klopfen.«

»Hat er gesagt, wo er hinwollte?« Isabelle streichelte den Hund zwischen den Ohren, was ihm ein wohliges Schnaufen entlockte.

»Der erzählt nie was. Schon gar nicht, wo er hingeht«, sagte der Mann. »War ziemlich hektisch in den letzten Tagen. Wollte endlich mal wieder raus mit seinem Boot. Nach Korsika, als ob einer mit dem Kahn noch bis Korsika kommen würde.«

Der Alte kicherte in sich hinein, als hätte er einen guten Scherz gemacht.

»Seit wann ist er denn weg?« Moma sprang mit einem großen Schritt an Deck.

»Vor drei oder vier Tagen hab ich ihn noch gesehen.«

Isabelle folgte ihrem Lieutenant, was bei dem Terrier einen lauten Bellanfall auslöste.

»Ruhig, Voyou«, fuhr der Mann seinen Hund an. »Da können Sie nicht so einfach an Bord gehen. Haben Sie überhaupt so ein Untersuchungsdings?«

»Sie meinen einen Durchsuchungsbeschluss?«, fragte Isabelle.

»Ganz genau.«

»Den brauchen wir nicht, wir wollen nur mal *bonjour* sagen.«

»Weit kann er nicht sein. Hat ja sein Mofa dagelassen«, der Mann mit dem Hund deutete auf ein altes graues Mofa, das etliche Roststellen hatte und vor dem Schiff am Pier stand.

Moma ging zum Steuerstand. Er betrachtete ein Weinglas, das noch halb voll war.

»Hatte es wohl eilig«, konstatierte der Lieutenant, während er die Luke zum Niedergang aufschob. Die beiden Polizisten stiegen die Treppe hinab. Unter Deck sah es abenteuerlich aus. Vor der Koje lag Bettzeug auf dem Boden. Auf dem Tisch stand ein Teller mit halbgegessenem Rührei, auf dem sich Fliegen niedergelassen hatten. Es roch nach Müll und feuchten Klamotten. Isabelle und Moma hatten sich Latexhandschuhe angezogen. Mit spitzen Fingern durchsuchten sie Regale und Schubladen.

»Sieht aus, als wäre er ganz plötzlich abgehauen. Hat alles stehen und liegen lassen.« Moma roch an einem Marmeladenglas und verzog das Gesicht. »Total verschimmelt.«

»Ich denke, das ist unser Toter aus den Hügeln.« Isabelle blätterte durch ein paar Bücher, in denen mathematische Formeln standen. »Hast du schon mal jemanden getroffen, der nur Mathematikbücher in seiner Bibliothek hat?«, fragte sie.

»Wir hatten mal einen Serienmörder, der hatte nur Fotos von Hühnern an der Wand. Dagegen ist das hier harmlos.«

Moma tastete mit den Fingern die Ritze zwischen Bettkante und Matratze ab und zog ein Smartphone heraus.

»Das ist doch schon mal was«, sagte er. »Kein Mensch lässt sein Handy zurück, wenn er abhauen will.«

Isabelle schien nicht zuzuhören. Sie hatte das schwarze Notizbuch aufgeschlagen, das auf dem Esstisch lag, und blätterte darin. Es war voller Zahlen und Kritzeleien. Der letzte Eintrag trug das Datum von vor vier Tagen, daneben war ein Grabstein gezeichnet.

»Was ist das?«, fragte Moma.

»Weiß nicht, könnte eine Art Tagebuch sein.«

34. KAPITEL

Es war immer das erste Bild, der erste Eindruck von einem Toten, der Leon eine Geschichte erzählte. Wenn eine Leiche am Strand angespült worden war, zerschmettert unter einer Brücke lag oder nach Jahren in einem dunklen Kellerraum gefunden wurde. Immer verrieten auch die Umstände etwas über das Leben des Opfers. Der Mann, der jetzt vor Leon auf dem Obduktionstisch lag, war also von einem Lastwagen überrollt worden, auf einer der einsamsten Straßen des ganzen Départements. Wie war er an diesen gottverlassenen Platz gekommen?

Leon betrachtete den Toten. Das Gesicht war kaum noch zu erkennen.

»Den hat's aber echt übel erwischt«, sagte Rybaud, während er sich die lange schwarze Gummischürze umband. »Wenigstens war er sofort tot bei der Kopfverletzung.«

»Wir werden sehen«, sagte Leon knapp.

Rybaud sah seinen Chef an. Er wusste, dass Leon immer dann einsilbig wurde, wenn ihn ein Fall besonders beschäftigte.

Leon schlug das grüne Tuch zurück, das den Körper des Toten bedeckte. Der Brustkorb war auf der linken Seite zusammengedrückt. Das war die Stelle, wo die schweren Reifen des Lastwagens den Körper erfasst hatten. Wahrscheinlich hatten sich eine oder zwei Rippen in den Herzbeutel geschoben, dachte Leon. Als er den Hals des Opfers betrachtete, zögerte er. Er griff nach der Lupe und zog sie zu sich herunter. Unter dem Vergrößerungsglas waren dunkle Striemen und eine Reihe von schmalen, scharf abgegrenzten Hämatomen zu erkennen.

»Könnten Würgemale sein«, Rybaud sah seinem Chef über die Schulter.

»Nein. Dafür sind sie zu gleichmäßig um den Hals verteilt«, überlegte Leon. »Sieht mir eher nach einer Fesselung aus. Es müsste aber etwas Hartes gewesen sein. Vielleicht ein Stahlseil ... Es könnten auch die Abdrücke von Kettengliedern sein. Machen Sie bitte ein Foto davon.«

Leon untersuchte den Körper Zentimeter für Zentimeter. Und er versuchte dabei, einen Verdacht zu verdrängen, der langsam in ihm aufkeimte. Dieser Mann war nicht zufällig Opfer eines Verkehrsunfalls geworden, das hatte er von Anfang an geahnt. Jetzt erkannte Leon, dass das Opfer in den letzten Tagen seines Lebens ein Martyrium durchlitten hatte.

Vorurteile konnten einem leicht die Sicht auf die Wirklichkeit versperren. Ein klassischer Anfängerfehler, wie Leon zu Beginn seiner Karriere hatte lernen müssen. Auf diese Weise übersah man leicht wichtige neue Spuren, weil man nur noch nach der Bestätigung für seine These suchte. Dabei lautete die eiserne Regel in der Autopsie: Nur die Fakten zählten.

Leon betrachtete die rechte Hand des Opfers. Schon beim ersten Blick auf den Toten war ihm dessen Verletzung an Ring- und Zeigefinger aufgefallen. Leon hatte das zunächst für eine Folge des Unfalls gehalten, aber unter der Lupe sah er, dass dem Opfer beide Fingernägel herausgerissen worden waren. Die Hand war nicht versorgt worden. Mit den freiliegenden Fingerspitzen musste das Opfer

Höllenqualen gelitten haben. Diese Verletzungen waren mindestens drei oder vier Tage alt. Das Blut im Nagelbett hatte bereits Schorf gebildet.

Als er den Körper weiter untersuchte, wurde Leons Verdacht zur Gewissheit. Dieser Mann war vor seinem Tod massiv gefoltert worden. Der Körper war übersät mit Verletzungen. An Armen, Schultern und Beinen gab es große Hämatome, die von Schlägen mit einem harten Gegenstand stammten, vielleicht einem Holzknüppel oder einem Baseballschläger. An Penis und Oberschenkeln fand Leon Verbrennungen, die offensichtlich von Elektrokontakten herrührten. Jemand hatte diesem Mann heftige Stromschläge versetzt.

»Bitte helfen Sie mir, ihn auf die Seite zu drehen«, bat er seinen Assistenten.

»Wieso, haben Sie etwas?«, fragte Rybaud.

»Das werden wir gleich feststellen«, Leon zog die Lupe herunter.

Rücken und Gesäß waren ebenfalls mit Hämatomen übersät. An mehreren Stellen war die Haut aufgerissen, und in den Wundrändern befanden sich kleine rotbraune Einsprenkelungen. Leon nahm eine Probe und reichte sie an seinen Assistenten weiter.

»Bitte bestimmen Sie das später«, sagte er.

»Was ist das?« Rybaud drehte das schmale Glas in den Fingern, in das Leon das Präparat gesteckt hatte.

»Ich vermute, es handelt sich um Rost«, sagte Leon.

Die Spuren am Anus waren eindeutig. Es gab zahlreiche Fissuren und Schnitte. Leon wusste jetzt schon, dass er bei der Leichenöffnung massive Verletzungen des Rektums finden würde. Keine Frage, auch dieser Mann war gepfählt worden.

Leon unterbrach seine Untersuchung und richtete sich auf. Erst vor wenigen Tagen hatte er nahezu identische Verletzungen an der Leiche von Richter Lambert gefunden. Leon glaubte nicht an Zufälle. Das hier war die Handschrift ein und desselben Täters.

Nur zwei Stunden später betrat Leon die Wache der *Gendarmerie Nationale* in Le Lavandou. Er konnte sich nicht erinnern, dass Polizeichef Zerna jemals auf einen Anruf von ihm so schnell reagiert hätte. Aber natürlich erkannte Zerna die Chance, die sich für ihn auftat. Wahrscheinlich sah der *Docteur* mal wieder Gespenster, aber möglicherweise steckte ja tatsächlich etwas dahinter. Dann würden nicht die Mordkommission in Toulon und auch nicht der Inlandsgeheimdienst in Paris punkten, sondern *Commandant* Thierry Zerna, Chef der *Gendarmerie Nationale* von Le Lavandou.

Jetzt ging es erst mal darum festzustellen, ob an der Theorie des *Docteur* etwas dran war. Darum fand die Besprechung nur in kleiner Runde statt. Zerna wollte unter allen Umständen verhindern, dass die Medien zu früh Wind von der Sache bekamen. Er konnte sich nur allzu gut vorstellen, was die aus solchen Informationen machen würden. Die Mordkommission in Toulon würde er informieren, wenn sie mehr wussten.

An der Pinnwand in Zernas Büro hingen Fotos des Unfalls in den Hügeln und eine Detailkarte der Umgebung. Der Polizeichef saß hinter seinem Schreibtisch. Mit im Raum waren nur Isabelle, Masclau und Leon.

»Also, damit ich Sie richtig verstehe, *Docteur*«, Zerna hatte Leons Ausführungen minutenlang schweigend zugehört. »Wenn das Opfer noch gelebt hätte, dann wäre das Blut weiter gespritzt.«

»Richtig, aber nicht nur das«, Leon reichte Zerna eine Aufnahme, die während der Obduktion gemacht wurde. »Beim Opfer fehlen auch unfalltypische innere Blutungen. Obwohl sich die Rippen eins und zwei in den Herzbeutel gebohrt haben.«

»Ehrlich?« Masclau griff neugierig zu einem der Fotos, die Zerna vor sich auf den Tisch gelegt hatte. »Scheiße, so will man echt nicht draufgehen.«

»Masclau, bitte«, Isabelle warf ihrem Kollegen einen kurzen Blick zu.

»Ist doch wahr«, Masclau hob entschuldigend die Hände.

»Wie gesagt, dieser Mann war tot, als er überfahren wurde«, sagte Leon.

»Und da sind Sie ganz sicher?« Zerna nahm seinem Mitarbeiter das Foto aus der Hand und betrachtete es.

»Daran bestehen keinerlei Zweifel«, sagte Leon. »Er war sogar bereits seit rund 24 Stunden tot.«

»Du hast von Übereinstimmungen gesprochen«, Isabelle sah Leon an. »Was hast du damit gemeint?«

»An beiden Opfern gibt es Verletzungen von außergewöhnlicher Grausamkeit.« Leon schob Zerna zwei weitere Aufnahmen zu. »Das hier ist Richter Lambert, und hier ist der Mann aus den Bergen.«

»Gérôme Baladure, 42 Jahre alt«, warf Isabelle ein. »Lebte auf einem Boot im Hafen.«

»Der von der Party bei den Sorels?«, fragte Leon.

»Sie kennen ihn?«, wollte Zerna wissen.

»Er war betrunken und hat die Party gestört«, antwortete Leon.

»Entschuldigung, hatte ich ganz vergessen. Sie verkehren ja in den besseren Kreisen.« Die Bemerkung von Zerna sollte ironisch klingen, aber Leon wusste, dass der Polizeichef seine letzte Gehaltserhöhung dafür gegeben hätte, auf der Party dabei gewesen zu sein.

»Betrachten Sie die Verletzungen.« Leon überhörte Zernas Bemerkung und schob weitere Bilder in die Runde. »Die Hämatome haben bei beiden Opfern die gleiche Breite. Als wäre mit dem gleichen Gegenstand zugeschlagen worden. Außerdem gibt es ähnliche Verbrennungen an Genitalien und Oberschenkeln, die auf Stromstöße mit Hilfe von Elektroklemmen schließen lassen. Und beiden Opfern wurden Finger- beziehungsweise Fußnägel ausgerissen. Beide sind an Herzversagen gestorben.«

»Das könnte aber alles auch Zufall sein.« Zerna betrachtete die Bilder und bohrte sich mit dem kleinen Finger im Ohr. »Da werden zwei Männer brutal zusammengeschlagen. Das ist übel, kommt aber immer wieder vor. Einer überlebt, der andere wird von einem Laster überrollt. Der eine ist Richter und der andere Alkoholiker. Beide haben nichts miteinander zu tun. So weit korrekt?«

Zerna sah Leon herausfordernd an. Er liebte es, Leon in die Ecke zu drängen. Schließlich war der Rechtsmediziner der Mann, der ihn um seine Chancen bei Isabelle gebracht hatte.

»Wir wissen noch nicht, ob die beiden Opfer sich kannten«, sagte Isabelle.

»Es gibt da noch eine Übereinstimmung, die auf den Fotos nicht zu sehen ist«, Leon machte eine dramatische Pause. »Das zweite Opfer wurde ebenfalls gepfählt.«

»Verdammte Scheiße«, Masclau betrachtete eines der Bilder aus der Nähe, »ist ja ekelhaft.«

In diesem Moment klopfte es, und gleichzeitig wurde die Tür aufgestoßen. Moma war zu sehen, der sich offenbar Kommissarin Lapierre in den Weg stellte.

»Da können Sie nicht rein, *Madame*. Der *Commandant* hat eine Besprechung«, hörte Leon den Lieutenant sagen.

»Seien Sie nicht albern, Kadir. Und lassen Sie mich durch.« Kommissarin Lapierre drängte den Gendarm zur Seite und betrat den Raum.

»Wie ich sehe, haben Sie bereits angefangen«, sagte sie mit spitzer Stimme zu Zerna, der sie überrascht ansah.

»*Bonjour, Madame la Commissaire*«, sagte der Polizeichef verblüfft.

»Dachten Sie, wir erfahren nicht, wenn es eine neue Spur gibt? Also, was ist los?«

»*Docteur* Ritter hat den Toten von dem Verkehrsunfall auf der D39 untersucht ...«, begann Isabelle, als sie von Lapierre unterbrochen wurde.

»Danke, darüber hat mich bereits der Staatsanwalt unterrichtet«, sagte die Kommissarin. »Mich interessiert, was die Gendarmerie jetzt zu unternehmen gedenkt.«

»Wir überprüfen das Umfeld des zweiten Opfers«, sagte Zerna und klang nicht besonders überzeugt. »Vorausgesetzt, dass hier tatsächlich dieselben Täter wie bei Richter Lambert in Frage kommen.«

»*Bonjour, Madame la Commissaire*«, Leon nickte der Besucherin freundlich zu.

»Was sagen Sie, *Docteur*?« Lapierre sah Leon an, ohne auf dessen Begrüßung einzugehen.

»Sie wissen ja, ich beurteile nur die Fakten«, sagte Leon. »Die Bewertung der Spuren überlasse ich lieber der Mordkommission in Toulon.«

Das war eine glatte Lüge, denn Leon mischte sich nur allzu gerne ein, wenn es um die Ermittlungen ging. Und mehr als einmal hatte er sich mit seinem unkonventionellen Vorgehen den Zorn der Mordkommission in Toulon zugezogen. Aber bisher hatte ihm der Erfolg immer recht gegeben – bisher.

»Ich würde trotzdem gerne Ihre Meinung hören«, sagte die Kommissarin mit ironischem Blick in die Runde. »Wie sagt man so schön: Unter den Blinden ist der Einäugige König.«

»Das fasse ich jetzt mal als Kompliment auf, *Madame*«, Leon schob die Fotos zu Madame Lapierre, die neben ihm Platz genommen hatte. »Wenn Sie die Verletzungen der beiden Opfer betrachten, dann sehen Sie die signifikanten Übereinstimmungen.«

»Ich sehe nur eine Menge Hämatome«, sagte die Kommissarin.

»Es geht nicht nur um die Zahl der Verletzungen«, Leon sah in die Runde, »sondern um die Beweggründe der Täter.«

»Und die können Sie natürlich erkennen, *Docteur*?« Die Bemerkung von Zerna klang so gehässig, wie sie gemeint war.

»Die Ähnlichkeit der beiden Fälle ist so groß, dass ich einen Zufall ausschließe.«

»Ist das nur Ihr Gefühl?«, fragte die Kommissarin. »Oder lässt sich das auch belegen?«

»Das Motiv eines Mörders bestimmt immer auch die Art seines Vorgehens. Man könnte sagen, es bestimmt seine Handschrift.«

»Und was hat der hier geschrieben?« Masclau lehnte sich breitbeinig auf seinem Stuhl zurück.

»Dieser Täter wollte seinen Opfern größtmögliche Schmerzen zufügen und sie zutiefst demütigen.«

»Vielleicht wollte er nur, dass sie ihm irgendwas verraten«, sagte Masclau. »Die Nummer eines Safes oder den Code von der Kreditkarte. Was weiß ich?«

»Haben wir überprüft«, ging Isabelle dazwischen. »Keine Kreditkarte der Opfer wurde in der Zeit belastet, als sie verschwunden waren.«

»Die Verletzungen der Opfer verraten uns immer auch etwas über die Emotionen der Täter«, sagte Leon. »Manche sind zu allem entschlossen und bleiben während der Tat ganz cool. Sie schießen oder benutzen ein Messer, nur um zu töten. Andere sind wütend und wollen ihr Opfer zerstören. Diese Täter handeln wie im Rausch. Sie vernichten ihr Opfer, vernichten es bis zur Unkenntlichkeit.«

»Und zu welcher Kategorie rechnen Sie den Täter, der das hier gemacht hat?«, fragte die Kommissarin.

»Dieser Täter ist auf Bestrafung aus«, sagte Leon und warf einen kurzen Blick auf die Fotos. »Es ist jemand, der hasst, der sich aber auch beherrschen kann. Er sucht nicht den schnellen Tod seiner Opfer, im Gegenteil. Er scheint ihr Sterben regelrecht zu zelebrieren.«

»In Ihrem Autopsiebericht haben Sie geschrieben, dass Richter Lambert an Organversagen gestorben ist. Woran ist dieser Mann gestorben?«

»Baladure ist ertrunken«, sagte Leon knapp.

»Wie? Ich dachte, er wurde gepfählt, genauso wie der Richter?«, staunte Masclau. »Haben Sie nicht erzählt, dass sein Herz versagt hat? Und jetzt ist er plötzlich ertrunken.«

»Er hatte Wasser in der Lunge, Süßwasser«, erklärte Leon. »Das hat zum Ersticken und schließlich zum Herzversagen geführt. Die Symptome sind eindeutig.«

Die Runde sah Leon fassungslos an.

35. KAPITEL

Louis Pignol lief durch sein Haus und raffte Kleidung und Unterlagen zusammen. Die Sachen stopfte er in einen abgewetzten Lederkoffer, der mit Aufklebern von Grandhotels gepflastert war, von denen die meisten schon lange nicht mehr existierten. Zwischendurch spähte Pignol aus dem Fenster, immer darauf bedacht, dass ihn niemand von der Straße aus sehen konnte. Er musste weg von hier, so schnell wie möglich. Raus aus dem Ort, weg von der Küste. Die Flics klebten an ihm dran wie Hundescheiße am Absatz.

Nicolas und Gérôme hatten gewusst, dass es sie eines Tages erwischen würde. Es gibt Dinge, die werden einem nie verziehen, die werden irgendwann bestraft. Manchmal sogar mit dem Tod. So gnadenlos ist das Leben. Wie Gérôme immer gesagt hatte, eines Tages steht jeder vor seinem Schöpfer, und dann ist Zahltag. Zahltag für böse Taten – für alle bösen Taten.

Nein, ihm würden sie nichts beweisen können. Alle Spuren waren gut verwischt worden. Darauf hatte er immer penibel geachtet. Er musste vorsichtig sein. Die Polizei durfte keinerlei Verbindung zu ihm finden. Er konnte nur hoffen, dass Gérôme nichts verraten hatte, dieser Idiot. Der Kerl war schon immer ein Weichei gewesen. Ein guter Mensch, der sein Maul nicht halten konnte. Er hatte diesen Spinner gewarnt, und nicht nur einmal. Das hatte Gérôme jetzt davon.

In diesem Moment wurde gegen die Hoftür geklopft. Pignol drückte sich mit dem Rücken an die Wand und spähte hinunter zum Eingang seines Ladens. Er konnte nur den Rücken seines Besuchers sehen, aber er erkannte ihn sofort. Es war Sorel. Pignol spürte, wie Panik in ihm hochstieg. Was wusste dieses Schwein? Sorel durfte ihn nicht finden. Nicht, bevor er sich Gewissheit verschafft hatte.

»Pignol«, rief der Professor. »Mach schon auf. Ich weiß, dass du da bist. Wir müssen reden.«

Pignol stand in seinem Wohnzimmer, steif vor Schreck. Sorel gab gerne den Schöngeist, dabei war seine Seele schwarz wie Teer und verkommen wie ein Zehn-Euro-Bordell – ein wahrer Höllenschlund. Unten klopfte es erneut.

»Wenn Sie Monsieur Pignol suchen, der ist nicht da«, hörte er eine Frauenstimme aus dem Haus gegenüber rufen.

Das war Madame Bodin, die Nachbarin, diese blöde Kuh, dachte Pignol. Jedes Mal, wenn er Möbel auslud, beschwerte sie sich, dass sein Lieferwagen im Weg stand. Und wenn er mit dem Sandstrahler in seinem Hof einen Tisch auf alt trimmte, rief sie die Flics. Wegen Lärmbelästigung oder wegen irgendeinem anderen Scheiß. Aber in diesem Moment hätte er sie küssen können, die alte Hexe.

»He, mach schon auf«, rief Sorel und schlug mit der Faust gegen den Eisenklopfer, was einen Höllenlärm verursachte.

»Schluss jetzt!«, rief Madame Bodin mit ihrer schneidenden Stimme. »Der Laden hat schon zu. Ich kann auch die Flics rufen.«

»Schon gut, schon gut«, Sorel winkte ab. Er sah noch einmal zu den Fenstern hinauf, dann drehte er sich um, stieg in seinen Wagen, den er ein Stück die Straße hinunter geparkt hatte, und fuhr davon.

Pignol atmete tief durch. Dann ging er in die Küche, goss sich einen großen Pastis ins Glas und warf ein paar Eiswürfel aus dem Tiefkühlfach hinein. Er nahm einen gierigen Schluck und wartete darauf, dass sich seine Nerven wieder beruhigten.

36. KAPITEL

Es war zu warm für die Jahreszeit und viel zu trocken, dachte Leon, als er auf die Terrasse trat. Aber das hatte immerhin den Vorteil, dass die Abende schon so mild waren, dass man draußen sitzen konnte, obwohl die Sonne früh unterging.

Isabelle machte es sich auf der alten Rattan-Couch bequem. Leon öffnete in der Küche eine Flasche Rotwein und kam mit zwei Gläsern nach draußen.

»*Château Pas du Cerf*«, Leon reichte Isabelle das Glas. »Perfekt für einen Abend auf der Terrasse.«

»Danke. Du hast Zerna heute ganz schön aufgescheucht.«

»Oh, tut mir leid. Das wollte ich nicht.«

»Lügner«, Isabelle lächelte ihn an. »Aber deine Freundin Lapierre hast du mal wieder schwer beeindruckt.«

»Sie ist meine heimliche Geliebte«, sagte Leon. »Hast du das nicht gewusst?« Isabelle boxte ihn im Spaß gegen den Arm.

»Zerna hat Angst, dass sie ihn ganz aus dem Fall drängt. Und er fürchtet, dass noch einmal was an die Medien durchsickern könnte«, sagte Isabelle.

»Würde mich nicht überraschen.«

»Wieso, was meinst du …?«

»Ich würde diesen Lieutenant Begot im Auge behalten.« Leon traf ein fragender Blick. »Ich habe ihn vor zwei Tagen bei den Übertragungswagen von *Canal 6* gesehen. Er schien es ziemlich eilig zu haben.«

»Danke«, Isabelle nickte. »Ich beobachte ihn schon eine Weile.«

Leon hob sein Glas. *»Santé, Capitaine«*, sagte er.

»Santé, Monsieur le Médecin Légiste.«

Leon nahm einen Schluck. Der Wein war köstlich, schmeckte nach Beeren und roch nach der Erde der Provence. Es gab Augenblicke, da fühlte sich Leon, als wäre er nach einem langen beschwerlichen Weg endlich am Ziel angekommen, so wie heute Abend.

»Wir haben schon zwei Tote und noch immer keine Spur«, riss ihn Isabelle aus seinen Gedanken.

»Was ist mit diesem Baladure?«, fragte Leon. »Könnt ihr nicht bei dem ansetzen? Nehmen wir an, dass beide Morde vom gleichen Täter begangen wurden. Dann wird er aller Wahrscheinlichkeit nach auch beide Männer am gleichen Ort gefangen gehalten und gefoltert haben.«

»Das ist bisher nur eine Theorie.«

»Aber es ist meine Theorie, und sie ist plausibel, wie du zugeben musst.«

Isabelle griff neben sich und nahm ein schwarzes Tagebuch von der Couch, das sie Leon reichte.

»Was ist das?« Leon betrachtete das Buch. Er blätterte durch die abgegriffenen Seiten. Sie waren voller Kritzeleien und mathematischen Formeln. Manchmal wurden die Notizen von Skizzen unterbrochen.

»Ich weiß nicht genau, was es ist«, sagte Isabelle. »Ich habe es auf dem Boot von Baladure gefunden.«

Sofort hielt Leon das Buch mit spitzen Fingern von sich.

»Keine Sorge«, sagte Isabelle. »Wir haben die Fingerabdrücke schon genommen. Stammen alle von Baladure.«

»Was bedeuten die Zahlen?« Leon blätterte in dem Buch.

»Genau das fragen wir uns auch.«

»Ich müsste es mir in Ruhe ansehen.« Leon hatte den letzten Eintrag aufgeschlagen und betrachtete die Zeichnung. »Sieht aus wie ein Grabstein ...«

In diesem Moment erschien Lilou auf der Terrasse. »Sie wirkt heute irgendwie erwachsener«, dachte Leon. Vielleicht lag es daran, dass sie ihre hübschen dunklen Haare zur Abwechslung mal offen trug, was ihr wirklich gut stand. Und sie hatte sich statt ihrer weiten T-Shirts eine Bluse zu ihrer Jeans angezogen. Lilou hielt eine Schale mit Oliven in der Hand.

»*Bonsoir, Maman, bonsoir*, Leon«, sagte Lilou brav und blieb vor der Couch stehen. »Ich dachte, ihr mögt bestimmt Oliven zum Wein.«

»Danke«, sagte Leon. »Genau das hat uns noch zu unserem Glück gefehlt.«

Lilou stellte die Oliven zwischen die Gläser auf den Tisch und sah ihre Mutter erwartungsvoll an.

»Du siehst so aus, als wolltest du uns etwas sagen.« Isabelle nahm eine Olive und betrachtete ihre Tochter mit einem misstrauischen Blick.

»Nö, eigentlich nicht«, Lilou drehte sich betont gelangweilt eine Haarsträhne um den Finger. »Ach ja, Freitag findet 'ne Wahnsinnsparty statt.«

»Und wer da nicht hingeht, gehört nicht dazu«, ergänzte Leon und erntete einen vorwurfsvollen Blick von Lilou. »Ist nur so eine Vermutung.«

»Die Party ist aber nicht hier.«

Jetzt kam der interessante Teil der Geschichte, dachte Leon.

»Sondern?«, fragte Isabelle.

»In Paris«, meinte Lilou so beiläufig, als hätte sie Hyères oder Saint-Tropez gesagt. Isabelle sah Leon an. Hatte er auch Paris verstanden?

»Wie, Paris?«, fragte Leon. »Meinst du Paris an der Seine? Eiffelturm, Montmartre, Quartier Latin und so?«

»Kennst du vielleicht noch ein Paris?« Lilou klang jetzt ein wenig gereizt.

»Du willst also auf eine Party nach Paris gehen?« Isabelles Frage hatte einen gefährlichen Unterton. »Habe ich das richtig verstanden?«

»Mein Gott, ja«, musste sie denn alles dreimal erklären. »Arthur hat einen Freund, und dessen Vater hat einen Jet, und damit fliegen alle nach Paris. Und ich darf mitfliegen. Ist das nicht der Wahnsinn?«

»Der absolute Wahnsinn«, wie er das sagte, klang Leon gar nicht euphorisch.

»Abgelehnt«, sagte Isabelle knapp.

»Warum denn?« Lilou sah die beiden Erwachsenen fassungslos an. »Das ist 'ne Riesenchance. Da sind jede Menge supercoole Leute eingeladen. Die könnte ich alle kennenlernen. Da kommt ein superbekannter DJ zum Auflegen. Die Familie hat eine Villa bei Versailles.«

»Du siehst zu viel Trash-Fernsehen«, sagte Leon.

»*Maman*, bitte«, es klang wie ein Hilferuf.

»Erstens bist du erst fünfzehn Jahre alt ...«, Isabelle musterte ihre Tochter streng.

»Ich werde sechzehn«, protestierte Lilou.

»Zweitens kennst du diese Leute überhaupt nicht. Und drittens fliegt meine minderjährige Tochter auf gar keinen Fall im Privatjet nach Paris.«

»Das ist so was von gemein von dir!« Lilou stiegen Tränen in die Augen.

»Mal ehrlich, Lilou. Du musst doch nicht nach Paris jetten, um auf irgendeine Party zu gehen.« Leon legte seine Hand auf Lilous Arm, aber sie drehte sich weg von ihm. »Das sind Kids, die von ihren stinkreichen Eltern mit jedem erdenklichen Luxus überschüttet werden. Das ist doch gar nicht deine Welt.«

»Ihr seid doch nur neidisch!« Jetzt liefen Lilou die Tränen übers Gesicht.

»Lilou, wenn du mich richtig bestrafen wolltest, dann müsstest du mich nur zwingen, im Privatjet zu einer Party nach Versailles zu fliegen«, sagte Leon.

»Ich bin aber nicht wie ihr. Ich will nicht hier in diesem Kaff versauern. Ich will was erleben. Außerdem sind diese Leute total cool.«

»Lilou, vergiss es«, sagte Isabelle knapp.

»Weiß dein Freund Arthur eigentlich, wie alt du bist?« Leon sah das Mädchen an, aber Lilou sah schnell zur Seite.

»Ihr, ihr wisst doch überhaupt nichts«, sagte Lilou. »Na gut, dann bleib ich eben für den Rest meines Lebens bei diesen dämlichen Spießern in Le Lavandou und werde Polizistin.«

Der letzte Satz klang wütend und verzweifelt. Ohne sich umzusehen, rannte Lilou ins Haus, und Sekunden später hörte man sie die Treppe hochstapfen. Dann knallte die Tür zu ihrem Zimmer.

»Wahrscheinlich hasst sie mich jetzt«, sagte Isabelle mit einem Blick in Richtung des ersten Stocks.

»Ach was. Du hast genau richtig reagiert. Morgen hat sie es schon wieder vergessen.«

Leon und Isabelle blieben noch eine Stunde auf der Terrasse sitzen, tranken Rotwein, beobachteten den Sternenhimmel und redeten über ihre Erinnerungen als fünfzehnjährige Teenager. Aber in Wirklichkeit beschäftigte Leon etwas ganz anderes. Es war das Tagebuch, das Isabelle ihm gegeben hatte.

Kaum war Isabelle ins Bett gegangen, setzte sich Leon mit dem Buch in die Küche und begann zu lesen. Das heißt, dieses Buch konnte man eigentlich nicht lesen. Die Texte schienen aus einer sinnlosen Aneinanderreihung von Wörtern wie Hass, Schuld und Vorhölle zu bestehen. Zwischendurch tauchten mathematische Formeln auf. Einige glaubte Leon aus dem Mathematikunterricht in der Schule zu kennen, aber die meisten hatte er noch nie gesehen. Die Zeichnungen schienen da aufschlussreicher. Auch sie zeigten immer wieder ähnliche Motive. Es gab Särge, Schlangen und Gräber. Außerdem war da die Zeichnung von einem Kahn, der von einem Mann im schwarzen Umhang mit einem langen Stecken angeschoben wurde. Und dazwischen befand sich immer wieder das Zeichen π, die griechische Schreibweise für den Buchstaben Pi.

Leon war fasziniert von dem Buch. Wer war dieser Gérôme Baladure? Was hatte ihn so gequält, ihm solche Ängste bereitet? Was hat ihn zum Außenseiter werden lassen, zum Einsiedler? Alle Antworten auf diese Fragen standen in diesem Buch. Da war sich Leon sicher. Er musste nur den Schlüssel finden. Irgendwann gegen zwei Uhr in der Nacht hatte Leon eine Idee. Und dann wusste er, dass er wenigstens einen Teil des Rätsels gelöst hatte.

Leise ging er ins Schlafzimmer, legte sich zu Isabelle ins Bett und schlief tief und traumlos.

37. KAPITEL

Der hellgraue Lieferwagen war zerkratzt, und an der Seite und Schiebetür hatte er Beulen vom Rangieren auf engstem Raum. Die Kunststoff-Stoßfänger waren verschrammt und an mehreren Stellen eingedrückt und gesplittert. Der Transporter hatte ein 83er-Kennzeichen, was bedeutete, dass er im Département Var zugelassen war. Der Besitzer hatte die Rückscheibe und die Seitenscheiben mit dunkler Folie verklebt, durch die man zwar von innen heraus-, aber nicht von außen hineinsehen konnte.

Dem Mann auf dem Rennrad war der Transporter zum ersten Mal an der Steinbrücke in Collobrières aufgefallen, als er stehen bleiben musste, weil ihm ein Traktor entgegenkam. Yves Dumont war Apotheker und Rennradfan. Als Pharmaziestudent war Yves noch aktiv gefahren, im Fahrradclub der Universität Aix-Marseille. Er war ziemlich gut damals, nicht überragend, aber immer unter den ersten fünf seines Jahrgangs. Als Dumont die Apotheke seines Vaters übernehmen musste, weil der alte Herr völlig überraschend an einem Herzinfarkt gestorben war, war erst einmal Schluss mit dem Radsport. Schade eigentlich, dachte Dumont. Aber das Leben hielt andere Aufgaben für ihn bereit. Er heiratete Josette und baute das Haus über Saint-Claire. Kinder hatten sie keine, aber dafür machte Yves eine zweite Apotheke in La Londe auf und bald eine dritte in Pierrefeu. Dann wurde er auch noch Zweiter Vorsitzender des Apothekerverbandes im Var. Das brachte ihm noch mehr Stress und ließ ihm noch weniger Zeit. Und irgendwann wachte er nachts schweißgebadet auf und spürte sein Herz.

Der Kardiologe in Hyères checkte ihn durch und sagte, sein Herz sei vollkommen gesund. Seine Probleme seien rein psychosomatischer Natur und ob er vielleicht mit jemandem darüber sprechen wollte. Er kenne da einen hervorragenden Psychologen.

Himmel, Dumont wusste selber, dass er Stress hatte. Und das Problem, das schon so lange auf seiner Seele lastete, war ungefähr so groß wie der Mont Ventoux. Dumont würde auf keinen Fall mit jemandem darüber reden, schon gar nicht mit einem Klugscheißer von Psychologen. Das war der Moment, wo er beschlossen hatte, wieder regelmäßig zu trainieren. Zweimal die Woche schwang er sich auf sein Rennrad und fuhr kreuz und quer durch das Massif des Maures.

Es funktionierte. Anfangs hatte er geschwitzt wie ein Tier und nicht gedacht, dass er über die ersten fünf Kilometer kommen würde. Aber dann ging es von Mal zu Mal besser. Inzwischen fuhr er über dreißig Kilometer am Stück und fühlte sich mit seinen zweiundvierzig Jahren wieder so dynamisch wie zur Studienzeit. Das Leben war plötzlich wieder voller neuer Perspektiven, bis Nicolas ermordet wurde und dann auch noch Gérôme. Verdammt, wer tut so was? Und was würde als Nächstes geschehen? Was lief da für eine Riesenscheiße ab? Hatte etwa Pignol seine Finger im Spiel? Dieser verdammte Versager, der ständig Geld brauchte, um es mit irgendeinem Schwachsinn zu verpulvern.

In diesem Moment musste Dumont sein Fahrrad nach

rechts reißen, weil ihm ein Minivan aus der Kurve entgegenkam und der Fahrer starr vor Schreck auf ihn zuhielt. Der Apotheker zog sein Fahrrad punktgenau durch die Lücke zwischen Felswand und Minivan, die keinen Meter mehr betrug. Dumont strampelte ungerührt weiter und drehte sich nicht um, obwohl er hörte, dass der Fahrer ihm eine Entschuldigung nachrief.

Hinter Collobrières ging es auf der D14 steil nach oben. Nach drei Kilometern erreichte Dumont eine Abzweigung. Hier bog er in eine Privatstraße ab, die zu der Chartreuse de la Verne führte, einer befestigten Klosteranlage aus dem zwölften Jahrhundert. Die Anlage mit ihren trutzigen Mauern sah aus wie die Burg aus einer Fantasy-Serie und lag inmitten der tiefsten Hügel der Provence. Im Sommer war die Chartreuse ein beliebtes Ausflugsziel, aber um diese Jahreszeit kamen so gut wie keine Besucher. Dumont würde die sechs Kilometer lange Strecke ganz für sich allein haben.

An der Stelle, wo die Straße mit einer schmalen Brücke über das ausgetrocknete Bachbett der Verne führte, machte Dumont eine kurze Pause. Da fiel ihm wieder der helle Lieferwagen auf. Das Auto hatte etwa einen halben Kilometer hinter ihm angehalten. Der Fahrer schien sich absichtlich zurückfallen zu lassen, aber Dumont konnte trotzdem das Dach des Wagens hinter den Bäumen erkennen. War es ein Zufall, dass der Lieferwagen sich auf der gleichen Straße wie er befand, oder war er ihm tatsächlich gefolgt?

»Jetzt werd bloß nicht hysterisch«, beruhigte sich der Apotheker. Schließlich war die Chartreuse bewirtschaftet, und wahrscheinlich benutzten ständig Lieferwagen diese Straße. Dumont schwang sich auf sein Fahrrad und fuhr weiter. Als er sich nach einigen Minuten umdrehte, stellte er fest, dass sich auch der Wagen wieder in Bewegung gesetzt hatte. Der Abstand war inzwischen kleiner geworden.

Dumont musste plötzlich an Nicolas Lambert denken. Wenn es stimmte, was die Medien sagten, dann hatte man Nicolas gefoltert. Mein Gott, was müssen das für Tiere gewesen sein.

Die Straße führte jetzt durch einen Wald und fiel dabei leicht bergab. Dumont spürte die 25 Kilometer, die er bereits in den Beinen hatte. In diesem Moment hörte er hinter sich das Geräusch eines Autos, das beschleunigt wurde. Und dann schoss der Lieferwagen an ihm vorbei. Der Wagen schleuderte über den Kies auf dem Seitenstreifen, stellte sich quer und blockierte die Straße. Dumont zog die beiden Bremsen voll durch. Doch die schmalen Rennreifen fanden keinen Halt auf dem Schotter, den der Lieferwagen auf die Straße geschleudert hatte. Das Vorderrad blockierte, brach aus, und alles, was Dumont noch tun konnte, war, den Kopf einzuziehen und sich zur Seite zu drehen. Im nächsten Moment schlug sein Körper gegen die Seitenwand des Lieferwagens, dann versank die Welt in Dunkelheit.

38. KAPITEL

Leon hatte sein Cabriolet unter einem Eukalyptusbaum abgestellt. Der Duft, den die Blüten dieses Baums verströmten, erinnerte ihn an die Tütchen mit Eukalyptusbonbons, die ihm Tante Odette in seiner Kindheit mitgebracht hatte. Er lehnte sich in seinem Sitz zurück, sah in den blassblauen Frühlingshimmel und genoss für einen Moment die Ruhe, die auf dem Parkplatz des Friedhofs von Bormes-les-Mimosas herrschte.

Leon war zeitig aufgestanden, denn das, was er in dem Notizbuch von Baladure entdeckt zu haben glaubte, ließ ihm keine Ruhe. Hatte Baladure nicht Mathematik studiert? Was wäre also, wenn der griechische Buchstabe π, der immer wieder in den Zeichnungen auftauchte, für die berühmteste Zahl stünde, die die Geschichte der Mathematik zu bieten hatte? Die magische Ziffer π bezeichnete das Verhältnis eines Kreisumfangs zu seinem Radius, das immer gleich war. Diese Zahl hatte schon die Gelehrten im alten Griechenland fasziniert, und moderne Computer hatten für sie Millionen von Stellen hinter dem Komma errechnet, denn π war eine irrationale Zahl, unendlich und nicht periodisch. Das hieß, es gab keine wiederkehrende Reihenfolge der Zahlen hinter dem Komma. Und jeder Schüler lernt irgendwann, wie die ersten vier Stellen dieser magischen Zahl lauteten: 3,141.

Baladure hatte verschiedene Grabsteine in sein Tagebuch gezeichnet. Auf allen waren betende Hände zu erkennen und das Ewige Licht. Und jedes Mal war irgendwo auch der griechische Buchstabe π versteckt. Vielleicht war es die Nummer eines Grabes, hatte sich Leon irgendwann in der Nacht überlegt und gespürt, dass er auf dem richtigen Weg war.

Sein erster Versuch, diese Theorie zu beweisen, hatte sich allerdings als Fehlschlag erwiesen. Auf dem Friedhof von Le Lavandou waren die Gräber zwar nummeriert, aber dort, wo der Grabstein 141 hätte sein müssen, befand sich schon immer eine Sammelstelle für Pflanzenabfälle, wie eine alte Besucherin Leon erklärte. Und es gab auch keine Einteilung in Gassen zwischen den Gräbern, der man die Nummer 3 hätte zuordnen können, so wie Leon sich das vorstellte. Auch andere Kombinationen mit der Zahl 3,141 stellten sich als unergiebig heraus. Leon wanderte fast zwei Stunden auf dem Friedhof umher und kam doch seinem Ziel keinen Schritt näher. Dafür erfuhr er, dass das Sterben in Le Lavandou eine äußerst komplizierte Angelegenheit war, da der Friedhof seit dem Jahr 2002 restlos überbelegt war und der Bürgermeister ein Sterbe- und Beerdigungsverbot für seine Bürger ausgesprochen hatte. Seit dieser Zeit mussten Verwandte für ihre Verstorbenen Ausweichgräber in anderen Gemeinden suchen oder die Urnen gleich auf dem eigenen Grund beerdigen. Es sei denn, die Verblichenen hatten ihr Grab schon in weiser Voraussicht vor Jahren reserviert oder ließen sich im nahen Bormes-les-Mimosas beerdigen.

»Ich leg mich auch mal da oben in die Hügel«, hatte die alte Frau zu Leon gesagt, während sie in Richtung Bormes deutete. »Da oben geht immer ein frischer Wind, und die Aussicht ist auch viel schöner.«

Also war Leon die Corniche nach Bormes hinaufgefahren, um sein Glück auf dem Friedhof in den Hügeln zu versuchen. Er öffnete das eiserne Tor, und vor ihm lagen aufgereiht im staubtrockenen Boden die Reihen von Gräbern. Es gab nur ein paar wenige Korkeichen, die kaum Schatten spendeten, aber dafür ging hier oben eine sanfte Brise, genau wie die alte Frau gesagt hatte. Trotzdem war es heiß, und die Vorstellung, auch hier die nächsten Stunden verbringen zu müssen, war wenig verlockend. Vielleicht hatte sich Leon ja geirrt, und die Zahl π war nur das Hirngespinst eines ehemaligen Mathematikgenies, das längst zum Alkoholiker geworden war.

Die Grabsteine auf dem Friedhof waren schlicht. In den meisten Fällen verschlossen einfache Steinplatten die Gräber. Es war eine graue Steinwüste. Nur ein paar Schmetterlinge verliehen diesem kargen Platz ein wenig Farbe. Sie flatterten über einer Pfütze, die der Friedhofsgärtner beim Bewässern der Büsche zurückgelassen hatte. Als Leon eines der Gräber genauer betrachtete, fielen ihm die gebrannten Tontäfelchen auf, die vor jedem Grab im Boden steckten. Er bückte sich und rieb Erde und Staub von einem der Schilder. Es war eine Nummer: 1/012. Leon erschrak wie ein Schüler, den man beim Spicken erwischt hat, als er hinter sich eine Stimme hörte.

»Suchen Sie ein bestimmtes Grab?«, fragte ein Mann mit verbeultem Strohhut. Er trug Sandalen und eine grüne Schürze, die über seinem dicken Bauch spannte. Der Mann war ganz offensichtlich der Friedhofsgärtner. Er zog einen Karren hinter sich her, auf dem verschiedene Gartengeräte und ein paar vertrocknete Trauerkränze lagen.

»Danke, ich find mich schon zurecht«, sagte Leon.

»Ist schwierig hier«, nuschelte der Mann und wischte

sich mit dem Handrücken die verschwitzten Haare aus dem roten Gesicht.

Leon vermutete, dass der Mann unter Bluthochdruck litt. Die blonden spärlichen Haare und die fast weißen Augenbrauen waren ein Zeichen dafür, dass seine Haut auf Dauer nicht für die Arbeit in der intensiven Sonne der Provence geeignet war. Aber das hatte ihm sein Arzt wahrscheinlich schon oft genug gesagt, dachte Leon.

»Wir haben über 250 Gräber hier oben«, sagte der Mann nicht ohne Stolz. »Wenn Sie ein älteres Grab suchen, die sind weiter hinten.«

Der Gärtner deutete zum entfernten Ende der Backsteinmauer, die den Friedhof umgab.

»Sind die Reihen der Gräber nummeriert?«

»Haben Sie denn 'ne Nummer?«, fragte der Gärtner. »Ich kenn so gut wie alle hier. Ich bin seit 25 Jahren dabei. Können Sie sich das vorstellen?«

»Wird sicher heiß hier oben im Sommer«, sagte Leon, vielleicht könnte der Mann ihm ja bei der Suche helfen.

»Heiß wie in der Hölle.« Der Mann lachte und wischte sich wieder über die Stirn. Jetzt sah Leon, dass seine hellen nackten Unterarme voller dunkler Flecken waren.

»Ich bin immer hier. Jeden Tag, außer wenn es regnet. Und natürlich nicht an den offiziellen Feiertagen. Außer, die Gemeinde zahlt 'ne Zulage.«

»Natürlich, verstehe«, sagte Leon, der wusste, dass es die französischen Staatsangestellten mit der Arbeitszeit und den Feiertagen sehr genau nahmen.

»Wir haben 'ne Menge prominente Gäste hier oben. Haben Sie das gewusst?«

»Nein, ich hatte keine Ahnung«, sagte Leon höflich und fragte sich, ob der Mann die Besucher oder die Toten meinte.

»Oh ja, wir hatten schon Schauspieler, Rennfahrer und Politiker hier oben. Einmal war sogar ein echter Präsident hier. Jacques Chirac höchstpersönlich. Jawohl. Kam zum Mahnmal für die Gefallenen, gleich neben dem Eingang. Und ich hab den Kranz mit der Trikolore hingelegt. Da hat er mir die Hand gegeben und gesagt, dass ich das gut gemacht habe. Das war ein ganz großer Augenblick ...«

Der Gärtner unterbrach sich, ganz ergriffen von den eigenen Erinnerungen. Für einen Augenblick standen die beiden Männer stumm nebeneinander. Sie sahen hinunter zum Meer und hörten nur das Rauschen des Windes in den Korkeichen.

»Ich glaube, die Nummer lautet 141«, unterbrach Leon die andächtige Stille. »Könnte im dritten Gang sein.«

»Pater Berthier«, antwortete der Gärtner ohne Zögern. »Meine Güte, warum sagen Sie das nicht gleich? Dritter Gang, Grab 141, Berthier. Kommen Sie, ich zeige es Ihnen.« Er griff nach seinem Wagen und stapfte den staubigen Weg entlang.

Ein paar Minuten später stand Leon vor einem polierten Grabstein, der an der Mauer befestigt war. Davor lag das gepflegte Grab, das von einem hüfthohen, schmiedeeisernen Zaun umgeben war. Leon wusste sofort, dass er das Grab aus dem Tagebuch gefunden hatte. Auf dem schwarzen Stein stand in goldenen Buchstaben der Name: Pater Alphonse Berthier. Geboren 12. Mai 1910, gest. 25. Juli 1995. Darunter befanden sich die betenden Hände aus Bronze als Relief. Genau, wie Baladure es gezeichnet hatte.

»Ist es nicht das richtige Grab ...?« Der Gärtner klang enttäuscht.

»Doch, doch«, beeilte sich Leon und riskierte eine Lüge. »Ich bin nur noch ganz ergriffen, es vor mir zu sehen.«

»Ja, er soll der beste Priester gewesen sein, den sie hier je hatten. Jedenfalls sagen das die alten Leute. In den ersten Jahren sind ganze Busse voller Pilger wegen ihm gekommen. Standen auf dem Parkplatz, und kein Auto kam mehr vorbei. Aber das ist lange her.« Der Gärtner rupfte die vertrockneten Blätter einer Winde von der Grabeinfassung und warf sie zu den alten Kränzen auf seinen Wagen. »Nur gelegentlich gibt's noch Ärger.«

»Was für Ärger?«, wollte Leon wissen.

»In der letzten Juliwoche stellt immer jemand ein Ewiges Licht auf das Grab.«

»Und das ist ein Grund zum Ärger?«, fragte Leon.

»Er klaut es von einem anderen Grab und stellt es hier hin.«

»Wer macht denn so was?«

»Keine Ahnung«, der Gärtner bückte sich, hob einen leeren Eisbecher auf und stopfte ihn in die Mülltüte auf seiner Karre. »Einmal hätte ich den Kerl fast erwischt. Das war früh am Morgen. Hab noch gesehen, wie er weggefahren ist, auf 'nem alten Mofa. Leute gibt's.«

»Manche Menschen sind eigenartig«, sagte Leon und fragte sich, was für eine Verbindung wohl zwischen Gérôme Baladure und dem Priester bestanden haben könnte.

39. KAPITEL

Die TV-Station *Canal 6* hatte die Nachricht von einem zweiten Toten, der genau wie Richter Lambert gefoltert worden war, in den Mittagsnachrichten gebracht. Und zwar mit allen blutigen Details und mehreren Fotos von der Leiche am Unfallort. Deswegen hatte Zerna seine Mannschaft in sein Büro befohlen.

»Ich hatte Sie gewarnt.« Zerna saß in seinem Bürostuhl und sah Isabelle, Masclau, Kadir und Begot an, die vor seinem Schreibtisch standen und so aussahen, als würden sie das Büro am liebsten auf der Stelle wieder verlassen. »Ich werde diese Art von Sabotage nicht dulden. Das ist kein Kavaliersdelikt. Was hier geschieht, ist Verrat! An den Kollegen und an der *Gendarmerie Nationale*!«

Dabei schlug Zerna mit der flachen Hand auf den Tisch.

»Wir wissen doch gar nicht, woher diese Fernsehfuzzis …«, wollte Lieutenant Begot sagen, als ihn der schneidende Blick des Kommandanten traf.

»Ich habe Sie nicht nach Ihrer Meinung gefragt«, sagte Zerna scharf, und Begot verstummte augenblicklich. »Wir haben jetzt genau zwei Möglichkeiten. Entweder ich rufe in Paris an und die schicken jemanden, der unser Revier auf den Kopf stellt und eine penible Untersuchung durchführt, oder …«

Zerna machte eine dramatische Pause. Isabelle sah, wie Begot nervös die Hände in die Taschen steckte, sie wieder herauszog und die Arme verschränkte, als könnte er so eine Barriere zwischen sich und dem Polizeichef errichten.

Nach einigen Sekunden hielt es Masclau nicht mehr aus. »Können wir das nicht intern klären, *Patron*?«

»Wäre mir auch am liebsten«, sagte der Polizeichef. »Wenn die anderen einverstanden sind?«

Isabelle und die anderen Polizisten nickten.

»Ich möchte, dass jetzt alle ihre Handys auf den Tisch legen«, sagte Zerna.

»Ich brauch mein Handy aber noch«, sagte Masclau, legte sein Telefon aber trotzdem als Erster auf die Tischplatte.

»Na los«, sagte Zerna, als die anderen zögerten.

Isabelle legte ihr Handy auch auf den Tisch, Moma schloss sich an. Nur Begot schien Probleme mit der Aktion zu haben.

»Und wenn ich das nicht möchte?«, fragte Begot.

»Wieso, haben Sie etwas zu verbergen?« Zerna musterte seinen Untergebenen mit kritischem Blick.

»Nein, natürlich nicht«, sagte Begot, legte sein Handy aber trotzdem nicht auf den Tisch. »Aber da sind auch private Dinge drauf, und ich möchte nicht, dass ...«

»Lieutenant Begot«, Zerna sprach jetzt ganz freundlich. »Ich vermute, es handelt sich bei Ihrem Telefon um das Diensthandy, das Ihnen vom französischen Innenministerium und damit vom Steuerzahler zur Verfügung gestellt wurde.«

»Ja, schon«, Begot klang verunsichert. »Aber ich glaube nicht, dass ich den Inhalt jedem zugänglich machen muss.«

»Nein, nicht jedem, aber ganz bestimmt Ihrem Vorgesetzten«, sagte Zerna. »Und falls Sie es vergessen haben, der bin ich.«

Isabelle wusste, dass ihr Chef jetzt vor Wut kochte. Sie fühlte sich mitschuldig, denn sie selber war am Morgen zu Zerna gegangen. Sie hatte ihrem Chef erzählt, dass es Hinweise gäbe, dass Begot die undichte Stelle in der Polizei sei, und dass er wahrscheinlich seit dem ersten Tag *Canal 6* mit Fotos und Informationen versorgte. Sie hasste es, einen Kollegen zu denunzieren, aber dieser Begot war ein selbstgefälliges egoistisches Arschloch, das die ganze Wache in Schwierigkeiten brachte.

Zerna streckte seine offene Hand in Richtung Begot aus.

»Jetzt gib ihm schon das Scheißhandy«, fuhr Masclau den jungen Kollegen an.

»Ja, ich habe Fotos vom Unfall gemacht«, erwiderte Begot trotzig. »Hätte doch sein können, dass sie als Beweismaterial nützlich wären.«

»Das sind nicht zufällig die Fotos, die heute in *Canal 6* zu sehen waren?«

»Das ist eine Unterstellung, *Commandant*«, empörte sich der Polizist.

»Na gut, dann möchte ich, dass die Fotos auf Ihrem Handy mit den Aufzeichnungen von *Canal 6* verglichen werden«, sagte Zerna. »Das übernehmen Sie am besten, Lieutenant Kadir.«

Moma drehte sich zu Begot um und hielt ihm seine ausgestreckte Hand hin. Doch der Kollege zögerte noch immer.

»Jetzt geben Sie ihm Ihr verdammtes Handy, Begot!«, sagte Zerna laut.

Erschrocken reichte der Polizist Moma sein Handy.

»Ich mache das aber nur unter Protest«, sagte Begot.

»Ist mir scheißegal, ob Sie protestieren oder nicht«, polterte Zerna. »Sie können sich gerne bei der Dienstaufsicht beschweren.«

»Da ist noch nicht das letzte Wort gesprochen.« Begot versuchte, wenigstens vor den Kollegen sein Gesicht zu wahren.

»Da haben Sie völlig recht, Begot«, Zerna sah zu Masclau, der sich ein Grinsen nicht verkneifen konnte. »Stehen im Keller noch die Kartons mit dem alten Anzeigenarchiv?«

»Bin noch nicht dazu gekommen, das Zeug einzuräumen, *Patron*«, entschuldigte sich der Lieutenant.

»Sehr gut«, sagte Zerna. »Ab sofort haben Sie Innendienst, Begot. Der Kollege Masclau wird Ihnen zeigen, was da im Keller gemacht werden muss.«

»Ich weiß nicht, ob ...«, wollte Begot protestieren.

Zerna machte eine Handbewegung in Richtung Tür. »Schönen Tag noch, Begot«, sagte er kühl.

Begot verließ den Raum und wollte schon die Tür hinter sich zuknallen, doch im letzten Moment fing er sie ab und schloss sie leise.

Es dauerte keine fünf Minuten, da hatte Moma die Fotos vom Unfallort in den Hügeln auf Begots Handy gefunden. Sie waren identisch mit den Fotos, die der Sender gezeigt hatte, und sie waren per SMS an Brigitte Dupin geschickt worden. Zerna machte einen Eintrag in den Tagesbericht und rief in Toulon an. Sollten sich die doch mit dieser Journalistin und Begot rumärgern. Es war an der Zeit, dass der Polizeichef von Toulon seinen Neffen wieder unter seine Fittiche nahm.

Isabelle hatte sich in ihr Büro zurückgezogen, um endlich die Zeugenaussagen durchzulesen, die sich auf ihrem Schreibtisch stapelten. Viele dieser »braven Bürger« kannte Isabelle. Es waren immer die gleichen Leute, die sich nach vorne drängten, wenn es darum ging, der Polizei verdächtige Beobachtungen zu melden. Wichtigtuer und Neider, die die Gelegenheit nutzten, um mit Nachbarn und Bekannten abzurechnen.

Um 13.15 Uhr tauchte eine schlanke, teuer angezogene Frau bei Isabelle im Büro auf. Sie war um die vierzig Jahre, und dem verhärmten Gesichtsausdruck nach zu urteilen, steckte sie in Schwierigkeiten. Die Besucherin stellte sich als Sonia Dumont vor. Isabelle war der Frau schon begegnet. Ihr Mann besaß mehrere Apotheken in der Gegend. Für ein paar Minuten sprachen sie über das Wetter, das zu heiß war, und den bevorstehenden Blumenkorso, zu dem eine Rekordbesucherzahl erwartet wurde. Aber Isabelle spürte, dass Madame Dumont aus einem anderen Grund zu ihr gekommen war.

»Sie wollten etwas mit mir besprechen, Madame Dumont?«, begann Isabelle vorsichtig.

»Das ... das klingt für Sie jetzt vielleicht ein wenig hysterisch, aber ...«, sie unterbrach sich und räusperte sich dezent, indem sie die Faust vor den Mund hielt.

»Ganz bestimmt nicht«, antwortete Isabelle ruhig. »Worum geht es?«

»Mein Mann ...«, Madame Dumont unterbrach sich mit einem erneuten Räuspern, »er ist verschwunden.« Sie sah Isabelle an, als wollte sie erst deren Reaktion abwarten, bevor sie weitersprach.

Isabelle hatte schon oft erlebt, dass Menschen zur Polizei kamen, um ihre Kinder, Verwandten oder Partner als vermisst zu melden. Am Anfang war die Verzweiflung immer groß, aber in der Regel tauchten die Vermissten innerhalb von Stunden wieder auf. Bei Madame Dumont war das etwas anderes. Schon in dem Augenblick, als die Frau ihr Büro betrat, hatte Isabelle das Gefühl, als wäre in ihrem

Kopf eine Alarmklingel losgegangen. Irgendetwas sagte ihr, dass die Angst ihrer Besucherin berechtigt war. Isabelle versuchte, sich nichts anmerken zu lassen und ruhig und professionell weiterzureden.

»Wann haben Sie zum letzten Mal etwas von Ihrem Mann gehört?«

»Heute Morgen, gegen sieben. Da ist er mit dem Fahrrad los.«

»Mit dem Fahrrad? Wohin?«

»In die Hügel. Meist nach Collobrières oder Grimaud. Das macht er zweimal in der Woche«, jetzt redete Madame Dumont schnell und aufgeregt. »Er bleibt dann höchstens drei, manchmal vier Stunden weg. Ich dachte, er wäre vielleicht schon in die Apotheke gefahren. Das tut er gelegentlich. Aber da ist er nicht.«

»Hat er denn kein Handy?«

»Da meldet sich nur die Mailbox.« Sie sah Isabelle verängstigt an. »Er ist jetzt schon sechs Stunden weg. Er hätte mich doch schon längst angerufen, wenn er sich einfach nur verspäten würde.«

»Einen Moment«, Isabelle hob den Hörer ihres Telefons ab und drückte einen der Knöpfe. »Morell hier, ich habe eine Vermisstenabfrage. Vielleicht ein Verkehrsunfall. Männlich. Alter?« Isabelle sah fragend zu ihrer Besucherin.

»Yves ist 42«, sagte Madame Dumont.

»Alter 42, der Name ist Yves Dumont. Er ist mit einem Fahrrad unterwegs ... im Massif des Maures, rund um Collobrières. Verstehe. Sind Sie sicher? Danke«, Isabelle legte auf und sah ihre Besucherin an. »Es ist kein Unfall gemeldet worden. Mein Kollege ruft trotzdem noch die Notrufzentrale an. Vielleicht ist er ja in eines der Krankenhäuser gebracht worden.«

»Ins Krankenhaus? Wieso denn?«, fragte die Frau erschrocken.

»Keine Ahnung, *Madame*. Es ist nur eine Vorsichtsmaßnahme«, sagte Isabelle. »Wir checken alle Möglichkeiten.«

»Es ist etwas passiert, das weiß ich«, sagte die Frau. »Yves hätte angerufen. Er ist sehr zuverlässig, müssen Sie wissen ...«

»Vielleicht hat er jemanden besucht.« Schon als sie das sagte, wusste Isabelle, dass es nur ein hilfloser Versuch war, ihre Besucherin zu beruhigen.

»Wie denn? Er ist mit dem Rennrad unterwegs.« Jetzt klang die Frau vorwurfsvoll. »Er trägt nur seine Sportsachen. Normalerweise kommt er zurück, duscht und geht dann direkt ins Geschäft. Können Sie nicht nach ihm suchen? Ich meine, so eine richtige Fahndung machen.«

»Wir können nur eine Fahndung veranlassen, wenn es Hinweise auf ein Verbrechen gibt«, sagte Isabelle, und es klang wie eine Entschuldigung.

»Mein Mann ist verschwunden, *Madame*.« Jetzt hatte die Stimme der Frau einen flehenden Ton. »Ich kann ihn nicht erreichen. Vielleicht ist er ... in eine Schlucht gestürzt. Vielleicht liegt er irgendwo schwer verletzt. Und Sie wollen nichts unternehmen?!«

»Ich werde in jedem Fall alle Kollegen informieren, dass sie die Augen offen halten, auch die Beamten der *Gendarmerie Municipale*.« Isabelle wusste, wie lahm ihr Trost klingen musste, aber so lauteten nun einmal die Vorschriften. Kinder und Jugendliche wurden sofort zur Fahndung ausgeschrieben, wenn sie verschwanden, bei Erwachsenen war das anders.

»Ich habe hier ein Foto von Yves«, Madame Dumont zog ein Bild aus ihrer Handtasche und reichte es Isabelle. Es zeigte einen Mann Anfang vierzig in bunter Radfahrerkleidung. Er trug einen Helm und hatte mit beiden Händen den Lenker eines Rennrades gepackt, als wollte er zur Tour de France starten.

»Danke, *Madame*. Sie werden sich gedulden müssen, aber ich lege es hier auf meinen Schreibtisch.«

Es klopfte an der Tür, und Moma steckte den Kopf herein.

»Entschuldigung«, sagte er. »Hättest du einen Augenblick, Isabelle?«

»Nur einen Moment, Madame Dumont«, sagte Isabelle und ging mit Moma auf den Flur. Der Kollege hätte sie nicht gestört, wenn es nicht wirklich dringend gewesen wäre.

»Es gibt vielleicht eine Verbindung zwischen den beiden Opfern«, sagte Moma.

»Erzähl schon ...«, sagte Isabelle.

»Wir haben Baladures Handy ausgewertet«, erklärte Moma. »Wir wissen jetzt, mit wem er zuletzt telefoniert hat.«

Isabelle sah Moma an, der seine Ermittlungsergebnisse gerne mit kurzen, dramatischen Pausen verzierte.

»Bitte, Moma ...«, forderte sie ihn auf.

»In der Nacht, in der er verschwunden ist, hat er dreimal mit Pignol telefoniert.«

»Mit dem Antiquitätenhändler?«, fragte Isabelle.

»Genau der, von dem wir die Fingerabdrücke in Lamberts Auto gefunden haben«, sagte Moma. »Ich kann nach Bormes fahren und ihn herholen.«

»Nein, ich kümmere mich darum«, in Isabelles Stimme war Aufregung zu hören. »Kümmerst du dich bitte um Madame Dumont?«

»Aber ich könnte wirklich ...«

»Weißt du, ob Masclau noch im Haus ist?«, unterbrach ihn Isabelle.

»Ich hab ihn gerade noch im Büro gesehen«, antwortete Moma, aber Isabelle hörte ihn schon nicht mehr und lief den Gang hinunter.

40. KAPITEL

Didier Masclau saß am Steuer des blauweißen Peugeot der *Gendarmerie Nationale* und bretterte die Rue Jean Jaurès in Richtung Bormes hinauf.

»Fahr langsamer, Didier!« Isabelle stemmte sich in ihren Sitz.

»Dann lass mich wenigstens die Lichter einschalten.« Masclau nahm den Fuß vom Gas und legte die Hand auf den Kippschalter unter dem Armaturenbrett.

»Nein, kein Blaulicht und keine Sirene«, bestimmte Isabelle.

»Wenn ich überlege, dass wir den Arsch schon mal im Präsidium hatten.« Masclau schüttelte den Kopf.

»Dass er die beiden Opfer kannte, muss noch nichts heißen«, entgegnete Isabelle.

»Jetzt komm mir bloß nicht mit dem großen Zufall.« Masclau musste bremsen, weil ein Mann mit einem Hund die Straße überquerte. »Pignol steckt da mit drin. Hast ihn doch bei der Vernehmung erlebt.«

»Bisher ist er nur ein Zeuge.«

»Das wird sich ganz schnell ändern.« Masclau grinste, als er den Wagen hundert Meter vor dem Antiquitätengeschäft anhielt.

Die beiden Polizisten stiegen aus und liefen auf das alte Steinhaus zu, das am Fuß der steil ansteigenden Altstadt lag.

»Am besten, ich geh von unten durch den Laden rein«,

schlug Masclau vor. »Du wartest oben an der Straße, damit er nicht abhauen kann.«

Masclau verschwand durch das Tor zum Hof, während Isabelle auf der Straße noch ein Stück den Hügel hinauflief und dann vor dem oberen Eingang des Hauses stehen blieb. Die Haustür stand einen Spaltbreit offen. Isabelle drückte sie leise auf und trat in den düsteren Flur. Von unten hörte sie Masclau an der Ladentür rütteln. Er rief irgendetwas, und dann klirrte eine Fensterscheibe. Isabelle wartete im Flur an der Treppe, die nach unten in den Laden führte. Dann hörte sie von unten ihren Kollegen.

»Pignol?!«, rief Masclau laut. Niemand antwortete.

In diesem Moment flog eine Tür im Gang auf, und Pignol stürzte auf Isabelle zu. Er versuchte, sie zur Seite zu stoßen, aber Isabelle hatte sich instinktiv mit der Schulter zu ihm gedreht, als er mit Wucht gegen sie prallte.

»Didier!«, schrie Isabelle, während sie versuchte, Pignol zurückzudrängen.

Isabelle hörte den Lieutenant die Treppe hochstürmen. Sie hatte Pignol mit beiden Händen an seinem Hemd gepackt und hielt ihn eisern fest, während er versuchte, sich loszureißen, und sie so in Richtung Haustür zerrte.

»Lass los, *conne*«, schrie Pignol und schlug mit der flachen Hand zu.

Der Mann erwischte Isabelle im Gesicht, und für einen Moment sah die Stellvertretende Polizeichefin nur noch weiße Blitze. Dann hatte Masclau die beiden erreicht und schlug mit der Faust zu. Isabelle spürte, wie der Mann, den sie eben noch verzweifelt festgehalten hatte, unter ihr wegsackte und zu Boden fiel.

»Spinnst du jetzt, oder was?«, herrschte sie Masclau an und beugte sich zu Pignol, der regungslos am Boden lag.

»Was hätte ich denn machen sollen? Zusehen, wie er dich zusammenschlägt?«

Von unten kam ein trockenes Husten.

»Na also, ist doch alles klar«, sagte Masclau.

»Sie haben mich geschlagen«, jammerte Pignol. »Ich werde Sie anzeigen wegen Misshandlung. Erst brechen Sie in mein Haus ein, und dann schlagen Sie mich zusammen ...«

»Halt's Maul, Pignol«, sagte Masclau drohend, während er ihm Handschellen anlegte. »Oder du fängst dir gleich noch eine.«

»Was ist denn los mit euch? Was hab ich denn getan?« Pignol röchelte.

»Sie haben eine Beamtin der *Gendarmerie Nationale* angegriffen.« Isabelle rieb sich die rechte Wange, die noch von dem Schlag brannte.

»Ich wusste doch nicht, dass ihr von den Flics seid«, sagte Pignol, was angesichts der beiden Beamten in Uniform eine schwache Ausrede war.

»Ach nee. Und was ist das?« Masclau packte Didier an seinem Pferdeschwanz und drückte dessen Kopf so nahe an sein Uniformhemd heran, dass er mit dem Gesicht beinahe sein Polizeiabzeichen berührte.

»Didier ...«, rief Isabelle mahnend.

»Haben Sie das gesehen?«, versuchte Pignol die Chance zu nutzen. »Haben Sie gesehen, was er mit mir macht?«

»Monsieur Pignol, Sie stehen unter Verdacht, für die Morde an Nicolas Lambert und Gérôme Baladure verantwortlich zu sein«, sagte Isabelle.

41. KAPITEL

Es war wenig los in der Rechtsmedizin, und so hatte Leon beschlossen, die zweite Hälfte des Tages freizunehmen. Er setzte sich ins *Chez Miou* und schlug den *Var-Matin* auf, den jemand liegen gelassen hatte. Yolande brachte unaufgefordert einen *Café au Lait.*

»*Bonjour, Docteur*«, strahlte Yolande in ihrer engen Bluse und beugte sich weit nach vorne, als sie Leons Tisch abwischte und den Kaffee abstellte. »Eine Kaffeepause, so mitten am Tag?«

»Schlimmer, Yolande, ich habe mir für heute Nachmittag freigegeben.«

»Ich hoffe, das wird nicht zur Gewohnheit.« Yolande schenkte Leon ein provozierendes Lächeln und stolzierte zurück hinter den Tresen.

»Er wird noch ein echter Südfranzose. Hab ich doch immer gesagt.« Das war Véronique, die sich am Tresen einen Espresso genehmigte. Sie sprach mit Jean-Claude, dem ehemaligen Fremdenlegionär, der im Rollstuhl saß.

Leon lächelte zufrieden in sich hinein. Es gab Zeiten, da hätte er eher eine Nacht durchgearbeitet, als auch nur eine halbe Stunde zu spät seinen Dienst anzutreten. Das hatte sich gründlich geändert, seit er nach Le Lavandou gezogen war. Natürlich arbeitete er auch heute noch gelegentlich die Nächte durch, wenn ein aktueller Fall es erforderte. Aber er freute sich auch, wenn er sein Büro verlassen konnte, um einen Kaffee im Schatten der Platanen am Bouleplatz zu trinken.

»Ein kleiner Flirt mit den Einheimischen, *Docteur*?« Professor Sorel war neben Leons Tisch aufgetaucht.

Sorel trug Jeans, Slipper und hatte die Ärmel seines gestreiften Hemdes hochgekrempelt. Über die Schultern hatte er sich einen orangefarbenen Pulli gehängt, so dass er Leon an Alain Delon in den Sechziger-Jahre-Filmen erinnerte.

»Sie haben mich erwischt, *Professeur* Sorel.« Leon erhob sich, und die Männer schüttelten die Hände. »Wie wäre es mit einem Kaffee?«

»Gute Idee, um die Zeit nehme ich einen *Noisette*.« Sorel sah sich nach einem Kellner um.

»Bitte, setzen Sie sich doch«, Leon wies auf den freien Stuhl und rief laut: »Einen *Noisette*, bitte.« Hinter der Theke nickte Yolande.

»Es gibt nicht viel Abwechslung in diesem Ort«, sagte Sorel mit Blick auf die Gäste. »Und noch weniger Menschen, mit denen man sich vernünftig unterhalten kann.«

»Ich vermisse nichts«, sagte Leon. »Gelegentlich etwas mehr Regen wäre schön.«

»Mal ehrlich, *Docteur*: kein Kino, kein Theater, kein Konzertsaal. Das hier ist tiefste Provinz.« Sorel hatte das bewusst laut gesagt und registrierte die Blicke der Stammgäste, die an der Bar standen. »Schauen Sie sich doch um, diese Menschen tragen wohl kaum dazu bei, Ihren Intellekt zu befeuern.«

»Vielleicht ist es genau das, was ich so an ihnen schätze. Es geht um die einfachen Dinge. Niemand will mich von seinen politischen Theorien überzeugen oder mir erklären, welches Buch ich gelesen haben muss, wenn ich dazugehören will. Ich genieße das einfache Leben und die Gelassenheit.«

»Wenn Sie den jährlichen Sandfigurenwettbewerb und den Blumenkorso als künstlerische Highlights akzeptieren, sind Sie hier genau richtig.«

»Seien Sie nicht so streng, *Professeur.*«

»Früher habe ich genau wie Sie gedacht. Warten Sie's ab, eines Tages tut sich die große innere Leere auf. Das ist der Moment, wo Ihre Seele nach geistigem Futter schreit. Und dann nehmen Sie am besten den nächsten TGV nach Paris.«

»Es ist ja nicht so, dass hier nichts los wäre«, nickte Leon in Richtung des *Var-Matin*, dessen Schlagzeile lautete: »Folter-Killer findet zweites Opfer«.

»Haben Sie mit dem Fall zu tun?«, fragte Sorel.

»Wir sind für die ganze Region zuständig.«

»Das betrachte ich mal als ein Ja.« Sorel beobachtete Leon, der keine Miene verzog. »Und, ist was dran? Ich meine, an dem, was die Medien da behaupten?«

»Was denken Sie?«, fragte Leon.

»So vorsichtig? Oder haben Sie Sorge, dass ich mich an den *Var-Matin* wenden könnte?« Sorel lachte laut, um zu demonstrieren, dass er das Lokalblatt nicht mal benutzen würde, um seinen Kamin damit anzufeuern.

»Sie wissen, dass ich über Untersuchungsergebnisse nicht sprechen darf«, entgegnete Leon, dem natürlich klar war, dass es genau diese Ergebnisse waren, die Sorel interessierten. Nur deshalb hatte er sich zu ihm gesetzt.

»Das verstehe ich natürlich, *Docteur*. Ich erwarte nicht, dass Sie Interna preisgeben. Ich war nur neugierig auf Ihre ganz persönliche Einschätzung.«

»Was denken Sie denn über den Fall?«, fragte Leon.

Glaubte dieser Sorel wirklich, er könnte ihn aushorchen?
»Zwei Männer wurden getötet. Mit beiden waren Sie befreundet.«

»Nein, befreundet war ich nur mit Richter Lambert«, korrigierte Sorel schnell. »Baladure kannte ich aus Studienzeiten, eine tragische Persönlichkeit.«

»Tragisch?«

»Sie haben ihn doch auf der Einladung erlebt. Ein Alkoholiker, der sich jeder Therapie widersetzte.«

»Glauben Sie, jemand hat die beiden Männer zufällig ausgewählt?«

»Wieso, gibt es denn einen Hinweis auf eine Verbindung zwischen den Opfern?« Bisher war Sorel nur neugierig gewesen, jetzt klang er alarmiert.

»Wissen Sie, ob die beiden Männer sich gekannt haben?«

Sorel zuckte mit den Schultern. »Das weiß ich nicht. Aber ich kann es mir nur schwer vorstellen. Sie kamen doch aus sehr unterschiedlichen gesellschaftlichen Schichten.«

»Ich war heute auf dem Friedhof von Bormes«, sagte Leon. Es war ein Schuss ins Blaue, aber irgendetwas sagte ihm, dass Sorel über die Hintergründe dieses Falles mehr wusste, als er preisgab. Bei der Erwähnung des Friedhofs sah Sorel ihn irritiert an.

»Sie waren auf dem Friedhof, warum ...?«, fragte der Professor, um sich sofort zu korrigieren. »Ich meine, haben Sie denn dort Verwandte?«

»Nein, aber man hat einen wundervollen Blick. Waren Sie jemals dort?«

»Sicher, irgendwann einmal, vor Jahren.« Sorel sah auffällig auf seine Uhr. »Tut mir leid, ich muss los.« Er sah sich nach Yolande um.

»Lassen Sie nur, ich mach das schon.«

»Danke, sehr freundlich. Aber das nächste Mal bin ich dran. Kommen Sie doch mal auf einen Tee vorbei. *Bonne soirée, Docteur.*«

»*Bonne soirée*«, wünschte Leon. Diesmal blieb er sitzen, was Sorel nicht zu stören schien, denn er hatte sich bereits umgedreht und ging in Richtung Parkplatz davon.

»Redest du überhaupt noch mit dem gemeinen Volk, nachdem du mit ›dem Erlauchten‹ gesprochen hast?« Jean-Claude kam mit dem Rollstuhl zu Leons Tisch.

»Du kennst den Professor?«

»Ein fürchterlicher Angeber.«

»Er ist Mitglied der *Académie française*«, sagte Leon mit ironischem Unterton in der Stimme.

»Na und? Deswegen ist er trotzdem ein arroganter Angeber. War er schon immer. Früher, als er noch studiert hat, ist er mit Nicolas Lambert rumgezogen und mit noch ein paar anderen. Sorel hat immer die Ansagen gemacht. Und sie haben zu ihm aufgeschaut, wie zu ihrem Propheten.«

»Wann war das?«

»Weiß nicht mehr, muss in den Neunzigern gewesen sein. Verzogene Burschen mit zu viel Zeit und zu viel Testosteron, wenn du verstehst, was ich meine.«

»Und mit gut betuchten Eltern«, ergänzte Leon.

»Und ob. Die Burschen waren richtig gestopft von zu Hause. Bis auf Sorel, aber der war schon immer der Cleverste. Gab den Philosophen und ließ sich von den anderen aushalten. Hat er später bei seiner Frau genauso gemacht.«

42. KAPITEL

Begot hatte die ganze Sache zu leicht genommen. Aber dass er aufgeflogen war, daran war nur dieser deutsche *Docteur* schuld, da war sich der Lieutenant ganz sicher. Scheiße, was schlich der auch in aller Frühe bei den Sendewagen auf der Promenade rum?

Was war denn schon passiert? Er hatte ein paar Fotos an die Medienfuzzis durchgereicht, und blöderweise hatten sie ihn dabei erwischt. Noch lange kein Grund, dass *Commandant* Zerna gleich so ausflippen musste. Die Kollegen waren doch nur neidisch, dass er und nicht sie abkassiert hatten. Konnte doch keiner wissen, dass die Tussi von *Canal 6* sofort die Quittung auspackte, als die Gendarmerie bei ihr aufgetaucht war. Ja, er hatte eine Quittung unterschrieben. So lief das nun mal. Ohne Quittung rückten die Typen von den Sendern nicht mal 'ne Essensmarke raus. Aber jetzt hatten sie ihn natürlich an den Eiern. Darum musste er für diesen Pignol den Chauffeur spielen.

Louis Pignol saß in Handschellen auf der Rückbank des Einsatzwagens und hustete trocken.

»Hör auf mit dem Gehuste, das nervt«, rief Begot seinem Gefangenen zu.

Im Stillen bewunderte Begot den Antiquitätenhändler. Pignol hatte während seiner Befragung keinen Mucks von sich gegeben. Das war ganz schön mutig, wenn einem Typen wie *Commandant* Zerna und Lieutenant Masclau im

Nacken saßen. Zuletzt hatte Begot geradezu gebetet, dass der Gefangene durchhielt, schon allein, um den Wichtigtuern von der *Gendarmerie Nationale* ans Bein zu pissen.

Pignol hatte zwar immer abgestritten, Baladure zu kennen, aber *Capitaine* Morell hatte ihm gleich zu Anfang der Befragung handfeste Indizien vorgelegt. An einem Glas im Abwasch auf Baladures Schiff hatte die Gendarmerie DNA sichergestellt. Und diese DNA gehörte, laut Analyse der Rechtsmedizin, eindeutig zu Louis Pignol. Doch der Antiquitätenhändler schwieg zu den Vorhaltungen. Er hatte nur in den ersten Minuten seiner Vernehmung gesprochen. Das war, als er Anzeige gegen Masclau erstattete, wegen Körperverletzung bei seiner Festnahme. Die Prellung an der Wange von *Capitaine* Morell konnte Pignol sich überhaupt nicht erklären. Offenbar ein Unfall während der Festnahme, bei der, laut Aussage des Gefangenen, Lieutenant Masclau sich aufgeführt hatte wie ein wilder Stier.

Von der Rückbank war erneut das Husten von Pignol zu hören. Diesmal klang es gequält und kurzatmig, und aus seiner Lunge drang ein ungutes Rasseln.

»Scheiße, was ist los mit dir?«, fragte Lieutenant Begot nach hinten.

Der Polizist klang beunruhigt. Schließlich war es seine Aufgabe, den Gefangenen bei Kommissarin Lapierre in Toulon unversehrt abzuliefern. Ursprünglich hatte Zerna noch erklärt, dass Pignol sein Gefangener war und die Kommissarin gefälligst zur Vernehmung nach Le Lavandou kommen sollte. Doch die Kripo hatte die Extratouren des Polizeichefs von Le Lavandou inzwischen satt. Darum hatte der Staatsanwalt persönlich angerufen, und Zerna war sofort eingeknickt. Die Befragung würde im Morddezernat stattfinden, und fertig! Dort hatte man schließlich

Spezialisten für solche Aufgaben. Daraufhin wurde Begot damit beauftragt, den Gefangenen ins dreißig Kilometer entfernte Toulon zu bringen.

Bis dahin hatte Begot die Verantwortung für den Gefangenen, und darum machte ihn dessen heisere Husterei ganz nervös. Hatte die Stellvertretende Polizeichefin nicht gesagt, der Gefangene hätte Asthma?

»Alles klar dahinten?«, fragte Begot, doch niemand antwortete. »Pignol!?«

Von der Rückbank kam ein ersticktes Husten. Dann ein Röcheln und ein gequältes Atmen, als ob sich der Körper verzweifelt bemühte, Sauerstoff in die Lunge zu saugen. Begot wurde mulmig zumute. Das klang nicht gut, das klang überhaupt nicht gut.

»Pignol?«, rief der Lieutenant, »jetzt sag schon was, verdammt. Was ist los?«

Als Antwort kam ein weiterer verzweifelter Atemzug. Begot musste etwas unternehmen, und zwar sofort. Wenn dem Gefangenen irgendetwas zustieß, dann würden sie ihm die Schuld geben. Und wenn er das auch noch vermasseln würde, dann könnte er den Job bei der Polizei vergessen. Dann würde ihn nicht mal mehr sein Onkel retten. Dann würde ihn überhaupt keiner mehr retten.

Begot schaltete das Blaulicht ein und lenkte den Streifenwagen nach rechts auf eine Ausweichstelle am Rand der Schnellstraße. Wie alle Polizisten hatte er während seiner Ausbildung einen Erste-Hilfe-Kurs gemacht, aber das war lange her. Hatten diese Asthmatiker nicht immer so einen rettenden Spray dabei?

Der Polizist sprang aus dem Wagen, lief auf die andere Seite und riss die hintere Tür auf. Pignol lag zusammengekrümmt wie ein Embryo auf dem Rücksitz, und sein Körper zuckte unkontrolliert. Begot spürte Panik in sich aufsteigen.

»Pignol, was ist los? Kannst du mich hören, Mann? Scheiße, Scheiße …« Er schüttelte ihn vorsichtig an der Schulter.

In diesem Moment schien der Gefangene etwas zu sagen, Begot musste sich über den Mann beugen, um ihn zu verstehen.

»Spray …«, keuchte Pignol atemlos und zerrte an seinen Handfesseln. »Bitte.«

»Wo ist der Scheißspray, verdammt?« Begot schwitzte und begann, die Taschen des Gefangenen abzuklopfen.

Wieder zerrte Pignol an seinen Handfesseln, aber diesmal schon deutlich schwächer. Das Gesicht des Mannes war dunkelrot angelaufen. Da sah Begot am Boden das Sprayfläschchen mit dem lebensrettenden Aerosol liegen. Er griff danach. Der Gefangene verdrehte den Blick nach seinem Medikament.

Wie, zum Teufel, funktionierte dieser Scheißspray? Begot war ganz sicher, wenn der Mann nicht in den nächsten Sekunden sein Mittel bekam, würde er hier im Auto draufgehen.

»Schon gut, warte. Ich mach sie auf«, Begot zog den Schlüssel aus der Tasche und ließ die Handschellen aufspringen, dann drückte er Pignol das Spray in die Hand. Der Gefangene nahm einen tiefen Zug aus der Sprayflasche, und Begot erwischte sich dabei, dass er zum ersten Mal in seiner kurzen Karriere das Gefühl hatte, etwas Bedeutendes getan zu haben. In diesem Moment trat Pignol mit aller Kraft zu. Er traf den Polizisten, der sich immer noch über ihn beugte, mit beiden Füßen am Brustkorb. Der Tritt war kraftvoll und präzise geplant. Begot flog rückwärts aus dem Wagen, wollte sich abfangen, blieb jedoch mit den Füßen an der Steinkante der Straßenbegrenzung hängen und stürzte rückwärts eine staubige Böschung hinab. Im gleichen Moment sprang Pignol, der offensichtlich den Anfall nur vorgespielt hatte, aus dem Wagen. Mit wenigen Schritten war er bei Begot, der benommen auf dem Boden lag und immer noch nicht begriff, was gerade geschehen war. Pignol bückte sich zu dem Polzisten, riss ihm die Pistole aus dem Gürtelholster und verschwand in der Nacht.

43. KAPITEL

Der Alarm ging um 20.46 Uhr über Funk bei der *Gendarmerie Nationale* ein, und er kam von Lieutenant Begot. Die Nachricht war kurz und sorgte auf der Wache in der Avenue André Delmonte für ein Erdbeben. Sie lautete: Louis Pignol ist geflohen.

Zerna brüllte so laut, dass sich Isabelle ernsthaft fragte, ob Wutanfälle einen Hirnschlag auslösen konnten. Der Polizeichef war allerdings nicht nur wütend über die Flucht, er wusste auch, dass dieser ganze riesige Misthaufen ausschließlich auf ihn stürzen würde. Er würde die Sache ausbaden müssen, bei ihm würden die Anrufe aus dem Innenministerium landen, und er war es, der die peinliche Frage beantworten musste: Wie, zur Hölle, konnte das passieren?

Isabelle und Masclau waren 25 Minuten nach dem Notruf bei Begot. Die Parkbucht an der Schnellstraße war schon von weitem zu erkennen. Die unzähligen Blinklichter der Streifenwagen, die ihrem Kollegen zu Hilfe gekommen waren, funkelten durch die Nacht wie die Lichter einer Kirmes.

Begot saß zitternd mit nacktem Oberkörper in der geöffneten Hecktür eines Krankenwagens. Unfallsanitäterin Abadie klebte ihm ein Pflaster auf eine Schürfwunde am Hinterkopf. Um seine Brust hatte sie bereits einen Stützverband gelegt. Begot schien Schmerzen zu haben, aber schlimmer als Kopfwunde und Rippen schmerzte ihn sein verletzter Stolz.

»Die sechste Rippe ist zumindest angebrochen«, erklärte die Unfallsanitäterin ihrem Patienten. »Aber das müssen Sie mit dem Röntgengerät abklären lassen.«

»Ich brauche kein Röntgengerät. Ich muss meinen Kollegen helfen«, Begot wollte aufstehen, verzog aber vor Schmerz sein Gesicht und sank zurück in den Krankenwagen.

In diesem Moment tauchten Isabelle und Masclau auf.

»Bleiben Sie sitzen, Begot.« Isabelles Begrüßung war kühl. »Natürlich fahren Sie jetzt in die Klinik. Wir brauchen die genaue Diagnose für den Bericht.«

»Der Kerl hat 'ne total linke Nummer abgezogen.« Begot biss die Zähne zusammen, um sich die Schmerzen nicht anmerken zu lassen. »Hat einen Asthmaanfall simuliert, kann man sich so was vorstellen ...?«

»Aber der Gefangene trug doch Handschellen.« Masclau musterte den Polizisten. »Wie konnte er da abhauen?«

»Die muss er irgendwie aufbekommen haben. Keine Ahnung, wie der das angestellt hat. Ich hab ihn nur die ganze Zeit röcheln hören auf der Rückbank. Echt gruselig.«

Isabelle und Masclau wechselten einen kurzen Blick. Sie glaubten dem Kollegen kein Wort.

»Warum sind Sie in die Parkbucht gefahren?«, fragte Isabelle.

»Ich wollte ihm helfen. Er bekam keine Luft mehr. Ich hab doch gedacht, der kratzt ab. Also hab ich hier gehalten und nach ihm gesehen.«

»Verstehe«, sagte Isabelle. »Und was haben Sie gesehen?«

»Ich mach die hintere Tür auf, und er liegt da und hat

einen Krampf oder so was.« Begot verzog beim Einatmen das Gesicht. »Da seh ich im Fußraum sein Asthmaspray liegen.«

»Woher wussten Sie, dass es sich um Asthmaspray handelte?«, bohrte Isabelle nach.

»Er hat was von Asthmaspray gesagt. Also, ich bück mich und will den Spray da unten aufheben. In dem Moment tritt er zu. Erwischt mich voll auf den Rippen.«

»Und wo waren die Handschellen?«, fragte Isabelle. »Sie haben doch gesagt, er hätte sie schon gelöst.«

»Ja, hatte er. Ich meine, keine Ahnung, wo die waren. Ich bin rückwärtsgestolpert und die Böschung runter.«

»Und Pignol?« Isabelle sah den Lieutenant an. »Was hat der gemacht?«

»Abgehauen ist er«, er deutete in Richtung Nationalpark, der wie eine dunkle Mauer vor ihnen lag.

Masclau musterte den Kollegen.

»Wo ist Ihre Waffe?« Die Frage kam ganz ruhig. Masclau deutete auf das leere Holster an Begots Gürtel.

»Das, also das war so ...«, wollte Begot anfangen, als sich Isabelle einmischte.

»Würden Sie uns mal einen Moment allein lassen«, wies sie die Unfallsanitäterin an.

»Keine Sorge, ich hör schon nicht zu.« Die Sanitäterin verstaute Verbandsmaterial im Erste-Hilfe-Koffer.

»Bitte, *Madame*«, sagte Isabelle diesmal eine Spur schärfer.

»Ist ja schon gut.« Die Sanitäterin klappte den Koffer zu und verschwand.

Isabelle registrierte Begots unglücklichen Blick. Seine Stirn glänzte vor Schweiß trotz der kühlen Nachtluft, und seine Hände zitterten.

»Also, ich muss Ihnen das erklären ...«, wollte Begot beginnen, als Isabelle ihn unterbrach.

»Hören Sie jetzt ganz genau zu«, sagte sie streng. »Sie haben Ihre Waffe verloren. Ist das richtig?«

»Das wollte ich Ihnen ja gerade erklären ...«

»Nein, Lieutenant, Sie erklären gar nichts. Sie antworten nur mit ja oder nein.«

»Ja, ich hab sie verloren, als ich gestürzt bin, da ...«

»Nur ja oder nein«, sagte Isabelle. Begot schwieg. »Befindet sich Ihre Waffe jetzt im Besitz des Flüchtigen?«

»Ich konnte doch nichts machen. Ich bin mit dem Kopf voran die Böschung runter. Und meine Rippen ...«

»Ja oder nein, Lieutenant?«, unterbrach Isabelle.

»Ja«, sagte der Beamte zerknirscht und sah auf den Boden.

Das Polizeiaufgabengesetz der *Gendarmerie Nationale* umfasste unzählige Vorschriften. Aber viele davon existierten nur auf dem Papier und wurden in der Praxis nicht allzu streng ausgelegt. Kleine Geschenke von den Ladenbesitzern anzunehmen gehörte zum Beispiel dazu. Oder wenn man an den Parkplätzen der Route Nationale nicht so genau hinsah, was sich in den Wohnwagen mit den roten Vorhängen abspielte, und als Gegenleistung von den Prostituierten in Naturalien bezahlt wurde. Aber da gab es eine Sache, die jeder Polizist mehr fürchtete als alles andere und für die es keine Entschuldigung gab: der Verlust der Dienstwaffe.

»Pignol hat Ihre Waffe!?« Masclau war fassungslos. Begot nickte stumm. »Und das erfahren wir erst jetzt! *Putain de merde!*«

»Mist«, sagte Isabelle ärgerlich, während sie das Sprechfunkgerät aus ihrer Tasche zog und die Ruftaste drückte.

»*Capitaine* Morell hier. Achtung! Der gesuchte Louis Pignol ist im Besitz einer Schusswaffe. Es muss davon ausgegangen werden, dass er bei einer Festnahme von der Waffe Gebrauch machen wird.«

Über dem Parkplatz kreiste ein Hubschrauber, der in diesem Moment mit der Infrarotkamera eine Person nur vierzig Meter vom Tatort entfernt erfasste. Als ranghöchste Polizistin übernahm *Capitaine* Isabelle Morell sofort das Kommando vor Ort. Doch nur fünf Minuten später kam die Entwarnung aus dem Hubschrauber. Der vermeintliche Flüchtling war ein Wildschwein, das, aufgescheucht vom Rotorlärm des Helikopters, in halsbrecherischem Galopp über die Landstraße flüchtete. Von Pignol fehlte jede Spur.

Keine halbe Stunde, nachdem Begot in der Zentrale angerufen hatte, klingelte in Zernas Büro das Telefon. Es war Staatssekretär Fontaine vom Innenministerium. Er teilte dem Polizeichef mit, dass man mit wachsender Sorge die Entwicklungen um den Fall Lambert beobachte. Wie dem verdächtigen Pignol die Flucht gelingen konnte, würde in Kürze eine Untersuchungskommission klären müssen. Das Dringlichere war aber im Moment, den flüchtigen Mörder zu fassen. Der Innenminister wollte, entgegen dem Rat seines Staatssekretärs, *Commandant* Zerna die Chance geben, sich zu bewähren. Allerdings erwartete man in Paris schnelle Ergebnisse in der Angelegenheit. Anderenfalls müsse Fontaine nach Le Lavandou kommen, um die kommissarische Leitung der *Gendarmerie Nationale* von Le Lavandou zu übernehmen.

Danach hatte der Staatssekretär ohne eine weitere Erklärung aufgelegt. Der Anruf versetzte Zerna in Unruhe. Wenn Paris Fontaine schickte, dann käme das seiner Degradierung gleich, und worauf das hinauslaufen könnte, war dem Polizeichef völlig klar. In diesem Fall wäre es nur noch ein kleiner Schritt, und Paris würde jemanden bestimmen, der Zernas Nachfolge antrat.

Der Polizeichef ging in die Offensive. Er startete sofort eine großangelegte Suchaktion. Er orderte in Toulon zwei weitere Helikopter und band die Küstenwache in die Suche mit ein. Außerdem bat er um die Hilfe der *Gendarmerie Municipale*, die dem Kommando des Bürgermeisters unterstand, und der schuldete ihm einen Gefallen. Zerna wusste genau, dass alle Suchaktionen dieser Nacht nur eine große Show waren. Das Gelände, in das Pignol geflohen war, war weitläufig, dünn besiedelt und bot für jemanden, der sich in der Gegend auskannte, endlos viele Verstecke. Dass man in diesem Gelände mitten in der Nacht Pignol finden könnte, war etwa so aussichtsreich, wie eine Fledermaus im Dunkeln zu fangen.

Aber darauf kam es Zerna gar nicht an, denn hier ging es nicht um Polizeiarbeit, sondern um Politik. Darum hatte die Suchaktion vor allem ein Ziel: Sie sollte Wellen schlagen, hohe Wellen, die noch in Paris zu spüren wären. Darum versuchte Zerna auch noch einen letzten Trick, um seine Karriere zu retten. Er rief Brigitte Dupin von *Canal 6* an.

Knapp zwanzig Minuten später stand der Polizeichef auf dem Quai Gabriel Péri vor dem beleuchteten Rathaus und lobte die eigene »perfekt organisierte« Jagd nach dem gefährlichen Killer. Um das Interview dramatischer zu gestalten, hatte Zerna Lieutenant Kadir und zwei weiteren Streifenwagenbesatzungen befohlen, immer wieder mit Blaulicht durchs Bild zu fahren. Als dann auch noch einer der Helikopter im Tiefflug und mit eingeschaltetem Suchscheinwerfer über den nächtlichen Strand knatterte, hatte die Reporterin genau die Bilder, die sie brauchte. Zerna versicherte ihr, dass man mit allen zur Verfügung stehenden Mitteln fahndete und den Druck auf den Flüchtigen in der Nacht kontinuierlich weiter erhöhen würde. Angeblich wusste die *Gendarmerie Nationale* anhand der Spurenlage ziemlich genau, wo sich der Gesuchte befand. Dieses Gebiet habe man jetzt weitläufig abgeriegelt, und es sei nur noch eine Frage der Zeit, bis man den Täter schnappen würde.

Die Wahrheit war, Zerna hatte nicht die geringste Ahnung, wo sich Pignol befand. Die heimliche Hoffnung des Polizeichefs war die Tatsache, dass Pignol im ganzen Umkreis bekannt war wie ein bunter Hund und dass irgendein braver Bürger den Gesuchten sehen und melden würde. Aber das war bisher noch nicht geschehen. Und darum blieb die Fahndung auch weiterhin ein kompletter Blindflug. Wenn Pignol nicht so verrückt wäre, sich freiwillig zu stellen, würde man in dieser Nacht überhaupt nichts finden.

44. KAPITEL

Über den Ereignissen des Abends hatte Isabelle ganz vergessen, sich bei Madame Dumont zu erkundigen, ob ihr Mann wieder aufgetaucht war. Also hielt sie auf dem Heimweg vor der Apotheke, in der noch Licht brannte. Sie drückte auf den Klingelknopf, und im gleichen Moment öffnete Madame Dumont die Tür. Isabelle sah gleich, dass die Frau geweint hatte. In der Hand hielt sie ein zerdrücktes Papiertaschentuch, mit dem sie sich die aufsteigenden Tränen wegtupfte.

»Er ist tot?« Es klang nicht wie eine Frage, sondern wie eine Feststellung.

»Nein, wie kommen Sie darauf?« Isabelle schloss die Tür hinter sich. »Ich wollte mich nur erkundigen, ob Sie irgendetwas gehört haben.« Die Apothekerin schüttelte traurig den Kopf.

»Sie haben Yves auch erwischt ... ganz bestimmt.« Die Frau klang müde.

»Wer soll Ihren Mann erwischt haben?«

»Der Kerl, der dem Richter das angetan hat und Baladure. Und jetzt hat er Yves geholt. Ich weiß es.«

»Madame Dumont, es gibt nicht den geringsten Hinweis auf ein Verbrechen«, versuchte Isabelle, die Frau zu beruhigen. Aber gleichzeitig wusste sie, das Madame Dumont mit ihrem Verdacht durchaus recht haben könnte.

»Und dass mein Mann spurlos verschwunden ist? Ist

das etwa kein Hinweis auf ein Verbrechen? Er hat ihn entführt, und er wird ihn genauso wie die anderen ...« Der Frau versagte die Stimme, und sie zog ein frisches Papiertaschentuch aus der Packung. Isabelle legte der Apothekerin die Hand auf den Arm.

»Sie haben sicher gehört, dass die Polizei nach Pignol fahndet«, sagte Isabelle, und die Apothekerin nickte stumm. »Wir haben Ihren Mann auch in diese Fahndung mit aufgenommen.«

»Er wird nicht mehr zurückkommen ...« Sie schüttelte den Kopf.

»Haben Sie eine Freundin oder eine Nachbarin, die heute bei Ihnen bleiben kann?«, fragte Isabelle vorsichtig.

»Meine Schwester kommt gleich vorbei.«

»Ich kann solange hier warten, wenn Sie möchten.«

»Nein danke, das ist nicht nötig.« Die Apothekerin sah Isabelle an. »Ich weiß nicht, ob ich mir wünschen soll, dass Sie ihn finden ...«

Als Isabelle nach Hause kam, war es schon Viertel nach neun. Leon und Lilou saßen am Küchentisch und aßen den Rest des Ratatouilles. Lilou hatte dazu einen Salat gemacht, und auf dem Tisch stand eine Flasche Rotwein.

»Lust auf unser exquisites Dîner?«, fragte Leon, als Isabelle in die Küche kam.

»Zwei Tage altes Ratatouille und dazu kalte Nudeln, wie könnte ich da nein sagen?«

»Ach komm, *Maman*, den Salat habe ich gemacht, mit *Chèvre*. Der schmeckt echt gut.«

»Den musst du probieren, Sterneküche«, sagte Leon.

»Dann möchte ich bitte einmal kalte Nudeln bestellen, und dazu eine extragroße Portion Salat mit *Chèvre*.« Isabelle goss sich ein Mineralwasser ein.

»*Oui, Madame*«, sagte Lilou im Ton einer Kellnerin und legte ihrer Mutter etwas Salat auf den Teller.

»Willst du einen Wein? Ist der *Sanglière*.«

»Besser nicht. Ich habe Bereitschaft.«

»Seid ihr immer noch auf der Jagd nach diesem Pignol, diesem irren Killer?«, fragte Lilou.

»Erstens steht keineswegs fest, ob er der Täter ist«, entgegnete Isabelle.

»Und zweitens darfst du nichts über eine laufende Ermittlung sagen, ich weiß«, ergänzte Lilou.

»Genau so ist es.«

»Aber dass er seine Opfer gefoltert hat, stimmt doch, oder?« Lilou sah ihre Mutter auffordernd an. »Im Fernsehen erzählen sie, die Männer wären so ... so irgendwie gepfählt worden. Das ist ja so was von abartig.« Lilou verzog demonstrativ das Gesicht.

»Das ist wirklich kein Thema fürs Abendessen.«

»Was ist aus der Party in Paris geworden?«, fragte Leon, um das Thema zu wechseln.

»Sie fliegen nicht«, meinte Lilou gleichgültig.

»Wieso, ist dem Jetset der Sprit ausgegangen?«

»Nein, alle feiern hier.« So wie Lilou das sagte, klang es nach: Aber wie ich euch kenne, darf ich ja auch da nicht hin.

»In Le Lavandou?«, wollte Leon wissen.

»Ja, in der Wahnsinnsvilla von Arthurs Vater. Auf dem Cap Bénat. Ein DJ wird aus London eingeflogen, und angeblich kommt sogar Paris Hilton.«

»Paris wer?«, fragte Leon.

»Ach, vergiss es«, Lilou winkte ab. Manche Erwachsenen hatten einfach nicht den Hauch einer Ahnung, was draußen in der richtigen Welt vor sich ging.

»Zu dieser Party willst du aber nicht gehen?« Isabelle musterte ihre Tochter skeptisch.

»Da darf ich doch sowieso nicht hin«, Lilou klang, als hätte sie sich mit ihrem Schicksal abgefunden. »Was soll's? Ist ja nur die Megaparty des Jahres. Ich geh dann mal in mein Zimmer.«

Lilou stand auf und stellte ihr Geschirr in die Spüle.

»Ich weiß, mein Schatz, das kommt dir jetzt gemein vor«, sagte Isabelle. »Aber wenn du ein, zwei Jahre älter bist, wirst du noch auf so viele Partys gehen.«

»Schon gut, *Maman*, das macht es jetzt auch nicht besser.«

Lilou verließ wortlos die Küche.

»Gute Nacht, Süße«, Isabelle sah ihrer Tochter nach.

»Schlaf gut, Lilou«, sagte Leon.

Lilou hob die Hand, ohne sich noch mal umzudrehen.

»Ich hasse mich selber, wenn ich so rede.« Isabelle stocherte in ihrem Salat. »Ich kann mich genau erinnern, wie sich das angefühlt hat, wenn meine Mutter so mit mir gesprochen hat.«

»Wie hat es sich denn angefühlt?«

»Man schwört bittere Rache und malt sich aus, wie die Eltern leiden würden, wenn man noch in der gleichen Nacht von zu Hause abhaut.«

»Lilou brennt bestimmt nicht durch.« Leon lächelte. »Ich fand, sie klang ganz einsichtig.«

»Eben, wenn meine fünfzehnjährige Tochter sich einsichtig zeigt, läuten bei mir alle Alarmglocken.«

»Du bist einfach zu misstrauisch.«

»Ich weiß. Ist 'ne Berufskrankheit.« Isabelle sah Leon mit einem Lächeln an.

45. KAPITEL

Der erste Zug nach Toulon verließ den Bahnhof von Nizza um 5.55 Uhr in der Frühe. Ein TER, ein Regionalzug, in dem Pendler aus der Gegend und Geschäftsleute saßen, die in Toulon in den schnellen TGV umstiegen. Der Zug folgte eine Weile der Küstenlinie und bog dann bei Fréjus nach Westen ab, um anschließend in gerader Linie durch die tiefe Provence zu fahren. Eine verschlafene Strecke, auf der der Zug an den zahlreichen kleinen Bahnhöfen seine Passagiere einsammelte.

Der Zugführer hatte gerade die Ortschaft Gonfaron verlassen und genehmigte sich eine Tasse Tee aus der Thermoskanne, die ihm seine Frau jeden Morgen auf den Küchentisch stellte, als er das Bündel auf den Gleisen sah. Natürlich hätte der Mann schneller reagieren können, aber er war nicht beunruhigt. Es kam ständig vor, dass Leute Müll auf die Gleise warfen oder Kompost von einem der landwirtschaftlichen Fahrzeuge herunterfiel. Für den Triebwagen stellte das kein Hindernis dar. Doch in diesem Moment erfassten die Scheinwerfer etwas, das aus dem Bündel herausragte: eine menschliche Hand.

Es verging nur eine Sekunde, bis dem Zugführer klarwurde, was er da sah, und er die Notbremsung auslöste. Ein lautes Zischen ertönte, Sand wurde auf die Schienen geschleudert, und gleichzeitig packten auf allen zwölf Achsen des kurzen Zuges die Druckluftbremsen zu. Der TER war langsam gefahren und brauchte keine dreißig Meter, bis er stand, aber da war er bereits über den Menschen, der dort auf den Schienen lag, hinweggerollt. Die Stahlräder hatten wie Messer durch den Körper geschnitten.

Als Isabelle und Leon den Unglücksort eine knappe Stunde später erreichten, waren bereits Beamte der Verkehrspolizei vor Ort und hatten das Gelände abgesichert. Parallel zu den Gleisen verlief ein Feldweg, auf dem inzwischen Feuerwehr, Krankenwagen und mehrere Polizeiautos gehalten hatten. Die Mitarbeiter der Bahn drängten darauf, die Strecke wieder freizugeben. Im Augenblick war der gesamte Zugverkehr zwischen Toulon und Nizza blockiert.

Isabelle stimmte sich mit den Kollegen über das weitere Vorgehen ab, während Leon seinen Koffer vom Rücksitz nahm und über den Schotter zu den Gleisen hinaufstieg. Nach dem Opfer musste er nicht suchen. Neben den Gleisen lag der blutige Unterkörper eines Toten, der in einer schwarzen Radfahrerhose mit weißen Streifen steckte. Einige der Passagiere waren ausgestiegen und machten mit ihren Handys Fotos von der Unglücksstelle. Eine widerliche Angewohnheit, die Leon jedes Mal wieder aufs Neue aufbrachte. Gleich neben dem Triebwagen standen zwei Polizisten und unterhielten sich.

»Sagen Sie den Leuten, sie sollen verschwinden«, rief Leon den beiden Beamten zu. »Ich will, dass alle mindestens zwanzig Meter zurückgehen, Sie beide auch.«

Die Passagiere sahen Leon an und schienen sich zu fragen, ob es tatsächlich nötig war, der Aufforderung zu folgen.

»Wer sind Sie überhaupt?«, fragte einer der Polizisten.

»Das ist der *Médecin Légiste*.« Isabelle war in der Uniform der *Gendarmerie Nationale* hinter Leon aufgetaucht. »Ich fordere Sie auf, sofort zu tun, was der *Médecin* angeordnet hat. Und ich will von allen, die hier Fotos gemacht haben, die Namen. Na los, machen Sie schon.«

Die Polizisten reagierten unwirsch und drängten die Gruppe zurück bis zum nächsten Wagen. Dann verlangten sie, die Ausweise der Passagiere zu sehen.

Leon musste lächeln, es imponierte ihm, wenn Isabelle, die sonst so ausgeglichen wirkte, energisch wurde. Er nahm eine kleine LED-Lampe aus seinem Koffer und befestigte sie mit einem elastischen Band an seiner Stirn. Dann zog er sich Latexhandschuhe an. Der Körper des Mannes war unterhalb des Brustkorbs glatt abgetrennt worden. Auf dem Bahndamm lag das Becken mit den Beinen, der Torso mit dem Kopf befand sich unter dem Zug. Leon ging in die Knie, schaltete die LED-Lampe an und bückte sich unter den tonnenschweren Triebwagen. Natürlich wäre es leichter gewesen, wenn der Zug um fünfzehn Meter zurückgesetzt und damit den Toten freigegeben hätte, aber Leon hatte Sorge, dass dabei Spuren hätten vernichtet werden können.

Es war ein verstörender Anblick, den der Torso unter dem Zug in dem düsteren Gleisbett bot. Es gab erstaunlich viele Menschen, die sich vor den Zug warfen, und Leon hatte einige davon obduzieren müssen. Aber es war ein Riesenunterschied, die Opfer solcher Selbstmorde in der sterilen Atmosphäre der Pathologie zu untersuchen oder sie am Unfallort zu sehen. Hier draußen, auf dem schmutzigen Bahndamm unter den tonnenschweren Achsen des Triebwagens, hatte der aufgeschnittene Torso etwas geradezu Obszönes.

Das Blut des Opfers war zwischen den Schottersteinen

versickert und hatte sie dunkel gefärbt. Aber schon der erste Blick hatte Leon gezeigt, dass dieser Mann nicht auf den Schienen gestorben war. Hätten die Stahlräder einen lebenden Körper durchtrennt, wäre das Blut meterweit gespritzt. Das Herz hätte noch sekundenlang Blut in die großen aufgerissenen Schlagadern gepumpt, bis auch das letzte Leben aus dem Körper herausgequollen wäre. Aber hier gab es keine Spritzer. Dieser Mann musste bereits tot gewesen sein, als der Triebwagen ihn überrollt hatte.

Leon kroch auf allen vieren ein Stück unter den Achswagen, um einen besseren Blick auf den Oberkörper des Opfers zu bekommen. Das Fahrradtrikot war über die Brust nach oben geschoben. Die Eingeweide und Organe waren zum Teil aus dem Torso herausgerutscht. Die Fliegen hatten den Toten bereits entdeckt, was dafür sprach, dass er irgendwann in der Nacht hier abgelegt worden war. Mehr ließ sich im Moment nicht feststellen, da eine Schraube der Achshalterung den hochwirbelnden Körper einige Meter über das Kiesbett geschoben hatte, bis er liegen geblieben war. Unmöglich, hier zu bestimmen, ob die Verletzungen alle *post mortem* entstanden waren.

Leon würde sich den Toten in der Rechtsmedizin genauer ansehen. Er gab das Opfer zum Abtransport frei, damit die Bestatter die Leiche in die Pathologie bringen konnten. Langsam rollte der Zug eine Wagenlänge zurück, bis der Tote unter freiem Himmel lag. Isabelle stieg zu den Gleisen hinauf, wo Leon auf sie wartete. Er hatte den zerstörten Körper mit einer Folie abgedeckt, die er nur über dem Kopf zurückgeschlagen hatte, so dass das Gesicht zu sehen war.

»Ich kenne den Mann«, sagte Isabelle und betrachtete das auffallend bleiche Gesicht des Toten, aus dem alles Blut gewichen war. »Er heißt Yves Dumont.«

»Der Apotheker?«, fragte Leon, und Isabelle nickte.

»Seine Frau hat ihn gestern als vermisst gemeldet.« Isabelle musste sich von dem Anblick abwenden. Sie sah, wie über den Weinfeldern der Frühnebel aufstieg und sich in den Senken sammelte. Es schien so ein friedlicher Morgen zu sein. »Weißt du, was die Frau zu mir gesagt hat? ›Vielleicht will ich gar nicht, dass er gefunden wird.‹ Als hätte sie etwas geahnt.«

»Können wir jetzt?!« Die beiden Bestatter waren mit einer Trage aufgetaucht, auf der ordentlich zusammengefaltet ein Leichensack lag. Die Männer trugen schwarze Gummihandschuhe, deren Stulpen ihnen bis zu den Ellenbogen reichten.

»In Ordnung«, Leon nickte den Bestattern zu. »Bitte versuchen Sie, möglichst alles mitzunehmen. Damit meine ich auch Stoffreste oder Knochensplitter.«

Leon und Isabelle stiegen vom Bahndamm hinunter.

»Glaubst du ...«, Isabelle unterbrach sich und sprach dann leise weiter. »... ich meine, könnte er auch gefoltert worden sein?«

»Kann ich noch nicht sagen. Ich ruf dich an, sowie ich ihn mir in der Autopsie angesehen habe.«

Ein junger Mann kam auf die beiden zu. Seine blaue Uniform und die Schirmmütze mit dem roten Streifen wiesen ihn als einen Angestellten der SNCF, der Französischen Bahn, aus.

»Wir müssen endlich weiterfahren«, sagte der Mann. »Wir hängen jetzt schon anderthalb Stunden hinter dem Plan her. Der TGV in Nizza kann nicht länger warten.«

»Rufen Sie an, und sagen Sie dem TGV, er müsste sich leider noch ein wenig gedulden«, sagte Isabelle.

»Und wie lange ist das?« Dabei sah er Leon an in der

Hoffnung, dass der mehr Verständnis für die Sorgen eines Bahnangestellten hatte.

»Bis die Bestatter alle Teile der Leiche vom Bahndamm gesammelt haben«, erklärte Leon und ließ den Mann vor dem wartenden Regionalzug stehen.

46. KAPITEL

Lilou liebte Zitroneneis, und sie wusste, dass Arthur Pistazieneis mochte. Darum hatte sie für jeden jeweils eine Portion von dem kleinen Stand am Place Ernest Reyer mitgebracht. Jetzt lehnten sie beide lässig an Arthurs Mercedes, und jeder, der die Uferpromenade entlangkam, konnte sie und ihren neuen Freund sehen. Lilou sah Arthur verträumt an und gab ihm einen Kuss auf den Mund.

»Was ist jetzt mit der Party am Wochenende?«, fragte Arthur und schob sich seine Ray-Ban-Sonnenbrille in die blonden Haare mit den wilden Locken.

Lilou wusste, dass ihre Mutter niemals erlauben würde, zu dieser Party zu gehen. Aber wie sollte sie das Arthur erklären? Arthur mit dem metallicblauen Mercedes-Cabrio, der jede haben konnte, den ganzen Boulevard rauf und runter.

»Klar bin ich dabei«, Lilou sah Arthur mit einem Augenaufschlag an, den sie für wahnsinnig sexy hielt.

»Im Ernst?« Arthur klang überrascht. »Ich dachte, deine Mutter macht Stress.«

»Ach, vergiss sie.« Isabelle versuchte, cool zu klingen, obwohl sie im selben Moment dachte, dass die Sache bestimmt kompliziert werden würde. Sie lächelte den Jungen an.

»Mit so einem Lächeln könntest du Model werden«, sagte er und strich ihr mit dem Handrücken über die Wange.

»Glaubst du wirklich?« Lilou drehte sich ein wenig in

Pose. Das war natürlich nur gespielt, aber sie genoss die Komplimente des älteren Jungen.

Genau in diesem Moment tauchten Aline und Marie auf. Es gab Küsschen rechts und links und große Begrüßung. Lilou konnte die Zwillinge, die zwei Jahre älter waren als sie, nicht leiden. Sie waren nicht nur zwei Klassen über ihr, sie waren auch noch eingebildete und verwöhnte Zicken.

»Hallo, Lilou«, sagte Aline und sah im gleichen Moment schon wieder zu Arthur. Sie trug, wie ihre Schwester, ein kurzes enges Kleid, das ihre Figur betonte. Über die Schulter hatten die Mädchen Taschen gehängt, die mit Strasssteinen besetzt waren. Gegen Aline und ihre Freundin kam sich Lilou vor wie die kleine dumme Schwester.

»Fahren wir jetzt nach Saint-Tropez, oder was?«, fragte Aline und legte Arthur besitzergreifend ihre Arme um den Hals.

»Natürlich, bei so schönen Frauen kann ich nicht widerstehen«, sagte Arthur schmierig und öffnete die Beifahrertür. *»Entrez, mesdames.«*

»Ich dachte, wir wollten noch zum Strand.« Lilou war die Enttäuschung anzusehen.

»Aber nicht jetzt, ein anderes Mal, *chérie*«, sagte Arthur, legte die Hand um Lilous Nacken, zog sie zu sich und küsste sie abwesend auf den Mund. Dann wandte er sich zu Marie. »Setz du dich nach hinten.«

»Aber …«, Lilou wollte noch etwas sagen, doch ihr Freund war schon eingestiegen und startete den Motor.

»Wir sehen uns dann auf der Party«, rief er Lilou zu.

Die Mädchen kicherten.

»Du willst wirklich …?«, sagte Aline. »Böser Junge …«

Mehr konnte Lilou nicht verstehen. Sie sah dem Cabriolet hinterher, während ihr Tränen in die Augen stiegen.

47. KAPITEL

Leon stand im kühlen Autopsieraum der Rechtsmedizin und betrachtete den Toten. Er war Yves Dumont öfter begegnet. Ein paarmal hatten sie sogar Boule miteinander gespielt. Dumont war ein humorloser Mensch, und wenn er verlor, was meist der Fall war, verschwand er gerne, ohne sich zu verabschieden. Er sprach ausschließlich über seine Apotheken, als wollte er so verhindern, dass man ihm eine private Frage stellen konnte. Leon hatte sich schon gewundert, ob Dumont überhaupt Frau und Kinder hatte. Jetzt lag dieser eigenartige Mann vor ihm, genauer gesagt, was der Triebwagen des TER von ihm übriggelassen hatte.

»Haben wir schon Werte?«, fragte Leon, als Rybaud aus dem Labor kam.

»Der Computer läuft noch. Aber der Mann war nüchtern, so viel kann man schon sagen.«

Der Assistent hatte dem Toten die Kleidung vom Körper geschnitten und sie in einer durchsichtigen Plastiktüte neben die Leiche gelegt. Leon warf einen Blick darauf. Teure Funktionsklamotten. Jemand musste sie Dumont ausgezogen und, nachdem er tot war, wieder angezogen haben. Denn die Verletzungen an Brust und Rücken hatten keine Blutflecken im Stoff hinterlassen. Dabei war es offensichtlich, dass die Hämatome und Wunden dem Opfer beigebracht worden waren, als es noch lebte. Durch das

Vergrößerungsglas betrachtete Leon den Reißverschluss der winddichten Jacke. Dann griff er zu einer Pinzette und nahm vorsichtig einen Pflanzenrest auf, der sich in dem Verschluss verklemmt hatte.

»Haben Sie etwas, *Docteur*?«

»Reichen Sie mir bitte eine von den Phiolen, eine kleine.«

Leon steckte den Fund in den Glaszylinder, drückte den Gummiverschluss auf die Öffnung und gab ihn Rybaud zurück.

»Farblos, trocken«, sagte Rybaud, der die Phiole zwischen den Fingern drehte. »Vielleicht eine Blüte.«

»Richtig, Lavendelblüte, würde ich sagen. Ich werde sie zur Analyse an die Uni schicken. Mal sehen, was die Botaniker dazu sagen.«

»Lavendelblüte ... Genau wie an der Leiche von Richter Lambert.«

»Und genau das macht mich stutzig«, sagte Leon.

»Weil Sie nicht an Zufälle glauben ...«, zitierte Rybaud seinen Chef.

»Sag ich das wirklich so oft?« Leon schmunzelte. Der Assistent zuckte mit den Schultern.

In diesem Moment kam aus dem Labor ein helles Ping, das den Abschluss der Computeranalyse ankündigte.

»Ich sehe nach«, sagte Rybaud und verschwand im Labor.

Leon wandte sich wieder dem Toten zu. Er lag auf dem Rücken. Sie hatten die beiden Hälften des Körpers hintereinandergelegt, so dass jetzt wieder eine vollständige Leiche auf dem Tisch lag. Nur die zwanzig Zentimeter breite Lücke zwischen Torso und Unterkörper verlieh dem Anblick etwas Irreales.

War es möglich, dass dieses Opfer zu einer Serie von Morden gehörte, die mit Lambert begonnen hatte? Der Tote hatte Verletzungen, die Leon auch bei den ersten beiden Opfern gefunden hatte. Auch diesmal war der Täter extrem gewalttätig und zerstörerisch vorgegangen. Und er hatte sein Opfer gequält. Auch bei diesem Mann waren die Schultergelenke überdehnt worden. Wahrscheinlich hatte man ihn an den Armen aufgehängt. Hämatome und Schnitte an Hand- und Fußgelenken deuteten auf Fesseln hin. Und auch diesmal hatte der Täter seinem Opfer die Nägel des rechten Ring- und Zeigefingers mit einer Zange ausgerissen.

Aber einen gravierenden Unterschied gab es: Yves Dumont war nicht gepfählt worden. Die Todesursache war in diesem Fall nicht so leicht festzustellen. Die schweren Stahlräder des Triebwagens hatten nicht nur den Körper zerschnitten, sondern auch einige der Organe regelrecht zermalmt. Leon konzentrierte sich zunächst auf das Herz, dessen Spitze im offenen Torso zu erkennen war. Die Herzkranzschlagader schien dunkel zu sein, was auf ein Blutgerinnsel hindeutete. War Dumont an einem Herzinfarkt gestorben? Es kam häufig vor, dass Menschen unter starkem Stress einen Myokardinfarkt bekamen. In der Regel hatten solche Personen schon früher einmal einen sogenannten »Stillen Infarkt« gehabt. Aber dafür gab es in diesem Fall keine Hinweise. Bei einem sportlichen Mann von Anfang vierzig, der wie Dumont seine Kondition mit Radfahren trainierte, war eigentlich auch kein Infarkt zu erwarten. Und trotzdem war dieses Herz einfach stehen geblieben.

Natürlich konnte ein Herzstillstand auch Folge einer Unterbrechung der Sauerstoffzufuhr durch Erhängen oder Erdrosseln sein, aber entsprechende Verletzungen wären

Leon sofort aufgefallen. Trotzdem untersuchte er noch einmal den Kopf des Opfers. In den Augen fehlten die typischen Einblutungen, die beim Ersticken auftraten. Aber etwas anderes fiel ihm auf, das er zunächst übersehen hatte: ein dünner Blutfaden, der aus dem Ohr des Opfers gelaufen und zu einer dunkelroten Spur zwischen Ohrläppchen und Hals festgetrocknet war. Irgendetwas hatte ein Blutgefäß im Ohr platzen lassen. Vielleicht ein Schock oder ein heftiger Schmerz.

Die Totenstarre hatte schon eingesetzt, und so nahm Leon einen dünnen Holzstab, schob ihn dem Toten zwischen die Zähne und hebelte den Kiefer vorsichtig auseinander. Was er sah, bestätigte seinen Verdacht. Das Opfer hatte sich offenbar in einem Krampf den vorderen Teil der Zunge abgebissen. Dieser Biss war so heftig gewesen, dass dabei ein Teil des oberen linken Schneidezahns abgebrochen war.

»Ich verstehe die Werte nicht.« Rybaud war wieder in den Raum gekommen und reichte Leon den Computerausdruck.

»Natriumhyperchlorid, Chlor, Phosphatsäure? Was soll das sein?« Leon betrachtete den Papierstreifen.

»Die Blutwerte, nach denen Sie gefragt haben.«

»Chlor und Phosphatsäure?«

»Habe ich auch noch nie gesehen. Keine Ahnung, was das sein könnte.«

»Das könnten Bestandteile eines Reinigungsmittels sein ... Badreiniger, Toilettenreiniger, etwas in der Art.«

»Sie glauben, das Opfer hat Reinigungsmittel getrunken?«

»Niemand trinkt Phosphatsäure, außerdem müssten dann die Magenwände zerstört sein.« Leon las noch einmal die Zahlen auf dem Ausdruck. »Bei dieser Konzentration müsste ihm das Mittel schon injiziert worden sein.«

»Jemand hat Dumont Toilettenreiniger gespritzt ...?«

Es dauerte fünfzehn Minuten, dann hatte Leon die Einstichstelle in der rechten »Arteria carotis«, der Halsschlagader, entdeckt. Der Tod dieses Mannes war unvorstellbar qualvoll gewesen. Das Mittel hatte sich sofort im Kopf und dann im Herz ausgebreitet, bevor es weiter durch den Körper gepumpt wurde. Für das unglückliche Opfer musste es sich angefühlt haben, als ob es von innen verbrennen würde, als sich die aggressive Säure durch den Körper gefressen hatte. Dabei war es offenbar zu heftigen Krämpfen gekommen. Die hatten so lange gedauert, bis das Gift den Sinusknoten im Herzen erreicht hatte. Dieses geheimnisvolle Energiezentrum, das mit seinen winzigen elektrischen Entladungen ein Herz schlagen lässt. Wenige Sekunden später war es zum Herzstillstand gekommen.

Wer hatte diesen Mann so gehasst, dass er ihn auf derart grausame Weise zu Tode gequält hatte?

48. KAPITEL

Es war bereits nach 19 Uhr, und an gewöhnlichen Tagen hätte man nur noch die Beamten des Bereitschaftsdiensts in der Wache der *Gendarmerie Nationale* in Le Lavandou angetroffen. Aber an diesem Abend waren einige Polizisten freiwillig länger geblieben. Es lag etwas in der Luft. So wie ein weit entferntes Gewitter, bei dem man zwar schon die dunklen Wolken am Horizont sah, aber nicht sicher war, ob es vielleicht doch vorbeiziehen würde.

Zerna hatte Leon um ein Meeting in der Wache gebeten. Bis dahin sollte er mit niemandem über das Ergebnis seiner Untersuchung sprechen. Der Polizeichef wollte vermeiden, dass Gerüchte die Runde machten, bevor sie alle Fakten auf dem Tisch hatten.

Als Leon die Polizeistation durch die Glastür betrat, war Moma gerade damit beschäftigt, einen Mann in Richtung Ausgang zu bugsieren, der einen so dicken Bauch hatte, dass Leon fürchtete, er könnte vornüberfallen.

»Wenn der Brunnen nicht läuft, bleiben die Gäste weg«, beschwerte sich der Mann. »Ja, so einfach ist das.«

»Das ist doch nur vorübergehend«, versuchte Moma ihn zu beruhigen. »Die Gemeinde muss überall Wasser sparen.«

»Mein Restaurant heißt *Fontaine Claire*. Da wollen die Gäste neben einem plätschernden Springbrunnen sitzen und nicht vor einer halbvertrockneten Pfütze, in der die Algen schwimmen.«

»Noch ein paar Tage, und er plätschert wieder, *Monsieur.* Das verspreche ich Ihnen.« Mit einer höflichen, aber bestimmten Geste schob Moma den Mann aus der Tür.

Im Büro hatte Zerna nur seine beiden leitenden Polizeibeamten versammelt. *Capitaine* Morell und Lieutenant Masclau saßen links von ihm. Rechts neben ihm am Besprechungstisch hatte bereits Madame Lapierre Platz genommen, als Leon den Raum betrat. Für ihn war nur noch ein Stuhl gegenüber der Gruppe frei, so als müsste er sich vor den anderen rechtfertigen. Aber vielleicht war das auch genau so von Zerna gewollt.

Masclau musste die neuesten Ergebnisse der Fahndung nach Louis Pignol zusammenfassen, was schnell erledigt war. Offenbar hatte sich der Flüchtige, nachdem er seinem Bewacher entkommen war, drei Kilometer durch die dichte Macchia geschlagen, bis er eine Nebenstraße erreichte. Dort hatte ihn der Fahrer einer Installationsfirma wiedererkannt, der ihn in seinem Lieferwagen mitgenommen und in Hyères abgesetzt hatte. Danach verlor sich seine Spur.

»Mehr haben Sie nicht?«, fragte die Kommissarin aus Toulon.

»Wir tun, was wir können«, Masclau sah sich hilfesuchend zu Zerna um, doch der schwieg und war froh, dass die Kommissarin nicht ihn, sondern seinen Lieutenant am Haken hatte.

»Wir sind also nicht einen Schritt weitergekommen«, sagte die Kommissarin und notierte sich etwas auf ihrem Block.

»Pignols Foto ist über alle Sender gelaufen«, kam Isabelle ihrem Kollegen zu Hilfe. »Wir bekommen ständig Anrufe aus der Bevölkerung.«

»Ach ja?« Die Bemerkung von Lapierre klang mehr als skeptisch.

»Wir gehen jedem Anruf nach.« Zerna hatte das Gefühl, dass er jetzt auch mal etwas sagen musste. »Aber das kostet natürlich Zeit.«

Kommissarin Lapierre winkte genervt ab.

»Dann will ich mal zusammenfassen: Wir haben zwei Morde, die demselben Täter zuzuschreiben sind. Aber der Hauptverdächtige ist Ihnen ja leider entkommen. Und wir suchen noch immer nach einem Motiv.« Die Stimme der Kommissarin bekam etwas Boshaftes, und ihr Mund wurde so klein, dass ihre Lippen nicht mehr zu sehen waren, als sie weitersprach. »Aber das ist noch nicht alles. Inzwischen haben wir einen weiteren Toten, über den wir aber auch nichts wissen.«

»Da muss ich widersprechen«, unterbrach Leon die Kommissarin, »zumindest, was die Erkenntnisse der Rechtsmedizin betrifft.«

»Bitte, ich bin gespannt«, der Ton der Kommissarin war noch immer ätzend.

»Yves Dumont wurde ebenfalls gefoltert. Es gibt Verletzungen, die identisch sind mit denen, die wir bei Lambert und Baladure gefunden haben.«

»Sie wollen uns aber jetzt nicht erzählen, dass wir es mit einem Serientäter zu tun haben, oder?«, mischte sich Zerna ein. Noch waren das seine Dienststelle und sein Fall.

»Ich referiere nur unseren Kenntnisstand aufgrund der rechtsmedizinischen Untersuchungen«, Leon blieb ruhig und höflich. »Schlüsse zu ziehen, überlasse ich natürlich der Polizei.«

»Na, wie großzügig.« Zerna lehnte sich zurück.

»Dem dritten Opfer, Yves Dumont, wurden ebenfalls

zwei Fingernägel ausgerissen. Und ihm wurden ebenfalls die Schultern ausgekugelt, als man ihn an den Armen aufgehängt hat. Außerdem haben wir bei ihm ähnliche Fesselspuren gefunden wie bei den beiden anderen Toten.«

»Was ist mit Elektroschocks?«, fragte Zerna. »Haben Sie uns nicht bei den beiden ersten Fällen erzählt, dass die Opfer mit Elektroschocks gequält wurden?«

»Ein Serientäter muss nicht unbedingt bei jedem Opfer identisch vorgehen. Entscheidend ist, dass das Muster übereinstimmt, und genau das trifft im Fall Dumont zu. Folter, die sich über Tage hinzieht, ungewöhnliche Grausamkeit und eine regelrechte Zerstörung des Toten.«

»Aber der Täter hat seinem Opfer nichts in den Hintern geschoben, oder?« Sofort traf Masclau der zornige Blick der Kommissarin, und er merkte, dass er zu weit gegangen war. »Ich dachte, das gehört auch zum Muster unseres Mörders.«

»Sie haben vollkommen recht, Lieutenant Masclau«, antwortete Leon betont höflich. »Aber diesmal hat der Mörder etwas anderes getan. Er hat seinem Opfer Toilettenreiniger in die Halsschlagader gespritzt.«

Für einen Augenblick war es still in dem Büro.

»War das die Todesursache?«, fragte Isabelle.

»Es war der Auslöser für einen Herzstillstand.« Leon nickte. »Der hat dann zum Tod des Mannes geführt.«

»Also doch eine Mordserie. Aber suchen sich Serientäter in der Regel nicht Frauen als Opfer?«, fragte Isabelle.

»Wenn die Taten einen sexuellen Hintergrund haben, dann ja«, antwortete Leon.

»Und das ist hier nicht der Fall?« Die Kommissarin mischte sich wieder ein.

»Die Frage kann ich nicht beantworten«, sagte Leon.

»Dazu müsste man wissen, was die Opfer miteinander verbunden hat.«

»Wir wissen doch, wer der Täter ist.« Zerna hatte genug von dem Gerede. »Fangen wir den Mistkerl, und fragen wir ihn einfach.«

»Und wenn es überhaupt keine Verbindung gibt?«, warf Masclau ein. »Was ist, wenn er sich einfach irgendjemanden geschnappt hat.«

»Einfach so?« Leon sah zur Pinnwand in der Ecke, wo jetzt auch noch ein Foto vom dritten Tatort hing. »Dafür geht er ein viel zu großes Risiko ein. Erst entführt er seine Opfer, dann foltert er sie, und zuletzt legt er sie wieder so ab, dass sie gefunden werden müssen.«

»Unser *Médecin Légiste* gibt mal wieder den Fallanalytiker«, versuchte der Polizeichef einen Witz, über den niemand lachte.

»Was schließen Sie daraus, *Docteur*?« Lapierre überging Zernas Bemerkung.

»Würde ein Täter beliebige Opfer suchen, würde er das wahrscheinlich auf einsamen Parkplätzen tun oder auf leeren Straßen im Schutz der Nacht. Aber wen sucht unser Täter aus? Einen prominenten Richter, einen gescheiterten Theologiestudenten und einen erfolgreichen Apotheker – unterschiedlicher könnten die Opfer kaum sein. Aber es gibt etwas, was die Opfer verbindet: Ganz offensichtlich kannten sie sich. Zumindest trifft das auf Lambert und Baladure zu. Und sie kannten alle Pignol.«

»Wahrscheinlich hat er sie mit seinen gefälschten Antiquitäten beschissen.« Nur Zerna lachte über Masclaus Scherz.

»Sie glauben nicht an die Schuld von Pignol?« Kommissarin Lapierre sah Leon mit lauerndem Blick an.

»Ich glaube an die Ergebnisse meiner Untersuchungen«, sagte Leon. »Ich habe Zorn und Wut gesehen. Ich habe Spuren von Folter gesehen, die so ausgerichtet war, dass das Opfer bei größtmöglichen Schmerzen so lange wie möglich überlebte. Wer so etwas tut, hat eine schwere psychische Störung und ist mit hoher Sicherheit früher schon mal auffällig geworden.«

»Wir suchen also einen Psychopathen?«, fragte Isabelle.

»Das wäre zumindest ein Ansatz, dem man nachgehen sollte«, antwortete Leon.

Aber sie sollten sich alle irren. Niemand ahnte, dass die kommende Nacht alles verändern würde.

49. KAPITEL

Es war lange nach Mitternacht in Bormes-les-Mimosas, als der weiße Lieferwagen langsam die Rue Gabriel Péri entlangrollte. Der Fahrer hatte die Lichter abgeschaltet, und das Auto huschte wie ein Geist in den Schatten einer Platane, dort, wo ihn der Schein der Straßenbeleuchtung nicht erreichte. Der Fahrer hatte Schmutz auf das hintere Nummernschild gerieben, so dass nur noch die Zahl 83 zu erkennen war, die für das Département Var stand. Das vordere Nummernschild fehlte ganz.

Der Fahrer trug dunkle Joggingkleidung. Die drei Streifen auf Jacke und Hose verrieten, dass es sich um teure Markenklamotten handelte. Er öffnete vorsichtig die Schiebetür und nahm eine Bierflasche aus einem Kasten mit Leergut. Bei der Flasche fehlte der Kronkorken, und der Flaschenhals war mit einem schmutzigen Lappen zugestopft. Leise schloss der Mann die Schiebetür. Als er sie behutsam ins Schloss drücken wollte, rastete sie mit lautem Klacken ein. Fast im gleichen Moment begann ein Hund in der Nähe zu bellen. Der Mann stellte sich dicht an den Baum, so dass er mit der Dunkelheit verschmolz. Er rührte sich nicht und schien den Atem anzuhalten. Aus einem der Häuser drang eine ärgerliche Männerstimme, und der Hund hörte auf zu bellen. Der Mann wartete drei Minuten. Als sich nichts rührte, lief er auf der Straße ein Stück den Hügel hinauf. Immer bemüht, sich im Schutz der Bäume zu bewegen.

An einem Hoftor blieb er stehen. Neben der Glocke, an der ein Seil befestigt war, befand sich ein Messingschild, auf dem in schwungvoller Gravur zu lesen war: »Louis Pignol – *Antiquités*«. Der Mann schien sich auszukennen. Er streckte die Hand zwischen zwei Gitterstäben hindurch und drückte von innen die Klinke herunter. Das Tor schwang auf, und er betrat den Hof. Er schlich zu dem vergitterten Fenster, das zum Schuppen neben dem düsteren Steinbau gehörte und offen stand. Der Mann griff in die Tasche seiner Jogginghose, zog ein Bic-Feuerzeug heraus und drehte mit dem Daumen das Zündrädchen, dann hielt er die Flamme an den Lappen in der Bierflasche, der sofort Feuer fing. Schwungvoll schleuderte er die Flasche durch das offene Fenster. Mit einem Klirren zerbrach die Bierflasche im Schuppen, und im gleichen Moment konnte der Mann sehen, dass im Inneren des Lagers Flammen aufloderten.

Der Mann drehte sich um und lief zurück durch das Tor, die Straße hinunter, zu dem Lieferwagen, mit dem er gekommen war.

Madame Bodin konnte bei Vollmond nicht schlafen, dann blätterte sie stundenlang in Klatschmagazinen. Oder sie lief durch das alte Haus, ohne Licht zu machen, und beobachtete die Fenster der Nachbarn in der Hoffnung irgendetwas zu sehen, das ihr das Gefühl gab, nicht ganz allein auf der Welt zu sein. Als sie hinter dem Fenster von Pignols Atelier die Flammen sah, wollte sie es im ersten Moment gar nicht glauben, doch dann sah sie Qualm aus dem Fenster dringen. Sie griff zum Telefon und wählte die 18, die Notrufnummer der *Pompiers*, der Feuerwehr. Keine acht Minuten später prasselte bereits das erste Löschwasser auf den Schuppen nieder. Und es kamen ständig weitere

Löschfahrzeuge, denn ein Brand in einem der alten Häuser von Bormes konnte den ganzen mittelalterlichen Ort in Schutt und Asche legen.

Der Anruf aus der Gendarmerie erwischte Isabelle im Tiefschlaf. Als sie hörte, dass das Antiquitäten-Lager von Pignol brannte, war sie sofort hellwach, und als sie kurz darauf aus dem Haus trat, wartete dort schon Moma mit dem Streifenwagen. Diesmal jagten sie mit Blaulicht und Sirene die Straße nach Bormes hinauf.

Am Brandort hatten die *Pompiers* bereits ganze Arbeit geleistet. Es waren keine Flammen mehr zu sehen, dafür quoll jetzt dichter Rauch aus dem Fenster und der weit offen stehenden Tür des Schuppens. Auch der hölzerne Balkon des angrenzenden Hauses hatte etwas von der Hitze abbekommen, aber die *Pompiers* hatten verhindern können, dass die Flammen übergriffen.

Masclau sprach gerade mit dem Einsatzleiter der Feuerwehr, als Isabelle und Moma eintrafen. Überall im Hof lagen rußgeschwärzte Möbel, die die Feuerwehrleute aus dem Schuppen nach draußen gezerrt hatten. Dazwischen lagen zerbrochenes Geschirr, verbrannte Teppiche und ein verrußtes Gemälde, das Napoleon auf seinem Afrikafeldzug darstellte. Das Antiquitätenlager war vollkommen zerstört.

»Die Alte von gegenüber hat die Feuerwehr alarmiert«, verkündete Masclau.

»Hast du mit ihr gesprochen?«, fragte Isabelle.

»Sie war ziemlich durch den Wind. Hat gemeint, es hätte was geklirrt, und dann hat sie auch schon die Flammen gesehen.«

»Brandstiftung?«, fragte Isabelle.

»Sieht ganz so aus.« Masclau deutete zum Einsatzleiter

der Feuerwehr. »Offensichtlich hat jemand eine Flasche mit Brandbeschleuniger durchs Fenster geworfen.«

»Das sieht übel aus«, sagte Moma und trat mit dem Fuß gegen einen halbverbrannten Stuhl, der in sich zusammenfiel.

»Vielleicht wollte Pignol die Versicherung kassieren«, schlug Masclau vor.

»Ein gesuchter Serienkiller setzt doch nicht seinen eigenen Laden in Brand«, widersprach Moma.

»Vielleicht ein aufrechter Bürger, der etwas gegen Mörder in der Nachbarschaft hatte«, schlug Masclau vor.

»Können wir reingehen?«, fragte Isabelle.

»Der Einsatzleiter hat gesagt, wir müssten noch eine Viertelstunde warten.«

Hinter der Absperrung sah Isabelle eine ältere Frau mit aufgeregten Nachbarn diskutieren. Manche trugen noch ihre Schlafanzüge, andere hatten sich schnell einen Mantel übergezogen. Allen war der Schrecken über das Feuer anzusehen, das sie mitten in der Nacht aus dem Schlaf gerissen hatte.

»Ist das die Zeugin?«, fragte Isabelle.

»Ja«, Masclau nickte. »Ich habe ihr gesagt, sie soll in ihrem Haus warten, aber ...« Er verdrehte die Augen zum Himmel.

Isabelle ging zu der grauhaarigen Frau, die sich einen gesteppten hellblauen Morgenmantel über ihren Schlafanzug gezogen hatte. Ihre Füße steckten in gefütterten Hausschuhen, und um die Schultern hatte sie sich einen Wollschal geschlungen.

»Sie haben das Feuer gemeldet?«, fragte Isabelle. Die Frau sah sie an. »*Capitaine* Morell von der *Gendarmerie Nationale*.«

»Ich habe die Flammen gesehen, und da habe ich sofort angerufen.« Die Frau war immer noch aufgeregt und zitterte in der kühlen Nachtluft. »Die 1–8. Das sagen sie doch immer im Fernsehen, dass man die 1–8 wählen soll, wenn's brennt.«

»Das haben Sie genau richtig gemacht, *Madame …?*«

»Bodin, Paulette Bodin. Ich habe 35 Jahre bei den Stadtwerken gearbeitet. Aber jetzt bin ich in Pension, seit 2011.«

»Kommen Sie«, Isabelle hielt das Absperrband hoch. Madame Bodin bückte sich unter dem rot-weißen Band hindurch, und Isabelle ging mit ihr ein paar Schritte zur Seite, damit sie sich ungestört unterhalten konnten. Isabelle ließ die Frau reden, die ihr noch einmal in allen Einzelheiten die Sekunden des großen Schreckens und des bangen Wartens auf die Feuerwehr schilderte.

»Ist Ihnen vielleicht sonst noch irgendetwas aufgefallen?«

»Wieso, was meinen Sie?«

»Es war mitten in der Nacht. Haben Sie vielleicht jemanden gesehen, ein ungewöhnliches Geräusch gehört, irgendetwas, woran Sie sich erinnern?«, versuchte Isabelle, der Pensionärin auf die Sprünge zu helfen.

»Der Ugo hat gebellt. Das ist der Hund von meinem Nachbarn.«

»Wann war das?«

»Ein paar Minuten, bevor das Feuer losgegangen ist.« Madame Bodin schien zu zögern. »Doch, da war ja noch dieses Auto.«

»Welches Auto?«, fragte Isabelle.

»So ein heller Wagen, stand da unter den Platanen.«

»Wo genau?«

»Da vorne«, Madame Bodin deutete die Straße hinunter, »ich konnte ihn vom Badezimmerfenster aus sehen. Aber jetzt ist er verschwunden.«

»Was für eine Art von Auto? Kombi, Limousine?«

»Nein, so ein *Camion*. Wie ihn alle hier fahren.«

»Ein heller Lieferwagen also?«

»Ja, sage ich doch. Ich glaube, der Mann war schon mal da mit dem Wagen.«

»Der Mann, der das Feuer gelegt hat? Wann?«

»Weiß nicht mehr. Vor ein paar Tagen. Hat geklopft, aber Monsieur Pignol war nicht zu Hause. Da ist er wieder weg.«

»Derselbe Mann?«

»Sicher bin ich nicht, aber genau so ein Wagen war es.«

Masclau kam zu ihnen herüber.

»Der Einsatzleiter hat gemeint, wir können jetzt rein«, sagte er, und Isabelle nickte.

»Danke, Madame Bodin«, sagte sie. »Wir melden uns morgen noch mal bei Ihnen.«

Im Schuppen sah es aus wie im Inneren eines Kamins. Die Wände waren schwarz, und das Löschwasser hatte in den Ruß schmale Bahnen geschwemmt. Der Holzboden war klatschnass und mit dunklen Flecken übersät. An der Stelle, wo der Brandsatz aufgeschlagen war, hatten sich die Flammen durch die Eichenbohlen bis auf den Steinboden gefressen. An diesem Ort der Verwüstung gab es nichts mehr zu sehen. Nur ein alter Spiegel an der Wand hatte die Feuersbrunst auf wundersame Weise überstanden. Das Glas war von einem Rahmen aus verrußten Blüten eingefasst. Der Spiegel hing schief, und als Isabelle ihn geraderücken wollte, fiel er auf den Boden und zersprang.

»Das bringt sieben Jahre Unglück«, sagte Masclau.

Isabelle bückte sich zu den Scherben hinunter. Das zerbrochene Spiegelglas war auf der Rückseite durch eine dünne Sperrholzplatte geschützt gewesen. Jetzt konnte man erkennen, dass jemand ein paar Fotos zwischen Holz und Spiegelglas geschoben hatte. Masclau hatte sich ebenfalls gebückt und wollte mit der Hand die Scherben zur Seite stoßen.

»Warte! Nicht anfassen …« Isabelle zog sich ein Paar Latexhandschuhe über, die sie immer in der Tasche ihrer Uniformjacke stecken hatte.

Mit spitzen Fingern fischte sie drei alte Polaroidfotos zwischen den scharfen Splittern hervor. Als sie die Bilder betrachten wollte, blieb ihr für einen Augenblick die Luft weg. Sie musste sich regelrecht zwingen, diese verstörenden Bilder anzusehen. Die Fotos zeigten ein Mädchen um die zwanzig. Es lag auf dem Rücken, nackt mit gespreizten Beinen, auf ein Messingbett gefesselt. Die Augen waren blicklos und starr, die Pupillen halb unter den Lidern verschwunden. Zwischen den Beinen lag eine Flasche. Aber am erschreckendsten war das Blut. Das Mädchen schien in einem See von Blut zu liegen.

50. KAPITEL

Leon hatte tief geschlafen, als Isabelle in aller Frühe von ihrem nächtlichen Einsatz zurückgekommen war. Trotzdem war sie um sieben Uhr wieder aufgestanden, und als er eine halbe Stunde später aufwachte, hörte er sie bereits in der Küche hantieren. Wahrscheinlich machte sie Frühstück. Leon bewunderte Isabelle für ihre Energie, und er fragte sich, während er vor dem Spiegel im Bad stand und die Zähne putzte, ob Lilou eigentlich zu schätzen wusste, was ihre Mutter für sie tat.

Leon betrachtete sich, und ihm fiel auf, dass er sich früher nie solche Gedanken gemacht hatte. Ist wahrscheinlich eine Frage des Alters. Er hatte Falten im Gesicht. Mit spitzen Fingern zog er die Haut glatt und beobachtete, wie dabei die Fältchen in den Augenwinkeln verschwanden. Eine Ärztin in der Klinik hatte gesagt, Augenfältchen sähen bei Männern sexy aus. Ihn erinnerten sie nur daran, dass er älter wurde. Würde er eines Tages auch an Prostatakrebs sterben, so wie sein Vater? Irgendwo hatte er einmal gelesen, dass es Leute gab, die konnten angeblich an den Falten im Gesicht erkennen, wie alt man wurde. Leon wusch sich sein Gesicht mit eiskaltem Wasser ab, spürte, wie die Haut sich spannte, und beschloss, in Zukunft den Blick in den Spiegel möglichst zu meiden. Eine Viertelstunde später kam er frisch geduscht und rasiert in die Küche.

»Ich mache Rührei für Lilou«, Isabelle hatte eine Pfanne auf dem Gasherd stehen, »willst du auch was?«

»Wann bist du nach Hause gekommen?«

»So gegen halb vier, du hast tief geschlafen.«

»Das sah nur so aus«, Leon gab ihr einen Kuss auf den Mund. »Ich habe wach gelegen, bis du ins Bett gekommen bist.«

»Lügner …«

»Habt ihr eine Spur von Pignol gefunden?«

»Nein, aber sein Laden wurde angezündet. Das behauptet zumindest die Feuerwehr.«

»Pignols Geschäft …?«

»Ja, und da gibt es noch etwas. Ich habe Fotos gefunden.« Isabelle sah Leon an und sprach leise weiter. »So etwas habe ich noch nicht gesehen …«

Isabelle unterbrach sich, weil Lilou in die Küche kam. Sie hielt ihr Smartphone mit beiden Händen, während sie mit den Daumen in atemberaubender Geschwindigkeit eine Nachricht in das Display tippte. Über die Schulter hatte sie eine bunte Stofftasche mit ihren Schulsachen gehängt. Die Haare hatte sie sich zu einem Dutt zusammengedreht, in den sie ein dunkelrotes Essstäbchen aus Isabelles Küchenschublade gesteckt hatte. Lilou trug Jeans und darüber ein weites T-Shirt mit einem Aufruf, die Wale zu retten.

»*Bonjour, ma chère*«, sagte Isabelle und nahm ihre Tochter in den Arm.

»Was für Fotos hast du gefunden?«, fragte Lilou, während sie sich aus der Umarmung ihrer Mutter befreite.

»Nicht so wichtig.«

»Wenn du ›nicht so wichtig‹ sagst, ist es bestimmt was total Grusliges. Kann ich auch Rührei haben?«

»Ich dachte, du isst keine ungeborenen Babyhühner mehr?«, fragte Leon mit einem Grinsen.

»Ich bin keine Veganerin mehr.«

»Ach, und warum nicht?«

»Wir Menschen stehen an der Spitze der Nahrungskette. Das Animalische in uns erlaubt es, dass wir Tiere aufessen, die in der Rangfolge unter uns stehen.«

»Klingt einleuchtend«, kommentierte Isabelle mit ernster Miene.

»Da können wir ja froh sein, dass es in der Nahrungskette keinen mehr vor uns gibt«, sagte Leon.

»Habt ihr gehört? In Bormes hat es ein Wahnsinnsfeuer gegeben.«

»So wahnsinnig war es auch wieder nicht.« Isabelle gab frisches Rührei auf einen Teller und reichte ihn Lilou. »Lass dir's schmecken.«

»Was war mit dem Feuer?« Lilou schob sich eine Gabel Rührei in den Mund. »Jetzt erzähl schon ...«

»Der Laden von Pignol hat gebrannt, aber die *Pompiers* konnten alles rechtzeitig löschen.«

»Warst du auch da?«

»Natürlich, deine Mutter ist zufällig die Stellvertretende Polizeichefin in dieser Stadt.«

»Wow, das ist so was von cool ...«

Isabelle sah Lilou skeptisch an, die Rührei in sich hineinschaufelte. So viel Anerkennung für ihren Job war sie von ihrer Tochter gar nicht gewohnt.

»Geht es dir gut?«, fragte Isabelle vorsichtig.

»Klar. Warum fragst du?« Lilou zuckte vielsagend mit der Schulter. »Ach, ist es okay, wenn ich heute bei Inès übernachte?«

»Sind ihre Eltern zu Hause?« Isabelle klang skeptisch.

»Ihre Mutter, ihr Vater und sogar ihr bescheuerter Bruder. Wir wollten uns eine Staffel *Game of Thrones* anschauen. So ein richtiger Mädchenabend ... Es ist schließlich Freitag.«

»Na klar, ist in Ordnung.«

»Echt jetzt ...?« Lilou gab ihrer Mutter einen Kuss auf die Wange. »Danke.«

»Was ist eigentlich mit eurer Schulaufgabe in Mathe?«

»Schreiben wir erst nächste Woche. Ich muss los. Wir sehen uns. *Salut.*« Lilou sprang auf und war aus dem Haus, bevor ihre Mutter auf die Idee kommen konnte, noch weitere Fragen zu stellen.

»Mit der Freundin eine Fernsehserie anschauen, und das an einem Freitag ...?« Leon klang skeptisch.

»Was bist du so misstrauisch?«

»Vor ein paar Tagen hat sie noch von einer Party in Paris geträumt.«

»Sie ist fünfzehn. Manchmal haben Mädchen einfach keine Lust auf Jungs. So wichtig seid ihr für uns auch wieder nicht.« Isabelle sah Leon mit einem provozierenden Lächeln an. »Ich weiß, das ist schwer zu akzeptieren.«

»Ich werde darüber nachdenken.« Leon lächelte. »Was ist jetzt mit diesen Fotos aus Pignols Laden?«

»Ich will dich nicht beeinflussen. Schau sie dir einfach an, und sag mir, was du davon hältst.«

Eine halbe Stunde später betraten Leon und Isabelle die Wache, als ihnen Begot und Lieutenant Kadir entgegenkamen. Begot trug einen Pappkarton vor sich her, in dem er offensichtlich den Inhalt seines Schreibtischs verstaut hatte.

»*Bonjour, Lieutenant*«, Isabelle versuchte ihre Schadenfreude zu verbergen. »Ich habe schon gehört, dass Sie uns verlassen wollen.«

Das war natürlich eine glatte Untertreibung, denn Isabelle hatte Zerna schon vor Wochen gedrängt, Begot wieder aus der Mannschaft zu nehmen. Das war allerdings bis vorgestern aufgrund von Begots speziellen Verbindungen nicht möglich gewesen. Die Flucht von Pignol und der Verlust der Waffe hatten alles geändert. Lieutenant Begot würde wahrscheinlich das nächste Jahr damit verbringen, Falschparker aufzuschreiben. Und da hätte er noch Glück. Jetzt musste er sich erst mal in Toulon zurückmelden. Damit ihn unterwegs nicht der Mut verließ, hatte Zerna ihm Moma als Aufpasser mitgegeben. Begot sah Isabelle und Leon hasserfüllt an.

»*Bonjour*, Lieutenant Begot«, sagte Leon.

»Man trifft sich immer zweimal«, antwortete Begot kryptisch.

»Ist das eine Drohung?« Isabelle sah den Kollegen mit einem Krokodilslächeln an.

»Sie können mich mal«, murmelte Begot so leise, dass er es notfalls dementieren konnte, während er mit dem Karton die Eingangstür aufstieß.

Kurz darauf saß Leon an Isabelles Schreibtisch und hatte die drei Fotos vor sich ausgebreitet. Alle drei Aufnahmen waren aus einem ähnlichen Winkel fotografiert worden. Schräg von oben, wie es jemand machen würde, der es eilig hatte. Die Bilder waren ohne Blitz entstanden. Auf diese Weise wirkten die Farben natürlich, allerdings hatte der Fotograf die Kamera bei zwei der Aufnahmen nicht ganz ruhig gehalten, sie waren unscharf.

Leon beugte sich schweigend über die Fotos. Er trug Latexhandschuhe und schob mit spitzen Fingern die Bilder ins richtige Licht.

»Habt ihr die Fotos auf Fingerabdrücke gecheckt?«

»Stammen alle von Pignol«, sagte Isabelle. »Wir haben auch schon Klebefolien für den DNA-Test gemacht. Ich habe sie in die Rechtsmedizin geschickt.«

»Danke«, sagte Leon, ohne aufzusehen. Dann hielt er den Kopf schief und starrte weiter auf das Foto. »Der Blutverlust muss heftig gewesen sein. Von Farbe und Ausdehnung der Flecken her würde ich schätzen, dass das Opfer mindestens einen Liter verloren hat. Es könnte auch mehr sein. Hast du mal eine Lupe?«

Isabelle reichte Leon eine Lupe, bei der sich per Knopfdruck eine kleine Lampe anschalten ließ.

»Kannst du irgendetwas über die Art der Verletzung sagen?«

»Rupturen im Bereich der Vagina, möglicherweise auch Schnitte. Das lässt sich anhand dieser Aufnahmen nicht so genau sagen.« Leon sah sich die Fotos mit der Lupe an und wechselte immer wieder zwischen den Aufnahmen hin und her. »Es sieht so aus, als wäre der Hals der Flasche gesplittert, dann könnte das die Tatwaffe sein. So würde sich auch der starke Blutverlust erklären lassen. Auf jeden Fall hat das Opfer starke Schmerzen gehabt und versucht, sich zu wehren.«

»Wie kommst du darauf?«

Leon tippte auf eine der Fotografien.

»Die Fesseln haben an Hand- und Fußgelenken deutliche Hämatome und Schürfwunden hinterlassen.«

»Unfassbar«, Isabelle sah auf das Bild und schüttelte den Kopf. »Glaubst du, sie war bereits tot, als die Aufnahmen gemacht wurden?«

»Den Verletzungen und dem Blutverlust nach zu urteilen, ist es unwahrscheinlich, dass sie noch gelebt hat. Auffällig sind die Augen. Auf allen drei Fotos ist die Stellung der Iris starr und absolut identisch. Dabei sind die Pupillen weit und lichtstarr und zeigen in verschiedene Richtungen.«

»Was bedeutet das?«

Leon sah zum ersten Mal von den Fotos auf.

»Dass die Frau zum Zeitpunkt der Aufnahmen mit hoher Wahrscheinlichkeit bereits tot war. Wahrscheinlich aufgrund innerer Verletzungen und des Blutverlustes.«

Isabelle sah zu den Fotos auf ihrem Schreibtisch. Für einen Moment schwiegen beide, und man hörte aus den anderen Büros Gesprächsfetzen und das Summen von Telefonen.

»Warum tun Menschen so etwas?«, fragte Isabelle.

»Diese Frage stelle ich mir, seit ich den Job als Rechtsmediziner begonnen habe.«

»Und?«

»Ich glaube, die Menschen töten, weil sie es können«, sagte Leon. »Es gibt nicht so etwas wie eine genetische Blockade, die das Töten verhindern würde.«

»Das kann einem Angst machen«, sagte Isabelle.

»Nein, das zeigt nur, dass wir genetisch gesehen die gleichen Wurzeln haben wie die Wölfe, die Quallen oder die Krokodile.«

Isabelle lächelte. »Was wollte Pignol mit diesen Fotos?«

»Entweder, er ist ein Triebtäter, der Fotos seines Opfers aufhebt, damit er die Tat immer wieder durchleben kann ...«, Leon unterbrach sich.

»Oder?«, fragte Isabelle.

»Oder er hat damit jemanden erpresst.«

»Die sind doch uralt.« Isabelle betrachtete die Fotos.

»Stimmt, soweit ich weiß, hat die Firma Polaroid die Produktion von solchen Sofortbildern schon vor Jahren eingestellt.« Leon drehte eines der Fotos um. Mit der Lupe betrachtete er den schmalen weißen Papierrahmen, der die beiden Folien des Sofortbildes zusammenhielt. Am unteren Rand war eine Zahl eingestanzt: 01–1995.

»Das Herstellungsdatum dieses Fotomaterials ist Januar 1995.«

Leon hatte das Foto wieder umgedreht. Dann griff er noch einmal zur Lupe und beugte sich dicht zu dem Bild hinunter.

»Hast du noch was gefunden?«

»Auf diesem Foto gibt es eine Spiegelung in dem Messinggestänge vom Bett.« Er schob Isabelle das Bild hin und reichte ihr die Lupe.

»Ich kann da nichts erkennen.« Isabelle starrte auf das Foto.

»Rechts in dem glänzenden Metall, am Fußende«, sagte Leon. »Da kann man doch ein Fenster sehen. Das muss sich gleich gegenüber vom Bett befunden haben.«

»Ehrlich?« Isabelle starrte konzentriert durch die Lupe. »Na ja … mit viel Fantasie könnte das ein Fenster sein.«

»Da sind zwei Bäume zu erkennen. Ich glaube, das sind Zypressen.«

»Das bildest du dir aber ein.« Isabelle sah von dem Foto auf. »Zypressen gibt's hier jede Menge.«

»Zum Beispiel im Garten von Professor Sorel«, sagte Leon, und Isabelle sah ihn irritiert an.

51. KAPITEL

Manche Menschen hatten es einfach nicht verdient zu leben. Das klang vielleicht anmaßend, aber es war die Wahrheit. Dieser Dumont zum Beispiel, der war ein Nichts. Eine Memme. Einer, der aufgeben wollte, bevor der Spaß angefangen hatte. Aber so leicht sollte er nicht davonkommen. Er musste lernen, das bisschen Leben zu schätzen, das ihm blieb. Er musste ums Überleben flehen und nicht auf einen schnellen Tod hoffen. Die Menschen hielten nichts mehr aus, das war das Problem mit dieser Gesellschaft. Alle wollten Komfort und Luxus, waren kein Leid mehr gewohnt, keinen Schmerz. Heutzutage, wo niemand mehr die kleinste Zahnbehandlung ohne Betäubung akzeptierte, hatte der Schmerz für viele seinen Schrecken verloren.

Dabei war der Schmerz eine faszinierende und wunderbare Sache. Denn der Schmerz ließ einen spüren, dass man lebte. Nur wer Schmerzen gespürt hatte, wusste ein Leben ohne Schmerz zu schätzen. Auch wenn es nur noch Tage, Minuten oder Sekunden dauerte.

Dumont hatte das zuletzt auch begriffen. Er hatte gelernt, dass es nichts half, wenn man schon am Anfang aufgab. Natürlich hatte er gequatscht wie ein Politiker. Geredet und geredet. Hatte geglaubt, dass er so den Teufel von seinen Plänen abbringen konnte. Aber da hatte er sich getäuscht. Der Teufel konnte ihn zwingen zu kämpfen. Weil jeder Mensch, auch der größte Feigling, einen Überlebensinstinkt besaß, und der ließ den Körper kämpfen, um Atem ringen, wenn der Sauerstoff knapp wurde, das Herz schneller schlagen, wenn das Gehirn den Befehl gab, Adrenalin auszuschütten. Sogar der Sexualtrieb funktionierte noch in Todesangst. All das wusste der Teufel genau, und er spielte mit seinen Opfern. Der Schmerz war dabei die treibende Kraft. Nur der Schmerz konnte den Menschen auf dem schmalen Grat entlangtaumeln lassen, der über Tod oder Leben entschied – und er hatte sein Werk noch nicht vollendet.

52. KAPITEL

Leon hatte beschlossen, vom Polizeirevier zu Fuß nach Le Lavandou zurückzulaufen. Dabei rief er seinen Assistenten an und bat ihn, mit der Sequenzierung der DNA-Proben zu beginnen, die die *Gendarmerie Nationale* ihnen geschickt hatte. Rybaud erwartete die Ergebnisse nicht vor morgen früh. Gerade als Leon aufgehängt hatte, summte sein Handy und kündigte den Eingang einer SMS an. Die Botschaft hatte nur eine Telefonnummer als Absender, die er nicht kannte. Aber schon nach der ersten Zeile wusste Leon, wer da geschrieben hatte.

»Warum rufst du mich nicht an? Hör auf, dich zu verstecken. Versuche nicht, deine Gefühle für mich zu unterdrücken. Du weißt, dass das nicht funktioniert. Wir haben uns gefunden, das war vorbestimmt. Du gehörst zu mir, und das werde ich dir auch beweisen. Schon sehr bald – ich werde nie aufhören, dich zu lieben.«

Nathalie hatte ihm diese Nachricht geschickt. Daran bestand kein Zweifel. Und diesmal klang es fordernder, fast ein wenig bedrohlich. Leon blieb an der Uferpromenade stehen und sah sich um, als wollte er sichergehen, dass diese Frau nicht irgendwo in der Nähe war und ihn beobachtete. Was sollte er tun? Er konnte ja schlecht zu Zerna gehen und die Frau anzeigen, die ihm da ihre Liebe erklärte. Er würde sich zum Gespött der gesamten Polizei von Le Lavandou machen. Was war denn schon passiert?

Gar nichts. Und trotzdem beunruhigte ihn die kurze Botschaft.

Eine Frau, die er nicht kannte, mischte sich in sein Leben ein. Vielleicht sollte er sie anrufen oder – besser – sich mit ihr an einem neutralen Ort treffen. Zum Beispiel in der Kantine der Klinik. Dort könnte er in aller Ruhe mit ihr reden. Aber würde das etwas nützen? Leon beschloss, erst einmal gar nichts zu unternehmen und zu hoffen, dass die Frau aufgab.

Der Brand bei Pignol war Stadtgespräch, und natürlich kannten auch die Gäste des *Chez Miou* kein anderes Thema.

»Leon!«, rief Véronique. »Haben Sie Zeit, um einer alten Frau zu helfen?«

Véronique stand am Rand des Bouleplatzes und sah zu Leon herüber. In ihrem Mundwinkel klemmte die übliche Gitanes, und sie hatte die grauen Haare streng nach hinten zu einem Knoten gebunden. Die Boulekugel in ihrer Hand war verkratzt und abgeschabt wie eine Kanonenkugel aus dem Krieg von 1870.

»Wie könnte ich der besten Boulespielerin der Provence eine Bitte abschlagen«, sagte Leon.

»Dann helfen Sie mir, diesen Burschen zu zeigen, wie man richtig Boule spielt. Die haben mich herausgefordert.«

Sie deutete auf Michel vom Tabakladen und Jérémy, die vor ihr standen.

»Natürlich nur, falls der *Docteur* abkömmlich ist.« Jean-Claude saß im Schatten der Platanen in seinem Rollstuhl, und neben ihm hockte Henry, sein Yorkshire-Terrier. »Bei so vielen Leichen muss er bestimmt Überstunden einlegen.«

»Hätten die Flics besser auf Pignol aufgepasst, müsste

der *Docteur* nicht die Nächte durcharbeiten. Stimmt doch, oder?«, sagte Michel.

»Pignol hat damit nichts zu tun.« Véronique blies eine Rauchwolke in die Luft. »Der tut niemandem was. Ich hab ihn mal zum Angeln mit aufs Boot genommen. Der konnte nicht mal die Dorade ausnehmen, die er gefangen hatte.«

»Was sagen Sie, Doc?«, fragte Jérémy.

»Ich kenne ihn kaum«, Leon zuckte mit den Schultern, »ich habe mal bei ihm ein paar Stühle für mein Haus gekauft.«

»Die hat er bestimmt irgendwo geklaut«, sagte Michel.

»Rede nicht so über Louis«, rief Jean-Claude. »Der Junge ist in Ordnung.«

»Von wegen in Ordnung. Der hat doch ständig irgendwelche Geschäfte am Laufen.« So abfällig, wie Michel das Wort »Geschäfte« aussprach, klang es, als würde Pignol von Banküberfällen leben.

»Woher willst du das wissen?«

»Woher hat er wohl das Haus und den Laden?«

»Er hat geerbt. Hat er uns doch damals selber erzählt«, sagte Jean-Claude und kraulte seinen Yorkshire-Terrier, der auf seinem Schoß Platz genommen hatte.

»Das ist mindestens fünfzehn Jahre her. Und was war seitdem? Die paar Stühle, die er in der Woche verkauft?«

»Habt ihr seinen neuen Lieferwagen gesehen?«, legte Michel nach, der Pignol nicht leiden konnte. »Wo hat er den denn wohl her?«

»Was für einen Lieferwagen?«, fragte Leon.

»Ich glaube, einen Citroën. So einen kleinen *Camion*.«

»Nein, es ist ein Peugeot«, meldete sich Jean-Claude.

»Citroën oder Peugeot, ist doch egal. Auf jeden Fall so ein brandneues Ding, mit allem Schnickschnack.«

»Er hat immer fleißig gearbeitet.« Jean-Claude nahm Pignol in Schutz. »Ich weiß noch, wie er für die Gärtnerei Simon gearbeitet hat, oben in Bormes auf dem Friedhof.«

Bei der Bemerkung über den Friedhof wurde Leon hellhörig.

»Wann war das?«, fragte Leon. »Ich meine, der Job auf dem Friedhof?«

»Wird hier nur über Autos und Friedhöfe gequatscht oder auch mal Boule gespielt?« Véronique sah die Männer an.

Das Spiel dauerte nicht lange, und Véronique und Leon verloren eine Runde nach der anderen. Seine Partnerin gab sich alle Mühe, aber er konnte sich einfach nicht konzentrieren, weder beim *rouler*, dem vorsichtigen Heranrollen der Kugel an das *cochonnet*, die Zielkugel, noch beim *tirer*, dem Wegschnicken der gegnerischen Kugel durch einen gezielten Wurf. Und in der entscheidenden Runde, als Véronique sie schon bis an den Siegeswurf herangeführt hatte, vermasselte Leon die Partie. Dabei hatte er einen *tirer carreau*, seinen Spezialwurf versucht, bei dem nicht nur die Kugel des Gegners aus einer scheinbar sicheren Position geschleudert wurde, sondern die eigene Kugel auch noch bis zur Zielkugel weiterrollte. So vieles ging Leon durch den Kopf, und Boule gehörte im Augenblick nicht dazu.

Es waren die Bemerkungen über Pignol, die ihn vom Spiel ablenkten. Leon konnte sich den Antiquitätenhändler einfach nicht als Serienmörder vorstellen, das Profil passte nicht. Und offenbar teilten die Boulespieler vom Quai Gabriel Péri seine Meinung. Es musste also einen anderen Grund geben, warum Pignol drei alte Fotos eines toten Mädchens bei sich in der Werkstatt versteckt hatte.

Und was bedeutete die Bemerkung, dass Pignol auf dem Friedhof von Bormes gearbeitet hatte? Genau dort, wohin Leon die Aufzeichnungen aus Gérômes Tagebuch geführt hatten. Und schließlich gab es da ja auch noch den Apotheker, der angeblich zu keinem der beiden ersten Opfer Kontakt hatte, und trotzdem passte sein Tod perfekt ins Muster. Er war brutal gefoltert worden, genau wie die beiden anderen Männer. Das konnte einfach kein Zufall sein. Alles schien irgendwie zusammenzuhängen, aber Leon fehlte das entscheidende Verbindungsstück in diesem Puzzle, und das machte ihn verrückt.

»He, *Docteur*, möchten Sie einen Rosé?«, fragte Véronique, als sie wieder an der Bar standen und Leon nach den ungeschriebenen, aber eisernen Regeln des Bouleplatzes als Verlierer die Runde ausgeben musste.

»Nein, bitte nur einen *Noisette*, Yolande«, sagte er zu Jérémys Frau hinter dem Tresen. »Entschuldigen Sie, Véronique, aber ich war gerade in Gedanken.«

»Habe ich schon gemerkt.« Sie hob ihr Glas, und die anderen aus der Gruppe taten es ihr gleich. »*Salut, Docteur.*«

»Auf die Niederlage«, sagte Leon und hob seine Espressotasse.

»Etwas beschäftigt Sie ...«, sagte Véronique und sah ihren Mitspieler an.

»Hat man das gemerkt?«

»Ich hab mich schon gefragt, ob Sie überhaupt wussten, dass wir Boule spielen.« Véronique lächelte ihn an, und ihre blauen Augen strahlten in dem wetterfaltigen Gesicht.

»*Désolé*«, sagte Leon. »Mir geht zurzeit eine Menge durch den Kopf.«

»Das Wichtigste ist, dass Sie die Sache entspannt angehen.« Véronique schien ernsthaft besorgt um ihn zu sein. »Boule ist genau wie das Leben selber: Wenn man etwas erzwingen will, geht es schief.«

»Ich denke, da haben Sie recht, Véronique.«

53. KAPITEL

Isabelle saß in ihrem Büro und war genervt. Ihr gegenüber diskutierten drei der Damen des Organisationskomitees und des Fremdenverkehrsamts über die neue Route für den Blumenkorso.

»Ich weiß, dass der Umzug eine lange Tradition hat«, sagte Isabelle erschöpft. »Aber letztes Jahr haben sich die Autos bis nach La Fossette gestaut. Wenn wir den Umzug durch den Tunnel leiten, kann der Verkehr über die alte 559 weiterlaufen.«

Die Diskussion dauerte inzwischen fast zwei Stunden, und sie wiederholte sich jedes Jahr. Der Festausschuss hätte während des Korsos am liebsten ganz Le Lavandou in eine Feierzone verwandelt und für jeden Verkehr gesperrt. Aber es gab nun mal auch Einwohner, die ihre Geschäfte und Restaurants versorgen mussten. Und es gab noch ein Problem: Der Umzug fand in einer Jahreszeit statt, wo es auch mal regnen konnte. Dann blieb die Hälfte der Zuschauer weg, und der ganze Aufwand war umsonst. Auch wenn es in diesem Jahr nicht nach schlechtem Wetter aussah. Ganz im Gegenteil.

Aber den Damen vom Ausschuss lag noch etwas anderes auf der Seele. Madame Beaudin, eine pensionierte Geschichtslehrerin vom *Lycée* in Hyères, räusperte sich: »Es gibt da noch ein Problem.«

Isabelle konnte der Lehrerin ansehen, dass ihr die Sache

peinlich war. »Wir wissen natürlich die Arbeit der *Gendarmerie Nationale* zu schätzen, aber vielleicht könnte man die Berichterstattung über diese grässlichen Vorfälle der letzten Zeit etwas diskreter ... Sie wissen schon, was ich meine, *Madame*.«

»Die Touristen könnten sich verunsichert fühlen«, pflichtete ihr die Vorsitzende bei. »Und Sie wissen ja selber, wie wichtig für unsere lokale Wirtschaft der Korso nun mal ist.«

»Sie wollen, dass wir die Morde verschweigen, damit die Touristen nicht Angst haben, ihre Euros in unseren Bistros auszugeben?«

»Also, das habe ich so nicht gesagt.«

»Ich habe Sie schon verstanden, Madame Beaudin«, sagte Isabelle knapp. »Und ich muss Sie sicher nicht daran erinnern, dass die Polizei sogar die Pflicht hat, die Bevölkerung über diese Verbrechen aufzuklären. Von der Pressefreiheit, die in unserer Republik herrscht, einmal ganz abgesehen.«

»So meinen wir das doch gar nicht«, beeilte sich Madame Beaudin, die Wogen zu glätten.

»Auf der anderen Seite«, schaltete sich die Dame vom Fremdenverkehrsamt in die Unterhaltung ein. »Natürlich finde ich auch entsetzlich, was vorgefallen ist, aber solche Ereignisse sorgen immer auch für eine gewisse Medienpräsenz unseres wunderschönen Städtchens. Vielleicht kann man diesen Aspekt stärker in den Pressekonferenzen herausstellen.«

Isabelle war kurz davor, den Damen vom Festkomitee zu sagen, was sie von deren Scheinheiligkeit hielt, als Moma, ohne zu klopfen, ins Büro kam.

»*Pardon, Capitaine*«, sagte Moma. »Ich wusste nicht, dass die Besprechung noch nicht zu Ende ist.«

»Gar kein Problem, Lieutenant«, in Isabelles Stimme klang Dankbarkeit mit. »Wir waren gerade fertig. Was gibt's denn?«

»Ich habe die Auswertung der Einwahlknoten der Handys von ...«, er unterbrach sich und sah zu den Besucherinnen, die ihn neugierig anstarrten, um nur ja keine schreckliche Neuigkeit zu verpassen. Moma sagte leise zu Isabelle: »Ich denke, das sollten Sie sich ansehen.«

Wenige Minuten später waren die Damen vom Festkomitee verabschiedet, und Isabelle stand mit Zerna und Masclau vor der Wandkarte im Besprechungsraum, während Moma mit einem grünen Filzstift hantierte.

»Die letzte aufgezeichnete Funkverbindung hatte das Handy von Richter Lambert zu einem Sendemast westlich von Carnoules. Etwa hier.«

Moma machte ein Kreuz in der Nähe des provenzalischen Ortes, der an einem Gewässer mit dem Namen La Font de l'Île lag, das allerdings meist ausgetrocknet war.

»Was hat er denn da gesucht?« Masclau sah auf die Karte. »Ich dachte, er wollte nach Aix?«

»Vielleicht hatte der Mörder ihn da schon erwischt.« Zerna saß breitbeinig auf einem Bürostuhl. »Wie weit reicht das Signal von diesem Sendemast?«

Moma zeichnete einen Kreis um das Kreuz, das er zuvor eingetragen hatte, und schraffierte ihn.

»Mehrere Kilometer », antwortete Moma. »Zumal das Gelände entlang der Autobahn relativ eben ist. Nach Norden wird es hügelig, da trägt das Signal nicht mehr so weit.«

»Wie viele Menschen wohnen in diesem Gebiet?«, wollte Zerna wissen.

»Das habe ich noch nicht ausgerechnet. Aber es gibt

mindestens zwei Ortschaften, die diesen Sendemast erreichen können.«

»Danke, Moma.« Zerna stand auf. »Aber ich fürchte, das bringt uns nicht wirklich weiter.«

»Ich habe da noch eine Frage«, Isabelle sah ihren Kollegen an. »Der Zugunfall: Wo genau wurde die Leiche von Yves Dumont gefunden?«

»Das war weiter westlich.« Moma sah auf die Karte und deutete auf einen Ort. »Gleich hinter Gonfaron.«

»Ist außerhalb des Sendebereichs«, urteilte Masclau.

»Aber trotzdem in der gleichen Gegend, in der sich Lamberts Handy zuletzt eingeloggt hatte«, sagte Isabelle. »Vielleicht ist das die Verbindung, nach der wir suchen.«

»Vielleicht, vielleicht auch nicht. Die Frage, die wir uns stellen sollten, lautet: Wo ist Pignol?« Zerna sah Isabelle an. »Etwa in den Hügeln bei Gonfaron?«

Zerna wedelte mit einer vagen Handbewegung über den Sektor, den Moma auf der Karte eingezeichnet hatte.

»Ich bin nicht sicher, ob Pignol der ist, den wir suchen«, antwortete Isabelle.

»Sie haben also Zweifel an Pignols Täterschaft? Verstehe ...«, Zerna zog das letzte Wort ein wenig in die Länge, um zu demonstrieren, wie wenig er vom Einwand seiner Stellvertreterin hielt. »Und was sagt unser geschätzter *Médecin Légiste* zu den Fotos? Sie haben sie ihm doch gezeigt?«

»Habe ich. Er glaubt, dass die Frau auf den Fotos tot ist. Sie ist offensichtlich verblutet, nach schweren Verletzungen im Unterleib.«

»Na wunderbar, da bin ich ja mal mit unserem verehrten *Docteur* auf einer Linie. Und wenn ich mir überlege, wer wohl Fotos von einem nackten verbluteten Mädchen aufhebt, dann fällt mir nur eine Erklärung ein: Wir haben es mit einem perversen und brandgefährlichen Mörder zu tun. Sein Name ist: Pignol.«

»Wie wahrscheinlich ist es, dass der Mann, der das Mädchen getötet hat, Jahre später drei Männer foltert und umbringt?« Das war natürlich eine rhetorische Frage von Isabelle, aber Zerna hatte nur darauf gewartet.

»Kommt das zufällig auch von unserem *Docteur*?«

»Geht's hier um Wahrscheinlichkeit oder um Fakten?«, ging Masclau dazwischen. »Fakt ist, alle Spuren führen zu Pignol, und er ist auf der Flucht.«

»Das sehe ich genauso«, pflichtete Zerna seinem Lieutenant bei. »Im Augenblick haben wir nur die Morde an Lambert und Baladure, die wir Pignol zur Last legen können, und es gibt ein Foto von einem toten Mädchen. Bisher steht überhaupt nicht fest, ob Dumont überhaupt damit in Verbindung zu bringen ist.«

»Aber es ist doch ganz offensichtlich, dass ...«, wollte Isabelle sagen, als Zerna sie unterbrach.

»Offensichtlich ist im Moment nur, dass wir zwei Morde haben, die vom gleichen Täter begangen wurden. Aber Sie können gerne in Paris anrufen und um die Hilfe von Monsieur Fontaine bitten, *Capitaine*«, sagte Zerna mit falscher Freundlichkeit.

»Und was sagen wir den Medien über den Tod von Dumont?«

»Dass der arme Mann von einem Zug halbiert wurde, die Untersuchungen aber noch andauern. Das ist die Wahrheit.«

»Das kommt raus«, sagte Moma mit einem Achselzucken. »Solche Sachen kommen immer raus.«

»Das klären wir alles auf, wenn wir Pignol haben. Im

Moment geben wir kein Täterwissen nach draußen. Wir wollen doch nicht unseren Kollegen in Toulon ins Handwerk pfuschen.«

»*Patron*, darf ich Sie was fragen?« Masclau sah seinen Chef an, der es schätzte, wenn er höflich und devot angesprochen wurde. »Ist es wahr, dass der Staatssekretär bei der Obduktion gekotzt hat?«

»Wie ein besoffener Colonel am 14. Juli«, sagte Zerna mit einem zufriedenen Lächeln.

54. KAPITEL

Er hatte sie abgeholt, er hatte sie wirklich zu der großen Party abgeholt! Und jetzt saß sie neben ihm, und der warme Wind blies ihr ins Haar, das sie heute Abend offen trug. Lilou lehnte sich in dem cremefarbenen Ledersitz des dunkelblauen Mercedes-Cabrio zurück und sah über das Meer, während Arthur die Küstenstraße entlangfuhr. Im Radio sang Adele »Set Fire to the Rain«. Konnte das Leben schöner sein?

Arthur hatte sie natürlich nicht zu Hause abgeholt. Aber das lag ausschließlich an *Maman*. Die wollte ja nicht erlauben, dass sie auf die angesagteste Party des Jahres ging. Darum musste sie die Notlüge vom Abend bei Inès erfinden. Natürlich waren Inès' Eltern in Wirklichkeit bei einer Tante in Nizza, und ihr dämlicher Bruder war zum Glück seit einem halben Jahr im Internat. Aber Inès gab ihr Rückendeckung, auf ihre Freundin konnte sie sich voll verlassen. Von Inès hatte sie auch die glitzernden Ohrringe und die Pumps geliehen, die ihre Mutter ihr niemals gekauft hätte.

Was sollte schon groß passieren? Sie würde sich wunderbar amüsieren, und vor allem würde sie mit Arthur zusammen sein. Auf einer richtigen Party. Sie würde mit ihm tanzen. Sie würden auf der Terrasse einer phantastischen Villa sitzen. Er würde sie in seinen Armen halten, und sie würden zusammen aufs Meer schauen. Lilou streckte die

Hände in die Luft, als wollte sie den Wind fangen. Sie sah zu Arthur herüber, dessen Gesicht von der Abendsonne angeleuchtet wurde. Er wirkte irgendwie bedrückt.

»Ist dieser Abend nicht ein Traum ...?« Sobald Lilou das gesagt hatte, bereute sie es auch schon wieder. Sie wollte doch cool wirken, wollte zeigen, dass eine Party in einer Villa mit berühmten Leuten für sie das Normalste auf der Welt war.

»Ich wollte dir noch sagen ... also, der DJ kommt nicht«, Arthur sah angestrengt auf die nächtliche Straße, die sich vor ihnen einsam und leer durch die Hügel zog.

»Und wer legt dann auf?« Lilou klang etwas enttäuscht.

»Im Augenblick keiner. Darum haben wir auch gedacht ... na ja, dass wir die Party heute ein bisschen kleiner halten.«

»Was meinst du damit?« Lilou merkte, dass Arthur ihr nicht die ganze Wahrheit sagte. Sie hatte ein gutes Gespür für Schummeleien. Schließlich hatte sie selber eine gewisse Perfektion darin entwickelt, sich an der Wahrheit vorbeizumogeln. So wie alle Teenager, die ihre Eltern beruhigen mussten, damit sie ungestört das Leben ausprobieren konnten.

»Die ganz große Party holen wir in drei Wochen nach, da feiert Pierre seinen zwanzigsten Geburtstag. Du bist auch eingeladen – ist doch klar!«

Arthur lächelte und legte ihr seine Hand aufs Knie. Sie fühlte sich warm an und ein bisschen rau. Aber das mit der Party hätte er ihr vorher sagen müssen. Sie hatte eine Menge riskiert für diesen Abend. Das Timing war präzise ausgetüftelt. Die Übernachtung bei Inès, das pinkfarbene, bauchfreie Oberteil und der superkurze Mini, den sie schon vor zwei Tagen bei ihrer Freundin deponiert hatte, damit sich ihre Mutter nicht wunderte. Konnte sie das alles noch einmal organisieren?

»Wer ist denn da, heute Abend?«

»Jean-Pierre natürlich. Dann Louis und die Zwillinge und ... ach, du kennst sie doch schon alle.«

Lilou hasste die Zwillinge Aline und Marie. Sie waren nicht nur älter als sie, sondern auch noch eingebildet und arrogant.

»Aber dafür haben wir das Haus ganz für uns. Jean-Pierres Eltern sind übers Wochenende nach Paris geflogen«, er sah ihr kurz in die Augen, »und Lilou, ich finde es wunderschön, dass wir beide zusammen zu der Party fahren.«

Lilou lächelte selig. Sie mochte es, wenn er ihren Namen sagte. Es fühlte sich vertraut an, als wären sie schon ewig zusammen.

Das Haus von Jean-Pierres Eltern war nicht halb so schön, wie Arthur es ihr geschildert hatte. Es lag zwar auf dem Cap zwischen den Hügeln. Das Meer konnte man aber nicht sehen. Als sie in der Zufahrt parkten, kam ihnen Jean-Pierre entgegen. Er hielt eine Flasche in der Hand und schien schon ziemlich angeschlagen zu sein.

»Arthur, willkommen auf meinem *Château*!« Jean-Pierre kicherte. »Und die Kleine hast du ja auch mitgebracht. *Bonsoir*, Leila.«

»Lilou«, verbesserte sie ihn.

»*Excusez-moi*, Lilou, natürlich«, der Gastgeber kicherte wieder. »Herein, herein, meine Freunde.«

Lilou wusste vom ersten Moment an, dass das hier nicht ihre Party war. Im Grunde genommen war es überhaupt keine Party. Es war ein Treffen von gelangweilten jungen Menschen aus reichem Hause, die die Gelegenheit nutzten, dass ihre Eltern verreist waren. Es gab Bier, Wein und Champagner. Die Musik war so laut aufgedreht, dass es nur eine Frage der Zeit war, bis die Nachbarn die Flics holten. Hinter dem Haus befand sich ein beleuchteter Pool, in dem zwei Mädchen und zwei Jungs planschten. Das geheizte Wasser dampfte in der kühlen Frühlingsnacht. Die Mädchen schwammen oben ohne, und die Jungs warfen sich die Bikinioberteile ihrer Gespielinnen zu, was die mit lautem Gekreische quittierten.

Die Zwillinge stürzten sich regelrecht auf Arthur. Lilou wurde sauer.

»Lass uns wieder gehen«, sagte sie.

»*Oh, là, là*, ist es hier vielleicht zu wild für unsere kleine Lilou«, Marie zwinkerte Arthur zu. »Viel Spaß, Arthur.«

Die Zwillingsschwestern zogen Arm in Arm davon.

»Du darfst das alles nicht so ernst nehmen«, sagte Arthur und legte seinen Arm um Lilou.

»Tut mir leid, aber ich kann diese blöden Kühe nicht leiden.«

»Soll ich dir ein Geheimnis verraten? Ich auch nicht.«

Lilou lachte, und Arthur küsste sie auf den Mund.

»Komm, lass uns den Abend genießen und das Meer und die Sterne betrachten.«

»Ich sehe aber hier kein Meer. Nur Bäume.«

»Weil du das beste Zimmer noch nicht kennst.«

»Welches Zimmer?«

»Folge mir«, sagte Arthur und nahm zwei gefüllte Champagnergläser von einem Tablett. »Und vertraue mir.«

Arthur ging voraus, und Lilou blieb dicht hinter ihm. Im Wohnzimmer tanzten ein paar Mädchen allein. Die Jungs räkelten sich auf den Designersofas und rauchten einen Joint. Und irgendwie kam es Lilou vor, als ob die schönen alten Möbel von den gleichgültigen Gästen missbraucht würden. Im ersten Stock lagen die Schlafzimmer. Arthur ging bis zum Ende des Flurs, stellte die Gläser ab und öffnete mit theatralischer Geste eine Tür.

»*Voilà*!«, sagte er.

Es war ein Schlafzimmer mit Dachschrägen und Holzbalken an der Decke. An den Wänden hingen Poster von Fußballmannschaften. Ein Filmplakat zeigte Uma Thurman, die ein glänzendes japanisches Katana-Schwert in der Hand hielt.

»Jean-Pierre ist ein großer Tarantino-Fan.« Arthur hatte die Balkontür geöffnet. Lilou folgte ihm nach draußen. Von hier konnte man tatsächlich das Meer sehen, über dem der Mond aufging. Aus dem Garten drang Musik nach oben und das Gejohle der Gäste, wenn wieder jemand mit großem Getöse in den Pool sprang.

»Wow«, sagte Lilou. »Das ist echt toll.«

»Na, habe ich dir zu viel versprochen?« Er gab ihr einen Kuss. »Bin gleich wieder da.«

Eine Minute später kam Arthur mit den Champagnergläsern zurück.

»Auf eine Nacht mit Sternen und Mondschein«, sagte er.

Lilou lehnte sich an ihn, nahm einen Schluck Champagner und sah aufs dunkle Meer. Das war noch viel schöner, als sie es sich erhofft hatte. Die geplatzte Party spielte jetzt keine Rolle mehr. Es gab nur noch Arthur, sie und diese Nacht. Er nahm sie in den Arm, und sie drängte sich an ihn.

»Lass uns reingehen«, sagte er mit einem Lächeln. Lilou folgte ihm.

Sie saßen auf dem Bett und küssten sich, während Arthur die Hand unter den Gummizug ihres knappen Tops zwängte. Lilou musste kichern über seine Ungeschicklichkeit.

»Warte«, sagte sie und zog sich das Top über den Kopf. Arthur betrachtete ihren Körper und streichelte sie. Lilou genoss die Berührung. Sie fühlte sich so erwachsen, wie in einer anderen Welt. In diesem Moment bemerkte sie das Handy.

Das iPhone stand auf dem Bücherbord gleich neben dem Bett. Die Kamera auf der Rückseite war auf Arthur und Lilou gerichtet. Auf der abgewandten Seite des Smartphones war das Flackern des Displays zu erkennen, das von der Wand reflektiert wurde. Sofort war Lilou hellwach.

»Ist das etwa an?«, fragte Lilou erschrocken. Sie richtete sich auf und sah zum Handy.

»Sorry, hab ich wohl angelassen ...«, sagte Arthur und versuchte, gleichgültig zu klingen. Er wollte nach seinem Telefon greifen, aber Lilou war schneller. Mit einer Bewegung hatte sie sich das Handy geschnappt.

»Jetzt sei nicht so spießig«, sagte Arthur etwas zu schnell und versuchte, ihr das Handy abzunehmen.

»Filmst du uns etwa ...?!« Lilou drehte das Smartphone um. Das Gerät war auf ›FaceTime‹ geschaltet, und Lilou sah in die amüsierten Gesichter von Jean-Pierre und seinen Freunden. Jetzt hörte sie das Gelächter auf dem Gang vor dem Schlafzimmer.

»Du hast das gerade alles über FaceTime geschickt ...?« Lilou war fassungslos. Sie warf das Handy in die Ecke, griff nach ihrem Top und zog es sich über.

»Jetzt hör doch mal, Lilou. Das war doch nur ein Spaß.«

»Was für ein Scheißspaß soll das sein?« Lilous Enttäuschung schlug in Wut und Empörung um. »Du überträgst das alles ins Internet.«

»Jetzt mach nicht so 'ne Riesennummer draus«, Arthur griff nach ihr.

»Fass mich nicht an!«, in Lilous Augen standen plötzlich Tränen.

Sie packte ihre Handtasche und riss die Tür auf. Im Gang standen die feixenden Jungs.

»Lilou, warte …!« Arthur erschien hinter ihr in der Tür. Was bei seinen Freunden erneut lautes Gelächter auslöste.

»Hat wohl doch nicht geklappt mit dem ersten Abend?«, rief einer der Jungs.

»Halt bloß die Klappe«, sagte Arthur sauer.

»Du hast doch behauptet, dass du sie am ersten Abend vögeln kannst«, der Junge schüttelte sich aus vor Lachen.

»Jetzt schuldest du mir einen Fünfziger«, Jean-Pierre wedelte mit der Flasche in Richtung Arthur, »gewettet ist gewettet, Alter.«

»Ihr seid so was von gemein …!« Lilous Stimme klang dünn und hilflos, als sie sich an den Jungs vorbeidrängte.

Lilou lief die Treppe hinunter und aus dem Haus, die Einfahrt entlang und auf die Straße. Niemand versuchte, sie aufzuhalten, niemand bot ihr an, sie nach Hause zu bringen. Sie wurde einfach ignoriert. Wütend und gedemütigt rannte sie die ausgestorbene nächtliche Straße entlang. Erst nach ein paar Minuten blieb sie schwer atmend stehen. Tränen liefen ihr über das Gesicht. Wie hatte sie auf so einen Scheißkerl wie Arthur reinfallen können?

55. KAPITEL

Leon hatte es sich auf dem Sofa bequem gemacht und las einen Artikel in einer amerikanischen Fachzeitschrift für Rechtsmedizin. Es ging um die Bestimmung des genauen Todeszeitpunktes. Dabei wurde mit neuen Messmethoden gearbeitet, die die Temperatur im Körperkern einer Leiche bestimmten und dadurch deutlich genauere Ergebnisse lieferten als die Standardmethoden. Leon versuchte, sich abzulenken von all den Fragen, die ihm durch den Kopf gingen. Der Fall Lambert ließ ihm keine Ruhe. Drei Tote hatte es inzwischen gegeben. Er hatte sie alle untersucht, wusste, was sie erlitten hatten und woran sie gestorben waren, aber darüber hinaus wusste er gar nichts. Es war beruhigend, für eine Weile ganz allein im Haus zu sein und in Ruhe über die Dinge nachzudenken. Er trank ein Glas Rotwein und versuchte, seine Gedanken zu ordnen.

Leon hatte sich gerade entschlossen, früher als gewöhnlich ins Bett zu gehen, als auf dem Tisch sein Handy summte. Ein Blick aufs Display zeigte ihm, es war Lilou. Leon griff zum Telefon.

»Lilou? Was gibt's denn ...?«

Statt einer Antwort hörte er das Mädchen weinen. Dazwischen verstand er nur einzelne Worte, die wie »Arthur ist ein solcher Arsch« klangen.

»Ganz ruhig«, sagte Leon. »Sag mir nur, wo du bist.«

Lilou nannte eine Kreuzung. Leon kannte die Gegend

nicht. Er wusste nur, dass das eine Straße auf dem Cap war, die zu den Villen an den Klippen führte.

»Ich weiß, wo das ist«, sagte Leon. »Du rührst dich nicht von der Stelle, ich bin in 15 Minuten bei dir. Und steig bei niemandem ein.«

»Danke«, schluchzte Lilou. »Bitte erzähl *Maman* nichts.«

»Jetzt hole ich dich erst mal ab. Dann reden wir weiter.«

Leon hatte die Strecke zum Cap unterschätzt. Nach zwanzig Minuten war er immer noch nicht am verabredeten Treffpunkt. Die Diskussion mit dem *Gardien* hatte ihn allein zwei Minuten gekostet. Der Mann wollte ihn partout nicht passieren lassen, wenn er keine Einladung von einem der Anwohner hatte. Erst als Leon seinen Klinikausweis zeigte und sagte, das sei ein Notfall, öffnete der Wachmann die Schranke. Sieben Minuten später stoppte Leon an der verabredeten Kreuzung. Die Straßen waren unbeleuchtet. Von weit her aus der Nacht klang Musik. Leon stieg aus. Aber da war niemand.

»Lilou!?« Er war beunruhigt. Konnte dem Mädchen irgendetwas passiert sein?

In diesem Moment tauchte Lilou im Scheinwerferlicht des Peugeot auf, wie ein erschrockenes Reh auf dem Wildwechsel. Sie hatte ihre Pumps ausgezogen und hielt sie in der Hand. Als sie Leon erkannte, lief sie auf ihn zu. Er nahm sie kurz in den Arm, aber sie drängte ihn zum Auto.

»Bitte, lass uns fahren«, sagte sie und sah sich um, als wäre jemand hinter ihr her.

»Alles in Ordnung?« Leon sah, wie verstört sie war.

»Ich will nur hier weg«, sagte Lilou und stieg in den Wagen.

Leon wendete das Auto und fuhr zurück nach Le Lavandou.

Lilou saß schweigend neben ihm und starrte in die Nacht. Behutsam begann er, nach Einzelheiten zu fragen. Nur zögerlich berichtete Lilou über ihre Erlebnisse, aber nach und nach konnte Leon sich ein Bild machen. Trotzdem schlug er vor, dass sie die Geschichte besser erst am nächsten Tag Isabelle erzählen sollten. Lilou war Leon dankbar. Sie hielten kurz bei Inès, wo sich Lilou umzog und ihre Partyklamotten bei der Freundin ließ. Es war besser, ihre Mutter nicht unnötig aufzuregen.

Leons Vorsicht erwies sich als überflüssig. Als er eine halbe Stunde später mit Lilou nach Hause kam, schlief Isabelle bereits. Erst als er zu ihr ins Bett kam, wachte sie auf.

»Alles okay?«, murmelte sie im Halbschlaf.

»Alles in Ordnung. Schlaf weiter«, sagte Leon.

»Ich dachte, ich hätte Stimmen gehört.«

»Das war Lilou«, sagte Leon. »Sie wollte doch nicht bei Inès übernachten. Da habe ich sie schnell abgeholt.«

»Ist was passiert?« In der Stimme von Isabelle schwang leise Unruhe mit.

»Keine Sorge«, sagte Leon. »Ist alles in Ordnung. Lilou ist schon im Bett. Kannst ja morgen mit ihr reden.«

»Hmmm, lieb von dir, dass du sie geholt hast.« Isabelle kuschelte sich an ihn. »Schlaf gut.«

Aber Leon schlief nicht gut in dieser Nacht, genauer gesagt, er schlief überhaupt nicht. Er wälzte sich im Bett und stand schließlich gegen halb fünf auf. Er nahm eine Dusche und setzte sich an seinen Schreibtisch im Gästezimmer, das inzwischen sein Arbeitszimmer geworden war. Die Toten ließen ihm keine Ruhe. Sie sprachen zu ihm, und sie stellten Fragen, die er nicht beantworten konnte. Er spürte, dass es in diesem Fall ein Muster gab, aber er hatte es noch nicht gefunden.

Leon tat, was er immer tat, wenn er nicht weiterwusste. Er nahm einen der Steine, die er auf seinen Strandspaziergängen sammelte, und drehte ihn in der Hand. Dann begann er, die Namen der Opfer untereinanderzuschreiben: Nicolas Lambert, 43 Jahre. Gérôme Baladure, 42 Jahre, dann folgte Yves Dumont, 42 Jahre. Immerhin lagen sie alle im Alter nahe beieinander, dachte Leon. Das war vielleicht schon ein Ansatz. Drei Männer im gleichen Alter, die alle in der Gegend von Le Lavandou wohnten. Leon ergänzte die Liste durch Louis Pignol, 40, und André Sorel, der etwa so alt wie Baladure sein musste, wenn die beiden gleichzeitig studiert hatten. Also schrieb er 43 hinter den Namen des Professors.

Leon musste an das Foto der gewonnenen Segelregatta denken, das bei Sorel auf dem Kaminsims stand. Sorel und Lambert vor der Segelyacht. Und wie der betrunkene Baladure bei Sorel auf der Einladung aufgetaucht war. Wie hatte Jean-Claude gesagt? »Es gab eine Studentenclique verwöhnter Jungs um Sorel, die jeden Sommer durch die Discos gezogen sind.«

Die Aufnahmen des toten Mädchens tauchten in Leons Erinnerung auf. Ihre gefesselten Hände und Füße und all das Blut. Und dann war da plötzlich Lilou, die im Scheinwerferlicht des Autos auf ihn zulief. Die Schuhe in der Hand und Tränen in den Augen.

In diesem Augenblick erkannte Leon das Muster, und alles bekam einen Sinn. Jetzt ahnte er, was damals geschehen war. Nur noch ein paar Details, und er würde seine Theorie beweisen können. Leon zog sich einen warmen Pullover über, machte sich einen Tee und ging auf die Terrasse. Dort stand er in der kühlen Nachtluft und sah zu, wie im Osten über dem Meer der neue Tag heraufdämmerte. Er fühlte sich so zufrieden wie seit Wochen nicht mehr.

56. KAPITEL

Gegen 10.30 Uhr saß Leon bereits in seinem alten Peugeot und fuhr zum Cap Bénat. Diesmal musste er sich nicht mit dem *Gardien* am Eingang streiten, denn diesmal hatte er eine Einladung. Und zwar von einem Anwohner, bei dessen Namen sich hier jede Tür öffnete, André Sorel.

Der Morgen hatte mit einem Geständnis begonnen. Lilou hatte beim Frühstück zugegeben, dass die Übernachtung bei Inès nur ein Vorwand gewesen war, um heimlich auf die Party zu gehen. Isabelle war stocksauer, als sie davon erfuhr. Sie empfand es als Missachtung ihrer Person, wenn sie von ihrer Tochter belogen wurde. Schließlich versuchte Isabelle, immer tolerant zu sein und offen über alles zu sprechen. Warum wollte ihre Tochter das nicht akzeptieren?

»Ich denke, es gibt kein Kind, das seinen Eltern immer die Wahrheit sagt«, meinte Leon, als Lilou beleidigt den Frühstückstisch verließ und sich schmollend in ihr Zimmer zurückzog.

»Wie kannst du das wissen, du hast doch keine Kinder?« Isabelle tat die Bemerkung leid, kaum dass sie sie ausgesprochen hatte.

»Darf ich daran erinnern, dass ich selber mal ein Kind war?«, sagte Leon. »Heute wollen Eltern auch noch die besten Freunde ihrer Kinder sein. Meine Eltern waren auch liebevoll. Trotzdem war ich glücklich, wenn sie mal nicht da waren.«

»Bei euch Jungs ist das was anderes«, sagte Isabelle. »Mädchen und Mütter, das ist eine ganz besondere Beziehung.«

»Das glauben alle Mütter«, meinte Leon und erntete einen strengen Blick. »Lilou will dich nicht belügen. Sie hat nur Angst, dass du dir Sorgen machst. Deshalb versucht sie, sich an der Wahrheit vorbeizuschummeln. Das ist alles. Dass sie für sich selber entscheiden kann, hat sie doch bewiesen. Sie ist von der Party davongerannt, als es ihr zu viel wurde.«

Die Sache mit dem Handy hatte Leon Isabelle wohlweislich verschwiegen. Die Geschichte war auch so schon heikel genug, und er sah es als großen Vertrauensbeweis, dass Lilou ihm die Einzelheiten erzählt hatte. Aber Leon konnte auch Isabelles Sorge um ihre Tochter verstehen.

»Ich konnte diesen Arthur von Anfang an nicht leiden«, sagte Isabelle.

»Ich mag ihn auch nicht.« Leon sah sie an. »Aber hast du etwa auf deine Eltern gehört, wenn du verliebt warst?«

»Hoffentlich steht er nicht morgen mit Blumen vor der Tür«, sagte Isabelle.

»Ich bin ganz sicher, dass er das nicht tun wird ...«, antwortete Leon.

»Gibt es da noch etwas, das ich wissen sollte?« Isabelle sah ihn misstrauisch an.

»Du meinst, außer dass du eine mutige und selbstbewusste Tochter hast, auf die du stolz sein kannst?«

Isabelle sah ihn an. Sie wusste, dass es klüger war, nicht weiterzubohren. Sie legte ihre Hand auf seinen Arm und sah ihn an.

»Danke, dass du dich so lieb um Lilou kümmerst.«

»Du weißt, dass ich das gerne mache.«

Leon bog in die Einfahrt der Villa ein. In der Auffahrt stand ein weißer Lieferwagen, die Schiebetür war geöffnet, und man konnte allerhand Gartengeräte erkennen. Im Hintergrund war André Sorel damit beschäftigt, Büsche von Zistrosen zurückzuschneiden.

Leon hatte den Professor angerufen und gesagt, dass er in der Nähe sei und gerne auf die Einladung zum Tee zurückkommen wollte. Er hatte regelrecht hören können, wie Sorel am anderen Ende der Leitung neugierig wurde. Der Professor betonte, Leon sei jederzeit willkommen.

Leon hatte das Cabriolet neben dem Lieferwagen geparkt, als Sorel über den Rasen auf ihn zukam.

»*Bonjour, Docteur*«, Sorel trug einen Strohhut. Er zog sich den rechten Handschuh aus, in der linken Hand hielt er eine Gartenschere. »Ich spiele heute den Gärtner – meiner hat mich nämlich im Stich gelassen, und die Zistrosen müssen geschnitten werden, bevor der Sommer kommt.« Sorel lächelte breit.

Leon reichte dem Professor die Hand.

»*Bonjour, Professeur*«, sagte er und warf einen Blick auf den gepflegten weitläufigen Garten, der das Haus umgab. »Das ist ja schon ein richtiger Park. Letztes Mal ist mir gar nicht aufgefallen, wie groß er ist.«

»Es ist fast ein Hektar Grund.« Sorel sah sich stolz um. »Als mein Vater das Ende der Fünfziger gekauft hat, war Land noch billig.«

»Ein kluger Schachzug Ihres Vaters.«

»Und ein teures Vergnügen dazu, die Auflagen der Feuerwehr werden jedes Jahr anspruchsvoller. Die Bäume müssen ständig beschnitten und das ganze Unterholz entfernt werden. Die Pflege dieser Anlage verschlingt ein kleines Vermögen.«

Leon folgte Sorel zum Haus. Kurz darauf wurde im Salon von einer Angestellten der Tee serviert. Dann waren Leon und sein Gastgeber wieder allein.

»Das mit der Langeweile ging ja schneller, als ich erwartet hatte«, meinte Sorel mit leisem Spott.

»Es ist mehr die Neugier als die Langeweile.« Leon sah zu dem Foto über dem Kamin. »Darf ich noch einmal das Bild sehen?«

»Sagen Sie mir nicht, dass Sie nur wegen des Fotos gekommen sind.« Sorel stand auf, holte das Foto vom Kaminsims und reichte es Leon.

»Nein, aber als ich die Leiche von Monsieur Baladure untersucht habe, fiel mir dieses Foto wieder ein.« Leon sah von dem Bild auf.

»Sie haben ein gutes Auge.« Sorel tippte auf das Bild. »Der junge Mann ganz links mit dem hellen Pullover. Das ist Gérôme Baladure.«

»Sie kannten sich also doch schon lange?«

»Arbeiten Sie jetzt für die Polizei, *Docteur*?«

»Wie gesagt: Ich bin nur neugierig.«

»Er war jünger als wir«, sagte Sorel und betrachtete das alte Foto. »Und immer schon etwas eigenbrötlerisch. Ein hochbegabter Mathematiker. Ein Jammer, dass er das alles hingeworfen hat.«

»Wann war das? Ich meine, dass er sein Studium geschmissen hat?«

»Das ist lange her.« Sorel stellte das Bild zurück auf den Kaminsims.

»Etwa zwanzig Jahre?«

»Wie kommen Sie darauf?« Das Gespräch schien Sorel jetzt nervös zu machen.

»Die Polizei hat bei Monsieur Baladure Aufzeichnungen

gefunden, in denen ein Grab in Bormes eine Rolle spielt. Das Grab eines Priesters, er starb am 25. Juli 1995.«

Sorel war so überrascht, dass er beinahe das Foto fallen ließ. Er atmete tief ein, wie jemand, der sich beruhigen musste. Es dauerte nur Sekunden, dann hatte er sich wieder unter Kontrolle.

»Ich sagte ja schon: Baladure war Alkoholiker. Wer kann schon wissen, was in ihm vorging.« Er sah Leon an. »Was denkt denn die Polizei über diese geheimnisvollen Aufzeichnungen?«

»Sie haben keine Erklärung. Aber ich frage mich, ob es da nicht irgendetwas gab, damals vor zwanzig Jahren. Und was das alles mit dem Grab in Bormes zu tun haben könnte.«

»Sind solche Überlegungen nicht eher Sache der Kriminalpolizei?«

»Genau das sagt Kommissarin Lapierre auch immer zu mir.« Leon nahm noch einen Schluck Tee. »Aber wenn ich drei Tote untersuchen muss, und alle wurden auf eine ähnliche grausame Weise getötet, oder sagen wir besser: hingerichtet, dann lässt mir das einfach keine Ruhe.«

Sorel war zum Fenster gegangen und sah einen Moment schweigend nach draußen, wo der Mistral die Zypressen zauste. Dann drehte er sich zu Leon um.

»Wenn ich Ihnen einen gutgemeinten Rat geben darf, *Docteur*: Sie sollten aufpassen, dass Sie sich nicht in eine fixe Idee verrennen.«

Leon stand auf.

»Verstehe, ich sollte jetzt wohl besser wieder aufbrechen.«

»Ich werde dann mal zurück in den Garten gehen, bevor es noch windiger wird.«

»Danke für den Tee«, sagte Leon.

»Keine Ursache, *Docteur.*« Der Professor machte eine schnelle Bewegung mit der Hand in Richtung Ausgang und folgte seinem Gast nach draußen. Leon blieb vor dem Lieferwagen stehen.

»Praktisches Auto«, sagte Leon.

»Normalerweise benutzt unser Gärtner den *camion.*« Sorel machte eine vage Geste. »In so einer großen Anlage gibt es ständig irgendetwas zu transportieren.«

»Kann ich mir vorstellen. *Bonne journée, Professeur.*«

Einen Moment später fuhr Leon die Einfahrt herunter. Im Rückspiegel sah er Sorel, der neben dem weißen Lieferwagen stand und ihm argwöhnisch nachblickte. Jetzt war Leon sicher, dass er der richtigen Spur folgte, obwohl er noch nicht genau wusste, wohin sie ihn führen würde.

57. KAPITEL

Das Interesse der Medien am Fall Lambert hatte stark nachgelassen, nachdem die Polizei auf der letzten Pressekonferenz behauptet hatte, der Tote von den Bahngleisen stehe in keinerlei Verbindung mit den beiden anderen Opfern. Unter normalen Umständen hätten die Journalisten eine solche Erklärung nicht ohne weiteres hingenommen, aber es gab inzwischen interessantere News. Ein französischer Fußballstar wollte am nächsten Tag in St. Tropez heiraten und gab angeblich eine heimliche Junggesellenparty in einem Edelbordell in Toulon. Daraufhin hatten die TV-Stationen ihre Übertragungswagen abgezogen, und nur ein paar Journalisten waren in Le Lavandou zurückgeblieben. Als Leon am Nachmittag seinen Peugeot vor dem Gebäude der *Gendarmerie Nationale* abstellte, lag der ockerfarbene Flachbau verschlafen in der Märzsonne und schien wie abgekoppelt von den Ereignissen der Außenwelt.

Diesmal hatte Leon um ein Gespräch gebeten. Isabelle hatte ihm am Telefon mitgeteilt, dass Madame Lapierre am Nachmittag erwartet wurde und er gerne dazukommen könnte.

Als Leon auf das Gebäude zuging, wurde die Tür aufgestoßen, und Moma bugsierte mit Hilfe einer Polizistin eine schimpfende Frau nach draußen. Leon erkannte Madame Robin, die gelegentlich durch Le Lavandou lief und heißblütige Reden über den Untergang des Abendlandes hielt.

»Die Mohren kommen mit ihren flammenden Schwertern und werden unsere Kultur verbrennen«, prophezeite Madame Robien lautstark und ballte ihre Fäuste. »Und dann werden Sie sich fragen: Wie konnten wir das zulassen? Darum fordere ich Sie jetzt zum letzten Mal auf, meine Anzeige entgegenzunehmen.«

»Gehen Sie nach Hause, *Madame*«, sagte Moma geduldig. »Sie können den Präsidenten unserer Republik nicht wegen Verrats anzeigen.«

Moma sah hilfesuchend zu seiner Kollegin.

»Bitte, *Madame*, sonst müssen wir Sie wieder nach Draguignan bringen. Ins Sanatorium. Und das wollen Sie doch nicht.«

»Wie immer wird der Überbringer der schlechten Nachricht geköpft«, Madame Robin hob drohend den Zeigefinger. »Aber wenn zuletzt das ganze Land in Flammen steht, werden Sie um Vergebung flehen.«

»Vielleicht rufst du jetzt doch mal im Sanatorium an«, sagte Moma betont ruhig und deutlich zu seiner Kollegin, und die griff demonstrativ nach ihrem Handy.

»Na gut, ich weiche, aber nur unter Protest«, gab die Besucherin nach.

Leon ging an der Gruppe vorbei, grüßte Moma und betrat die Wache.

Der Polizeichef versuchte seit einer Viertelstunde vergeblich, die Bemühungen der Gendarmerie bei der Suche nach Pignol im besten Licht darzustellen. Aber bei nüchterner Betrachtung konnte man die Ergebnisse dieser Anstrengungen auf einen einfachen Nenner bringen: Es gab nichts Neues. Kommissarin Lapierre hatte längst aufgehört, sich Notizen zu machen. Was sollte sie sich auch aufschreiben?

»Danke, *Commandant.* Ich möchte das mal abkürzen.« Madame Lapierre wedelte mit dem Handrücken in Richtung Zerna, als wolle sie ein vorlautes Kind zum Schweigen bringen. »Lassen Sie mich ein paar ganz simple Fragen stellen: Konnten Sie mehr über den Brandstifter ermitteln?«

»Er hat eine Flasche mit Benzin in den Laden geworfen«, sagte Masclau. »Eine Bierflasche. Und er kam mit einem hellen Lieferwagen.«

»Das wissen wir bereits seit zwei Tagen. Wie sieht es mit Zeugen aus? Kennzeichen, Personenbeschreibungen?«

»So schnell geht das alles nicht.« Masclau klang beleidigt.

»Sie betonen doch immer, Sie hätten so gute Kontakte zur Bevölkerung.« Die Kommissarin sah Zerna prüfend an.

»Wir können leider nicht zaubern, *Madame le Commissaire*«, sagte der Polizeichef und wählte bewusst provozierend die konservative Anrede.

»Na gut, gibt es sonst irgendeinen Fortschritt im Fall Lambert, etwas, woran wir anknüpfen können?« Sie sah in die Runde, doch die Beamten schwiegen und wichen ihrem Blick aus. »Sie werden verstehen, dass unter diesen Umständen ab sofort die Kriminalpolizei Toulon die Leitung dieses Falls übernehmen wird.«

»Aber wir sind doch mitten dabei ...«, wollte Masclau sagen, als er von der Kommissarin unterbrochen wurde. »Sie sind wobei? Woran arbeiten Sie gerade, Lieutenant? Was ist zum Beispiel aus den Fotos geworden?«

»Da gibt es erste Ergebnisse.« Isabelle schob der Kommissarin eine ausgedruckte E-Mail über den Tisch. »Das Labor schätzt, dass die Fotos zwischen 15 und 20 Jahren alt sind.«

»Na großartig«, meinte Madame Lapierre sarkastisch. »Wir haben drei Morde und wissen jetzt, dass der vierte Mord, von dem wir leider nur drei Fotos besitzen, irgendwann vor 20 Jahren stattgefunden hat.«

»Genau gesagt ist es 21 Jahre her.« Leon hatte das in seiner ruhigen Art eingeworfen, wie jemand, der zwischendurch kurz ein Detail richtigstellen wollte.

»Wissen Sie vielleicht etwas, das wir nicht wissen, *Docteur*?«, fragte Madame Lapierre.

»Ich habe nur meine rechtsmedizinischen Erkenntnisse ausgewertet, und dabei ergibt sich ein bestimmtes Bild.« Leon verriet bewusst noch nicht, worum es sich dabei handelte. Er hatte in seinem Beruf gelernt, dass es besser war, die Zuhörer neugierig zu machen. Man durfte sich ihnen auf keinen Fall aufdrängen, sondern er musste sie dazu bringen, dass sie sich nach seinen Informationen verzehrten.

»Bitte verschonen Sie uns mit Ihren Theorien«, stöhnte Zerna, der in Wahrheit darauf brannte, mehr zu hören.

»Ich möchte aber gerne wissen, was sich unser *Médecin Légiste* überlegt hat.« Die Kommissarin sah Leon mit einem Blick an, der bedeutete: Haben Sie wirklich ein Ass im Ärmel, oder bluffen Sie nur?

»Mitte der neunziger Jahre gab es in Le Lavandou eine Gruppe junger Männer, die alle etwas gemeinsam hatten: Sie stammten aus wohlhabendem Zuhause, studierten und verbrachten ihre Sommerferien in den Villen ihrer Eltern auf dem Cap Bénat. Sie segelten, spielten Tennis, trafen sich in Bars und genossen das Leben. Zu ihnen gehörten Nicolas Lambert, Gérôme Baladure und André Sorel.«

»*Oh, là, là*, jetzt ist sogar der Professor in die Sache verwickelt. Ich bitte Sie ...« Zerna verzog das Gesicht, als wäre für ihn das, was der *Docteur* da erzählte, eine körperliche Zumutung.

»Im Sommer 1995 geschah allerdings irgendetwas, das den jungen Gérôme Baladure komplett aus der Bahn warf. Er schmiss sein Mathematik-Studium, in dem er bis dahin geglänzt hatte, wandte sich der Theologie zu und ging wenig später ins Kloster. Ich vermute, dass in diesem Jahr auch die drei Fotos entstanden sind, die den Tod der jungen Frau dokumentieren. Diese Fotos tauchten 21 Jahre später wieder bei Louis Pignol auf. Pignol war im Jahr 1995 ein junger Gelegenheitsarbeiter aus bescheidenen Verhältnissen, der sich mit kleinen Betrügereien über Wasser hielt. Aber nur sieben Jahre später, nämlich 2002, kaufte sich dieser mittellose Mann ein Haus am Rande von Le Lavandou und eröffnete ein Antiquitätengeschäft.«

»Moment«, unterbrach Madame Lapierre. »Woher wissen Sie das alles?«

»Vom Bouleplatz«, sagte Leon trocken. »Die Menschen reden gerne beim Boulespielen.«

»Klatsch vom Bouleplatz, na, großartig.« Zerna lehnte sich amüsiert in seinem Stuhl zurück und verschränkte die Hände hinter dem Kopf. »Erzählen Sie nur weiter, *Docteur*. Nur zu ...«

»Ich nehme an«, Leon sah in die Runde, »dass es zwischen 1995 und den nächsten Jahren keinen unaufgeklärten Frauenmord in dieser Gegend gegeben hat?«

»Wir haben die wenigen in Frage kommenden Fälle überprüft.« Isabelle nahm ein weiteres Blatt, das vor ihr auf dem Tisch lag, und reichte es der Kommissarin. »Soweit wir sie mit der Person auf den vorliegenden Fotos abgleichen konnten. Also Haarfarbe, körperliche Merkmale, geschätztes Alter, Größe und so weiter.«

»Ja, und …?« Die Kommissarin sah auf den Ausdruck.

Isabelle schüttelte den Kopf. »Leider keinerlei Übereinstimmungen.«

»Natürlich nicht. Weil die Leiche der Frau seinerzeit beseitigt worden ist, von Louis Pignol«, fuhr Leon fort. »Und zwar, nachdem die Gruppe sie missbraucht und ermordet hatte.«

»Na klar, und Sie wissen natürlich auch, wohin die Tote geschafft wurde.« Zerna versuchte gar nicht erst, seine Verachtung für Leons Theorie zu verbergen.

»Das ist richtig. Sie liegt auf dem Friedhof von Bormes-les-Mimosas. Grab Nummer 141, dritter Gang.«

Für Sekunden herrschte Schweigen im Besprechungsraum. Dann hielt Zerna es nicht mehr aus.

»Und welches Vögelchen hat Ihnen das nun wieder gezwitschert?«, fragte der Polizeichef bissig.

»Vermutlich irgendein toter Vogel aus dem Jenseits.« Masclau lachte über seinen Scherz.

»Dieses Grab hat Gérôme Baladure in seinem Tagebuch sehr genau beschrieben«, sagte Leon. »Aber natürlich ist das nicht das offizielle Grab des Opfers.«

»Wessen Grab ist es dann?«, wollte die Kommissarin wissen.

»Es wurde für Alphonse Berthier angelegt, gestorben am 25. Juli 1995«, erklärte Leon.

»Pater Berthier?« Masclau konnte es nicht glauben. »Sie glauben, dass die tote Frau im Grab von Pater Berthier liegt?«

»Richtig«, sagte Leon trocken.

»Aber sicher sind Sie sich nicht …?«, fragte Zerna ungläubig nach.

»Ich weiß es, weil es der zwingende Schluss aus allen

vorliegenden Fakten ist«, Leon sprach ganz langsam, und seine Zuhörer hingen an seinen Lippen. »Warum hatte Richter Lambert wohl kurz vor seinem Verschwinden noch um einen dringenden Termin beim Oberstaatsanwalt gebeten?«

»Ja, das würde mich auch interessieren.« Die Kommissarin sah Leon misstrauisch an.

»Weil er seit 21 Jahren von Pignol erpresst wurde. Genauso wie Baladure und Sorel. Aber jetzt sollte Lambert nach Paris in die Politik gehen. Er musste dem Staatsanwalt die alte Geschichte beichten. Aber das konnte Sorel nicht zulassen.«

»Ich glaub's nicht«, Zerna winkte ab.

»Und was ist mit Dumont, dem Apotheker?«, wollte die Kommissarin wissen.

»Wahrscheinlich gehörte er auch zu dem Freundeskreis. Ich habe nicht auf alle Fragen eine Antwort. Ich bin nicht bei der Polizei. Ich weiß es nicht.«

»Er weiß es nicht, na toll.« Zerna hob beide Hände. »Und was soll die Gendarmerie Ihrer geschätzten Meinung nach jetzt unternehmen, *Docteur*?«

»Ganz einfach«, antwortete Leon. »Wir öffnen das Grab des Priesters.«

»Wir machen was ...?«, fragte Masclau ungläubig.

»Eine Exhumierung«, antwortete Isabelle. »Du hast doch gehört, was *Docteur* Ritter gesagt hat.«

»Sind Sie verrückt?«, fragte Zerna. »Entschuldigen Sie, *Docteur*, aber Sie können doch nicht einfach das Grab eines der beliebtesten Kirchenmänner in der Geschichte unseres Départements aufbuddeln lassen, nur weil Sie irgendeine fixe Idee haben.«

»Wir könnten aber auf diese Weise den Mord an einer

jungen Frau aufklären«, schlug sich Isabelle auf Leons Seite.

»Wundert mich nicht, dass Sie den Vorschlag Ihres Freundes unterstützen«, sagte Zerna.

»Was wollen Sie damit sagen, *Commandant*?« Isabelles Ton wurde schärfer.

In diesem Moment meldete sich die Kommissarin zu Wort.

»Wenn ich Sie richtig verstanden habe, *Docteur*, dann basiert das alles nur auf Vermutungen.« Madame Lapierre legte den Kopf schief und sah Leon an wie eine Schlange kurz vor dem Zubeißen. »Sie können Ihre Theorie nicht aus einer Ihrer pathologischen Untersuchungen herleiten. Oder aus einem medizinischen Test oder sonst irgendeinem Nachweis aus dem Bereich der Rechtsmedizin?«

»Nur zum Teil, aber wie gesagt, alles deutet zwingend darauf hin, dass meine Theorie stimmt«, verteidigte Leon seinen Standpunkt. Er durfte jetzt nicht nachlassen.

»Ich sage Ihnen etwas«, ging Zerna dazwischen. »Vergessen Sie es!«

»Das wäre ein Fehler«, sagte Leon und ärgerte sich im gleichen Moment, dass er so unvorsichtig gewesen war, alle Karten jetzt schon auf den Tisch zu legen. Aber schließlich ging es darum, einen Mord aufzuklären. »Ein Riesenfehler.«

»Das werden wir ja sehen«, sagte Zerna.

58. KAPITEL

Leon musste raus aus der engen, miefigen Polizeistation. Darum hatte er sich mit Isabelle auf der Strandpromenade verabredet. Er konnte sie schon von weitem an ihrem zielstrebigen Gang erkennen. Sie schritt energisch an den Urlaubern vorbei, die am Ufer entlangbummelten und immer wieder stehen blieben, um aufs Meer und die Inseln zu sehen oder Selfies zu machen. In der Hand hielt sie eine Tüte, aus der eine *Fougasse Olive* herausschaute. Leon liebte das provenzalische Brot, das sich so praktisch auseinanderbrechen ließ und ihn jedes Mal aufs Neue an seine Kindheit erinnerte. Er gab Isabelle einen Kuss, als sie ihm die Tüte reichte.

»Lass uns ein Stück den Strand entlanggehen«, schlug er vor.

Sie gingen barfuß und hatten die Hosen hochgekrempelt. Obwohl die Sonne schien, war das Wasser um diese Jahreszeit noch eiskalt. Und wenn die Wellen an den Strand spülten, rannten sie wie die Kinder ein paar Schritte das Ufer hinauf, damit ihre Füße nicht nass wurden. Leon genoss es, mit Isabelle am Strand entlangzulaufen.

»Wie sicher bist du, dass die tote Frau wirklich im Grab dieses Priesters liegt?«, fragte Isabelle unvermittelt.

»In der Wissenschaft gibt es keine absolute Sicherheit«, sagte Leon. »Ich mache Untersuchungen und stelle Thesen auf.«

»Das beantwortet meine Frage nicht.«

»Du hast mir doch selber das Tagebuch gezeigt«, sagte Leon. »Eine andere Erklärung für die Zahlen habe ich nicht. Außerdem weiß ich, dass Pignol im Sommer 1995 auf dem Friedhof als Gärtner gearbeitet hat.«

»Lass mich raten«, Isabelle sah ihn an. »Der Tipp kommt natürlich auch von deinen Boulefreunden.«

»Stimmt«, sagte Leon. »Aber da ist noch etwas, das ich vorhin nicht erzählt habe. Am Abend, als Richter Lambert starb, habe ich Sorel in der Klinik getroffen.«

»Sie waren befreundet …«, Isabelle blieb stehen.

»Ich weiß«, sagte Leon. »Aber Sorel hat einige Semester Medizin studiert. Du weißt ja, wie Lambert gestorben ist.«

»*Möglicherweise* gestorben ist«, verbesserte ihn Isabelle. »Aber warum sollte Sorel die alten Freunde umbringen?«

»Er hat sehr viel zu verlieren. Wenn Richter Lambert wirklich gestanden hätte, wie lange hätte Baladure dann wohl noch geschwiegen?«

»Und was ist mit Pignol?«

»Als Erpresser steht er ganz oben auf Sorels Liste. Deshalb ist er abgehauen«, sagte Leon.

»Aber diese Folterungen. Ich weiß nicht. Irgendwie passt das alles nicht richtig zusammen.«

»Deswegen bin ich ja dafür, dass wir das Grab öffnen. Damit wir die Leiche dieser Frau finden. Das hängt jetzt nur noch vom Staatsanwalt ab.«

»Er wird ablehnen«, sagte Isabelle sachlich. Leon sah sie an. »Kommissarin Lapierre hat schon angekündigt, dass sie deinen Vorschlag auf keinen Fall unterstützen wird. Warum sollte es dann der Staatsanwalt tun?«

»Na großartig«, Leon sah auf das Meer hinaus, das vom Mistral glatt gebügelt wurde wie ein Bergsee. »Manchmal habe ich das Gefühl, dass niemand wirkliches Interesse daran hat, diesen Fall aufzuklären.«

»Es gäbe da vielleicht doch noch einen Weg«, sagte Isabelle. »Der Präfekt müsste zustimmen.«

»Warum nicht gleich der Präsident?«

»Weil ich den Präfekten noch aus unserer Schulzeit kenne. Ich könnte ihn anrufen.«

»Den Präfekten, im Ernst?« Leon sah Isabelle an. »Du hattest was mit dem Präfekten?«

»Das habe ich nicht gesagt.« Isabelle klimperte gespielt unschuldig mit den Augenlidern.

»Ich bin ziemlich eifersüchtig«, sagte Leon. »Wusstest du, dass mein Großvater mütterlicherseits Korse war?«

»Das wird ja immer besser.« Isabelle griff nach Leons Hand, und sie stapften weiter durch den warmen Sand.

59. KAPITEL

Es war bereits kurz nach 18 Uhr, als André Sorel die Wache der *Gendarmerie Nationale* betrat. Der Professor war nicht als Verdächtiger vorgeladen, sondern um der Polizei bei der Aufklärung des scheußlichen Mordes an seinem alten Freund Nicolas Lambert zu helfen. Darauf hatte der Professor Wert gelegt. Und er kam ohne Anwalt, denn er hatte angeblich nichts zu verbergen.

Sorel parkte seinen grün-metallicfarbenen Bentley Continental GT so vor dem Eingang der Polizei, dass Moma mit seinem Einsatzwagen am Straßenrand halten musste. Sorel stieg aus und schritt auf den gläsernen Eingang zu, was bei seinen 1,90 Metern Körpergröße so eindrucksvoll wirkte, dass Lieutenant Masclau ihm die Tür aufhielt wie der Concierge eines Grandhotels.

»*Merci, Lieutenant*«, sagte Sorel großzügig und ließ sich von dem Beamten in das Büro des Polizeichefs führen.

Zerna erwartete seinen Besucher mit gemischten Gefühlen. Natürlich wollte er diesem blasierten Professor mit seiner Luxusvilla ordentlich auf den Zahn fühlen. Auf der anderen Seite empfand er allergrößten Respekt vor dem Mann, der zu den wenigen erlauchten Mitgliedern der *Académie française* gehörte. Er bewunderte Männer, die berühmt und erfolgreich waren, besonders wenn sie auch noch über viel Geld verfügten. Als Sorel seinen Bentley parkte, hatte Zerna ihn heimlich von seinem Fenster aus beobachtet. Und genau dafür hasste er sich auch: dass er Männer bewunderte, die er eigentlich verachten wollte. Aber das Ärgerlichste war, dass ihm der ganze Schlamassel erspart geblieben wäre, wenn dieser *Docteur* Ritter nicht mit seiner Theorie von dem toten Mädchen im Grab des Priesters aufgekreuzt wäre.

»*Bonsoir, Commandant*«, sagte Sorel freundlich, als er das Büro betrat.

»*Bonsoir, Professeur.*« Zerna wies auf die Besucherecke. Auf dem Tisch standen eine Thermoskanne, eine Flasche Mineralwasser und eine Schale mit Chips. »Bitte nehmen Sie doch Platz. Sie auch, Masclau. Es ist Ihnen doch recht, wenn Lieutenant Masclau an unserem Gespräch teilnimmt?«

»Aber natürlich, wenn Sie es für richtig halten«, sagte Sorel distanziert.

»Bitte bedienen Sie sich. Der Kaffee ist frisch.«

»Danke«, sagte Sorel. »Ich habe nicht viel Zeit. Ich habe später noch eine Telefonkonferenz mit der Kulturministerin. Lassen Sie uns also gleich zur Sache kommen. Wie kann ich Ihnen helfen?«

Zerna ärgerte sich, mit welcher Selbstverständlichkeit Sorel das Gespräch sofort an sich zog. Schließlich war das hier sein Büro.

»Es geht um Nicolas Lambert und um Gérôme Baladure. Wir interessieren uns für alle, mit denen die beiden Kontakt hatten.«

»Wir hatten kaum noch Kontakt. Leider, möchte ich sagen«, fügte er hinzu.

»Früher haben Sie aber viel Zeit miteinander verbracht, wie ich gehört habe.«

»Früher? Ich vermute, Sie sprechen von meiner Studienzeit.« Sorel nickte und schwieg kurz, als würde er über die gute alte Zeit nachdenken. »Ja, damals konnte man noch die ganzen Semesterferien lang Urlaub machen. Bis man eines Tages merkt, dass das richtige Leben begonnen hat und die Schonzeit vorbei ist.« Er lächelte die Beamten an.

»Gehörte Monsieur Pignol auch zu Ihrem Freundeskreis?«

»Wer, der Antiquitätenhändler? Ich bitte Sie, *Commandant.*« Sorel lehnte sich im Stuhl zurück. »Wir waren Studenten an der *Sorbonne.* Wir waren politisch engagiert. Wir haben nächtelang diskutiert. Unsere Welt war nichts für Pignol.«

»Wir haben seine Fingerabdrücke im Auto Ihres Freundes Lambert gefunden.«

»Ah ja?« Sorel zuckte mit den Schultern. »Ich weiß nur, dass Nicolas gelegentlich ein Möbelstück bei Pignol reparieren ließ. Er hat mir das Geschäft einmal empfohlen. Aber ich bin nie dort gewesen.«

»Schade, wir hatten gehofft, Sie würden ihn besser kennen.«

»Pignol, warum?«

»Wir versuchen, die Identität einer jungen Frau aufzuklären.« Zerna griff nach dem Umschlag, der vorbereitet auf dem Tisch lag, und zog ein Foto heraus.

Es war die Vergrößerung eines der Polaroids aus Pignols Laden. Auf dem Bild war allerdings nur das Gesicht der jungen Frau zu sehen. Er schob das Foto über den Tisch zu seinem Besucher. Sorel warf einen gleichgültigen Blick darauf, doch im nächsten Moment schien eine Veränderung in ihm vorzugehen. Plötzlich lehnte er nicht mehr mit übergeschlagenen Beinen bequem im Besuchersessel, sondern wirkte angespannt und beugte sich nach vorne über das Bild.

»Woher haben Sie das ...?« Sorel räusperte sich.

»Wir haben es in der Werkstatt von Pignol gefunden«, antwortete Masclau. »Ist das denn wichtig?«

»Nein, eigentlich nicht ... Ich kenne diese Frau nicht. Nein, nein, nie gesehen«, Sorel schüttelte den Kopf wie ein Hund, der Wasser aus seinen Ohren schleudern will.

»Sind Sie sicher?«, hakte Zerna nach. »Das Foto wurde vor längerer Zeit gemacht. Unser Labor sagt, es müsste ungefähr zwanzig Jahre alt sein.«

»Ich sage doch: Ich kenne die Frau nicht.« Sorel schob das Bild energisch zu Zerna zurück. »Ich habe ein sehr gutes Personengedächtnis. Dieser Frau bin ich nie begegnet.«

»Schade, das hätte uns bestimmt geholfen«, sagte Zerna.

»Vielleicht müssen wir das Grab doch öffnen, *Patron*?« Masclau sah seinen Chef an.

»Das besprechen wir später«, bremste Zerna seinen Lieutenant.

»Ein Grab, welches Grab denn?«, fragte Sorel verunsichert.

»Nicht so wichtig. Eine ermittlungstechnische Frage, über die wir noch nicht entschieden haben«, wiegelte Zerna ab.

»Das klingt aber sehr geheimnisvoll. Hat das Grab etwas mit dieser Frau zu tun?«, fragte der Professor und zog das Foto noch einmal zu sich heran.

»Zu laufenden Ermittlungen kann ich leider keine Auskünfte geben.« Zerna drehte die Hände mit einer Geste, die seine Hilflosigkeit unterstreichen sollte. »Das werden Sie bestimmt verstehen.«

»Dann würde ich jetzt gerne wieder aufbrechen.«

»Natürlich, Professor Sorel, Lieutenant Masclau wird Sie zur Tür bringen.«

Einen Moment später beobachtete Zerna durch das Fenster seines Büros, wie der Besucher in seinen teuren Sportwagen stieg und davonfuhr. Er konnte diesen Kerl nicht leiden, *Académie* hin oder her.

60. KAPITEL

Hinterher wollte es natürlich keiner gewesen sein, aber irgendwie hatte die Nachricht von der möglichen Exhumierung im Eiltempo die Runde gemacht. Schon am späten Nachmittag sprach man in den Cafés und Bistros darüber, und es dauerte nicht lange, und die Medien bekamen Wind von der Sache. Die Story vom Grab des Priesters, das die Lösung zu einer geheimnisvollen Mordserie barg, war genau die Art von Nachricht, die jedes Journalistenherz höherschlagen ließ.

In den 17-Uhr-Nachrichten trat Brigitte Dupin vor die Kamera und berichtete über die jüngsten Entwicklungen im Fall Lambert. Sie trug einen modischen Segler-Pulli, denn der Mistral hatte die frühlingshaften Temperaturen in den Keller geschickt und zauste dekorativ in ihren Haaren. Im Hintergrund konnte man den Eingang des Friedhofs von Bormes-les-Mimosas erkennen, vor dem inzwischen auch andere TV-Teams in Stellung gegangen waren.

»Im Mordfall Nicolas Lambert bahnt sich eine dramatische Wende an«, begann Brigitte Dupin. »Offenbar gibt es in diesem sonst so friedlichen Département einen Killer, der für eine ganze Reihe von bestialischen Morden verantwortlich ist. Bisher fehlte von dem Täter jede Spur. Doch jetzt könnte sich dieses Rätsel lösen. Die Antwort auf die ungelösten Fragen hofft der deutsche Gerichtsmediziner

Docteur Ritter in einem Grab auf dem Friedhof von Bormes-les-Mimosas zu finden. In der letzten Ruhestätte des vor zwanzig Jahren verstorbenen Priesters Alphonse Berthier. Noch schweigt die Polizei über das, was sie in der Totengruft zu finden hofft. Aber seit Tagen waren immer neue Opfer aufgetaucht, die der unbekannte Killer auf bestialische Weise gefoltert hatte ...«

Während sich Brigitte Dupin mit Schaudern in der Stimme über die blutigen Details der Folter ausließ, begannen bei der *Gendarmerie Nationale* in Le Lavandou die Telefone zu klingeln. Es war die größte Anruferwelle, die die Polizeiwache je zu verkraften hatte. Zerna musste sogar Mitarbeiter aus ihrem Feierabend zurückbeordern, um dem Ansturm gewachsen zu sein. Die Anrufer hatten alle denselben Wunsch: Lassen Sie den Pater in Frieden ruhen!

Als Leon am späten Nachmittag die Klinik betrat, wurde er bereits von Schwester Monique erwartet.

»*Bonsoir, Docteur*«, sagte die Schwester. »Der Direktor möchte Sie sprechen.«

»*Bonsoir*, Monique. Er ist noch da, um diese Zeit?«

»Ich glaube, es wäre besser, wenn Sie gleich nach oben gehen würden.« Leon spürte, wie peinlich es der Schwester war, ihm Vorschriften zu machen. »Der Chef war ziemlich aufgebracht.«

»Ich vermute, Sie wissen auch schon, worum es geht ...?«

»Nein«, sagte die Schwester. »Ich weiß nur ...«, sie unterbrach sich kurz, als ein Arzt vorbeiging.

»Was wissen Sie?« Leon ahnte, dass es Probleme geben würde.

»Professor Sorel war hier«, die Schwester sprach leise. »Und als er wieder weggefahren ist, hat gleich darauf Doktor Bayet bei uns angerufen und nach Ihnen gefragt.«

»Danke«, sagte Leon, »dann werde ich mal nach oben gehen.«

Leon nahm die Treppe in den dritten Stock. Als er die Glastür zur Verwaltung öffnete, kam ihm Carole Abadie entgegen.

»*Bonsoir, Madame*«, sagte Leon.

Die Unfallsanitäterin nickte freundlich.

»*Merci beaucoup*«, sagte sie im Vorbeigehen. Leon blieb stehen.

»Danke, wofür?«, fragte er.

»Ich kann hier an der Klinik bleiben.« Carole Abadie strich sich mit einer nervösen Bewegung durch die kurzen Haare. »Weil Sie gesagt haben, dass nur ein richtiger Arzt gemerkt hätte, dass der Richter noch gelebt hat.« Die Sanitäterin sah zu Boden.

»Freut mich, wenn ich Ihnen helfen konnte«, sagte Leon. »Schließlich brauchen wir Sie hier ja auch.«

Carole Abadie sah Leon kurz an, und zum ersten Mal glaubte er, so etwas wie ein Lächeln auf ihrem Gesicht zu sehen. Dann nickte sie kurz und lief, ohne sich noch einmal umzusehen, zum Lift, der gerade seine Türen öffnete. Einen Augenblick später betrat Leon das Vorzimmer des Direktors. Die Sekretärin war gerade dabei, nach Hause zu gehen.

»Doktor Ritter …«, sie musterte ihn kurz.

Wie eine Marktfrau, dachte Leon, die überlegt, ob sie nur Eier oder lieber gleich das ganze Huhn verkaufen soll.

»*Docteur* Bayet ist in seinem Büro.«

»Danke, *Madame*.«

»Wir haben den ganzen Nachmittag versucht, Sie zu erreichen«, sagte die Sekretärin und ließ es wie eine Drohung klingen.

Dann nahm sie ihre Tasche und verließ wortlos den Raum. Einen Augenblick später betrat Leon das Büro des Klinikleiters. Doktor Bayet saß hinter seinem Schreibtisch und wirkte noch grauer als sonst. Und obwohl es ein kühler Abend war, stand ihm der Schweiß auf der Stirn.

»*Bonsoir, Docteur*«, sagte Leon.

»Bitte setzen Sie sich.« Der Klinikleiter zeigte auf den Besucherstuhl, der ihm gegenüber am Schreibtisch stand.

»Was wollten Sie mit mir besprechen?«

»Wir haben da leider ein Problem«, sagte Bayet. »Ein großes Problem.«

»Kann ich irgendwie helfen?« Leon versuchte, möglichst unbefangen zu klingen, aber er ahnte, dass dieses Gespräch mit dem Fall Lambert zusammenhing und dass die Lage brenzlig war.

»Sie wissen ja, dass wir seit zwei Jahren unsere neue Kinderonkologische Abteilung aufbauen.« Er sah Leon an, aber der schwieg. Sollte der Klinikleiter doch klar sagen, was er von ihm wollte. »Das Ganze ist ein sehr ambitioniertes, aber auch sehr kostspieliges Projekt, bei dem wir in hohem Maße auf Spenden angewiesen sind.«

»Das glaube ich gerne.«

»Zu unseren wichtigsten Sponsoren gehören Professor Sorel und seine Frau. Ohne die Großzügigkeit der beiden würde es unsere Krebsabteilung für Kinder gar nicht geben.«

Bayet machte eine bedeutsame Pause, und Leon schloss daraus, dass er jetzt am Zug war, etwas zu sagen.

»Davon habe ich gehört.« Leon lehnte sich scheinbar entspannt im Sessel zurück, obwohl er innerlich in höchster Alarmbereitschaft war.

»Nun ist es so, dass der Professor zufällig auch ein großer Verehrer des verstorbenen Paters Alphonse Berthier war.«

»Das ist ja wirklich ein Zufall«, sagte Leon und versuchte gar nicht erst, den Sarkasmus in seiner Stimme zu unterdrücken. »Gehe ich recht in der Annahme, dass der verehrte Professor nicht möchte, dass die Polizei das Grab des Priesters öffnet?«

»Er wäre sehr enttäuscht, wenn man die Totenruhe dieses beliebten Priesters stören würde. Professor Sorel kann auch beim besten Willen nicht nachvollziehen, warum das geschehen soll – und ich kann das, ehrlich gesagt, auch nicht. Keiner kann das.«

»Ich kann Ihnen meine Überlegungen zum Fall Lambert gerne noch einmal darlegen ...«, begann Leon.

»Nein, bitte«, der Klinikleiter hob abwehrend die Hände. »Ich weiß, dass Ihre Untersuchungen Gewicht bei der Staatsanwaltschaft haben. Aber solange es keinen zwingenden Grund für eine solche Untersuchung gibt, möchte ich Sie dringend bitten, Ihre Pläne noch einmal zu überdenken.«

»Verstehe ich Sie richtig, *Docteur*. Sie erwarten, dass ich meine Meinung ändere, weil Sie Ihren Sponsor nicht verlieren wollen?«

»Das habe ich so nicht gesagt. Aber es tut unserer Klinik nicht gut, wenn sie wegen einer solch umstrittenen Aktion in die Schlagzeilen gerät.«

»Die Rechtsmedizin will nur dabei helfen, ein Verbrechen aufzuklären.«

»Ich weiß. Und wir sind mit Ihrer Arbeit auch zufrieden. Ich teile zwar nicht immer Ihre Ansichten, und gelegentlich erscheinen mir Ihre Methoden etwas außerhalb des Rahmens. Trotzdem würde ich Sie gerne weiter als Leiter der Rechtsmedizinischen Abteilung behalten.«

»Ich verstehe.« Leon stand auf. Der Klinikleiter hatte soeben kein Kompliment ausgesprochen, sondern ihm einen Schuss vor den Bug versetzt. »Ich muss noch einmal zurück ins Labor.«

»Natürlich«, sagte Bayet. »Vielleicht verschieben Sie einfach die Pläne für eine Exhumierung. Damit wäre allen geholfen.«

»*Bonne soirée*«, sagte Leon, als er hinter sich die Tür zuzog.

61. KAPITEL

Am nächsten Vormittag saß Leon schon zeitig in seinem Peugeot und fuhr auf der Autobahn in Richtung Toulon. Es war kühl, und der Himmel war strahlend blau. Der Mistral hatte die Luft so sauber geputzt, dass man in der Ferne den Mont Faron und dahinter im milchigen Blau die Höhen des Mont Caume sehen konnte. Leon hatte kaum geschlafen. Er war immer wieder aufgewacht und hatte den Fall Lambert im Kopf gewälzt. Er war sicher, dass er auf der richtigen Spur war und dass er im Grab des Priesters Antworten finden würde – egal, was die anderen sagten.

Um Punkt acht Uhr hatte an diesem Morgen Leons Handy geklingelt. Es meldete sich das Büro der Präfektur, das ihn darüber informierte, dass er um 10.30 Uhr einen Termin bei *Monsieur le Préfet* hatte. Er wurde gar nicht erst gefragt, ob er vielleicht noch andere Verpflichtungen hätte. Wenn der Präfekt rief, dann hatte man zu erscheinen.

In Frankreich war der Präfekt viel mehr als der höchste Verwaltungsbeamte des Départements. Der Präfekt wurde vom Präsidenten der Republik persönlich eingesetzt. Er residierte in der Präfektur, die in vielen Départements eher an ein Schloss als an einen Verwaltungssitz erinnerte. Der Präfekt war dem Innenministerium unterstellt und war der oberste Chef der gesamten lokalen Polizei einschließlich der *Gendarmerie Nationale*. Aber in Wirklichkeit war er viel mehr. Er war eine Art Fürst, und genau so wurde er auch behandelt. Zu offiziellen Anlässen erschien er in Galauniform. Sein Wort hatte nicht nur Gewicht, es entschied auch über Erfolg oder Misserfolg eines Projekts. Egal, ob es um Bauvorhaben, Naturschutz oder den öffentlichen Zugang zu privaten Stränden ging. Natürlich hatte die Sekretärin am Telefon nicht gesagt, worum es sich handelte, aber Leon war klar, dass sein Vorschlag, das Grab des Priesters zu öffnen, bereits Wellen bis nach Toulon geschlagen hatte.

Viele französische Präfekturen waren in historischen Prachtbauten untergebracht, bei der *Préfecture du Var* war das anders. Sie war erst vor einigen Jahren im städtischen *Parc des Lices* errichtet worden. Ein moderner Bau von gewöhnungsbedürftiger Ästhetik. Mit seinen Glasfronten und den ockerfarbenen Fassaden erinnerte die *Préfecture* eher an eine Autobahnraststätte als an ein Regierungsgebäude. Es gab eine strenge Sicherheitskontrolle am Eingang. Als Leon jedoch erwähnte, dass er einen Termin beim Präfekten persönlich hatte, überschlug sich der Mann von der Security geradezu vor Freundlichkeit. Leon fuhr mit dem Lift in die fünfte Etage, wo er von einer Sekretärin abgeholt wurde. Sie war eine große hagere Person in dunkelblauem Kostüm, die ihre blonden Haare streng zurückgebunden hatte.

»*Bonjour, Docteur* Ritter«, sagte sie kühl und warf einen kurzen, aber nicht zu übersehenden Blick auf die digitale Wanduhr. »Wir erwarten Sie bereits. Sie haben zehn Minuten.«

Leon sah ebenfalls zur Uhr. Es war 10.34 Uhr. Die Präfektur schien die einzige Behörde in der Provence zu sein, die gesteigerten Wert auf Pünktlichkeit legte. Aber diesen Gedanken behielt Leon lieber für sich und folgte der Sekretärin in das holzgetäfelte Büro des Präfekten. Der oberste

Politiker des Départements saß hinter einem ausladenden Empire-Schreibtisch. Hinter ihm stand die *Tricolore*, und durch die Fenster reichte der Blick über Toulon bis hinunter zum Hafen.

»*Bonjour, Docteur*«, der Präfekt setzte noch eine Unterschrift unter ein Blatt und klappte den Ordner zu. Er war ein etwas untersetzter, stämmiger Mann, der von einer unbändigen Energie getrieben wurde. Er schien ständig im Eiltempo unterwegs zu sein, und trotz eines bemerkenswert großen Bauches bewegte er sich fast wie ein Tänzer durch den Raum.

»*Bonjour, Monsieur le Préfet*«, sagte Leon höflich, als der Mann ihm die Hand reichte. Er war noch nie einem Präfekten persönlich begegnet, aber die Form der Anrede schien ihm angemessen.

»*Merci, Madame*«, sagte der Präfekt zu seiner Mitarbeiterin und reichte ihr die Unterschriftenmappe. »Sie können uns dann allein lassen.«

Die Sekretärin schloss die Tür. Leon war fasziniert vor dem Fenster stehen geblieben und genoss für einen Moment den Blick über die Stadt.

»Eindrucksvoll, nicht?« Der Präfekt hatte sich neben Leon gestellt.

»Fantastische Aussicht«, sagte Leon. »Rechtsmediziner kennen nur gekachelte Kellerwände.«

»Ich habe gehört, dass es auch Rechtsmediziner gibt, die gerne mal ihre Katakomben verlassen«, der Präfekt sah Leon listig an.

»Hat sich das also schon herumgesprochen?«, fragte Leon.

»Nichts verbreitet sich so schnell wie Klatsch. Sagen Sie bloß, das ist in Deutschland anders …«

Leon war sich nicht ganz sicher, ob der Präfekt gerade einen Scherz machte oder ob seine Bemerkungen kritisch gemeint waren.

»Danke, dass Sie so kurzfristig Zeit für mich haben, *Monsieur le Préfet.*«

»Sie haben eine sehr überzeugende Fürsprecherin.«

»Das stimmt«, Leon sah den Präfekten an. »Wenn *Capitaine* Morell sich erst mal etwas in den Kopf gesetzt hat, ist sie nicht mehr so leicht umzustimmen.«

»Ist es nicht genau das, was uns an den Frauen so fasziniert?« Der Präfekt sah Leon herausfordernd an.

Leon war ein wenig irritiert. Hatte Isabelle diesem Mann erzählt, dass sie eine Beziehung hatten? Es war wohl besser, dieses Thema nicht zu vertiefen.

»Ich vermute, *Capitaine* Morell hat Sie über den Stand der Ermittlungen bereits in Kenntnis gesetzt.«

»Oh ja …«, sagte der Präfekt mit einem Schmunzeln, »ich bin genau im Bilde, über alles.«

»Eine Exhumierung ist in der öffentlichen Wahrnehmung immer eine pietätlose Angelegenheit. Und wenn es sich dabei auch noch um das Grab eines Priesters handelt …« Leon sah den Präfekten an und war sich nicht sicher, ob der sich über seine Erklärungsversuche amüsierte. »Aber ich bin sicher, wenn sich auf diese Weise eine Mordserie aufklären lässt, wird sich die Aufregung schnell legen.«

»Und Sie denken, dass Sie das können: eine Mordserie aufklären?«

»Das kann natürlich nur die Polizei. Aber ich bin überzeugt, dass dieses Grab die Beweise für eine Mordserie liefern wird.«

Der Präfekt sah einen Augenblick über die Stadt und

wippte auf den Fußspitzen, als könnte er sich auf diese Art größer machen, um noch weiter schauen zu können. Dann drehte er sich zu Leon um.

»Ich habe heute Morgen einen Anruf aus dem Kulturministerium bekommen. Sie wissen, dass Sie in gefährlichen Gewässern segeln, *Docteur*? Es gibt einige Leute, die eine solche Exhumierung für außerordentlich unangebracht halten. Ich rede von einflussreichen Leuten.«

»Ich verstehe nicht ganz. Was wollte Paris?«

»Bedenken anmelden. Das ist die sicherste Methode, etwas unternommen zu haben, ohne sich dabei die Finger zu verbrennen.«

»Da stellt sich doch die Frage, warum diese Leute nicht wollen, dass die Wahrheit ans Licht kommt?«

»Es ist nicht immer klug, an der Vergangenheit zu rühren.«

Leon hatte plötzlich das Gefühl, auf verlorenem Posten zu stehen. Hatte Isabelle dem Präfekten nicht die Brisanz der Lage klargemacht?

»Auf der anderen Seite«, sagte der Präfekt in diesem Moment und lächelte. »Ich kann es nicht leiden, wenn sich Paris in meine Angelegenheiten einmischt.«

»Ich hatte gehofft, *Monsieur*, dass Sie die *Gendarmerie Nationale* und die Rechtsmedizin bei dem Versuch, die Wahrheit zu finden, unterstützen würden.«

»Jetzt reden Sie schon wie ein Politiker.« Wieder hatte der Präfekt dieses merkwürdige Schmunzeln im Gesicht. »Mich müssen Sie nicht überzeugen.«

»Heißt das, dass Sie den Plan unterstützen?«

»Eine solche Entscheidung zu treffen, liegt nicht in meiner Zuständigkeit. Wie Sie wissen, ist das ausschließlich Sache der Staatsanwaltschaft.« Der Präfekt schwieg, legte den Kopf schief und sah Leon in die Augen. »Ich kann Ihnen allerdings sagen, dass ich den Oberstaatsanwalt seit der Studienzeit kenne und wir zufällig heute Morgen ein längeres Gespräch geführt haben.«

»Bedeutet das, der Staatsanwalt hat grünes Licht gegeben?«

»Das bedeutet, dass ich persönlich sehr interessiert an Ihrer Untersuchung bin.« Wieder machte der Präfekt eine Pause und sah Leon mit dieser lauernden Neugier an. »Aber nur, solange sie zum Erfolg führt.«

»Ich verstehe ...«, sagte Leon unsicher.

»Wirklich?« Der Präfekt schien das Gespräch zu genießen. »Ich könnte mir gut vorstellen, dass sich der Staatsanwalt sehr bald bei *Capitaine* Morell melden wird.«

Es klopfte an der Tür, und bevor der Präfekt *»Entrez«* sagen konnte, betrat die Sekretärin das Büro.

»*Pardon*, aber die Delegation aus Montpellier wartet schon im Besprechungszimmer.«

»Ich komme, ich komme«, sagte der Präfekt, dann reichte er Leon die Hand. »In Frankreich tun die Männer zuletzt immer das, was die Frauen ihnen sagen. Ich wünsche Ihnen viel Erfolg, *Docteur*.«

»*Merci, Monsieur le Préfet*«, sagte Leon.

Der Präfekt rannte geradezu aus dem Zimmer. In der Tür blieb er kurz stehen und drehte sich noch einmal zu Leon und seiner Sekretärin um.

»Geben Sie unserem Gast bitte eines von unseren schönen Büchern«, er sah Leon an. »Ein Bildband über das historische Toulon. Das Vorwort stammt übrigens von mir. Es wird Ihnen bestimmt gefallen.«

62. KAPITEL

Der Gastraum des Restaurants mit seinen bequemen Stühlen und dem Feuer im Kamin hätte gar nicht gemütlicher sein können. Die *Auberge de la Mole* war ursprünglich ein einsames Bistro mit einer einzigen Tanksäule davor gewesen. Hier hatten höchstens mal ein paar Weinbauern oder verirrte Touristen gehalten, denen in den Hügeln des Massif des Maures der Sprit knapp wurde. Aber das war schon Jahrzehnte her. Inzwischen hatte sich das Bistro längst zu einem exquisiten Restaurant entwickelt. Aber man musste immer noch vom Bistro aus mitten durch die Küche gehen, wenn man einen Tisch in der gemütlichen Gaststube reserviert hatte. So wie es Leon an diesem Abend für sich und Isabelle getan hatte. Schließlich gab es etwas zu feiern.

Am Nachmittag war der Klinikchef bei Leon in der Rechtsmedizin aufgetaucht. Angeblich, um über die Personalaufstockung zu sprechen, die der *Médecin Légiste* schon vor Monaten beantragt hatte. In Wirklichkeit ging es Doktor Bayet jedoch um etwas anderes. Er wollte sich davon überzeugen, dass Leon seinen Plan von der Exhumierung tatsächlich zu den Akten gelegt hatte. Leon antwortete salomonisch und erklärte dem Klinikleiter, dass die Abteilung für Rechtsmedizin alles tun werde, was dazu beitragen könnte, ein Verbrechen aufzuklären. Daraufhin war der Klinikleiter ohne ein weiteres Wort verschwunden.

Wenig später meldete sich Zerna telefonisch bei Leon

im Büro, was bisher noch nie geschehen war. Offensichtlich war auch der Polizeichef unter Druck gesetzt worden, und diesen Druck versuchte er weiterzugeben. Doch Leon blieb stur. Je mehr Widerstand sich vor ihm auftürmte, umso entschlossener war er, seine Pläne umzusetzen.

Der alles entscheidende Anruf kam schließlich um 16.15 Uhr. Isabelle informierte Leon, dass sich der Staatsanwalt bei ihr gemeldet hatte. Er schien äußerst kooperativ und teilte ihr mit, dass er sich die ganze Angelegenheit noch einmal hatte durch den Kopf gehen lassen. Dabei sei er zu dem Schluss gekommen, dass man keine Chance ungenutzt lassen durfte, wenn es um die Aufklärung eines Mordes ginge, auch wenn die Tat schon zwei Jahrzehnte zurücklag. Der Staatsanwalt hatte zwar nicht genau gesagt, was ihn zum Umdenken bewegt hatte, auf der anderen Seite war das genau der Anruf, den der Präfekt vorausgesehen hatte.

»*Vive la politique*«, dachte Leon. Er informierte seinen Assistenten und die Gendarmerie, und man setzte den Termin für die Exhumierung schon für den nächsten Morgen um 7.30 Uhr an. Zerna hatte die Hoffnung, dass die Aktion zu dieser frühen Stunde weitgehend unbemerkt bleiben würde. Und weil dieser Tag so erfolgreich gelaufen war, hatte Leon einen Tisch in der *Auberge de la Mole* bestellt.

Die Vorspeisen bestanden aus selbstgemachten Terrinen, die auf einem Servierwagen von Tisch zu Tisch gefahren wurden. Jeder Gast konnte sich frei bedienen. Doch der Trick bestand darin, sich in Zurückhaltung zu üben, wenn man auch den Rest des Menüs genießen wollte. Als zweiter Gang wurden frische Flusskrebse in einem köstlichen Sud serviert, und anschließend konnten die Gäste zwischen Fisch und Fleisch wählen. Wer dann noch nicht genug hatte, bestellte sich ein Zitronensorbet oder eine wunderbare *Crème Caramel*.

Das Menü der *Auberge* war für die Gäste eine echte Herausforderung und eigentlich nur zwischen Herbst und Frühsommer ein Genuss. Wenn es draußen kühl und windig war und man sich bei einem erfrischenden Spaziergang von den Strapazen des mächtigen Menüs erholen konnte. Zumal der *Patron* jeden Gast beim Abschied im Bistro noch zu einem schnellen Armagnac am Tresen einlud.

Leon und Isabelle waren bester Laune, als sie über den Kirchplatz von la Mole gingen und vor dem Kriegerdenkmal stehen blieben. Sie sahen hinauf in den Nachthimmel, der klar und voller Sterne war.

»Danke für den wunderschönen Abend«, sagte Isabelle und legte ihre Arme um Leon.

»Ich muss mich bei dir bedanken.« Leon fühlte sich satt und glücklich. »Wir sollten viel öfter zusammen essen gehen.«

»Vorsicht, *Docteur*, ich kenne eine Menge schöner Lokale in unserer Gegend.« Isabelle kicherte, umarmte ihn und lehnte den Kopf an seine Schulter.

»Dann musst du aber auch weniger arbeiten.« Leon strich Isabelle sanft über die Haare.

»Würdest du bitte eine müde, satte Frau ins Bett bringen?«

»Müde, satte Frauen abzuschleppen ist meine Spezialität«, sagte Leon, während sie auf den Parkplatz hinter der Kirche zugingen, wo Leon seinen Wagen abgestellt hatte. Isabelle kicherte wie ein junges Mädchen.

Leon nahm eine Bewegung zwischen den Autos wahr, aber er achtete nicht weiter darauf. Als sie das Cabriolet erreichten, öffnete er für Isabelle die Beifahrertür.

»*Entrez, s'il vous plaît, Madame*«, sagte er.

In diesem Moment tauchte Nathalie neben dem Peugeot auf, wie der böse Geist in einem Traum.

»*Bonsoir*, Leon. Warum hast du mich nicht angerufen?« Ihre Stimme klang enttäuscht, traurig, aber auch vorwurfsvoll, wie die einer verlassenen Geliebten.

Nathalie trug ein leichtes Sommerkleid. Sie tat so, als wäre Isabelle gar nicht da. Sie ging zu Leon und berührte sanft seinen Arm, so wie man einen Geliebten berührt.

»Was soll das?« Leon klang mehr überrascht als empört.

Isabelle schwieg für einen Augenblick, als brauchte sie Zeit, die Situation richtig zu begreifen.

»Wer ist das?«, fragte Isabelle schließlich.

»Das, das ist eine Patientin, aus Saint-Sulpice.«

»Warum sagst du ihr nicht meinen Namen? Du weißt doch, wie ich heiße.«

»Ich verstehe nicht ...« Isabelle wich ein wenig zurück und betrachtete die Frau misstrauisch.

Nathalie hängte sich bei Leon ein.

»Hast du ihr wirklich nichts erzählt? Hast du ihr gar nichts von uns beiden erzählt?«

»Was denn erzählt?« Leon schob Nathalies Hand zur Seite. »Da gibt es nichts zu erzählen«, versicherte er Isabelle. »Sie ist eine Patientin.«

»Er ist so ein schlechter Lügner«, sagte Nathalie zu Isabelle, als spräche sie mit einer engen Freundin. »Ich weiß, er kann so leidenschaftlich sein, aber er steht nicht zu dem, was er getan hat.«

»Hören Sie auf damit.« Leons Stimme klang jetzt empört. »Und lassen Sie uns in Ruhe. Hör dir diesen Quatsch nicht an, Isabelle. Lass uns fahren.«

»Und was war auf dem Parkplatz, als du mich angefasst hast? Hat dir das etwa nicht gefallen?«

»Da war doch überhaupt nichts ...« Leon kam ins Stottern.

»Was hast du mit ihr auf dem Parkplatz gemacht?« Isabelle schaute Leon ungläubig an.

»Er mag es, wenn ich keine Wäsche trage. Hat er das von Ihnen auch schon mal verlangt?«

»Das ist doch alles Quatsch.« Leon fühlte sich so bedrängt, dass er am liebsten um sich schlagen wollte.

»Ach ja, und was ist das hier?« Jetzt sah Leon, dass sie einen gelben Baumwollpulli in der rechten Hand hielt, seinen Baumwollpulli. »Den hast du bei mir vergessen.«

»Das ist ...« Leon unterbrach sich. »Wo haben Sie den her?«

»Das würde mich allerdings auch interessieren«, sagte Isabelle.

»Du hast mir doch versprochen, dass du ihr alles sagen wirst.« Nathalie schüttelte den Kopf, als würde sie mit einem ungehorsamen Kind reden. »Wir ziehen zusammen. Ich habe eine Wohnung für uns gemietet.« Sie sah Leon an. »Na los, trau dich, erzähl es ihr.«

»Steig ein, ich will hier weg.« Leon setzte sich hinters Steuer und startete den Motor. Isabelle stieg ein.

»Willst du dich verdrücken ...?«, rief Nathalie so laut, dass ein paar Gäste zu ihnen herüberschauten. »Willst du jetzt lieber wieder mit ihr ficken ...?!«

Leon gab Gas, und Nathalie schleuderte dem Wagen den Pullover hinterher.

Minutenlang fuhr Leon schweigend die einsame Landstraße entlang, die sich durch das Hinterland zog. Isabelle saß stumm neben ihm. Sie lehnte sich gegen die Tür, als wollte sie möglichst viel Abstand zwischen sich und Leon bringen, soweit das in dem engen Cabriolet überhaupt möglich war.

»Du weißt, dass das alles Quatsch war, was sie gesagt hat«, begann Leon schließlich. Es war ihm unerträglich, dass die Frau, die er liebte, ihn mit Schweigen bestrafte.

»Und woher hatte sie dann deinen Pulli?«

»Keine Ahnung. Ich glaube, ich hatte ihn im Auto liegen, als sie mich auf dem Parkplatz angesprochen hat.«

»Du hast sie also wirklich auf dem Parkplatz getroffen …?« Isabelle klang enttäuscht.

»Nicht getroffen, sie hat mir nachgestellt. Ich habe diese Frau einmal in der Klinik untersucht. Verletzungen begutachtet, zusammen mit Doktor Menez. Ich weiß auch nicht, was sie sich seitdem einbildet.«

»Und woher hat sie dann deine Handynummer?«

Leon sah kurz zu Isabelle, die geradeaus starrte, wo das Licht der Scheinwerfer eine einsame Schneise in die Dunkelheit schnitt.

»Ich habe sie angerufen«, sagte Leon, und Isabelle sah ihn kurz an. »Ich dachte, es sei die Nummer einer Kollegin aus der Klinik …«

»Hör auf.« Isabelle hob abwehrend die Hand. »Verschon mich, bitte.«

»Du glaubst ihr diesen Quatsch doch nicht.«

»Ich will jetzt nicht mehr darüber sprechen.«

Den Rest der Autofahrt saßen sie schweigend nebeneinander. Leon ärgerte sich über sich selbst. Warum versuchte er, sich vor Isabelle zu rechtfertigen? Je mehr er ihr erklärte, umso tiefer verstrickte er sich in dieser blöden Sache. Diese Nathalie stellte ihm nach. Sie war eine Stalkerin. So einfach war das. Warum hatte er ein so schlechtes Gewissen?

Die beiden sprachen auch nicht miteinander, als sie nach Hause kamen. Ein paar ironisch gemeinte Bemerkungen von Leon wurden mit Schweigen beantwortet. Schließlich ging Leon ins gemeinsame Schlafzimmer, nahm sich Decke und Kissen und verbrachte zum ersten Mal wieder die Nacht allein im Gästezimmer.

63. KAPITEL

Der Plan, die Exhumierung unauffällig und in aller Stille durchzuziehen, war vom ersten Moment an zum Scheitern verurteilt. Als Leon um 7.30 Uhr am Friedhof von Bormes eintraf, gab es keinen einzigen freien Parkplatz mehr, und er musste seinen Wagen am Straßenrand abstellen. Eine Armada von Übertragungswagen der TV-Stationen hatte den Parkplatz besetzt. Die Journalisten wären auch auf den Friedhof vorgedrungen, wenn Polizeichef Zerna nicht die gute Idee gehabt hätte, den Eingang die ganze Nacht von seinen Leuten bewachen zu lassen. Masclau und Moma hatten kurzerhand die ganze Anlage zum Sicherheitsbereich erklärt und das Gelände mit rot-weißem Markierungsband abgesperrt.

Jetzt lauerten die Journalisten vor dem Tor oder standen auf Klappleitern, um nur nichts zu verpassen. Brigitte Dupin versuchte es mit ihrem Kameramann am hinteren alten Teil des Friedhofs, wo schon vor Jahren ein Stück Mauer eingebrochen und noch immer nicht repariert worden war.

»Guten Morgen, *Docteur.*« Moma hielt für Leon das Absperrband hoch.

»Guten Morgen, Lieutenant«, sagte Leon.

Als die Fernsehleute Leon bemerkten, richteten sich alle Kameras auf ihn, und die Journalisten drängten nach vorn. Leons Name wurde gerufen. Fragen wurden ihm gestellt. Aber er drehte sich nicht einmal zu den Journalisten um.

»Zurückbleiben, verdammt. Bleiben Sie hinter der Absperrung«, rief einer der Polizisten, die Moma am Eingang unterstützten.

»Sie sind heute hier der große Star«, sagte Moma anerkennend.

»Ich wünschte mir, wir wären allein.«

»Die anderen warten schon. Es ist der dritte Gang ...«

»Danke, ich weiß Bescheid.«

Leon bog in den Weg über den Friedhof ein, der zu beiden Seiten von verwitterten Grabsteinen gesäumt war und über dem der Dunst des frühen Morgens lag. Schon von weitem sah er eine Gruppe, die sich am Grab des Priesters versammelt hatte. Bei ihnen stand ein Bagger mit schmaler Schaufel, so wie man sie zum Ausheben von Kabelschächten am Straßenrand benutzte. Friedhofsangestellte hatten den Zaun um das Grab entfernt, damit der Bagger ungehindert arbeiten konnte. Zerna war offenbar früh aufgestanden und hatte zur Unterstützung Masclau mitgebracht. Staatsanwalt Orlandy stand einen Schritt abseits der Gruppe, und man konnte ihm ansehen, dass er das ganze Spektakel für überzogen hielt. Kommissarin Lapierre dagegen schien die Show zu genießen und sich bereits zu überlegen, welches Statement sie später beim Verlassen des Friedhofs vor der Presse abgeben würde.

In diesem Moment entdeckte Leon Professor Sorel, der auf einer Bank saß und den er von weitem zunächst für einen Mitarbeiter der Stadtverwaltung gehalten hatte.

»*Docteur* ...« Sorel sah zu ihm auf. »Auf einen Augenblick.«

»*Bonjour* ...?« Leon blieb vor dem Professor stehen, setzte sich aber nicht. »Ich dachte, das Gelände ist für Zuschauer gesperrt.«

»Meine Familie hat seinerzeit das Grab für Pater Berthier gestiftet.« Sorel hatte sein freundlichstes Lächeln aufgesetzt. »Ich wollte nur noch einmal darum bitten, dass die Pietät gewahrt wird.«

»Natürlich, in diesem Punkt fühle ich genau wie Sie.«

»Sie glauben vielleicht, Sie hätten starke Verbündete, *Docteur*«, die Freundlichkeit war plötzlich von Sorels Gesicht verschwunden. »Aber überschätzen Sie nicht Ihren Einfluss.«

»Sie scheinen ja sehr besorgt zu sein, was dieses Grab angeht ...«

»Noch können Sie diesen Spuk beenden. Reden Sie mit dem Staatsanwalt, und brechen Sie die Aktion ab. Sie würden allen einen Gefallen tun.«

»Ich bin nicht hier, um jemandem einen Gefallen zu tun.« Leon sprach ganz ruhig. »Ich möchte einen Mord aufklären.«

»Docteur ...!«, rief Zerna und winkte Leon zu. »Wir warten auf Sie.«

»Ich komme«, sagte Leon und sah noch einmal zu Sorel. *»Bonne journée.«*

»Sie machen einen gewaltigen Fehler.« Sorel konnte die Wut in seiner Stimme nicht verbergen. Er stand auf und ging in Richtung Ausgang, ohne sich noch einmal umzusehen.

»Kann die Show jetzt endlich losgehen, *Docteur*?«, fragte Masclau, als Leon die Gruppe erreichte.

Nachdem man sich begrüßt hatte, bat Leon den Baggerführer, vorsichtig mit dem Ausheben zu beginnen. Der Diesel sprang knatternd an, die Schaufel senkte sich und hob trockene Erde vom Grab. Alle starrten auf den Bagger. Mit jeder Schaufelfüllung fraß sich die Maschine näher an die

Wahrheit heran. Die vorgeschriebene Tiefe eines Grabes in Frankreich liegt bei 1,80 Meter. Leon ließ die Maschine die Erde bis auf eine Tiefe von 1,20 Meter abräumen, dann waren die Männer vom Bestattungsunternehmen mit ihren Schaufeln dran.

»Graben Sie vorsichtig, und wenn Sie auf etwas stoßen, sagen Sie Bescheid«, gab Leon Anweisung.

»Besonders wenn es eine Truhe voller Gold ist«, meinte Masclau, aber niemand lachte.

Die Besucher beobachteten wie gebannt die beiden Männer mit den Schaufeln, die Ladung um Ladung der ockerfarbenen Erde zu einem staubigen Hügel anhäuften. Leon hatte eine genaue Vorstellung davon, worauf sie stoßen würden, noch bevor die Schaufeln den Sarg treffen würden. Es wären die sterblichen Überreste jener unbekannten jungen Frau, deren Foto Isabelle in der ausgebrannten Werkstatt von Pignol gefunden hatte.

»Ich hab was!«, rief einer der Männer und stieß vorsichtig das Blatt seines Spatens ein paar Zentimeter in die feste Erde. Ein dumpfes Geräusch war zu hören, als hätte jemand an eine alte Holztür geklopft. Neugierig beugte sich die Delegation über den Schacht, in dem die Männer standen und zu ihnen hinaufsahen.

»Das sind keine Knochen«, bemerkte Masclau. »Das ist Holz.«

»Was sollen wir jetzt tun?«, fragte einer der Männer vom Beerdigungsinstitut.

»Ausgraben, was denn sonst.« Leon klang missgelaunt, und es tat ihm sofort leid. Aber die Anspannung war auch für ihn nur schwer zu ertragen. Die Totengräber sahen fragend zum Staatsanwalt und der Kommissarin.

»Der *Médecin Légiste* entscheidet, wie wir vorgehen«,

sagte Madame Lapierre, und es klang, als würde sie diese Regelung bedauern.

Unter den Anweisungen von Leon wurde vorsichtig die Erde Schicht um Schicht abgetragen. Zwischendurch nahm Leon einige Proben, die er in Gläser füllte und mit einer Notiz versah.

Es dauerte eine weitere halbe Stunde, bis der Eichensarg ganz freigelegt war. Aber außer einer zusammengedrückten Bierdose und einer verrosteten Gartenharke hatte die Erde nichts freigegeben. Es gab keine Knochen. Leon konnte es nicht glauben. War es möglich, dass jemand das Mädchen zu dem Priester in den Sarg gelegt hatte?

»Das war's dann, *Docteur.*« Zerna klang zufrieden, fast ein wenig amüsiert. »Da unten ist nichts.«

»Soll ich das Beweisstück sichern?« Masclau hielt Leon mit spitzen Fingern die zerdrückte Bierdose hin. Zerna grinste.

»Holen Sie jetzt den Sarg nach oben«, ordnete Leon an.

»Das ist nicht Ihr Ernst«, sagte die Kommissarin.

»Wir führen hier eine Exhumierung durch. Das bedeutet, wir graben einen Toten aus.« Leon versuchte, souverän zu wirken, als hätte er so etwas schon zigmal gemacht und wüsste genau, wie er vorzugehen hatte.

»Aber da ist doch nichts!«, sagte Zerna und deutete in den leeren Schacht mit dem Sarg.

»Haben Sie vielleicht schon im Sarg nachgesehen ...?«, fragte Leon provozierend.

Der Staatsanwalt nickte Zerna zu, und der gab den Männern des Beerdigungsinstituts ein Zeichen. Um den Holzsarg wurden zwei mit Stahlfäden verstärkte Transportbänder geschlungen, und dann unterbrach der Bagger mit seinem Dieselmotor erneut die Totenruhe. Kurz darauf schwebte der Sarg aus der Gruft und wurde vorsichtig auf dem Weg vor dem Grab abgestellt.

»Öffnen Sie jetzt bitte den Sarg«, sagte Leon.

Keiner der Anwesenden sagte ein Wort, und nur gelegentlich war ein nervöses Räuspern zu hören. Einer der Totengräber kehrte mit einem Handbesen den Sargdeckel ab. Der andere setzte einen elektrischen Schraubendreher an, und die Maschine begann mit hellem Surren, die acht Kreuzschrauben aus dem Deckel zu drehen. Nachdem sie die letzte Schraube zur Seite gelegt hatten, hoben die Männer den Deckel an und legten ihn neben den Sarg.

»*Mon Dieu* ...!«, entfuhr es Masclau, und er bekreuzigte sich.

Der Tote war nach zwanzig Jahren überraschend gut erhalten. Die Haut hatte sich wie geschrumpftes Leder über die Wangenknochen gespannt. Die grauen Haare wirkten wie Flaum auf der dunkelbraunen Kopfhaut. Die Augen waren geschlossen. Die trockenen Lider zogen sich nach innen. Der warme, sandige Boden und die exponierte Lage des Friedhofs auf dem Hügel hatten dafür gesorgt, dass sich so gut wie keine Feuchtigkeit im Boden sammeln konnte. Der Tote war langsam ausgetrocknet und hatte sich mumifiziert, hatte sich in eine groteske geschrumpfte Kopie des Menschen verwandelt, der er einmal gewesen war.

Leon zog sich Latexhandschuhe an und beugte sich über den Toten. Vorsichtig untersuchte er den Körper.

Zwischen die gefalteten Hände, deren geschrumpftes Fleisch die Finger überlang erscheinen ließ, hatte man seinerzeit einen Rosenkranz und ein Kreuz gelegt. Der Tote war in einer Soutane beerdigt worden. Sie war inzwischen grau und zerschlissen. An den Füßen trug der Tote schwarze Schuhe, deren Schnürsenkel noch immer zu akkuraten Schleifen gebunden waren. Und um den Hals war unter dem schmalen Kragenbund noch das Weiß des Kollars zu erkennen.

Leon starrte auf den Kopf des Mannes. Das geschwundene Fleisch hatte die Lippen des Toten wie zu einem Grinsen verzerrt. Als ob er ihn auslachen würde, dachte Leon. Warum auch nicht? Es bestand kein Zweifel: In diesem Grab lag nur der Priester und sonst niemand.

Als Leon eine Stunde später zum Tor des Friedhofs kam, standen die Journalisten dort wie eine Mauer. Inzwischen hatte es sich auch bei den Anwohnern herumgesprochen, dass auf ihrem Friedhof ein Grab geöffnet wurde. Auf der Straße vor dem Friedhof hatte sich ein Verkehrsstau gebildet, und die Polizei hatte alle Hände voll zu tun, wieder Bewegung in die Wagenkolonne zu bringen.

Leon hatte so lange am Grab gewartet, bis der Sarg wieder verschlossen und in die Grube gesenkt wurde. So als könnte er im letzten Moment doch noch eine Spur der toten Frau entdecken. Er war vorher sogar noch mit Hilfe einer Leiter in die Grube gestiegen und hatte die Wände kontrolliert. Aber da war nichts. Es gab keine Knochen, keine Reste einer verwesten zweiten Leiche, nicht mal eine Verfärbung des Erdreichs. Leon musste sich eingestehen, dass er sich geirrt hatte. Er sah schweigend zu, wie die Männer das Grab wieder zuschaufelten, und er entschuldigte sich in Gedanken bei dem Toten, dass er ihn in seiner Ruhe gestört hatte.

Am Eingangstor des Friedhofs stand Isabelle. Sie hielt die Zufahrt frei, kümmerte sich um die Journalisten und sorgte gleichzeitig dafür, dass der Verkehr auf der Straße nicht zum Erliegen kam. Als sie Leon sah, kam sie zu ihm.

»Tut mir leid, Leon«, sagte sie. Leon nickte nur. »Was hast du jetzt vor?«

»Keine Ahnung. Ich muss erst mal nachdenken«, sagte er müde.

»*Docteur!*« Zerna, der gerade zusammen mit der Kommissarin und dem Staatsanwalt eine improvisierte Pressekonferenz abgehalten hatte, blieb vor Leon stehen. »Wir sehen uns alle um 16 Uhr zu einer Besprechung in meinem Büro. Der Staatsanwalt möchte, dass Sie auch dabei sind.«

»In Ordnung«, sagte Leon müde. »Bis später.«

Er beantwortete keine der Fragen, mit denen die Journalisten ihn bedrängten, als er zu seinem Auto ging. Nachdem er das Dach zurückgeklappt und sich hinters Steuer gesetzt hatte, hielt neben ihm der Bentley von Sorel. Der Professor ließ die Scheibe herunter.

»Das wird für Sie Konsequenzen haben, das ist Ihnen doch hoffentlich klar?«

Leon hatte das Gefühl, dass Sorel lächelte, als er das sagte.

»*Bonne journée*«, antwortete Leon und gab Gas.

64. KAPITEL

Auf der Straße war kaum Verkehr, als Leon die zwanzig Kilometer in Richtung Collobrières zu seinem Weinberg fuhr. Die Platanen waren noch kahl und sahen mit ihren fleckigen Stämmen aus, als wären sie aus Stein. Als Leon die Höhe des Col de Babaou erreichte, blieb er einen Moment stehen und versuchte, den Ausblick zu genießen. Die mächtigen Kastanienbäume an den Hängen waren vom Flaum der ersten Blätter überzogen und drängten sich wie grüne Puderquasten aneinander. Trotzdem gelang es ihm nicht, den pochenden Gedanken in seinem Kopf loszuwerden. Die Erinnerung an das, was er am Morgen erlebt hatte, ließ sich nicht verdrängen. Er hatte versagt, versagt, versagt!

Natürlich, jeder konnte sich mal irren, sogar ein Rechtsmediziner. Doch dieser Fall lag anders. Leon war so überzeugt davon gewesen, auf der richtigen Spur zu sein. Er war sich seiner Sache so verdammt sicher gewesen, dass er sogar eine Exhumierung angeordnet hatte. Weil er dachte, dass er kein Risiko einging. Dass seine Kritiker blass und stumm vor Scham würden, wenn er vor ihnen das Grab des Priesters öffnen ließ und man in der aufgeworfenen Erde die Überreste einer jungen Frau fände. Einer Frau, die vor zwanzig Jahren von rücksichtslosen, verzogenen Millionärssöhnen auf widerliche Art missbraucht und umgebracht worden war. Von Menschen, die keinerlei Mitleid kannten und die heute zur Creme der Gesellschaft gehörten. Er wollte sie blamieren, sie bloßstellen. Und genau das war es, was er sich vorwarf: seine Selbstüberschätzung. Er hatte den nüchternen Blick auf die Fakten verloren. Aber was noch schlimmer war, er hatte sein Bauchgefühl verloren. Jenen sicheren Instinkt, der ihm auch in den aussichtslosesten Momenten den richtigen Weg wies. Dieser überlebenswichtige Instinkt hatte ihn verlassen.

Leon wollte im Moment niemanden sehen. Darum war er vom Friedhof nach Hause gefahren, um sich ein paar warme Klamotten mitzunehmen. Er würde sich zurückziehen. Wenigstens ein paar Tage in Le Lézard, in seinem Haus im Weinberg verbringen. Dort konnte er in Ruhe über alles nachdenken. Überlegen, an welchem Punkt der Ermittlungen seine Gedanken in eine Sackgasse geraten waren. Das war seine Methode, sich langsam zurückzutasten und seine Gedanken neu zu ordnen.

Als er mit der gepackten Reisetasche die Treppe herunterkam, traf er Lilou und Olivier in der Küche.

»Hast du etwa heute Nacht im Gästezimmer geschlafen?«, wollte Lilou wissen.

»Es war schon spät, und ich musste noch arbeiten«, log Leon und wusste, dass er damit bei Lilou nicht durchkommen würde.

»Ich dachte, du warst mit *Maman* im Restaurant.«

»Stimmt, aber ich habe trotzdem noch gearbeitet.«

»Und jetzt ziehst du aus …?« Ihr Blick fiel auf seine Reisetasche, und ihre Stimme klang traurig.

»Ich zieh nicht aus. Ich will nur für ein paar Tage nach Le Lézard fahren. Abstand gewinnen, verstehst du?«

»Oh, oh«, sagte Lilou, und Leon sah sie irritiert an. »Mein Dad wollte auch Abstand gewinnen. Und dann ist er mit einer anderen zusammengezogen und nie wieder hier aufgekreuzt.«

»So ist es aber nicht ...«

»Wäre echt schade, wenn Sie verschwinden würden.« Olivier sah Leon mit seinem offenen Blick an. »Ich finde Sie nämlich echt in Ordnung.«

»Das fasse ich mal als Kompliment auf«, sagte Leon.

»Stimmt das, was die im Internet schreiben?«, fragte Olivier. »Sie haben 'ne Leiche ausgebuddelt?«

»Das ist ja so was von eklig«, sagte Lilou.

»Das erzähle ich euch ein anderes Mal. Ich muss los. Ich hab später noch einen Termin auf der Wache.«

Jetzt saß Leon in seinem Auto und dachte über die letzten 24 Stunden nach, in denen alles schiefgelaufen war, was schieflaufen konnte. Auf *Radio Nostalgie* sang Charles Trenet mit seiner sanft schaukelnden Stimme »Que reste-t-il de nos amours?«. Was bleibt von unserer Liebe? Leon schaltete auf ein anderes Programm um.

Er sah auf die Weinberge, die rechts und links der schmalen Straße aufgetaucht waren. Aus den Stöcken hätten zu dieser Jahreszeit längst neue Triebe und Blätter wachsen müssen. Aber die Weinstöcke waren trocken und kahl. Sie schienen sich wie die Finger des toten Priesters in die Luft zu recken, auf der vergeblichen Suche nach Feuchtigkeit.

Warum hatte Leon auch darauf bestanden, dieses verfluchte Grab zu öffnen? Diese Frage stellte er sich zum hundertsten Mal an diesem Vormittag, und zum hundertsten Mal gab er sich dieselbe Antwort: Weil er den Mord an einer jungen Frau aufklären wollte, von dem die anderen nichts wissen wollten. Weil er eine Antwort suchte für den Tod von drei Männern, die grausam gefoltert worden waren, und weil er niemals die Dinge auf sich beruhen lassen würde.

Als er das gemauerte Tor des Weingutes Le Lézard erreichte und auf den Feldweg abbog, der sich den Hügel hinaufschlängelte, war Leon so in Gedanken, dass er nicht in den Rückspiegel sah. Darum bemerkte er auch nicht den silbernen Golf, der ihm seit Le Lavandou gefolgt war und der weit hinter ihm ebenfalls in den Feldweg einbog.

Der Weg war trocken, und Leons Peugeot zog eine Staubfahne hinter sich her, als er den Hügel hinauffuhr. Nach einem halben Kilometer hatte er das Haus erreicht. Es war ein verwinkeltes Gebäude, aus Naturstein gemauert, das aussah, als wäre es aus dem Boden gewachsen. Über der Eingangstür wucherte Efeu, die Fenster waren mit lavendelfarbenen Läden verschlossen, das Dach mit ockerfarbenen Ziegeln gedeckt. Es war ein Haus wie aus einem Märchenbuch über die Provence, und jedes Mal, wenn er hierherfuhr, überkam ihn ein Glücksgefühl. Leon hatte das Haus von seiner Tante mütterlicherseits geerbt. Er hatte das alte Gebäude liebevoll renoviert und den Weinberg an einen benachbarten Winzer verpachtet.

Mit wenigen Griffen hatte Leon den Strom eingeschaltet, die Fenster geöffnet, und eine Viertelstunde später vermischte sich die warme Frühlingsluft, die nach Knospen und Erde roch, mit dem Geruch von frisch aufgebrühtem Kaffee.

Leon setzte sich mit seinem *Café Crème* auf die Terrasse, von der man weit über das Tal des Réal Collobrier sehen konnte. Der schmale Fluss führte allerdings zurzeit so wenig Wasser, dass man seinen Verlauf nur erahnen konnte. Und wenn es nach den Wettermeldungen ging, würde sich das in absehbarer Zeit auch nicht ändern. Gelegentlich hatten sich zwar Wolken über der Provence zusammengezogen, aber der Levant, der warme Ostwind, hatte sie immer wieder vertrieben, bevor sie ihren Regen über das Land gießen konnten. Auch heute würde es nicht regnen, wie Leon sich mit einem Blick in den hellblauen Himmel überzeugte. Die Weinernte würde in diesem Jahr mager ausfallen.

Leon ging in Gedanken noch einmal den Fall durch, der ihm in den letzten Tagen so viel Kopfzerbrechen bereitet hatte. Und er überlegte sich, was er heute Nachmittag dem Staatsanwalt und der Kommissarin sagen sollte, ohne dass es wie eine hilflose Entschuldigung wirkte. Als er in die Küche ging, spürte er einen Luftzug und sah, dass die Haustür offen stand. Hatte er vergessen, sie zu schließen?

Wie üblich lief das Wasser in der Küche nur spärlich, und Leon beschloss, in den Keller zu gehen und den Zulauf weiter aufzudrehen. Der Keller war ein tonnenartiges Gewölbe mit nur einem Raum und niedriger Decke, so dass Leon den Kopf einziehen musste, wenn er am Hauptwasserhahn oder am Sicherungskasten hantierte. Man erreichte diesen düsteren Raum nur über eine Falltür, die im hinteren Eck des Küchenbodens eingelassen war. Der schwere Eichendeckel besaß ein Gegengewicht aus Metall, das an einem Seil hing und über eine Umlenkrolle mit dem Griff der Tür verbunden war. War es eingehakt, ließ sich die Tür mit wenig Kraftaufwand anheben. War es nicht eingeklinkt, lag die Tür schwer wie Blei im Boden.

Leon klappte die Tür hoch und stieg die steilen Holzstufen hinunter. Eine einzelne Glühbirne beleuchtete den gruftartigen Raum, dessen Rückwand aus einem Holzregal voller Weinflaschen bestand. Leon drehte das rostige Absperrrad des Wasserzulaufs weiter auf. Er sollte endlich das Ventil austauschen lassen. Als er wieder die Treppe hinaufsteigen wollte, bemerkte er plötzlich über sich, am Rand des Einstiegs, eine Bewegung. Im nächsten Moment senkte sich die schwere Klappe nach unten und schloss mit einem dunklen Schlag. Leon stieg ein paar Stufen hinauf und versuchte, die Tür hochzudrücken, aber der Deckel bewegte sich keinen Millimeter. Über sich auf dem Küchenboden hörte er das Geräusch von Schritten.

»He, was soll das? Wer ist da?«

Leon stieg gebeugt noch eine Stufe höher und stemmte sich mit dem Rücken gegen die Klappe. Er spürte, dass er sie ein Stück anheben konnte. Doch schon im nächsten Moment wurde sie wieder mit Macht zugedrückt, und er hörte, wie jemand den schweren Küchentisch auf die Falltür schob.

»Was soll der Quatsch?« Leon schlug mit der Faust gegen die Klappe, und seine Schläge hallten dumpf durch den Kellerraum.

»Bitte, reg dich nicht auf, mein Schatz«, sagte in diesem Moment eine Frauenstimme von oben, und Leon brauchte einen Augenblick, bis ihm klarwurde, wer da sprach.

»Nathalie …?«, fragte er laut und ärgerlich.

»Es ist besser, wenn du hierbleibst, bei mir«, sagte die Frau. »Glaube mir …«

»Mach schon auf. Komm, lass mich raus!«

»Wir gehören zusammen, *mon cher*, und das weißt du. Ich weiß, dass du mich liebst. Aber du musst noch lernen, es auch zuzulassen. Du kannst nur dann deinen Weg gehen, wenn du dich zu deinen Gefühlen bekennst. Ich kenne meinen Weg, Leon.«

»Nathalie«, Leon versuchte seiner Stimme einen freundlichen und sanften Ton zu geben, während langsam Panik in ihm aufstieg. »Warum lässt du mich nicht raus? Willst du mich denn nicht sehen? Willst du nicht, dass wir uns in den Arm nehmen? Ich möchte dir so viel erzählen ...«

»Ich weiß, aber du musst noch eine Weile hier warten, bis ich wieder nach dir sehen kann. Bitte versteh es nicht als Strafe. Es ist dein erster Schritt auf deinem neuen Weg. Aber dann werden wir zusammen sein. Auf immer und ewig ...«

Leon hörte, wie die Frau durch die Küche ging, den Hausflur entlang, und dann fiel die Tür ins Schloss.

»Nathalie ... Nathalie!«, rief Leon laut.

Aber niemand antwortete. Er hörte, wie ein Auto gestartet wurde und davonfuhr.

65. KAPITEL

Die Besprechung war auf 16 Uhr angesetzt. Zerna zeigte sich von seiner schlechtgelaunten Seite. Er war wütend. Auf den Idioten von Staatssekretär, der ihn schon zwei Mal aus Paris angerufen hatte, um zu erfahren, was die Gendarmerie im Fall Lambert zu unternehmen gedenke. Auf den Staatsanwalt, der ihm vorwarf, dass er sich von einem verantwortungslosen *Médecin Légiste* vorführen ließ. Und er war wütend auf die TV-Stationen, die mit dem Finger auf Le Lavandou zeigten und sich über ihn und die ganze *Gendarmerie Nationale* lustig machten. In einem Kommentar wurde sogar gefragt, ob Zerna der neue Louis de Funès der Côte d'Azur wäre. Und er hatte natürlich eine riesige Wut auf Leon, der für diesen gottverdammten Schlamassel verantwortlich war, wie Zerna Isabelle erklärt hatte, bevor er aus ihrem Büro gestürmt war und die Tür hinter sich zugeschmettert hatte.

Jetzt saßen Isabelle, Masclau, Staatsanwalt Orlandy und Kommissarin Lapierre bei Zerna im Büro und warteten darauf, dass Leon auftauchte, der eigentlich für seine Pünktlichkeit bekannt war. Doch inzwischen war es bereits 16.20 Uhr und vom Rechtsmediziner keine Spur. Isabelle hatte mehrfach versucht, Leon zu erreichen, aber auf seinem Handy meldete sich nur die Mailbox. Zuletzt hatte sie auch in der Klinik angerufen, aber auch dort hatte Leon sich heute noch nicht sehen lassen. Inzwischen machte

Isabelle sich ernsthafte Sorgen, dass Leon irgendetwas passiert sein könnte, aber das verriet sie ihren Kollegen nicht. Dafür nahm sie Leon in Schutz vor seinen Kritikern, die sich darauf geeinigt hatten, dass er sich nach dem Desaster wahrscheinlich irgendwo versteckt hielt. Was ja kein Wunder wäre bei der *vraie merde*, die der *Docteur* heute Morgen angerichtet hatte, wie Zerna es ausdrückte.

Zwischen Staatsanwalt, Kommissarin und Polizeichef herrschte eine seltene Einigkeit darüber, dass die ganze Theorie, die Leon aufgestellt hatte, barer Unsinn war. Masclau stimmte ebenfalls zu. Nur Isabelle versuchte weiter, Leon zu verteidigen, stand dabei aber auf verlorenem Posten.

Im Fernseher des Besprechungsraums lief die jüngste Ausgabe der News-Show von *Canal 6*. Brigitte Dupin war zu sehen, die vor dem Tor des Friedhofs stand. Eingeblendet wurden Aufnahmen vom Vormittag, auf denen man sah, wie der Bagger den Priester aus seiner letzten Ruhe riss. Die Moderatorin sparte nicht an Emotionen. Zunächst klang ihre Reportage, als ginge es um die Ausgrabung eines zweiten Tutanchamun. Dann wechselte ihr Ton, und zuletzt machte sie sich über Polizei und Staatsanwaltschaft lustig, die sich Wunderdinge erhofft, aber nur ein stinknormales Grab aufgebuddelt hatten. Zum allgemeinen Ärger der Bevölkerung, wie sie nicht zu betonen vergaß. Brigitte Dupin hatte sogar noch den Präfekten vor die Kamera bekommen. Der bekräftigte, dass er von Anfang an in diesem Fall zur Vorsicht geraten hatte, aber verantwortlich sei immer der Oberstaatsanwalt, in dessen Entscheidungen er sich selbstverständlich niemals einmischen würde.

Als sich Isabelle entschuldigte, um ein weiteres Mal zu versuchen, Leon am Telefon zu erreichen, wurde sich die

Gruppe darüber einig, dass der *Médecin Légiste* diesmal eindeutig zu weit gegangen war. Sie wussten nicht, dass der Klinikchef bereits vom Büro des Präfekten angerufen worden war, mit der eindeutigen Empfehlung, das Arbeitsverhältnis mit dem *Docteur* aus Deutschland nicht zu verlängern. Aber das war natürlich keine offizielle Anordnung. Die endgültige Entscheidung in dieser Sache würde man dem erfahrenen Klinikleiter *Docteur* Hugo Bayet selbst überlassen.

66. KAPITEL

Die Panik kam ganz plötzlich. Sie sprang Leon an aus der Finsternis wie ein böses Tier, das sich in seiner Seele verbiss und das er vergeblich versuchte, wieder abzuschütteln. Die Panik lähmte ihn jetzt wie eine Betäubung.

Im ersten Moment war ihm seine Lage gar nicht richtig bewusst gewesen. Zu groß war der Zorn auf die Frau, die in sein Haus eingedrungen war. Die ihn in seinen eigenen Keller eingesperrt hatte wie ein ungezogenes Kind und die auch noch so dreist war, einfach wieder wegzufahren und ihn hier zurückzulassen.

Aber nachdem das fremde Auto verschwunden war und sich plötzlich die Stille auf das Haus senkte wie eine große dunkle Decke, hatte Leon das Gefühl, als würde sein Brustkorb zusammengedrückt, als würde ihm der Atem abgeschnürt. Das ist nur dein Keller, versuchte er, sich zu beruhigen. Der Keller unter deinem Haus. Er war Dutzende Male hier unten gewesen. Hatte aufgeräumt, kannte jede Ecke. Und trotzdem war er jedes Mal froh gewesen, wenn er die Treppe wieder hinauf ins Licht steigen konnte. Doch jetzt war der einzige Ausgang verschlossen. Ausgeschlossen, den Deckel anzuheben. Er war gefangen in der steinernen Gruft. Allein. Ein paarmal hörte er das Handy in seinem Leinensakko klingeln, das er auf die Küchenbank gelegt hatte.

Natürlich würden sie nach ihm suchen. Aber wann?

Leon spürte, wie sich sein Atem beschleunigte. Vor seinen Augen tanzten dunkle Flecken. Er saß auf der Treppe und konnte sich nicht mehr rühren. Ruhig atmen, sagte er sich. Regelmäßig ein- und ausatmen. Er musste seinen Puls beruhigen. Sie würden nach ihm suchen, bestimmt.

Die alte, schwache Glühbirne über der Treppe flackerte, und Leon durchlief eine neue Welle der Angst. Was, wenn die Birne jetzt verlosch, was, wenn er hier in der Dunkelheit sitzen müsste? Wie lange hielt eine Glühbirne? Wie alt war die einzige Lichtquelle, die sein Verlies erleuchtete? Vielleicht so alt wie die Stromleitung, die vor mehr als einem halben Jahrhundert in dieses Bauernhaus gelegt worden war? Leon erinnerte sich an einen Artikel, den er irgendwo gelesen hatte, über die Glühbirne in einer Feuerwache in Amerika. Angeblich brannte diese Birne seit 1890 ununterbrochen. Wieder flackerte das Licht im Keller. *Bitte halte durch,* flehte Leon still, *lass mich nicht allein.*

67. KAPITEL

Es war inzwischen schon nach 21 Uhr, und Isabelle fand, es sei an der Zeit, nach Hause zu gehen. Kommissarin Lapierre hatte die Ermittlungen übernommen, und alles, was den Frauen und Männern der *Gendarmerie Nationale* in Le Lavandou zu tun übrigblieb, war, Madame Lapierre zuzuarbeiten. Jede Spur wurde von ihr persönlich noch einmal überprüft, jeder Bericht gegengelesen. Natürlich brachte das den Fall keinen Millimeter weiter, aber es verschaffte der Kommissarin das Gefühl, die Ermittlungen in eine ganz neue Richtung zu lenken.

Zerna hatte sich gekränkt in sein Büro zurückgezogen. Er empfand die Situation als Angriff auf seine Person und persönliche Beleidigung. Isabelle versuchte ein letztes Mal, Leon zu erreichen, aber da war nur die Mailbox, und in der Klinik hatte er sich auch nicht gemeldet. Isabelle löschte das Licht und schloss die Tür ihres Büros.

Zu Hause nahm sie sich die Reste eines Couscous aus dem Kühlschrank und löffelte es kalt. Dazu schenkte sie sich ein Glas Rotwein ein. Sie ärgerte sich über sich selber, dass sie ständig an Leon denken musste. Wie einsam sie sich gefühlt hatte, als sie heute Morgen allein in ihrem Bett aufgewacht war. Und Leons enttäuschter Blick, als sie ihm später kurz auf dem Friedhof begegnet war. Ja, sie machte sich Sorgen. Vielleicht hatte sie ja wegen der Frau, die auf dem Parkplatz in La Mole aufgetaucht war, überreagiert?

Auf der anderen Seite – die selbstverständliche Art, mit der diese Frau mit Leon sprach und ihn berührte, hatte sie wütend gemacht. Und je mehr Leon sich vor ihr rechtfertigte, umso mehr hatte sie ihm misstraut.

»Kommt Leon heute nicht nach Hause?« Lilou kam in die Küche und klang enttäuscht.

»Ich weiß nicht, ich habe ihn seit heute früh nicht mehr gesehen«, sagte Isabelle.

»Habt ihr euch gestritten?«

»Nein ... das heißt ja, irgendwie schon.«

»Und jetzt ist er weggefahren ...?«

»Wieso weggefahren?«, fragte Isabelle neugierig.

»Er war kurz hier und hat ein paar Sachen in eine Reisetasche gepackt.«

»*Bonsoir*, Madame Morell.« Olivier kam die Treppe hinunter.

»Du hast mir gar nicht gesagt, dass Olivier kommt«, sagte Isabelle und begrüßte den Jungen. »*Bonsoir*, Olivier.«

»Wir wussten ja nicht, wann Sie zurückkommen«, sagte Olivier in seiner pragmatischen Art. »Ich wollte nicht, dass Lilou hier allein ist.«

»Hat Leon denn gesagt, wohin er fahren wollte?« Isabelle versuchte, die Frage möglichst gleichgültig zu stellen.

»Er wollte nach Le Lézard.« Und nach einer Pause: »Er sah irgendwie traurig aus.«

»Ich geh dann mal«, sagte Olivier.

»Du kannst ruhig bleiben.« Isabelle stellte den leeren Teller in den Abwasch. »Es ist noch Couscous da, das könnt ihr euch warm machen.«

»Und was machst du?«

»Ich schau mir die Nachrichten an, und dann gehe ich

ins Bett«, Isabelle legte den Arm um ihre Tochter. »Ich bin heute Morgen um fünf Uhr aufgestanden.«

»Glaubst du, es ist alles in Ordnung mit Leon?«, fragte Lilou besorgt.

»Natürlich ...«, behauptete Isabelle. Aber sie spürte, dass sie eigentlich etwas anderes sagen wollte.

Isabelle sah nur kurz in die Nachrichten. Dann ging sie nach oben und legte sich auf ihr Bett, ohne sich auszuziehen. Sie schloss die Augen und versuchte, sich zu entspannen, wie sie es in ihrem Yogakurs gelernt hatte. Aber es gelang ihr nicht. In ihrer Vorstellung tauchten Bilder von Verkehrsunfällen auf. Immer wieder sah sie Leon von der Straße abkommen und in den Abgrund stürzen. Aber hätte man ihn da nicht längst gefunden? Warum rief er nicht an? Warum ließ er sie in dieser Ungewissheit zurück? Das hatte er bisher noch nie gemacht.

Irgendwann schlief Isabelle ein. Als sie wieder aufwachte, war es 2.15 Uhr. Sie stand leise auf und warf einen Blick in Lilous Zimmer. Ihre Tochter lag im Bett, Olivier schlief auf dem Sofa. Isabelle ging nach unten, steckte ihre Dienstwaffe ein und schloss leise die Haustür. Draußen war es kühl, und vom Meer war leichter Nebel aufgezogen, der die Sterne verbarg.

68. KAPITEL

Leon betrat das Schlafzimmer, in dem nur die Nachttischlampe brannte. Er war spät nach Hause gekommen. Vorsichtig schlug er die Decke zurück, um Isabelle nicht zu wecken. Da sah er das Blut. Überall war Blut. Es glänzte nass und rot im Schein der Lampe. Er wollte Isabelles Namen rufen, aber er konnte nicht. Er wollte die Decke wegreißen, aber er konnte sich nur wie in Zeitlupe bewegen. In diesem Moment drehte sich die Frau im Bett zu ihm um. Sie war nackt und voller Blut. In der Hand hielt sie ein Messer. Es war nicht Isabelle, es war Nathalie, und sie lächelte ihn an.

Leon wachte auf und stieß mit dem Kopf gegen die grob behauenen Steine der Wand, an die er sich gelehnt hatte und an der er eingeschlafen war. Es dauerte ein paar Augenblicke, bis er sich orientiert hatte. Er saß auf der Treppe, und neben ihm brannte die Glühbirne. Es war warm und stickig in dem Raum. Und er war eingeschlossen. Leon atmete ruhig und versuchte, seine Lage ganz cool zu analysieren.

Er sah auf seine Uhr. Es war drei Uhr morgens. Er saß seit beinahe zwölf Stunden in seinem Gefängnis. Er hatte Durst. Rücken und Beine taten ihm weh von der gebeugten Haltung, die er auch dann einnehmen musste, wenn er gelegentlich versuchte, sich aufzurichten und zu strecken. Er hatte das Weinregal durchsucht. Die Flaschen waren leer bis auf zwei Liter Olivenöl und eine Flasche mit Essig. Wie lange konnte ein Mensch ohne Flüssigkeit auskommen? Er hatte einen Fachartikel über Erdbebenopfer gelesen, die hatten eine Woche ohne Flüssigkeit überlebt, bis sie gerettet wurden – eine Woche!

Leon hatte stundenlang auf der Treppe gesessen und nachgedacht. Solange er nachdachte, war er abgelenkt, und wenn er abgelenkt war, konnte er seine Angst verdrängen. Er fühlte sich, als wäre er in den letzten Stunden um Jahre gealtert. Als läge der Morgen, an dem er noch so zuversichtlich zu der Exhumierung gefahren war, eine Ewigkeit zurück. Wie war er in diese beschissene Situation geraten? Plötzlich stiegen in ihm die Erinnerungen hoch, an Sarah, seine Frau, die so tragisch gestorben war. An die schweren Jahre, die danach kamen, und an den Tag, als er zum ersten Mal Isabelle begegnet war. An die schönen Augenblicke, die sie seitdem zusammen erlebt hatten, und an Lilou, die er inzwischen als seine eigene Tochter betrachtete. Was wäre, wenn er die beiden auch verlieren würde? Wenn er von jetzt an sehen musste, wie er allein zurechtkam? Leon spürte, wie sich seine Augen mit Tränen füllten. Er zwang sich, an etwas anderes zu denken. Es musste eine Möglichkeit geben, hier rauszukommen.

Leon versuchte, sich zu strecken, seine tauben Beine und Arme wieder zu bewegen. Er würde nicht aufgeben. Er hatte in seinem Leben gelernt, dass es immer eine Lösung gab. Man musste nur den richtigen Weg finden. Er tastete sich durch die hintersten Winkel des Kellerraums und stieß schließlich auf eine Holzkiste mit Werkzeugen. Darunter war ein alter Scherenwagenheber, der mit einer Handkurbel und einer Spindelwinde bedient wurde. Wenn er den auf die oberste Stufe stellte, könnte er vielleicht die

Falltür ein Stück anheben. Es war eine verwegene Idee, und wahrscheinlich würde eher die Stufe einbrechen, als dass sich der Deckel hob, aber Leon versuchte es trotzdem. Er schleppte den Wagenheber nach oben, klemmte ihn zwischen Deckel und Treppenstufe und begann, vorsichtig zu drehen. In diesem Augenblick hörte er das Geräusch. Es waren Autoreifen, die über Kies fuhren. War diese Verrückte zurückgekommen?

Leon drehte schneller an der Kurbel. Es funktionierte. Er spürte, wie sich langsam der Deckel hob, doch nach wenigen Zentimetern blockierte die Mechanik. Da hörte er, wie die Haustür geöffnet wurde.

»Leon …?«, rief Isabelle.

»Isabelle! Ich bin hier unten.«

Ein paar Minuten später hatte Isabelle den Tisch zur Seite geschoben, und die Falltür klappte auf. Leon blinzelte ins Licht der Küchenlampe.

»Danke …«, hustete er und stolperte an Isabelle vorbei auf die Terrasse.

Leon stand vornübergebeugt in der frischen Nachtluft und hatte die Hände auf seine Oberschenkel gestützt. Dann richtete er sich auf und atmete tief durch. Er sah über das nächtliche Tal des Réal Collobrières, der im Mondlicht glitzerte. In der Senke lag der Nebel des frühen Morgens. Leon spürte, wie Isabelle kam und ihn von hinten umarmte.

»Ein Glück, dass du gekommen bist«, sagte er.

»Du hast mir gefehlt.« Isabelle ließ ihn nicht los.

»Du hast mir auch gefehlt.«

»War sie das?«, fragte sie, und Leon nickte stumm.

»Ich muss dir das erklären …«, begann Leon und drehte sich zu Isabelle um. Die legte ihm sanft die Finger auf den Mund.

»Nein, musst du nicht«, sagte sie.

»Es ist aber wichtig.«

»Ich habe blöd reagiert«, sagte Isabelle. »Aber ich war so wütend.«

»Es ist nicht so gewesen, wie du denkst.«

»Lass es uns einfach vergessen. Einverstanden?«, schlug Isabelle vor.

»Einverstanden«, sagte Leon, aber er wusste, dass Isabelles Zweifel noch immer nicht zerstreut waren. »Lass uns fahren, bevor sie hier wieder auftaucht.«

69. KAPITEL

Leon hatte sich zu Hause aufs Bett gelegt und war sofort erschöpft eingeschlafen. Nach drei traumlosen Stunden war er aufgewacht, und sein erster Gedanke galt den toten Männern im Fall Lambert. Er spürte, dass er irgendetwas übersehen hatte, etwas, das alle drei Morde miteinander verknüpfte. Etwas Entscheidendes, das Licht in diesen rätselhaften Fall bringen würde. Er konnte die Lösung geradezu körperlich spüren, aber sie zu greifen, war so aussichtslos, wie mit bloßen Händen eine Forelle im Bach zu fangen. Trotzdem würde er systematisch vorgehen müssen, und das bedeutete, noch einmal ganz von vorne anzufangen.

Leon stand vorsichtig auf, um Isabelle nicht zu wecken. Er zog sich leise an und hinterließ einen Zettel, auf den er schrieb, dass er zur Klinik gefahren sei. Eine Viertelstunde später saß Leon in seinem Auto auf dem Weg nach Saint-Sulpice. Es dämmerte, als er den Wagen auf dem Parkplatz abstellte und die Treppe hinunter in die Rechtsmedizin nahm. Er hatte sich zu Hause nicht mal ein Frühstück gegönnt und sich in der Boulangerie nur schnell zwei *Pains au chocolat* und ein Croissant mitgenommen. Jetzt füllte er sich an der Kaffeemaschine einen Plastikbecher mit Espresso. Dann ging er in den Umkleideraum, streifte sich seinen Kittel über und wusch die Hände. In der Kühlkammer summte die Klimaanlage. Leon öffnete die Kühlfächer und schob die Leichen der drei Männer auf Bahren in den Obduktionssaal. Er stellte sie nebeneinander und betrachtete sie.

Leon hatte nur ihre Gesichter aufgedeckt, und je länger er sie ansah, umso lebendiger schienen sie zu werden. Drei Menschen, die scheinbar nichts miteinander verband. Menschen, die völlig unterschiedliche Leben geführt hatten und die aus irgendeinem Grund alle innerhalb weniger Tage qualvoll sterben mussten. Es schien nur eine Verbindung zwischen diesen Männern zu geben, und das war die gemeinsame Studienzeit. Aber dann waren da noch der Tod der jungen Frau und die schrecklichen Fotos, die Pignol bei sich versteckt hatte. Und ausgerechnet dieser Pignol hatte Verbindung zu zweien der Opfer. Es war wie ein Puzzle, bei dem alle Teile sich ähnlich sahen, aber nicht zusammenpassen wollten.

»Was könnt ihr mir erzählen?«, fragte Leon in Gedanken die Männer, die vor ihm lagen. *»Warum wollt ihr nicht euer Gewissen erleichtern?«*

Leon nahm die drei Mappen der Opfer aus der Schublade mit den Hängeregistern und legte sie nebeneinander vor sich auf den Schreibtisch. Sie waren vollgestopft mit Protokollen, Fotos, Computerausdrucken von Laborproben und den Ergebnissen der DNA-Tests. Natürlich hätte sich Leon die Ergebnisse genauso gut auf dem Computer ansehen können. Aber er bevorzugte es, die Unterlagen anzufassen, so als ob das haptische Erleben ihn näher an die Wahrheit heranführen könnte.

Um 9.30 Uhr tauchte Rybaud in der Rechtsmedizin auf. Er hatte einen Brief der Geschäftsleitung für Leon, den ihm gestern Nachmittag die Sekretärin von Dr. Bayet für den *Docteur* mitgegeben hatte. Leon nahm den Brief und legte ihn, ohne ihn zu öffnen, auf seinen Schreibtisch. Er hatte jetzt wirklich Wichtigeres zu tun. Er bat seinen Assistenten, ihm aus der Kantine einen *Café Crème* zu besorgen, danach gab er ihm für den Rest des Tages frei. Er brauchte jetzt Ruhe. Leon setzte sich hinter seinen Schreibtisch, griff in die Schublade und holte einen der polierten Kiesel heraus. Dann drehte er den Stein in der Hand und begann, sich in die Unterlagen zu vertiefen.

Es war ein Zufall, der Leon auf die Spur brachte. Die DNA-Vergleiche selber hatten keine neuen Erkenntnisse gebracht. Wer immer mit den Opfern in Berührung gekommen war, im Polizeicomputer war er nicht registriert. Nur bei Lambert hatte man DNA von Pignol gefunden.

Routinemäßig wurden die DNA-Abdrücke des medizinischen Personals der Akte hinzugefügt, um sie als Spuren ausschließen zu können. Dazu gehörten auch die DNA-Spuren von Leon, seinem Assistenten und natürlich von den Unfallsanitätern und Helfern, die die Toten transportiert hatten. Bei allen drei Opfern waren diese Spuren erkannt und ausgeschlossen worden. Leon wollte gerade die letzte Akte schließen, als ihm etwas auffiel: Die Leiche von Yves Dumont war nicht mit dem Krankenwagen aus Saint-Sulpice geholt worden, sondern von einem Bestattungsunternehmen in Le Luc. Trotzdem hatten sie am Körper des toten Apothekers DNA von Unfallsanitäterin Carole Abadie isoliert.

Das hatte noch nicht viel zu bedeuten, schließlich geschah es häufig, dass die Unfallsanitäter halfen, die Opfer in die Abteilung der Rechtsmedizin zu schaffen, aber Leon machte diese Beobachtung trotzdem stutzig. Er beschloss, zunächst mit Carole Abadie zu reden, bevor er die Sache meldete. Er hatte sich in diesem Fall schon einmal geirrt, einen zweiten Fehlschlag wollte er nicht riskieren.

Leon nahm die Tüte mit seinem letzten *Pain au chocolat* und besuchte Schwester Monique in der Verwaltung. Die Krankenschwester liebte *Pain au chocolat*. Fünf Minuten später hatte er nicht nur die Adresse und Telefonnummer der Sanitäterin, sondern auch den Namen ihres letzten Arbeitgebers. Allerdings hatte sich Madame Abadie übers Wochenende freigenommen. Auf ihrem Handy meldete sich nur die Mailbox. Vielleicht war sie ja beim Angeln. Davon hatte sie Leon einmal vorgeschwärmt, als er sie beim Blutspenden getroffen hatte. Leon spürte, wie ihn die Neugier packte. Er musste mehr über diese Frau erfahren. Der letzte Arbeitgeber von Carole Abadie war ein Dr. Rosset an der Universitätsklinik St. Marthe in Avignon. Die Stadt lag etwa 180 Kilometer entfernt. Leon griff zum Telefon und überredete den Kollegen zu einem Treffen am frühen Nachmittag. Dann setzte er sich in seinen Peugeot, klappte das Dach auf und nahm die Autobahn in Richtung Aix-en-Provence und dann weiter nach Avignon.

70. KAPITEL

André Sorel hatte sich in seinem Leben nicht viele Freunde gemacht. Er war hochintelligent, und das ließ er die Menschen um sich herum gerne spüren. In Diskussionen stellte er immer wieder sein außergewöhnliches Gedächtnis unter Beweis und ließ seine Gesprächspartner arrogant auflaufen. Er war ja nicht nur in die ehrwürdigen Kreise der *Académie française* aufgenommen worden, André Sorel hatte auch noch reich geheiratet. Bei ihm hatte das zu einem Gefühl der Unverletzlichkeit geführt. Er brauchte keinen Leibwächter, hatte er seinem Anwalt immer wieder versichert. Entweder fürchteten die Leute seine scharfe Zunge oder sein Geld oder seinen Anwalt. All das hielt Sorel allerdings nicht davon ab, in Talkshows als Linksliberaler aufzutreten. Dabei erzählte er besonders gerne von seiner Studentenzeit, als er noch die PCF, die *Parti Communiste Français*, unterstützt hatte. So gab er sich gerne volksnah und hemdsärmelig. Zumindest so lange, bis er zu Hause war und sich gegen 17 Uhr sein tägliches Glas Dom Pérignon einschenkte.

Sorel war eitel und achtete auf seine Figur. Darum joggte er jeden Morgen den Strand entlang. Meist stellte er sein Auto auf einen Parkplatz bei La Favière ab und lief dann ein paar Kilometer. An diesem Morgen war er ausnahmsweise in die Bucht von Cavalaire gefahren. Er hatte seinen grünen Bentley auf einem Parkplatz am östlichen

Ende der Bucht abgestellt und war dann zum Strand gelaufen. Um diese Zeit gehörte ihm der Strand ganz allein. Als er jetzt vom Joggen zurückkam, wunderte er sich über den hellen Lieferwagen, der sich dicht neben die Fahrerseite seines Bentley gestellt hatte. Die Schiebetür stand offen, und aus dem Inneren des Autos waren Geräusche zu hören, als ob jemand Werkzeug zur Seite schob. Langsam kam Sorel näher.

»*Bonjour …*«, sagte Sorel höflich.

»Oh, bitte. Können Sie mir helfen?«, fragte eine Stimme aus dem Lieferwagen. »Ich habe mich eingeklemmt.«

»Ich bin aber kein Arzt.« Sorel war neugierig geworden, wollte aber auf keinen Fall für einen unbekannten Verletzten die Verantwortung übernehmen oder gar seinen teuren Wagen als Krankentransporter einsetzen müssen. Er beugte sich vorsichtig in die offene Tür. »Ich hoffe, Sie haben sich nicht verletzt.«

In diesem Moment spürte Sorel an seinem Hals einen Stich. Als hätte ihn eine Wespe gestochen, der er aus Versehen zu nahe gekommen war. Er wollte nach dem Insekt schlagen, aber er konnte seinen Arm nicht mehr heben. In diesem Moment erkannte er die Gestalt, die in dem Lieferwagen auf ihn gewartet hatte. Sorel ging in die Knie, und ihm wurde schwarz vor Augen.

71. KAPITEL

Leon hatte seinen Wagen in der Nähe des Palais des Papes abgestellt und war zu Fuß ein Stück durch die Altstadt gelaufen. Er mochte Avignon mit seinen engen Gassen und den Gebäuden, die zum Teil noch aus dem 16. Jahrhundert stammten und bei denen man immer das Gefühl hatte, als könnten im nächsten Moment die Musketiere um die Ecke stürmen. Noch im Auto hatte Leon seinen Kollegen Dr. Menez in Saint-Sulpice über Nathalie informiert. Allerdings hatte er die Details, die zu seinem Aufenthalt im Keller geführt hatten, ausgelassen. Genauso wie die Tatsache, dass er von Isabelle befreit werden musste. Leon verzichtete ausdrücklich auf eine Anzeige. Aber Menez wusste über Natalie bereits Bescheid. Sie war seit Jahren Patientin einer psychiatrischen Einrichtung bei Draguignan. Ihre Geschichte von dem Überfall, bei dem sie angeblich verletzt wurde, war frei erfunden gewesen.

Wie Dr. Menez erst jetzt erfahren hatte, galt die Patientin als latent schizophren und war schon öfter als Stalkerin aufgefallen. In diesem Zusammenhang war es auch schon zu einem Prozess gekommen. Allerdings hatte der Richter auf eine Verurteilung verzichtet unter der Bedingung, dass Nathalie Leclerc, wie die junge Frau hieß, sich einer psychotherapeutischen Behandlung unterzog. Nathalie war einverstanden gewesen. Erst vor zwei Wochen war sie aus der offenen Station verschwunden, in der sie sich eigentlich regelmäßig melden sollte. Inzwischen war sie wieder in der Psychiatrie aufgetaucht und vorläufig in die geschlossene Station verlegt worden. Leon würde also erst mal Ruhe haben.

Unfallchirurg *Docteur* Bruno Rosset hatte sich mit Leon in einem Bistro auf dem belebten Place de l'Horloge gegenüber der *Mairie* verabredet. Der Arzt war leicht zu erkennen. Er trug eine weiße Hose und ein kurzärmeliges blaues Hemd, an dessen Brusttasche ein Schild mit seinem Namen hing. Bruno Rosset war Mitte vierzig, schlank und unruhig, als wäre er ständig besorgt, irgendetwas verpassen zu können.

»Hier gibt es die beste *Daube* in der ganzen Provence«, begrüßte er Leon. »Sie mögen doch *Daube*, hoffe ich?«

Leon mochte tatsächlich das provenzalische Gericht. Eine Art Gulasch, bei dem das Rindfleisch fünf Stunden im Ofen geschmort wurde. Es war allerdings mehr für einen kühlen Herbsttag geeignet als für einen warmen Frühlingstag wie diesen. Leon bestellte eine Forelle.

»Und, wie arbeitet es sich so, wenn man den ganzen Tag aufs Meer schauen muss?« Rosset spießte eine der Oliven auf, die er zu seinem Glas Rosé bekommen hatte, während Leon beim Mineralwasser blieb.

Leon bedankte sich bei dem Arzt, dass er sich so kurzfristig Zeit für ihn genommen hatte. Er spürte, dass Rosset darauf brannte, mehr über Leons geheimnisvollen Besuch zu erfahren. Nachdem man ein paar Höflichkeiten ausgetauscht hatte, konnte der Arzt seine Neugier nicht mehr zügeln.

»Sie sprachen am Telefon von einem Gewaltverbrechen«, sagte Rosset. »Ist Madame Abadie denn in den Fall verwickelt?«

»Das kann ich nicht sagen«, antwortete Leon vorsichtig. »Ich kümmere mich nur um die medizinischen Aspekte eines Falls, der schon eine Weile zurückliegt. Madame Abadie ist dabei nur eine Zeugin. Haben Sie denn mit ihr zusammengearbeitet?«

»Mit Carole ...?«, fragte der Arzt, als hätte Leon ihn irgendetwas Unappetitliches unterstellt. »Ich bitte Sie, ich leite die Unfallchirurgie.«

»Natürlich, verstehe. Aber Sie kennen die Frau als Mitarbeiterin?«

»Sie ist die Adoptivtochter von *Docteur* Rachid Abadie«, sagte der Arzt. »Der Kollege leitete fünfzehn Jahre die Abteilung für Gynäkologie in St. Marthe.«

»Rachid Abadie – ist das ein marokkanischer Name?«

»Soweit ich weiß, stammte der *Docteur* aus Algerien. Ich habe bei ihm als Assistent angefangen.«

»Wann war das?«

»Das ist schon so viele Jahre her. Warten Sie ... 1995, wenn ich mich recht erinnere.«

»Wissen Sie zufällig, wann *Docteur* Abadie die junge Frau adoptiert hat?«

»Nein, so eng war unser Kontakt auch nicht. Ich weiß nur, dass sie Patientin bei ihm war. Der *Docteur* und seine Frau waren kinderlos.«

»Waren?«

»Seine Frau ist vor zehn Jahren gestorben. *Docteur* Abadie starb kurz nach seiner Pensionierung. Das war vor zwei Jahren. Da opfert jemand alles seinem Beruf. Dann wird er pensioniert, will endlich das Leben genießen – und aus!«

»Tut mir leid, das zu hören«, sagte Leon und fragte sich, ob man eines Tages so auch über ihn sprechen würde.

»Er hatte sich sogar ein Haus bei Carnoules gekauft. Für den Ruhestand …«

»Woran ist er gestorben?«

»Fragt das jetzt der Rechtsmediziner?«

»Neugier ist eine Berufskrankheit«, sagte Leon mit einem Lächeln.

»Herzinfarkt. Schon der dritte, wie sich leider erst hinterher herausgestellt hat. Ich konnte ihm nicht mehr helfen.«

»Sie sagten, Carole Abadie war seine Patientin. Was fehlte ihr denn?«

»Das weiß ich nicht genau. Ich hatte damals gerade erst hier angefangen. Aber es muss eine sehr schwierige Operation gewesen sein. Alles, was ich weiß, ist, dass die Frau von einer Klinik überwiesen worden war. *Docteur* Abadie hat nie viel darüber gesprochen.«

»Schade, genau das hätte uns vielleicht weiterhelfen können.«

»Warum fragen Sie sie nicht selber?«

»Wir können sie nicht erreichen«, sagte Leon und fragte sich in diesem Augenblick, ob er nicht zu viel verraten hatte. »Wissen Sie, um welche Klinik es sich da handelte?«

»Ich weiß nur, dass *Docteur* Abadie wegen der Patientin noch öfter mit dem *Centre Hospitalier* von Pierrefeu-du-Var telefoniert hat.«

»Pierrefeu-du-Var …«, sagte Leon nachdenklich. »Haben Sie da zufällig auch den Namen eines Kollegen?«

Der Arzt musste passen. Leon sah auf die Uhr. Er hatte es plötzlich eilig. Er entschuldigte sich und zahlte die Rechnung. Dann stand er auf und verabschiedete sich. Der Rückweg würde ihn an Pierrefeu-du-Var vorbeiführen, und er brannte darauf, dort mehr zu erfahren.

»Rufen Sie mich an, wenn bei Ihnen in Saint-Sulpice eine Stelle frei wird. Ich möchte auch bei der Arbeit aufs Meer schauen können«, sagte Rosset zum Abschied und lachte.

Leon beeilte sich, zu seinem Wagen zu kommen. Es würde knapp werden, wenn er an einem Freitagnachmittag noch jemanden in dem Medizinischen Zentrum erreichen wollte.

72. KAPITEL

Im Besprechungsraum war es brechend voll. Neben den Frauen und Männern der *Gendarmerie Nationale* drängten sich auch die Einsatzleiter der Straßenpolizei und die Männer der Feuerwehr. Diesmal ging es ausnahmsweise nicht um die Jagd nach Louis Pignol, von dem es immer noch keine Spur gab. An diesem Nachmittag ging es ausschließlich um den bevorstehenden Blumenkorso, der am nächsten Tag stattfinden würde.

Am Vormittag hatte es im Stadtrat noch eine Initiative gegeben, die das Blumenfest kurzfristig absagen und durch einen Trauerumzug ersetzen wollte. Angeblich aus Sorge um die öffentliche Sicherheit und aus Respekt vor den Toten. Was gab es denn noch zu feiern, wenn gerade erst drei Bürger aus Le Lavandou ein so grausames Ende gefunden hatten? Doch die Stadtverordneten hatten die Geschäftstüchtigkeit der Einwohner gründlich unterschätzt. Keiner der Laden- und Restaurantinhaber wollte auf die lukrativen Einnahmen verzichten. Hotels waren seit Wochen ausgebucht, Restaurants hatten zusätzliche Tische in ihre Gasträume gequetscht, und die Souvenirläden und Eissalons würden bis 23 Uhr geöffnet sein. Die Initiative wurde mit zehn zu zwei Stimmen abgelehnt.

An der Wand hing eine große Karte von Le Lavandou und Umgebung, vor der jetzt ein letztes Mal die Route besprochen wurde, die der Korso nehmen würde. Der Verkehr wurde aus dem Stadtzentrum verbannt und über die alte Départementstraße umgeleitet. Die Polizei würde am frühen Morgen gegen fünf Uhr mit den Absperrungen beginnen. Isabelle sollte die Verkehrspolizei koordinieren. Aber eigentlich wussten sowieso alle ganz genau, was zu tun war, denn die Veranstaltung lief seit über zwanzig Jahren nach dem immer gleichen Schema ab. Verschärft hatte sich nur die allgemeine Sicherheitslage, wie bei allen größeren Veranstaltungen in Frankreich. Daher hatte Zerna am Morgen Anweisungen aus Paris bekommen, dass sich für die Dauer des Blumenkorsos eine schwerbewaffnete Spezialeinheit der *Groupe d'Intervention de la Gendarmerie Nationale* mit zwei Hubschraubern zur Verfügung halten würde. Die Männer und Frauen warteten auf dem Flugfeld bei Cuers und konnten innerhalb von zehn Minuten jeden Punkt in und um Le Lavandou erreichen. Isabelle war sich nicht sicher, ob diese Spezialeinheit nicht eher zur Beunruhigung der Bevölkerung beitrug als zu einer Verbesserung der allgemeinen Sicherheit. Außerdem hatte der Wetterbericht eine 25-prozentige Chance auf Regen für den nächsten Vormittag vorausgesagt. Zum ersten Mal seit acht Wochen. Das galt allerdings nur, wenn der Wind noch drehte und das Tief, das über Norditalien stand, einige Kilometer in Richtung Osten verschob, womit niemand der Anwesenden rechnete.

Gegen 16 Uhr war die Besprechung beendet, und alle gingen zurück in ihre Büros.

»Haben Sie etwas von unserem *Docteur* gehört?« Der Polizeichef hatte Isabelle mit der Hand ein Zeichen gegeben, dass sie noch einen Moment warten sollte.

»Nein, ich weiß nur, dass er sich freigenommen hat.« Isabelle wusste tatsächlich nicht, wo Leon war. Aber es ärgerte sie, dass es jetzt so aussah, als würde er sich vor Zerna verstecken.

»Sagen Sie ihm, ich würde sehr gerne mit ihm reden. Falls Sie ihm in nächster Zeit doch noch begegnen sollten.« Zerna sagte das mit unüberhörbarem sarkastischen Unterton.

Als Isabelle in ihr Büro kam, stand die Tür offen, und eine blonde schlanke Frau im hellen Sommerkleid und mit einem schweren goldenen Armband um ihr Handgelenk wartete auf dem Besucherstuhl. Es war Emilie Sorel, die Ehefrau des Professors. Allerdings war sie heute nicht die souveräne Millionenerbin wie noch vor zwei Wochen auf ihrem Fest, sondern sie wirkte nervös und verunsichert.

»*Pardon, Capitaine*, dass ich hier einfach so reingeplatzt bin«, sagte Madame Sorel und stand auf. »Ihr Mitarbeiter sagte, ich könnte hier auf Sie warten.«

»Natürlich, Madame Sorel. Das ist ganz in Ordnung so.« Sie gab der Besucherin die Hand. »Was kann ich für Sie tun?«

»Es ist so«, Madame Sorel sah zur offenen Tür, die Isabelle schloss, »ich bin besorgt ... also, wirklich nur besorgt. Verstehen Sie?«

»Ehrlich gesagt weiß ich nicht, worum es geht ...?« Isabelle beobachtete die Besucherin aufmerksam.

»Bitte halten Sie mich nicht für hysterisch, ich ...« Sie zögerte einen Moment. »Mein Mann ist verschwunden.«

Isabelle war wie elektrisiert von diesen Worten. Drei Frauen waren in den letzten Wochen in ihrem Büro aufgetaucht, und alle drei waren auf der Suche nach ihren Männern gewesen. Und jedes Mal hatte die Polizei nur noch die Leichen der Vermissten finden können.

»Seit wann ist Ihr Mann verschwunden?«, fragte Isabelle, nahm einen Block und einen Bleistift von ihrem Schreibtisch und setzte sich zu ihrer Besucherin.

»Vor fünf ...«, Emilie Sorel sah auf ihre Uhr, »nein, jetzt ist es schon sechs Stunden her. Ich weiß, dass das albern klingt ...«

»Nein«, sagte Isabelle ganz ruhig, »tut es nicht. Überhaupt nicht, *Madame*. Was ist geschehen?«

»Es gab gar nichts Besonderes. André ist zum Joggen gefahren, zum Strand von Le Lavandou. Aber sein Auto steht nicht auf dem Parkplatz, den er immer benutzt. Und sein Handy hat er auch abgeschaltet.«

Emilie Sorel beschrieb Isabelle genau, wo ihr Mann täglich lief und dass sie ihn schon vor Stunden zurückerwartet hatte. Sie hatten einen Besucher im Haus, einen Freund ihres Mannes, der heute extra aus Paris gekommen war. André würde einen Freund niemals warten lassen, und wenn, würde er anrufen und sich entschuldigen.

Isabelle gab die Beschreibung und das Kennzeichen von Sorels Bentley an die Streifenwagen weiter. Eine Stunde später entdeckte Moma, der die Parkplätze in Strandnähe überprüfte, den Wagen von Sorel am Rand der Bucht von Cavalière. Zwei vierzehnjährige Jungen, die ganz offensichtlich ihre Familienwurzeln im Maghreb hatten, waren dabei, das runde Emblem mit dem »B« für Bentley mit Hilfe eines Schraubenziehers aus den polierten Felgen zu hebeln.

»Yakhtafi!«, verschwindet, rief der Lieutenant laut auf Arabisch aus dem geöffneten Seitenfenster des Einsatzwagens, und die beiden Jungs stoben auf ihren Fahrrädern davon. Moma ließ sie laufen und meldete per Funk, dass er den Wagen des Professors gefunden hatte.

73. KAPITEL

Leon hatte die Autobahn bei Brignoles verlassen und die Département-Straße über Cuers genommen. Der Weg führte über sanfte Hügel und vorbei an den kleinen trutzigen Dörfern. Zwischen den Ortschaften schien es nichts als Weinfelder und Olivenhaine zu geben. Ein Traum für Touristen auf der Suche nach der »echten Provence«, aber viele Einwohner schimpften über die schwache Infrastruktur dieser ländlichen Gebiete.

So gab es zum Beispiel viel zu wenig Fachärzte auf dem Land, und die Wege in die nächste Stadt, in der sich eine Klinik befunden hätte, waren oft weit. Darum hatten sich seit den siebziger Jahren immer mehr *Centres Medicals* gebildet, Medizinische Zentren, in denen Ärzte verschiedener Fachrichtungen unter einem Dach arbeiteten. Manche, wie in Pierrefeu-du-Var, waren in den Jahren zu regelrechten Klinikanlagen gewachsen, sogenannten *Centres Hospitaliers*.

Als Leon schließlich vor dem *Centre Hospitalier* hielt, war es 16.10 Uhr und das Tor bereits geschlossen. Die Anlage wirkte völlig ausgestorben. Nur neben dem Haus am Eingangstor war ein Mann damit beschäftigt, vertrocknete Blätter aus der Zufahrt zu fegen.

»*Bonsoir!*«, rief Leon laut.

»Wenn Sie zur Notaufnahme wollen, müssen Sie das Südtor nehmen. Einmal rund um den Block.« Der Concierge kreiste mit der Hand kurz vage durch die Luft, um dann weiterzukehren.

»Ich wollte nicht zur Notaufnahme«, sagte Leon, kam näher und hielt dem Mann seinen Klinikausweis aus Saint-Sulpice hin. Die Plastikkarte mit seinem Namen und seinem Foto war hier zwar ohne jede Bedeutung, aber den Concierge beeindruckte sie trotzdem, so dass er seine Arbeit unterbrach.

»Ich müsste in der Verwaltung eine alte Patientenakte einsehen«, sagte Leon.

»Heute ist Freitag. Ab mittags sind alle weg. Am besten, Sie kommen Montag wieder.«

»Ist denn gar keiner mehr da? Es geht um einen alten Fall. Der liegt etwa zwanzig Jahre zurück.«

»An so was erinnert sich hier sowieso keiner mehr. Die neuen Ärzte sind alle jung. Noch grün hinter den Ohren, alle frisch von der Uni.«

»Was ist mit der Notaufnahme? Da muss es doch jemand geben, der schon länger hier ist. Einen Oberarzt vielleicht?«

Der Concierge legte den Kopf schief, als müsste er gründlich nachdenken, während er den lästigen Besucher misstrauisch musterte.

»*Docteur* Sequin vielleicht …«, sagte er nach einer Weile.

»Sehr gut. Wo finde ich diesen *Docteur* Sequin?«

»Den *Docteur*? Der ist in Pension gegangen, letzten Sommer.«

»Haben Sie vielleicht eine Adresse?« Leon versuchte, höflich zu bleiben, obwohl ihm der Mann mehr und mehr auf die Nerven fiel.

Schließlich ließ der Concierge sich dazu herab, Leon die Adresse des Doktors zu verraten, der nur ein paar Minuten von der Klinik entfernt ein Haus besaß.

»Die Adresse haben Sie aber nicht von mir«, sagte der Concierge.

»Mais bien sûr que non«, sagte Leon. *»Bonne soirée.«*

Leon stieg in seinen Wagen. Der Concierge sah ihm nach, während die Abendbrise die Blätter dorthin zurücktrieb, wo er sie gerade weggekehrt hatte.

Das Haus von Doktor Sequin war ein ehemaliger Bauernhof, der mitten in einem Hain alter Olivenbäume lag. Leon parkte im Schatten einer Kastanie neben einem hellgrünen Citroën DS, der mindestens vierzig Jahre alt sein musste. Es war niemand zu sehen. Die Tür des Hauses stand offen, aber Leon beschloss, dass es eine Frage der Höflichkeit wäre, zunächst einmal um das Haus herumzugehen.

Hinter dem Haus befand sich eine niedrige Mauer und dazwischen etwas, das wie ein Holzschuppen aussah. Nur, dass es keine Fenster, sondern verschiedenfarbige, flache Schächte gab. Davor stand ein Mann, der einen weißen Overall trug, dessen Ärmel und Hosenbeine mit Klettverschlüssen abgedichtet waren. Nur seine Hände waren frei. Auf dem Kopf trug er einen breitkrempigen Hut, an dem eine Art Schleier hing, der ihm bis auf die Schultern fiel. Der Mann hatte eine Kiste vor sich stehen, aus der er flache Rahmen zog. Darauf wimmelte es von Bienen, die von fern aussahen wie flüssiges Gold. Leon war fasziniert. Er hatte noch nie einen Imker bei der Arbeit gesehen, und je näher er dem Mann kam, desto lauter wurde das Summen um ihn herum.

»Bleiben Sie stehen! Und keine hektischen Bewegungen«, sagte der Mann ganz ruhig, während er sich auf seine Arbeit konzentrierte. »Die Bienen haben schlechte Laune, weil es noch so wenige Blüten gibt.«

»Schon gut, ich werde mich nicht rühren.«

»Wissen Sie, dass Bienengift eines der stärksten Insektengifte überhaupt ist, stärker noch als das Gift einer Klapperschlange?«

»Ja, das weiß ich. Ich bin Rechtsmediziner.«

»Schade, normalerweise kann ich Besucher mit meinem kleinen Vortrag beeindrucken«, sagte der Mann, und Leon sah ihn unter dem Schleier schmunzeln.

»Ich bin trotzdem beeindruckt«, sagte Leon.

»*Enchanté*«, sagte der Imker und sah seinen Gast durch den Schleier seines Hutes an. »Ich bin *Docteur* Sequin.«

»*Docteur* Ritter«, Leon wollte dem Mann seine Hand entgegenstrecken, was von dem Bienenschwarm, der den Imker umkreiste, mit ärgerlichem hellen Summen quittiert wurde.

»*Calmez-vous, mes petites, calmez-vous ...*«, beruhigte der Arzt seine Bienen.

Der Imker drückte ein paarmal auf die Pumpe eines Metallkännchens, das neben ihm auf einem Hocker stand und das dünne Rauchwolken in die Luft stieß. Sofort beruhigten sich die Bienen, und ihr Summen klang wieder tiefer und gleichmäßiger.

»Das Faszinierende an Bienen ist, dass sie in einer perfekten Gemeinschaft leben«, sagte der Hobby-Imker, während er die Rahmen zurück in die Kästen schob. »Jede hat eine genau definierte Aufgabe. Und jede Biene hält sich daran, ihr Leben lang.«

»Klingt nach einer Welt ohne Verbrechen.« Leon beobachtete die Bienen, die eifrig in die Schächte des Schuppens ein und aus flogen.

»Interessant, so habe ich das noch nie betrachtet.«

Eine Viertelstunde später saß Leon in einem gemütlichen Korbstuhl auf der Terrasse des Bauernhauses. Der Blick reichte über den Olivenhain bis zu den Hängen des Massif des Maures. Die Sonne stand schon flach über den Hügeln und würde in Kürze untergehen. Es war ganz plötzlich kühl geworden, und Leon war froh, dass er einen warmen Pullover im Auto hatte.

Leon hatte über seine Arbeit gesprochen und Doktor Sequin erzählt, wonach er suchte, ohne Details des Falls zu erwähnen. Dabei hatte er ausdrücklich darauf hingewiesen, dass er in Carole Abadie nur eine Zeugin sah. Sein Gastgeber hatte schweigend zugehört. Dann war er in die Küche gegangen und mit einer geöffneten Flasche Rotwein, zwei Gläsern und einer Schale eingelegter Oliven zurückgekommen. Leon probierte eine der Oliven, sie schmeckte köstlich.

»Sie stammen hier von diesen *oliviers*«, sagte der Arzt und deutete in Richtung der alten Bäume.

»Sie sind ausgezeichnet«, lobte Leon. »Ich baue etwas Wein an. Ehrlich gesagt, hilft mir dabei ein erfahrener Winzer. Ich könnte Ihnen mal eine Flasche Rosé schicken.«

»Ja, danke, gerne ...«, sagte der Arzt, nahm selber eine Olive und schwieg einen Moment. »Der Fall dieser jungen Frau, von dem Sie sprechen ... Sie werden verstehen, dass die medizinischen Details der ärztlichen Schweigepflicht unterliegen.«

»Das heißt, Sie erinnern sich an den Fall?« Leon wurde hellhörig.

»Erinnern ...«, der Arzt lächelte und füllte die Gläser. »Ich denke, jeder von uns hat in seinem Berufsleben einen Fall, der ihn sein Leben lang nicht mehr loslässt. Einen Fall, bei dem man sich immer wieder fragt, ob man richtig entschieden hat.« Der Arzt hob sein Glas.

»*Santé*«, sagte Leon und nahm einen Schluck. Der Rotwein war sanft und rund und schmeckte nach Waldbeeren.

»Über das, was ich Ihnen jetzt erzähle, habe ich noch nie mit jemandem gesprochen«, sagte der Arzt. »Aber ich möchte helfen, die Dinge aufzuklären, soweit ich das kann.«

Und dann erzählte Doktor Sequin von der Nacht vor zwanzig Jahren. Er war damals Leiter der Notaufnahme im *Centre Hospitalier* gewesen. Eigentlich war er *Médecin Généraliste*, was einem deutschen Allgemeinmediziner entsprach. Er hatte erst kurz zuvor den Job an der Klinik angenommen. In jener warmen Sommernacht des Jahres 1995 hatte er Spätdienst gehabt. Gegen Mitternacht wollte er nach Hause fahren. Doktor Sequin hatte seinen Wagen auf dem Parkplatz gegenüber der Einfahrt abgestellt. Als er das Licht einschaltete, um loszufahren, entdeckte er das Mädchen. Im ersten Moment dachte er, dass jemand nur ein paar alte Kleidungsstücke weggeworfen hatte. Aber dann sah er, dass da ein Mensch vor ihm auf dem Asphalt lag. Schon im Licht seiner Scheinwerfer erkannte er, dass die junge Frau schwer verletzt sein musste. Jemand hatte ihr ein viel zu großes helles Männerhemd übergezogen, das blutgetränkt war. Das war alles, was sie anhatte.

»Sie war höchstens siebzehn oder achtzehn Jahre alt. Ihr Puls war schwach, ihre Atmung kaum zu spüren, aber sie lebte.« Sequin sah einen Moment schweigend in Richtung der Berge. »Aber das Baby war tot.«

»Die Frau hatte ein Baby?«, fragte Leon überrascht.

»Sie hielt es in den Händen.« Sequin atmete tief durch. »Im ersten Moment dachte ich, sie hält ein kleines Tier. Aber als ich sie ansprach, öffnete sie ihre Hände, und ich sah, dass es ein blutiger menschlicher Fötus war.«

»Welcher Monat?« Die Frage von Leon klang eher mitfühlend als professionell.

»Der Fötus war etwa zehn Zentimeter lang. Sie muss im vierten Monat gewesen sein. Vielleicht etwas darüber«, sagte Doktor Sequin. »Ich hatte damals noch nicht so viel Erfahrung mit gynäkologischen Fällen. Ich sah nur, dass sie heftig blutete.«

»Hat sie gesagt, was geschehen ist?«, fragte Leon, und der Arzt schüttelte den Kopf.

»Sie hatte große Angst. Alles, was sie sagte, war: *Pas de police!* Bitte keine Polizei! Wir haben sie in unsere Notaufnahme gebracht.« Sequin sah Leon an. »Sie hatte massive Verletzungen in Vagina und Anus. Und sie hatte sehr viel Blut verloren. Ich hatte Sorge, dass sie die Nacht nicht überleben würde.«

»Haben Sie sie im *Centre Hospitalier* behandelt?«

»Für einen so komplizierten Fall waren wir damals noch nicht ausgerüstet. Aber ich kannte den leitenden Gynäkologen der Uniklinik von Avignon, Dr. Abadie. Den hab ich sofort angerufen. Wir haben die Frau stabilisiert und noch in der gleichen Nacht mit dem Krankenwagen nach Avignon gebracht. Den Rest der Geschichte kennen Sie ja.«

»Aber Sie haben die Sache nie der Polizei gemeldet?«, fragte Leon.

»Was hätte ich sagen sollen? Dass wir eine Patientin mit einem Abortus hatten, vielleicht sogar einem selbst verursachten?« Jetzt klang Sequin bitter. »Sie hat nicht mit uns geredet. Und sie hatte keinerlei Papiere dabei.«

»Das hat Sie nicht stutzig gemacht?« In Leons Frage schwang mehr Verwunderung als Vorwurf.

»Was wollen Sie denn hören?« Die Stimme des Arztes wurde ärgerlich. »Ja, ich dachte mir, dass sie eine Illegale war. Irgendwo aus dem Maghreb, dem Akzent nach zu urteilen. Sollte ich sie deshalb zur Polizei bringen? Damit sie in einer Gefängnisklinik landet, wo sie irgendein Pfuscher verhunzt hätte?«

»Natürlich nicht«, beruhigte Leon den aufgebrachten Mann. »Was denken Sie, wie ist sie in dieser Nacht zum Parkplatz gekommen?«

»Sie hat es mir nicht verraten. Aber es muss sie jemand gebracht haben. Ausgeschlossen, dass sie es in ihrem Zustand aus eigener Kraft dorthin geschafft hat.«

»Der Arzt aus Avignon, hatten Sie zu dem später auch noch Kontakt?«

»Nein«, Dr. Sequin schüttelte den Kopf. »Damals haben wir ein paarmal telefoniert. Ich weiß nur, dass die Operation erfolgreich verlaufen ist. Um alles andere hat sich die Universitätsklink von Avignon gekümmert.«

»Der Arzt hat die junge Frau später adoptiert«, sagte Leon.

»Davon weiß ich nichts«, der Arzt stand auf. »Ich habe Ihnen schon viel zu viel erzählt. Alles andere müssen Sie bitte die Patientin selber fragen. Tut mir leid, aber ich habe noch zu tun.«

»Vielen Dank, dass Sie mit mir gesprochen haben.«

»*Au revoir*«, sagte der Arzt.

»Sie haben mir sehr geholfen«, sagte Leon. »*Au revoir, Docteur.*«

Leon ging zu seinem Wagen und fuhr in die Nacht.

74. KAPITEL

Es war 7.15 Uhr in der Früh, als der diensthabende Meteorologe bei *Météo-France* in Toulon feststellte, dass sich etwas zusammenbraute. Die Beobachtungsstation war in einer alten Villa in der Avenue de la Mitre untergebracht. Natürlich verfügte sie über Daten von Dutzenden von Messstationen an der ganzen Küste, trotzdem warfen die Meteorologen vor Ort immer auch gerne einen Blick in den Himmel, bevor sie ihre Prognose online stellten.

Der Meteorologe war 27 Jahre alt, trug Jeans und einen grauen Hoodie und hatte sich die Kopfhörer, aus denen Techno-Musik zu hören war, um den Hals gehängt. Er hatte erst im vergangenen Sommer sein Studium in Paris abgeschlossen und als Jahrgangsbester den Job in Toulon bekommen. Heute war er als diensthabender Meteorologe eingetragen. Zum ersten Mal, und er hatte sich vorgenommen, seinen Job gut zu machen. Er ging auf den Balkon, von dem aus man über die östliche Hafenmole bis weit hinaus aufs offene Meer sehen konnte. Der Himmel war blassblau im ersten Tageslicht, und es gab einige Altostratuswolken, die sich Richtung Osten verdichteten. Das waren die Ausläufer eines entfernten Azoren-Tiefs, die die französische Mittelmeerküste in großer Höhe überquerten. Aber da gab es noch etwas, das der Diensthabende seit über einer Stunde argwöhnisch am Computerbildschirm verfolgte. Ein Tiefdruckgebiet, das mit seinem Zentrum über Norditalien an den Alpen festhing und über Nacht begonnen hatte, sich in Richtung Westen zu verlagern. Dazwischen lag als letzter Schutzwall noch der Rest eines Hochdruckkeils, der aber dabei war, sich zügig aufzulösen.

Wenn sich die Umstände ungünstig weiterentwickelten, und das taten sie an der Küste gerne, konnten sehr bald zwei extrem feuchte Schlechtwetterfronten aufeinanderstoßen, mit üblen Folgen. Erst vor vierzehn Tagen hatte ein Starkregen in Ligurien ein Chaos ausgelöst.

Der diensthabende Meteorologe versuchte, seinen Chef zu informieren, aber der war telefonisch nicht zu erreichen. Trotzdem beschloss er, die Warnung für Starkregen von »grün« auf »gelb« heraufzustufen. Er drückte die entsprechende Tastenkombination an seinem Laptop, und innerhalb weniger Sekunden gaben die Wettercomputer in allen 101 Météo-Stationen Frankreichs ein leises »Ping« von sich, und an der Mittelmeerküste im Bereich des Départements Var blinkte ab jetzt ein gelber Punkt.

75. KAPITEL

Leon war todmüde von seiner Reise gewesen. Um Isabelle nicht zu wecken, hatte er im Gästezimmer geschlafen, tief und fest. Um kurz nach sieben war er aus einem Traum aufgewacht. Darin war er durch eine fremde Stadt geirrt, weil er sich nicht mehr erinnern konnte, wo er sein Auto abgestellt hatte. Plötzlich hatte ein Krankenwagen neben ihm gehalten und ihm angeboten, ihn zu seinem Auto zu bringen. Dann saß er hinten auf der Trage, und der Krankenwagen fuhr schneller und schneller. Leon rief dem Fahrer zu, er solle langsamer fahren. Aber der schien ihn nicht zu hören. Irgendwann schleuderte das Auto und stürzte von der Straße in einen Abgrund, und er wachte auf.

Leon duschte und zog sich an. Als er in die Küche kam, saß Isabelle in Uniform am Tisch und löffelte ihr Müsli.

»*Bonjour*«, sagte Leon. »Ist Lilou schon fort?«

»Sie ist mit Olivier und Inès beim Festzug.« Isabelle stand auf und ging zur Anrichte. »Sie helfen beim Naturschutzwagen. Ich habe Müsli für dich mitgemacht. Magst du?«

»Gerne. Aber ich kann es mir selber holen.«

»Das mach ich schon«, sagte Isabelle. »Die Milch ist im Kühlschrank.«

Der Ton zwischen den beiden war freundlich, aber leicht angespannt. Leon spürte, dass die Geschichte mit Nathalie noch immer einen Schatten auf ihre Beziehung warf.

»Sorel ist verschwunden«, sagte Isabelle.

»André Sorel? Seit wann?« Leon klang alarmiert.

»Seit gestern Mittag. Ich hätte es dir erzählt, aber du hast dich ja nicht gemeldet.«

»Sucht ihr immer noch nach Pignol?«

»Keine Spur von ihm«, Isabelle nickte. »Zerna hat sogar die Lapierre um Verstärkung gebeten. Ganz freiwillig. Kannst du dir das vorstellen?«

»Ich denke, ihr sucht den Falschen.«

»Wie meinst du das?«

»Ich glaube, wir haben uns alle geirrt, was Pignol angeht«, sagte Leon.

Dann erzählte er von seinem Ausflug nach Avignon, dem Abstecher nach Pierrefeu-du-Var ins *Centre Hospitalier* und seinem Gespräch mit Doktor Sequin über die verletzte Frau, die in einer Nacht vor zwanzig Jahren ihr ungeborenes Kind verloren hatte. Als Leon fertig war, sah ihn Isabelle an, als hätte er gerade erklärt, dass die Erde eine Scheibe ist.

»Du sprichst von der gleichen Frau, deren Leiche du noch vor zwei Tagen im Grab eines Priesters gesucht hast?« Isabelles Stimme hatte einen beinahe heiteren Ton.

»Da hatte ich die Zusammenhänge noch nicht begriffen. Aber inzwischen hat sich die Lage komplett geändert.«

»Der Präfekt hat mich gestern Nachmittag angerufen und gefragt, wieso er mit dir seine Zeit verschwendet hat.« Isabelle klang nicht vorwurfsvoll, eher, als täte Leon ihr leid. »Ach ja, und die Kirchengemeinde von Bormes will dich wegen Störung der Totenruhe verklagen.«

»Meine Güte, ich hatte mich eben geirrt.«

»Und jetzt? Was willst du Madame Lapierre sagen? Kleiner Irrtum, die Tote, die wir gesucht haben, ist gar nicht tot.

Aber vielleicht ist sie eine Mörderin. So ganz genau weiß ich das aber nicht. Was denkst du, wie sie wohl reagieren wird?«

»Wir müssen sie eben überzeugen.«

»Wir? Hast du denn Beweise?«

»Erst, wenn ich mit Carole Abadie gesprochen habe.«

»Dann rede mit ihr.«

Leon goss einen guten Schluck Milch in sein Müsli.

»Du weißt, das ist Polizeiarbeit. Ich hatte gehofft, dass wir zusammen zu ihr fahren würden.«

»Und was sag ich Zerna? Der hält mich doch für verrückt, wenn ich schon wieder mit einer neuen Theorie ankomme.«

»Wenn es dir nur darum geht, was Zerna sagt ...«

Isabelle legte Leon die Hand auf den Arm. »Ich weiß, wie sich das anfühlt, wenn man einen Fehler gemacht hat, den man dringend wiedergutmachen möchte. Aber diesmal musst du dir absolut sicher sein.«

»Ich bin mir sicher. Alles passt zusammen.«

»Das hast du beim letzten Mal auch gesagt.«

»Weil ich den gleichen Fehler gemacht habe wie Lambert, Baladure und Sorel.«

»Welchen Fehler?«

»Ich war überzeugt, dass das tote Mädchen im Grab des Priesters verscharrt worden war.«

»Das Mädchen auf dem Foto ist dunkelhaarig und grazil, diese Abadie aus der Klinik ist blond und stämmig.«

»Menschen verändern sich.«

»Leon, ich muss jetzt zum Blumenkorso.« Isabelle stand auf und sah ihn an. »Lass uns später noch mal reden ...«

»Wir können nicht warten. Vielleicht kannst du Sorel retten.«

Isabelle war schon zur Tür gegangen. Jetzt blieb sie noch einmal stehen und sah Leon an. »Okay, ich rede mit Zerna. Aber bitte, unternimm nichts allein. Ruf mich in einer Stunde an.«

76. KAPITEL

Sorel hatte seit 24 Stunden nicht mehr geschlafen. Er hockte angekettet in dem Kessel, und immer wenn die Müdigkeit ihn übermannte, schlug jemand von außen gegen die eiserne Hülle, dass es knallte wie Donnerschläge, die sich in dem engen Innenraum hundertfach zu verstärken schienen. Sorel wusste, was auf ihn zukam. Er hatte es von dem Augenblick an gewusst, als dieser Rechtsmediziner das Grab geöffnet hatte. Das Grab war leer, und das konnte nur eines bedeuten: dass sie belogen worden waren. All die Jahre. Dass sie sich von Pignol hatten vorführen lassen wie die Vollidioten. Dabei hätte er es besser wissen müssen. Menschen waren schwach, und sie neigten dazu, sich etwas vorzumachen.

»Hallo?!«, rief Sorel laut, und seine Stimme hallte in dem stählernen Tank wider. »Ich will mit Ihnen reden! Sind Sie da draußen?!«

Von außen kam nur Schweigen. Über ihm an der Decke drang etwas Licht durch einen Schacht. Was war, wenn niemand mit ihm reden wollte? Unsinn, dachte Sorel, alle Menschen wollten reden, wenn man ihnen Geld bot. Das war die zweite enttäuschende Wahrheit, die er über das Leben gelernt hatte. Die Menschen waren feige, und sie waren käuflich.

André Sorel versuchte, seine Angst zu verdrängen, die immer wieder in ihm aufstieg. Ja, er hatte sich genau darüber informiert, was sie mit Nicolas und Gérôme gemacht hatten. Hatte sich die Verletzungen vorgestellt und die Erniedrigungen, hatte sich überlegt, welche Schmerzen die beiden aushalten mussten, bevor sie starben. Er hatte panische Angst vor Schmerzen. Er war kein Held, er war Philosoph, ein Mitglied der *Académie française*. Er war nicht irgendwer, den jeder durchgeknallte Vollidiot foltern durfte. Er war ein hochgeachtetes Mitglied der Gesellschaft, er war ein Hüter der französischen Kultur, ein Denker. War das denen da draußen überhaupt klar? Ihn zu verletzen, das wäre ... das wäre wie ein Angriff auf die Seele Frankreichs. Aber was, wenn das denen scheißegal war? In diesem Moment tat es einen dumpfen Knall, aber nicht weil jemand mit dem Hammer gegen sein eisernes Gefängnis geschlagen hatte, sondern weil sich irgendwo ein Gewitter ankündigte.

Es war der Moment, in dem der junge Meteorologe im fünfzig Kilometer entfernten Toulon nervös auf seinen Bildschirm schaute. Er hatte soeben eine Gewittermeldung erhalten. Die Isobaren drängten sich inzwischen westlich von Nizza zu einer dicken schwarzen Linie zusammen. Das sah nicht gut aus, gar nicht gut. Was sollte er tun? Er hatte inzwischen seinen Chef erreicht. Aber der hatte ihm nur geraten, sich nicht aufzuregen und abzuwarten. Schließlich hätten sie erst Ende März, und die Zeit für Starkregen wäre bekanntermaßen der Sommer. Oder hatte er das vielleicht nicht auf der Uni gelernt?

Der junge Meteorologe machte sich trotzdem Sorgen. Es war in den letzten Wochen viel zu warm und zu trocken gewesen für die Jahreszeit. Das würde für heftige Thermik sorgen. Die warme Luft über den aufgeheizten, staubigen Böden würde die Wasserteilchen in den heranrückenden

Regenwolken weit nach oben wirbeln. Höher und höher, wo sie sich mit immer mehr Wassertropfen verbanden, bis sie so schwer wurden, dass sie vom eigenen Gewicht wieder zurück nach unten gerissen wurden. Und wenn sich der schmale Hochdruckkeil endgültig aufgelöst hatte, dann würde das Italien-Tief nach Westen gesaugt, wo es auf die Ausläufer des Azoren-Tiefs traf. Und die waren vom Wasser des Atlantik vollgesogen wie fette Schwämme. Die herabregnenden Wassermassen würden sich auf einen Schlag verdoppeln.

In Frühling und Frühsommer fielen in dieser Gegend durchschnittlich zwischen fünfzig und siebzig Liter Regen pro Quadratmeter im Monat. Damit wurde die Natur spielend fertig. Die weiche Erde und die Pflanzen sorgten dafür, dass das Wasser im Boden gehalten wurde. Bei Starkregen war das etwas völlig anderes. Wenn die schweren Regenböen niedergingen, konnte es passieren, dass die monatliche Wassermenge innerhalb von einem Tag abregnete. Und wenn diese Menge erst einmal auf 120 Liter oder mehr anstieg, dann konnte man eigentlich nur noch beten.

Um 9.45 Uhr setzte der diensthabende Meteorologe in Toulon die Warnstufe auf »rot«. Was bedeutete, dass die Feuerwehr mit volllaufenden Kellern, Unterführungen und Tiefgaragen rechnen musste und mit Bächen, die über ihre Ufer treten konnten. Danach gab es auf der Alarmskala für Starkregen nur noch eine Stufe, die höher war, die Stufe »Violett«, aber die würde gleichzeitig den Katastrophenfall auslösen. Der Meteorologe ging auf den Balkon hinaus, ihm war plötzlich heiß geworden. Im Osten zogen dunkle Wolken auf.

77. KAPITEL

Auf dem Parkplatz in Le Lavandou waren die ersten Wagen für den großen Blumenkorso bereits vor Sonnenaufgang eingetroffen. Jetzt, Stunden später, wurden noch immer die letzten Blumengestecke montiert und Bänder geflochten. Die Frauen kontrollierten ihre Kostüme. Besorgte Mütter drängten ihre Töchter, die warmen Pullis bis zur Abfahrt anzubehalten, denn es war kühl an diesem Morgen, und zum ersten Mal seit vielen Wochen stand die Sonne nicht strahlend über dem Horizont, sondern wurde von einer bedrohlichen Wolkenwand verborgen, die sich von Südosten näherte.

Das Motto des diesjährigen Korsos hatte für heftige Diskussionen beim Festkomitee gesorgt. Eine Fraktion plädierte für »Karneval in Rio«, die andere für »Pharao und die Ägypter«. Zuletzt hatten sich die Rio-Freunde mit vier Stimmen Vorsprung durchgesetzt. Da die »Ägypter« sich nicht geschlagen geben wollten, gab es schließlich einen Festwagen, auf dem sich der Pharao und seine Frau in glitzernden Kostümen den Zuschauern präsentierten, während die übrigen Wagen ganz im Zeichen von Samba, Tanz und jeder Menge blanker Haut standen. Was im Übrigen einer der Hauptgründe war, warum die Herren des Komitees dem Thema »Rio« den Vorzug gegeben hatten.

Gegen 9.30 Uhr waren die letzten Positionskämpfe um die Reihenfolge der Wagen entschieden, und der Festzug hatte Aufstellung genommen. Die Frauen und Männer der *Gendarmerie Nationale* trugen heute dunkelblaue Kappen und Hüte mit weißen Borten zu ihren Uniformen, und Zerna war sogar in Gala erschienen. Schließlich war viel Presse anwesend. Und es gab immer noch TV-Teams, die auf Neuigkeiten im Fall Lambert hofften. Zerna gab ein Interview auf *Canal 6*, lobte die Veranstaltung in höchsten Tönen und war glücklich, zur Abwechslung mal keine Presseerklärung zu einem neuen Mordfall abgeben zu müssen.

Bisher war es gelungen, das Verschwinden von Professor Sorel vor den Medien zu verbergen. Schließlich gab es ja auch keinerlei Hinweise auf ein Verbrechen. Allerdings waren gewisse Parallelen zu den anderen Fällen augenfällig, und so hatte man Sorel bisher nur ganz diskret zur Fahndung ausgeschrieben. Zerna, der Sorel nicht leiden konnte, hoffte insgeheim, dass der Professor beim Joggen von den Klippen gestürzt und möglichst weit ins offene Meer hinausgespült worden war. Was er heute absolut nicht gebrauchen konnte, war ein weiterer Toter in diesem verdammten Fall.

Isabelle hatte es schließlich geschafft, Zerna für einen Augenblick allein zu sprechen und ihm von den jüngsten Ermittlungen zu berichten. Sie stand mit ihrem Chef im Container-Büro auf dem Parkplatz, von dem aus der Blumenkorso koordiniert wurde. Der Polizeichef war stark genervt.

»Das haben Sie sich doch nicht allein ausgedacht …?« Zerna legte den Kopf schief und beobachtete Isabelle wie ein Hai seine Beute.

»Die medizinischen Informationen habe ich von unserem *Médecin Légiste*«, sagte Isabelle.

»Von Ihrem *Médecin Légiste*, wollten Sie wohl sagen«,

bemerkte Zerna abfällig. »Freut mich zu hören, dass er wieder aufgetaucht ist. Obwohl ich seine Theorie für reichlich verwegen halte.«

»Ich finde, das ist eine sehr vielversprechende Spur«, entgegnete Isabelle.

»Vielversprechende Spur«, wiederholte Zerna sarkastisch. »Ein Fingerabdruck ist eine vielversprechende Spur, eine rauchende Beretta ist eine vielversprechende Spur, meinetwegen sogar ein bekloppter Augenzeuge. Aber was Sie mir da anbieten, ist nichts als eine wilde Spekulation. Allerdings eine fantasievolle Spekulation, wie ich zugeben muss.«

»Ich denke, wir sollten wenigstens mit dieser Carole Abadie reden.«

»Haben Sie mir nicht gerade erzählt, dass Sie sie nicht erreichen können?«

»Sie wohnt bei Carnoules. Ich würde gerne bei ihr vorbeifahren.«

Zerna sah auf die Uhr, dann schaute er durch das Fenster nach draußen, wo Frauen und Männer in bunten Kostümen ihre Plätze auf den Wagen einnahmen. Über die Lautsprecher dröhnten die ersten Sambarhythmen.

»Wir müssen hier einen Festzug starten, nur falls Ihnen das entgangen sein sollte.«

»Ich mache Ihnen einen Vorschlag: Sie starten den Zug, und ich fahre nach Carnoules«, entgegnete Isabelle ihrem Chef, der sie verblüfft ansah. »Wir haben drei Tote und möglicherweise eine Entführung. Wenn wir diese Chance nicht nutzen …«

In diesem Moment wurde die Tür des Containers aufgestoßen, und Moma kam herein, gefolgt von Josette Simon, der Leiterin des Fremdenverkehrsamtes.

»Wir haben eine Unwetterwarnung, *Patron*«, platzte Moma heraus, bevor die Frau vom Fremdenverkehrsamt noch etwas sagen konnte. »Stufe rot, das könnte heftig werden.«

»Ich möchte …«, begann Madame Simon und wurde von Zerna unterbrochen.

»Was schlagen Sie vor?«, fragte Zerna seinen Lieutenant.

»Wir verschieben den Aufbruch um eine oder besser zwei Stunden. Dann sehen wir, wie sich die Lage entwickelt.«

»Das kommt überhaupt nicht in Frage«, ging Madame Simon dazwischen. »Wir haben da draußen einige tausend Besucher aus dem ganzen Land. Manche warten bereits seit Stunden. Die können wir jetzt nicht einfach nach Hause schicken.«

»Das habe ich auch nicht gesagt«, beschwerte sich Moma.

»Was soll denn schon groß passieren?«, fragte Madame Simon. »Da draußen ist die Feuerwehr, jede Menge ehrenamtlicher Helfer und die Beamten von der *Municipale.*« Dann sah sie mit gekonntem Augenaufschlag Zerna an. »Und schließlich sorgen Sie ja für unsere Sicherheit, *Commandant.* Wir können doch jetzt keinen Rückzieher machen, nur weil es vielleicht ein bisschen regnen wird.«

»Ein bisschen regnen …« Moma hob die Hände.

»Ich denke, Madame Simon hat recht.« Zerna sah die Frau mit einem gewinnenden Lächeln an.

Die Frau vom Fremdenverkehrsamt war genau Zernas Typ, dachte Isabelle. Blond und groß, und den Verlust ihrer heimlichen Liebe schien sie inzwischen auch überwunden zu haben.

»Wir starten den Zug um genau …« Zerna sah noch einmal auf seine Uhr. »9.55 Uhr. Das bedeutet in fünf Minuten. Geben Sie das per Funk durch.«

»Und die Befragung der Zeugin?« Isabelle sah ihren Chef an.

»Ja, ja. Fahren Sie nach Carnoules, fahren Sie.« Zerna winkte mit der Hand in Richtung Tür. »Und geben Sie Bescheid, wenn Sie was haben.«

Isabelle öffnete die Containertür. Draußen jagten die ersten Windböen einen herrenlosen bunten Wasserball über den staubigen Parkplatz. Von weit her hörte man Donnergrollen. Sie rief Leon an, vergeblich.

Genau in diesem Moment schaute sich der Meteorologe in Toulon auf seinem Computer die jüngste Wettersimulation für die kommenden Stunden an. Die Zahlen für die voraussichtliche Niederschlagsmenge in den nächsten 24 Stunden waren kaum zu glauben: bis zu 140 Liter pro Quadratmeter. Der junge Meteorologe schaltete die Starkregen-Warnstufe auf »violett«. Dann griff er zum Telefon und löste Katastrophenalarm aus. Im gleichen Moment setzte sich in Le Lavandou der Blumenkorso in Bewegung.

78. KAPITEL

Leon hatte vor einer halben Stunde zum letzten Mal mit Isabelle telefoniert. Sie war kurz angebunden wegen der Vorbereitungen zum Korso und erklärte ihm, dass Zerna noch keine Zeit für ein Gespräch mit ihr gefunden hatte. Deshalb hatte Leon beschlossen, allein nach Carnoules zu fahren.

Die Fahrt in die Hügel dauerte eine gute halbe Stunde. Die schmale Straße führte durch endlose Weinfelder, bei deren Anblick sich Leon jedes Mal fragte, wer all den Rosé trinken sollte, der hier angebaut wurde. Als sich die Straße nach Osten wendete, sah er, dass der Himmel sich verdunkelt hatte. In den fernen schwarz-gelben Wolken zuckten Blitze. Im Osten konnte man bereits dichte graue Regenschleier sehen, die sich wie Vorhänge auf das Land niedersenkten. Und immer wieder kündeten Windböen und Donner vom heranrollenden Unwetter.

Carnoules befand sich am Fuß einer Hügelkette. Ein gemütliches altes Örtchen mit engen, steilen Gassen. Das Haus, das Leon suchte, lag in einer ruhigen Straße am oberen Ortsrand. Das ockerfarbene Gebäude war zweistöckig mit einem Dach aus gebrannten Ziegeln, von denen viele zerbrochen waren. Das Haus war von einem verwilderten Garten voller wuchernder Hecken und Büschen umgeben. An manchen Stellen drängten sich Bougainvilleen und Plumbago so dicht an die Hauswand, dass es aussah, als würden sie aus dem Inneren des Gebäudes nach außen quellen. Das verrostete Gartentor stand offen und war schon seit Jahren nicht mehr bewegt worden. An der Haustür hatten sich in den alten Lackschichten tiefe Risse gebildet. Es war offensichtlich, dass das Haus lange Zeit leer gestanden hatte. Doch inzwischen schien es einen neuen Besitzer gefunden zu haben. An einigen Stellen war der Putz ausgebessert worden. Jemand hatte begonnen, den Zaun in zartem Hellblau zu streichen, Treppenstufen und Einfahrt waren gefegt und sogar die Fenster geputzt. Der Briefkasten war brandneu, und darauf prangte ein glänzendes Messingschild mit einem Namen: Carole Abadie.

Leon griff in die Tasche, nahm sein Handy heraus und stellte fest, dass er den Klingelton abgestellt hatte. Offenbar hatte Isabelle in der letzten Stunde mehrfach versucht, ihn zu erreichen. Er war gerade dabei, ihre Nummer zu wählen, als neben ihm ein blauer Renault der *Gendarmerie Nationale* hielt. Isabelle stieg aus.

»Dachtest du, ich lasse dich hier allein Detektiv spielen?« Isabelle lächelte ihn herausfordernd an.

»Tut mir leid. Ich hatte mein Handy stumm geschaltet.« Leon hielt Isabelle wie zur Entschuldigung sein Handy hin.

Isabelle drückte den Klingelknopf, und man konnte im Haus den Gong hören, doch niemand öffnete. Die beiden gingen in den Garten und umrundeten das Haus. Ein Rosenspalier mit vertrockneten Blüten führte zu einer Terrasse an der Rückwand des Gebäudes. Leon drückte auf die Klinke der Glastür zum Wohnzimmer. Sie war nicht verschlossen. Er machte eine einladende Geste zu Isabelle.

»*Capitaine* ...«, sagte er.

»Du weißt, dass ich da nicht einfach hineingehen kann«,

sagte Isabelle. »Es ist ganz offensichtlich niemand zu Hause, und wir haben keinen Durchsuchungsbeschluss.«

»Ich bin aber nicht bei der Polizei und besuche nur eine Kollegin aus der Klinik. Sie freut sich bestimmt, wenn sie dich sieht.« Leon öffnete die Tür und betrat das fremde Haus. Isabelle folgte ihm zögernd.

»Hallo!«, rief Leon. »Madame Abadie? Sie haben Besuch ...!«

Er bekam keine Antwort. Das Haus war sauber, aber lieblos eingerichtet. Es gab nur wenige billige Möbel, die scheinbar wahllos aus dem Katalog gekauft worden waren. Im Wohnzimmer standen ein einfacher Tisch und drei Stühle, an der Wand ein Sideboard mit einem Fernsehgerät. Die Räume wirkten abweisend und kalt. Als hätte jemand mit möglichst wenig Geld einen Platz für Fremde ausgestattet, an dem er selber nicht wohnen wollte.

In der Küche standen neben der Spüle ein Teller und ein Glas in einem Abtropfkorb. Im Kühlschrank gab es eine Plastikbox mit Schinken und eine mit Käse sowie eine Schale mit Oliven. Auf dem Küchentisch stand eine alte Holzkiste. Darin befanden sich ein paar Kartoffeln und eine überreife Honigmelone. Auf der Kiste war noch ein Aufdruck zu erkennen: »Lavendelöl aus Carnoules – Ein Geschenk der Natur«.

Leon fühlte sich unbehaglich, durch dieses fremde Haus zu gehen. Als könnte es Geheimnisse verbergen, die er gar nicht erfahren wollte. Es war ein Platz ohne Leben. Kein Familienfoto auf dem Tisch, kein Bild an der Wand, kein Buch im Regal, keine Post, nichts, was auf den Besitzer hätte schließen lassen. Die Atmosphäre war so bedrückend, dass es Leon fröstelte.

»Das ist ein ziemlich großes Haus für eine Frau, die bei

euch in der Klinik den Krankenwagen fährt«, sagte Isabelle.

»Angeblich hat sie es geerbt. Ihr Stiefvater ist vor zwei Jahren gestorben.«

Isabelle ging zum Telefon und nahm den Hörer ab. Sie schüttelte den Kopf. Die Leitung war tot.

»Hier gibt es überhaupt nichts, was uns weiterbringen könnte.«

»Wir haben noch nicht im Keller nachgesehen«, meinte Isabelle.

»Ich habe in letzter Zeit keine guten Erfahrungen mit Kellern gemacht«, sagte Leon.

»Keine Angst«, lächelte Isabelle. »Ich bin bewaffnet, und ich bleibe direkt hinter dir.«

Leon öffnete die Kellertür und schaltete das Licht ein. Eine Neonröhre sprang mit leisem Summen an, während draußen der Gewitterdonner näher kam. Der Keller war penibel aufgeräumt. Es gab eine Tiefkühltruhe, die aber leer war, und eine Waschmaschine. An den Wänden stapelten sich Umzugskisten. Leon griff hinein und holte einen Ordner heraus.

»Steuerunterlagen«, sagte er enttäuscht und betrachtete eines der Papiere. »Doktor Rachid Abadie ...«

»Ist das der Adoptivvater?«, fragte Isabelle und blätterte durch die Unterlagen. Leon nickte.

Sie wollten schon wieder nach oben gehen, als Leon eine Tür entdeckte, die sich hinter der Treppe befand. Er drückte die Klinke und drehte den Lichtschalter. Und im nächsten Moment wussten sie, dass sie auf der richtigen Spur waren.

In dem engen Raum befand sich ein Schreibtisch, auf dem ein Laptop und ein Drucker standen. Daneben lagen ordentlich sortierte Mappen mit Computerausdrucken und alte Zeitungen. Aber die eigentliche Überraschung waren die Wände des Zimmers. Jemand hatte sie mit Fotografien und Zeitungsausschnitten zugepflastert. Die Bilder zeigten immer die gleichen Personen: Nicolas Lambert, Gérôme Baladure, Yves Dumont, Louis Pignol und André Sorel.

Isabelle und Leon betrachteten fasziniert die Fotos. Wenn sie je nach einem Beweis für eine Verbindung zwischen dem Fall Lambert und Carole Abadie gesucht hatten, eindeutiger hätte er nicht sein können.

Leon und Isabelle gingen zurück ins Wohnzimmer, als Leon auf dem Handy eine SMS erreichte. Sie kam von seinem Assistenten Rybaud. Er entschuldigte sich, denn gestern war eine Mail eingegangen, die er nicht an Leon weitergeleitet hatte. Die Universität in Aix hatte sich wegen der Blüten gemeldet, die sie eingeschickt hatten. Es handelte sich, wie schon vermutet, um Lavendelblüten, Alter etwa zehn bis zwanzig Jahre. Das einzig Auffällige an den Blüten war, laut Analyse des Instituts, dass sie ausgekocht worden waren.

»Wer kocht denn Lavendelblüten?«, fragte Isabelle.

»Gibt es in dieser Gegend eine Fabrik, in der Lavendelöl hergestellt wird?«, überlegte Leon.

»Früher gab es mal eine Destillerie in Richtung Besse, aber die hat schon in den neunziger Jahren dichtgemacht.«

»Wie weit ist das von hier?«

»Das liegt ganz in der Nähe, vielleicht zehn Minuten mit dem Auto. Was ist los, Leon?«

»Erzähle ich dir unterwegs, lass uns fahren«, Leon hatte bereits die Haustür geöffnet.

In diesem Moment fielen die ersten Tropfen aus den

dunklen Wolken. Groß und schwer wie tote Käfer schlugen sie mit nassem Klatschen auf die Steinstufen. Leon und Isabelle rannten zum Polizeiauto.

79. KAPITEL

Sambarhythmen drangen laut aus den Verstärkeranlagen, und Mädchen in Glitzerkostümen winkten von den Blumenwagen, die sich langsam durch Le Lavandou schoben. Die Besucher applaudierten begeistert. Einige der Wagen interpretierten das Thema des diesjährigen Umzuges allerdings sehr frei. Da gab es zum Beispiel springende Delphine aus weißen und blauen Blüten oder eine Insel mit Palme, und auf einem der Wagen saß einfach nur eine blonde Bikinischönheit auf einem Jetski und machte Werbung für einen örtlichen Bootsverleih.

Der Zug hatte gerade das Rathaus erreicht, als die erste Orkanbö ihn durchschüttelte. Der Wind jagte von Osten heran, wurde in den engen Gassen von Le Lavandou beschleunigt und prallte gegen die Wagen wie gegen eine Mauer. Die fragilen Blumenkonstruktionen wankten unter der Wucht des Ansturms, und die Mädchen auf den Wagen schrien vor Angst. Ganze Dekorationsteile wurden herausgerissen und wirbelten in Wolken von Blüten davon. Stühle und Tische vor den Cafés machten sich selbständig, und die Kellner versuchten, wenigstens das Geschirr zu retten. In diesem Moment setzte auch der Regen ein, der wie ein Wasserfall durch die Straßen peitschte.

Nach zwanzig Sekunden rutschte der erste Wagen von der Straße, prallte gegen einen fahrbaren Crêpes-Stand, stellte sich quer, und der Zug kam zum Stillstand. Inzwischen waren die Regenböen so stark, dass sie kleine Äste von den Bäumen brachen, Sonnenschirme mitrissen und Dachpfannen durch die Luft schleuderten. Die Zuschauer flüchteten sich in Geschäfte und Bistros, während sich immer neue Wassermassen über die Stadt ergossen. Innerhalb weniger Minuten rauschte das Regenwasser bereits zehn Zentimeter tief durch die Straßen. Die Kanäle waren sofort überlastet und konnten die Fluten nicht mehr abtransportieren. Als auch noch der zehn Meter hohe Lichtmast, der für die abendliche Tanzveranstaltung aufgestellt worden war, mit lautem Knall umstürzte, gab Polizeichef Zerna den Befehl, den Korso sofort abzubrechen. Doch da war es längst zu spät. Die nächste Regenbö zerfetzte die Trikolore am Rathaus, als wäre sie aus Papier.

Während Le Lavandou gegen die Regenfluten kämpfte, bahnte sich in den vierzig Kilometer entfernten Hügeln eine Katastrophe an. Nach fast drei Monaten trockener Hitze war die Erde festgebrannt wie Ton. Die Regentropfen glitten auf dem harten Boden die Hügel hinab. Wegen der langanhaltenden Dürre waren auch keine Gräser und Pflanzen gewachsen. Es gab keine Wurzeln, keine frischen Triebe, keine Knospen, nichts, was die Flut aufhalten konnte. Das Wasser strömte ungebremst zu Tal, sammelte sich in Senken und trockenen Bachläufen, schwoll an und verwandelte Rinnsale innerhalb von Minuten in reißende Fluten. Keine Viertelstunde, nachdem die ersten Tropfen auf den Boden geschlagen waren, wälzte sich bereits eine braune Wasserlawine zu Tal, die ständig größer wurde, die Steine, Büsche und schließlich ganze Bäume mit nach unten riss und wie die Sintflut in Richtung der Ortschaften stürzte.

80. KAPITEL

In seinem Kopf dröhnte es, und in den Ohren pochte das Blut so laut, dass er glaubte den Verstand zu verlieren. Sorel war nackt. Er spürte seinen Körper nicht mehr, sah nur seine Arme und Beine zittern und zucken unter den Klebebändern, mit denen ihn die Verrückte auf dem Stuhl fixiert hatte. Er spürte alle Muskeln wie in einem einzigen Krampf. Das waren keine Schmerzen, das war, als würde jemand mit einem glühenden Messer mitten durch den Körper schneiden. Muskeln und Sehnen spannten sich, als wollten sie zerreißen. Gleich würde ihm der Kopf platzen. Und dann hörte alles so plötzlich auf, wie es begonnen hatte. Sorel sackte zusammen, als hätte er keine Knochen mehr im Körper. Und jetzt konnte er den Geruch von verbranntem Fleisch riechen, seinem Fleisch. Eine feine Spur Rauch kräuselte sich in die stickige Luft des dämmrigen Raumes. Er kam von dort, wo die elektrischen Klemmen Brandblasen hinterlassen hatten, von der Innenseite seiner Schenkel. Und erst jetzt, als sich sein Körper in den letzten Zuckungen schüttelte, konnte Sorel endlich schreien. Einen verzweifelten kehligen Laut, der viel zu leise war, als dass ihn irgendjemand da draußen hätte hören können. Es war ein Schrei der Verzweiflung. Es war genau so, wie Gérôme es vorausgesagt hatte. Am Ende mussten alle für ihre Sünden büßen. Sorel schrie, und es war ein Schrei, mit dem er um seinen Tod bat.

Dann sah er, wie die Frau erneut zum Schalter griff, um die nächste Welle Strom durch seinen nackten Körper zu jagen. Diesmal würde er sterben. Diesmal ganz bestimmt, tröstete er sich. Dann warf sich der nächste Stromschlag mit einem bösartigen Knistern auf seinen gepeinigten Körper.

81. KAPITEL

Die ehemalige Lavendelölfabrik bestand aus einer Handvoll heruntergekommener Backsteingebäude, die nördlich von Carnoules an der D13 lagen. Zwei der Gebäude waren eingestürzt, und ein weiteres schien vor längerer Zeit einmal gebrannt zu haben. Isabelle fuhr den Einsatzwagen langsam durch die Regenschauer auf den Hof der Fabrik. Die Scheibenwischer kämpften vergeblich gegen die Fluten. Die Sicht reichte keine zehn Meter durch das nasse Grau. Isabelle tastete sich mit dem Streifenwagen in Schrittgeschwindigkeit über das Gelände. Leon versuchte, die beschlagene Scheibe sauber zu wischen, um irgendetwas in dem Wolkenbruch zu erkennen.

»Stopp!«, rief Leon und deutete auf eine Einfahrt, die zu einer Hallentür führte. Dort stand, in den sturmgepeitschten Regenschauern fast unsichtbar, ein hellgrauer Lieferwagen. Isabelle trat auf die Bremse und starrte durch die Regenböen.

»Siehst du den Wagen?« Leon musste brüllen, während die schweren Tropfen wie Hagel auf ihr Autodach trommelten.

»Ist das ein Citroën?«, rief Isabelle zurück.

»Ich glaube schon.«

»Im Parkhaus, wo Lambert gefunden wurde, haben die Zeugen auch einen Citroën gesehen.«

»Na also«, rief Leon mit einem Triumph in der Stimme.

Isabelle zog die Waffe aus dem Holster, lud sie durch und steckte sie zurück.

»Was hast du vor?«

»Wenn du recht hast, müssen wir mit allem rechnen.« Isabelle griff zum Funkgerät. »*Capitaine* Morell für Zentrale ...?!«

Als sie den Sprechknopf des Funkgeräts losließ, war ein Schwall aufgeregter Stimmen zu hören, aber niemand schien sich für ihre Meldung zu interessieren. Isabelle versuchte es erneut, ohne Erfolg. Sie zog ihr Handy aus der Tasche und drückte eine vorprogrammierte Nummer. Der Regen trommelte jetzt so laut auf das Dach des Fahrzeugs, als hätten sie direkt unter einem Wasserfall geparkt.

»Ich rufe Moma an ...«, versuchte Isabelle, ihrem Beifahrer zu erklären, aber der deutete auf seine Ohren und schüttelte den Kopf. In diesem Moment erreichte Isabelle ihren Kollegen.

»Moma ...?«, jetzt schrie Isabelle regelrecht in ihr Handy. »Ich versteh dich ganz schlecht. Kannst du lauter ...? Wir sind in der alten Lavendelfabrik über Carnoules ... Ich brauche Verstärkung ... Verstehe. Nein, dann versuche ich es selber ... Ist mir egal. Kommt einfach her, sobald ihr könnt. Danke.« Isabelle schaltete ab.

»Schicken sie Verstärkung?«, fragte Leon.

»Schon, aber es kann eine halbe Stunde dauern. Vielleicht auch länger. Die sind alle im Einsatz.« Isabelle versuchte, durch die Scheibe in den Himmel zu sehen. »Die haben Katastrophenalarm ausgelöst. Wahnsinn!«

»Dann gehen wir beide da jetzt rein«, sagte Leon.

»Nein, ich gehe da rein, und du wartest hier im Auto.« Isabelle musste gegen den Lärm des Platzregens anbrüllen.

»*Oui, ma Capitaine*«, antwortete Leon und salutierte mit der flachen Hand an der Schläfe. Isabelle lächelte.

»Das ist jetzt ein offizieller Polizeieinsatz«, sagte sie. »Ich bin gleich wieder da. Wenn irgendwas sein sollte, ruf auf der Wache an.«

»Sei vorsichtig.« Leon klang besorgt.

Isabelle sah ihn kurz an, dann öffnete sie die Fahrertür, stieg aus und sprintete die zwanzig Meter die Einfahrt hinauf bis zum Hallentor. Sie schob die Blechtür ein Stück zur Seite, drängte sich durch den Spalt und war aus Leons Blick verschwunden.

Carole Abadie stand vor Sorel, der noch immer an den Stuhl gefesselt und mit den beiden Elektrokabeln verbunden war. Schweiß lief ihm über das Gesicht und die Brust, obwohl es kühl in der Halle war. Er atmete in flachen, schnellen Stößen, wie jemand, der einen schmerzhaften Krampfanfall überwunden hat. Carole Abadie musterte den nackten Mann, wie er da gefesselt und verstört vor ihr saß.

»Bitte«, Sorel sprach mit leiser, kippender Stimme. »Hören Sie auf damit, bitte. Es tut mir leid, was geschehen ist ... so leid.«

Carole Abadie stand ganz ruhig und ohne jede sichtbare emotionale Regung vor ihrem Opfer. Sie betrachtete ihn, wie eine Wissenschaftlerin in einem Tierversuch eine Ratte betrachten würde, deren Schmerzresistenz getestet werden sollte.

»Du hast ja keine Ahnung, was ihr mir angetan habt«, sagte die Frau und sah zu der Werkbank, auf der vorbereitet wie im Operationssaal eine Flachzange und eine große Blumenschere auf einem glänzenden Tablett aus Edelstahl lagen. Daneben stand ein Gitterkorb mit Mullbinden und blutstillenden Mitteln, und dann war da noch eine Schale, in der eine aufgezogene Spritze lag.

»Es tut mir so leid.« Sorel konnte seinen Kopf nur unter Schmerzen der Frau zuwenden. Er wollte sprechen, brachte aber nur ein heiseres Flüstern heraus. »Ich würde Ihnen geben, was Sie wollen, um das alles ungeschehen zu machen.«

»Sie sprechen von Geld ...?« Carole Abadies Stimme klang bitter. »Sie wollen mich bezahlen ...?« Sie schüttelte den Kopf.

Die Frau ging zur Werkbank und griff nach der Gartenschere.

»Nein«, Sorel klang jetzt wie ein weinendes Kind. »Tun Sie das nicht, bitte ...«

In diesem Moment ging die Tür auf, und Isabelle trat in den Raum. In der Hand hatte sie ihre Waffe. Für einen Augenblick hielt sie inne. Die Szene war so surreal, als hätte sie gerade das Tor zur Hölle aufgestoßen. Aber dann sah sie die Gartenschere, und ihr war klar, was die Frau vorhatte.

»Schere fallen lassen!«, rief sie und richtete die Waffe auf Carole Abadie. »Sofort!«

Die Frau reagierte nicht und wich vorsichtig ein Stück zurück. Für einen Moment war Isabelle irritiert. Carole Abadie spürte Isabelles kurzes Zögern und reagierte schnell und eiskalt. Sie machte einen Schritt zur Seite, drehte sich um und drückte mit einer Handbewegung den Schalter nach unten, der den Strom einschaltete. Sorels Körper bäumte sich auf, und der Mann starrte Isabelle für den Bruchteil einer Sekunde verzweifelt an, bevor seine Muskeln unkontrolliert zu zucken anfingen.

»Abstellen, stellen Sie das ab!«, rief Isabelle.

In diesem Moment schlug Carole Abadie mit der Gartenschere auf den Stromschalter ein, so dass das Plastik zersplitterte. Dann verschwand sie in der Dunkelheit der Halle.

Isabelle sah, wie der Mann sich unter dem Stromstoß aufbäumte und verzweifelt schrie. Sorel würde sterben, wenn sie ihm nicht auf der Stelle half. Doch der Schalter für das Foltergerät war zerstört. Isabelle hob die Beretta und schoss auf den Schaltkasten. Die dritte Kugel traf den Kondensator. Es gab ein lautes Knistern, dann schlug ein Blitz aus dem Gerät, und Rauch quoll aus dem Stromkasten. Sorel sackte auf dem Stuhl zusammen.

Leon saß im Einsatzwagen und glaubte, etwas gehört zu haben. Er öffnete das Fenster, und sofort trieb der Wind Regenkaskaden ins Auto. Er versuchte, irgendein Geräusch auszumachen, aber da war nur das Tosen der Tropfen zu hören. Leon konnte nicht erkennen, dass Carole Abadie aus einer Seitentür der Halle gelaufen war und sich hinter das Steuer des Lieferwagens gesetzt hatte. Er bemerkte die Frau erst, als der Wagen die Auffahrt herunterkam, nur Zentimeter entfernt an dem Streifenwagen vorbeischoss und im Regen verschwand. Für einen Augenblick zögerte Leon. Er sah zur Hallentür, durch die Isabelle vor wenigen Minuten verschwunden war. Dann fasste er einen Entschluss. Er rutschte auf die Fahrerseite des Streifenwagens und gab Gas. Carole Abadie konnte höchstens eine halbe Minute Vorsprung haben.

82. KAPITEL

Der graue Lieferwagen wirkte im Sturzregen wie ein Geist, der sich durch eine Welt aus Wasser bewegte, in der es kein Oben und Unten mehr zu geben schien. Leon konnte den Wagen nur in den kurzen Augenblicken sehen, in denen der Regen für Sekunden nachließ, um dann mit neuer Kraft auf das Land herabzustürzen. Die Straße war nicht mehr zu erkennen. Leon orientierte sich an Büschen, Hauswänden und Schildern, die immer wieder rechts und links von ihm wie aus dem Nichts auftauchten. Irgendwo dazwischen musste die Straße sein.

Endlich sah er wieder die roten Stopplichter des Lieferwagens, die gut dreißig Meter vor ihm nach links abbogen. Leon folgte dem Wagen. Er wusste, dass der Ort Carnoules an einem schmalen Bach lag, der den stolzen Namen La Font de l'Île trug. Aber eigentlich war es nicht mehr als ein trockenes Bachbett, durch das sich während der Wintermonate ein dünnes Rinnsal schlängelte. Autofahrer merkten gar nicht, wenn sie den Bach überquerten, denn die kurzen Überfahrten trugen keine Namen und bestanden aus nichts weiter als ein paar Betonplatten mit einem einfachen Rohr als Geländer, das von hüfthohen Betonpfeilern gehalten wurde.

In diesem Moment erkannte Leon, dass der Lieferwagen auf die Brücke zuhielt. Doch von dem Bachbett war nichts mehr zu sehen. Der Bach hatte sich in einen reißenden

Fluss verwandelt, der Äste, Bäume und sogar Autos heranspülte, die wie Spielzeug von den brodelnden Fluten ins Tal gerissen wurden. Die urwüchsige Kraft des Wassers versuchte, alles unter der Betonbrücke hindurchzupressen. Aber dort hatte sich inzwischen ein Damm aus Schrott und Holz gebildet, der das Wasser aufstaute und es über die Straße hinwegschießen ließ.

Carole Abadie versuchte trotzdem, die Brücke zu überqueren. Doch sie hatte die Kraft des Wassers unterschätzt. Es kam bereits kniehoch über die Brücke, war reißend schnell und ließ den Lieferwagen sofort aufschwimmen wie einen Korken. Der Wagen wurde angehoben, gedreht, knallte dann gegen einen der Betonpfeiler und wurde mit der Kühlerhaube unter das Geländer geschoben. Carole Abadie saß fest. Für einige Sekunden wühlten die frei drehenden Antriebsräder das Wasser auf, dann gab der Motor auf. Die Strömung schob einen Holzbalken über die Brücke, der sich jetzt unter dem Druck des Wassers gegen die Fahrertür stemmte. Leon konnte sehen, wie die Frau versuchte, die Tür von innen zu öffnen – vergeblich.

Leon ließ den Polizeiwagen stehen und lief zur Brücke. Vorsichtig tastete er sich auf der überspülten Straße vorwärts. Das Wasser reichte ihm inzwischen bis über die Hüfte, als er sich langsam auf den Lieferwagen zubewegte. Dabei klammerte Leon sich an das Geländer, an dem er sich Schritt für Schritt vorwärtszog, während er Baumstämmen und Schrott auswich, die jetzt von den Fluten über die Brücke geschwemmt wurden. Endlich stand er vor dem eingekeilten Lieferwagen. Leon stemmte sich mit aller Kraft gegen den Balken, der die Tür des Wagens blockierte. Mit einem verzweifelten Ruck drückte er das Hindernis in die Strömung, wo es sofort vom Wasser mitgerissen wurde. Leon zog die Tür auf. Er sah nicht, dass zehn Meter hinter ihm eine neue, noch höhere Welle heranschoss.

»Kommen Sie rein, schnell«, rief Carole Abadie und rückte von der Tür weg.

Leon zog sich in den Lieferwagen. Hinter ihm schlug die Tür zu. Blitzartig staute sich das Wasser bis zur Scheibe hoch. Leon und Carole Abadie waren im Auto gefangen. Die Strömung zerrte an der Karosserie, aber der Wagen saß festgeklemmt zwischen Straße und Geländer. Von unten drang Wasser in die Kabine. Carole Abadie starrte aus dem Fenster in die tosende Flut. Leon beobachtete die Frau. Nach ein paar Sekunden, in der nur der Lärm des Wassers zu hören war, sah sie Leon an.

»Sie hätten mir nicht folgen sollen«, die Frau musste laut sprechen, um gegen das Tosen anzukommen.

»Warum haben Sie die Männer getötet?« Leon sah der Frau in die Augen, die gar nicht zu begreifen schien, in welcher Notlage sie sich befanden.

»Das wissen Sie doch«, sagte sie. »Weil sie es verdient haben.«

»Niemand hat es verdient, gefoltert und getötet zu werden«, sagte Leon.

»Sie haben doch keine Ahnung«, sagte die Frau.

»Dann erklären Sie es mir.«

»Sie haben mir alles genommen, alles. Erst in Algerien und dann ...« Der Wagen bewegte sich und drehte sich nach links. Die Strömung schleuderte jetzt Steine gegen die Karosserie, die wie Schüsse knallten. Leon spürte, wie Panik in ihm aufstieg. Sie saßen in einer tödlichen Falle, und er konnte absolut nichts tun. In einer Geste der Hilflosigkeit packte Leon das Steuer, als könnte er so den Wagen in Sicherheit lenken. Die Frau schien das alles gar nicht mehr wahrzunehmen.

»Ich war erst sechzehn Jahre alt, damals ...«, sagte die Frau. »Meinen Mann haben sie erschossen. Auf dem Boot. Sie haben alle Christen erschossen. Nur mich nicht. Weil ich die erste Sure des Koran kannte. Danach war ich ganz allein mit meinem Kind im Leib.«

Wieder bewegte sich das Auto. Es knirschte laut unter dem Bodenblech, dann blieb der Wagen erneut hängen.

»Halten Sie sich fest!«, rief Leon.

»Warum?«, antwortete die Frau. »Es ist alles vorbestimmt. Ich kannte niemanden, als ich nach Toulon kam. Dieser Pignol hat mich mitgenommen, hat mich in eine Villa irgendwo am Meer gebracht ...« Die Frau sah nach draußen, als würde sich ihr irgendeine Wahrheit in den braunen Fluten offenbaren. »Dort sind sie dann über mich hergefallen, alle vier, wie die Tiere, zwei Tage lang. Damals ist meine Seele gestorben.«

»Darum haben Sie sich gerächt?«, fragte Leon. Die Frau nickte. »Warum jetzt, warum nach zwanzig Jahren?«

»Ich wusste ja nicht, wer sie waren.« Ihre Stimme klang empört. »Ich war eine Fremde in einem fremden Land. Bis ich ihn wiedergetroffen habe: Nicolas Lambert, er war der Schlimmste von allen. Stand vor mir, an der Kasse im Supermarkt ...«

»Im Supermarkt, einfach so?«, fragte Leon ungläubig.

»Es ist alles Bestimmung. Wissen Sie das denn nicht?« Sie sah wieder zu Leon, der sich noch immer am Lenkrad festhielt. »Meine Stiefeltern sind gestorben. Da bin ich hergekommen, um mich um ihr Haus zu kümmern. Und da ist er plötzlich vor mir aufgetaucht, der Herr Richter. Im Supermarkt in Le Lavandou. Ich wusste genau, wenn ich ihn erst einmal habe, wird er mich auch zu den anderen führen.«

»Sie haben sie alle umgebracht«, Leon sah die Frau an, während der Regen sich mit Hagel vermischte und auf das Dach prasselte.

»Sie denken, was ich getan habe, war grausam ...?« Die Frau schüttelte den Kopf. »Diese Schweine haben alles Leid der Welt verdient.«

»Und, hat es Ihnen geholfen?«, rief Leon, als wieder ein neuer Schwall Wasser gegen den Lieferwagen prallte, ihn hin- und herschwanken ließ und drohte, sie mitzureißen.

»Nein«, sagte die Frau so tonlos, dass Leon sie kaum noch verstehen konnte. »Es hat mich leer gemacht, nur ganz leer ...«

In diesem Moment sah Leon das Hausdach. Es trieb in der Strömung auf sie zu, unaufhaltsam wie ein großes Schiff. Leon wusste sofort, dass sie sich gegen das Dach nicht würden halten können. Das Dach drehte sich in den reißenden Fluten und drückte den Lieferwagen mit einem Schlag von der Brücke, mitten hinein in die strudelnden Fluten. Für einen Moment war es ganz dunkel und still, dann tauchten sie wieder auf. Sie trieben auf der Seite. Leon riss die Tür auf wie die Luke eines U-Boots und stemmte sich nach oben aus dem Fahrzeug heraus. Jetzt hockte er auf dem Türrahmen und packte die Hand von Carole Abadie. In diesem Moment drehte sich das Dach und traf sie erneut. Leon wurde rückwärts ins Wasser geschleudert. Er versuchte, sich irgendwo festzuhalten. Einen Augenblick lang sah er Carole Abadie, die in dem Wagen davongerissen wurde, und sie schien ihn zufrieden anzulächeln. Dann schob sich das Dach über den Lieferwagen und drückte ihn unter Wasser wie einen feuchten Pappkarton. Im nächsten Moment war alles in einem braunen Strudel verschwunden.

Leon kämpfte verzweifelt dagegen an, unter Wasser zu geraten. Aber Schwimmen war kaum möglich. Er stieß gegen Bäume und Bretter, Kisten und Fahrräder, die der Fluss ins Tal schob. Leon schlug mit den Händen um sich, wich dahintreibenden Autos aus, einer Tiefkühltruhe und zwei toten Pferden. Alles wirbelte in einem einzigen tosenden Mahlstrom durcheinander. »Du musst den Kopf über Wasser halten«, sagte er sich, »nur den Kopf über Wasser halten.«

Leon war kein guter Schwimmer, aber er hatte beschlossen, nicht zu sterben. Nicht heute, nicht in einem verdammten Gewittersturm mitten in der Provence. Er wusste, dass es irgendwo zwischen den grauen Regenschleiern und dem Poltern der Felsbrocken, die die wilden Fluten mit sich rissen, ein rettendes Ufer geben musste.

Das Auto tauchte ganz plötzlich neben ihm auf. Es erwischte ihn am Rücken und drückte ihn unter Wasser. Er bekam keine Luft mehr und konnte nichts sehen. Um ihn herum war nur noch das Tosen, Gluckern und Knirschen des tödlichen Stroms zu hören, der sich wie ein Monster zu Tal stürzte und alles verschlang, was sich ihm in den Weg stellte. Leon verlor die Orientierung, wusste nicht mehr, wo oben und unten war, und griff in der Dunkelheit nach dem ersten Stück Treibgut, das seine Hände erreichten.

83. KAPITEL

Die Fabrik war komplett abgesperrt worden. In den letzten beiden Stunden hatte der Regen nachgelassen, und die Feuerwehr konnte endlich mit schwerem Gerät die Beamten der *Gendarmerie Nationale* zu dem Fabrikgelände bei Carnoules bringen. Inzwischen war die Polizei dabei, jeden Quadratzentimeter des Geländes zu untersuchen und Spuren zu sichern. Denn die ehemalige Lavendelfabrik war offensichtlich der Tatort für mindestens zwei Morde.

Kommissarin Lapierre hatte sich ebenfalls angekündigt, war aber mit ihrem Wagen kurz hinter Hyères von den Überschwemmungen aufgehalten worden. Man würde sie mit dem Hubschrauber nach Carnoules bringen, sobald Polizei oder Gendarmerie eine Maschine entbehren konnten. Bis dahin hatte die Stellvertretende Polizeichefin von Le Lavandou am Tatort das Sagen.

Isabelle konnte sich nur mit Mühe auf all die Dinge konzentrieren, die zu tun waren. Sie musste immer wieder an Leon denken, der irgendwo da draußen im Chaos verschwunden war. Möglicherweise lag er irgendwo und war schwer verletzt. Oder er war ... den Gedanken, dass Leon die Katastrophe nicht überlebt haben könnte, versuchte sie, tapfer zu unterdrücken – mit wenig Erfolg.

Im ersten Moment war sie wütend auf Leon gewesen, als sie merkte, dass er sie mit Sorel allein gelassen hatte. Aber sie wusste auch, wie verbissen Leon um die Lösung dieses Falls gerungen, wie sehr er unter seiner Fehleinschätzung mit dem Grab gelitten hatte. Leon hätte diese Frau auf keinen Fall entkommen lassen. Nicht weil er Gerechtigkeit suchte, sondern weil er die Wahrheit erfahren wollte.

Seitdem waren über drei Stunden vergangen. Die Feuerwehr hatte inzwischen den Einsatzwagen, mit dem Leon die Täterin verfolgt hatte, gefunden. Er stand am Ortsausgang von Carnoules, direkt am Ufer des Baches, der zu einem reißenden, unpassierbaren Fluss angeschwollen war.

Sorel hatte die 24 Stunden seiner Gefangenschaft erstaunlich gut überstanden. Man hatte ihn ironischerweise in das *Centre Hospitalier* bei Pierrefeu-du-Var gebracht, wo zwanzig Jahre zuvor eine misshandelte junge Frau aus Algerien erstversorgt worden war. In der Klinik bescheinigte man Sorel ein starkes Herz und einen stabilen Kreislauf. Außer den Verbrennungen durch die Stromstöße hatte er nur ein paar Quetschungen und Schürfwunden abbekommen. Sorel schikanierte das Klinikpersonal und bestand darauf, mit dem ersten freien Krankenwagen zurück in seine Villa bei Le Lavandou gebracht zu werden – er zahlte bar.

Gegen 14.30 Uhr war der Starkregen in einen leichten Dauerregen übergegangen, und die Mitarbeiter von Météo in Toulon stuften das Tiefdruckgebiet zurück auf die Gefahrenstufe »gelb«. Nach und nach wurde das Ausmaß der Schäden deutlich, die der Regensturm und die Wasserfluten angerichtet hatten.

Um 15 Uhr kam Masclau zu Isabelle in die Fabrikhalle gelaufen, wo die Polizeichefin die Spurensicherer einteilte.

»Sie haben ihn gefunden«, rief Masclau, während er mit dem Funkgerät in der Hand winkte.

Für einen Moment spürte Isabelle ihr Herz klopfen und wagte nicht zu atmen. Sie hatte Angst, die Frage zu stellen, die in ihr brannte.

»Er lebt«, rief Masclau ihr zu. »Der *Docteur* lebt!«

Isabelle überließ die Leitung am Tatort Moma und fuhr mit Masclau zur mobilen Einsatzzentrale der Feuerwehr, die in der Schule von Carnoules errichtet worden war. Die *Pompiers* hatten Leon zwischen angeschwemmtem Müll am Ufer des Font de l'Île gefunden und zur Erstversorgung in die provisorisch errichtete Notfallstation gebracht. Er hatte auf wundersame Weise mit nur geringen Verletzungen die Flut überlebt. Beim Versuch, dem tödlichen Strom zu entkommen, hatte er sich am Treibgut einige heftige Prellungen zugezogen, die in den nächsten Tagen dunkelblau anlaufen würden. Und er hatte sich auch eine oder zwei Rippen auf der linken Brustseite angebrochen, Genaueres würden die Röntgenaufnahmen zeigen. Außerdem, so vermutete ein Sanitäter der Feuerwehr, hatte sich Leon einen Muskelfaserriss in der linken Schulter zugezogen und musste den Arm in der Schlinge tragen. Ansonsten war er in überraschend guter Verfassung.

Leon war mit zwei weiteren Verletzten auf Feldbetten in einem Klassenzimmer untergebracht worden. Als Isabelle in den Raum kam, saß er bereits auf seinem Lager und machte einer Notärztin klar, dass er selber Arzt war und sich deshalb jetzt auf der Stelle entlassen würde.

»Lassen Sie ihn! Widerspruch ist zwecklos«, sagte Isabelle zu der Ärztin, als sie den Raum betrat.

»Habe ich auch schon gemerkt«, brummte die Frau. »Aber etwas Ruhe würde ihm in jedem Fall guttun.«

»Isabelle ...?« Leon sah die Polizistin an wie eine Erscheinung.

»Die Feuerwehr hat uns informiert, dass du hier bist.«

»Tut mir leid, dass ich so einfach weg bin, aber …« Leon kam etwas wackelig auf die Beine.

»Vorsicht!« Isabelle sah ihn besorgt an. »Mach langsam.«

Sie nahm Leon in die Arme und hielt ihn einen Augenblick fest. Dann ließ sie ihn los und betrachtete ihn. Er trug verschlissene Hosen, die ihm mindestens zwei Nummern zu weit waren, und ein auffällig kariertes Hemd. Darüber hatte er einen Pulli gezogen, der am rechten Ellenbogen gestopft war.

»Steht mir, oder?«, sagte er und wollte sich elegant drehen, was ihn aber sofort vor Schmerz zusammenzucken ließ. »Haben die Dorfbewohner gespendet. Wirklich nette Leute hier.«

»Wenn du auch in deinen Klamotten schwimmen gehst …«, sagte Isabelle. Leon lächelte. Sie sah ihn an und konnte sich gar nicht erinnern, wann sie zum letzten Mal in ihrem Leben eine solche Erleichterung gespürt hatte.

»Ich hab mit ihr gesprochen, Isabelle«, sagte Leon.

»Mit wem gesprochen?«

»Mit dieser Abadie«, antwortete Leon. »Sie hat alles gestanden. Habt ihr sie gefunden?«

Isabelle schüttelte den Kopf.

Es wurde Abend, bis die wichtigsten Verbindungsstraßen so weit geräumt waren, dass Isabelle Leon in seinem Auto nach Hause fahren konnte. Leon war total erschöpft. Er wollte sich nur einen Moment aufs Bett legen, doch innerhalb von Sekunden war er eingeschlafen.

Als Isabelle zwei Stunden später nach ihm sah, lag er noch immer auf dem Bett. Sie zog ihn vorsichtig aus, half ihm in seinen Schlafanzug und deckte ihn zu. Leon brummelte etwas. Eine Viertelstunde später kam Isabelle noch einmal in das Zimmer. Sie hob die Decke an, kroch vorsichtig darunter und kuschelte sich an Leons Rücken. Sie spürte, wie er aufwachte und seine Hand über ihren Körper strich.

»Ich glaube, da ist eine Frau in meinem Bett«, murmelte er.

»Es war sonst nichts mehr frei«, sagte Isabelle.

»Das geht in Ordnung«, murmelte Leon verschlafen.

Isabelle streichelte Leon zärtlich über das Gesicht, aber er war schon wieder eingeschlafen.

84. KAPITEL

Die Rettungs- und Aufräumarbeiten liefen ohne Unterbrechungen die ganze Nacht weiter. Der Regensturm hatte schwere Schäden angerichtet. Bisher hatte man drei Opfer zu beklagen. Ein älteres Ehepaar war in seiner Garage ertrunken, als es versuchte, mit dem Auto vor den Fluten zu fliehen. Und eine Rentnerin war allen Lautsprecherdurchsagen der Feuerwehr zum Trotz in ihrem Haus geblieben, weil sie ihre Katze nicht zurücklassen wollte. Das Wasser hatte schließlich das Haus mitsamt der Frau und ihrer Katze davongespült.

Es wurde noch eine geringe Anzahl weiterer Personen vermisst, doch die Feuerwehr hoffte, dass viele Menschen zu Freunden und Verwandten geflüchtet waren und sich im Laufe der kommenden Tage melden würden. Die Schäden, die die Fluten in den engen Gassen der provenzalischen Dörfer angerichtet hatten, waren zum Teil verheerend. Brücken waren weggerissen, historische Bauten zerstört worden. Das Wasser hatte meterhohe Berge aus Schutt in den Gassen aufgetürmt. Allein die Autowracks wegzuschaffen würde Wochen dauern.

Als Leon am nächsten Morgen gegen acht Uhr aufwachte, kamen ihm die letzten 24 Stunden wie ein böser Traum vor. Erst als er aufstehen wollte, erinnerten ihn die schmerzenden Rippen daran, wie knapp er tatsächlich mit dem Leben davongekommen war. Plötzlich erinnerte er sich, und dann war sie für einen Augenblick wieder da, die Todesangst. Der Moment, als er unter Wasser gedrückt wurde. Wie er in Panik geriet, weil er keine Luft mehr bekam. Wie er schließlich nach einer Kiste gegriffen hatte, die irgendwo über ihm schwamm. Wie er sich mit letzter Energie daran festgehalten hatte, wie er auf einmal Boden unter den Füßen spürte und sich mit aller Kraft nach oben stemmte. Wie er plötzlich den Kopf aus dem Wasser heben konnte und den peitschenden Regen im Gesicht spürte. Und wie ihn die Wurzeln eines im Wasser treibenden Baumes zur Seite stießen, mitten auf einen Haufen von Brettern und Bistrostühlen, die sich zwischen zwei Platanen verklemmt hatten. Dort musste er ohnmächtig geworden sein, und dort hatten ihn auch die *Pompiers* gefunden.

»Tut es sehr weh?«, fragte Isabelle besorgt, als sie Leon in der Küche Tee nachschenkte.

»Nein, gar nicht«, sagte Leon und wollte nach dem Zucker greifen, als er wieder diesen stechenden Schmerz in den Rippen spürte.

»Lass mich das machen«, sagte Isabelle und reichte ihm den Zucker.

»Danke«, sagte Leon. »Wo ist Lilou?«

»Sie ist mit Olivier zu den *Pompiers*. Sie wollen die freiwilligen Helfer in den Dörfern unterstützen.«

»Sag ich doch immer: Du hast eine tolle Tochter«, sagte Leon, und Isabelle lächelte.

»Zerna hat angerufen.« Isabelle sah Leon an. »Sie erwarten dich auf der Wache.«

»Sie?«, fragte Leon.

»Alle wollen hören, was du zu erzählen hast.«

»Die große Runde?«, fragte Leon, und Isabelle nickte.

»Zerna will, dass ich dich hinbringe. Pünktlich um zehn Uhr.«

»Hat wohl Angst, ich könnte unterwegs verlorengehen.«

Leon sah auf seine Uhr.

»Na gut, lassen wir sie ein wenig zappeln. Nur eine Bitte hätte ich …«

»Und die wäre?«

»Kannst du das Blaulicht einschalten? Ich bin noch nie in einem Polizeiauto mit Blaulicht gefahren.«

Als Leon und Isabelle eine halbe Stunde später auf der Polizeiwache eintrafen, warteten Zerna und die anderen bereits seit zehn Minuten im Besprechungsraum. Leon hatte diese Verzögerung ganz bewusst eingeplant. Er wollte die volle Aufmerksamkeit seines Publikums, denn er wusste genau, dass man ihn nicht mit offenen Armen empfangen würde.

Isabelle hatte nicht übertrieben. Neben Zerna und Kommissarin Lapierre war auch Staatsanwalt Orlandy erschienen. Staatssekretär Fontaine hatte sogar den ersten Flug von Paris nach Hyères genommen, um die Besprechung nicht zu verpassen. Dabei ging es dem Politiker aus dem Innenministerium auch um eine ganz persönliche Abrechnung. Er hatte gehört, dass man bei der Kriminalpolizei in Toulon bereits Witze darüber machte, dass er sich während der Obduktion übergeben hatte. Für diese Schmach machte er allein Leon verantwortlich.

Die Begrüßung im Besprechungsraum verlief höflich, aber frostig. Zerna hatte sich zur Unterstützung Masclau an seine Seite gesetzt. Zu seiner Linken saß Isabelle. Die Runde hatte sich im Halbkreis an dem Tisch versammelt, so dass Leon ihnen gegenüber Platz nehmen musste. Ein wenig erinnerte die Sitzung Leon an die Beschreibungen mittelalterlicher Hexenprozesse, über die er als Schüler gelesen hatte.

Auf Wunsch der Staatsanwaltschaft gab Leon zunächst eine Zusammenfassung seiner Nachforschungen an der Klinik in Avignon und im medizinischen Zentrum von Pierrefeu. Danach, gewissermaßen als Höhepunkt, schilderte er sein abenteuerliches Gespräch mit Carole Abadie in den reißenden Fluten des Hochwassers.

Als Leon geendet hatte, herrschte für einen Moment Schweigen. Die Zuhörer wechselten schnelle Blicke, als müssten sie erst noch überlegen, wie sie mit den Informationen umgehen sollten.

»Sie wissen schon, *Docteur*«, begann Zerna, »dass die Befragung eines Verdächtigen ausschließlich Sache der *Gendarmerie Nationale* ist?« Der Polizeichef lehnte sich in seinem Stuhl zurück wie ein Lehrer, der seinen ungezogenen Schüler an die Hausordnung erinnert.

»Leider war in dem Lieferwagen aber kein Beamter der Gendarmerie zugegen«, antwortete Leon, was bei Masclau ein unterdrücktes Glucksen und einen tadelnden Blick seines Chefs auslöste.

»Die von Ihnen aus dem Gedächtnis zitierte Aussage einer Zeugin ist natürlich ohne jede juristische Relevanz«, kommentierte der Staatsanwalt.

»Ich denke, dass es für die ermittelnde Behörde trotzdem aufschlussreich ist, was die mutmaßliche Täterin dem Zeugen erzählt hat«, sagte Isabelle.

»Bis jetzt ist Carole Abadie nur eine Verdächtige«, Madame Lapierre fühlte sich verpflichtet, in der prominenten Runde auch etwas von sich zu geben.

»Ich kann dafür zwar keine pathologischen Beweise vorlegen«, sagte Leon, »aber es spricht doch so gut wie alles dafür, dass Carole Abadie die Mörderin von Lambert, Baladure und Dumont ist.«

»Über den Verbleib von Monsieur Pignol hat Ihnen die Zeugin zufälligerweise nichts erzählt?«, fragte Zerna.

»Da müssen Sie sie schon selber fragen«, sagte Leon. »Es kann ja nicht so schwer sein, Madame Abadie zu finden.«

»Wir haben sie bereits gefunden«, sagte der Staatsanwalt. »Nur leider ist sie ertrunken.«

»Sie ist ertrunken?« Isabelle wiederholte ungläubig die Bemerkung des Staatsanwalts.

»Richtig. Und damit stehen wir wieder am Anfang der Ermittlung«, bemerkte der Staatsanwalt sachlich.

»Oder wir einigen uns darauf, dass mit Carole Abadie unsere einzige Mordverdächtige verstorben ist«, warf der Staatssekretär ein. »Damit könnte die Staatsanwaltschaft dann ihre Ermittlungen in der Mordsache einstellen.«

Diese Bemerkung löste zustimmendes Murmeln beim Staatsanwalt aus. Doch Leon musste diese Nachricht erst einmal verdauen, und es dauerte einen Moment, bis er sich wieder gesammelt hatte. Die Staatsanwaltschaft konnte den Fall doch nicht einfach zu den Akten legen …

»Immerhin haben Sie ja jetzt einen der Vergewaltiger, den Sie in dieser Sache befragen können«, sagte Leon.

»Falls Sie auf Monsieur Sorel anspielen«, ging der Staatssekretär dazwischen, »wir haben bereits mit dem Professor gesprochen. Eine Vergewaltigung hat es niemals gegeben.«

»Es wäre auch irrelevant«, ergänzte der Staatsanwalt. »Vergewaltigung verjährt in unserem Land nach zehn Jahren. Wie Ihnen wahrscheinlich bekannt ist, *Docteur*.«

»Aber die drei Morde sind wohl kaum irrelevant, Monsieur Orlandy«, setzte Leon nach. »Beinahe wäre der Professor das vierte Opfer geworden. Da werden sich die Menschen doch bestimmt fragen, warum?«

»Sich fragen, warum …?« Zerna lehnte sich jetzt nach vorne und hob die Hände, als müsste er eine Predigt halten. »Diese Carole Abadie war schizophren, hysterisch, hatte einen Knall. Was weiß ich denn? Sagen Sie es mir. Sie geben doch sonst so gerne den Polizeipsychologen.«

»Ich denke, sie war traumatisiert nach einer besonders grausamen Gruppenvergewaltigung, bei der sie ihr Baby verloren hat«, sagte Leon ganz ruhig. »Da überrascht es mich überhaupt nicht, dass sich der letzte Überlebende dieser Gruppe nicht mehr erinnern will.«

»Vorsicht, *Docteur* …«, sagte der Staatsanwalt. »Sie begeben sich auf sehr dünnes Eis. Sie sollten sich dringend fragen, wo Ihre Zuständigkeit in diesen Ermittlungen aufhört. Andere Stellen tun das nämlich bereits.«

»Ich habe heute Morgen mit dem Stellvertretenden Kulturminister gesprochen«, ergänzte der Staatssekretär, und dabei zog sich sein Mund zu einem kleinen harten Ring zusammen, als hätte er in eine Zitrone gebissen. »Der Minister legt allerhöchsten Wert darauf, dass der tadellose Ruf des Akademiemitglieds André Sorel in keiner Weise durch Gerüchte beschädigt wird.«

»Ich verstehe Sie richtig …«, begann Leon ungläubig. »Es wird nicht gegen Professor Sorel ermittelt?«

»Warum sollten wir …?« Zerna genoss es, Leon in der Defensive zu sehen. »Weil Sie mit einer durchgeknallten Krankenschwester in einem Lieferwagen geplaudert haben? Sie haben es doch gehört: Selbst wenn es diese Vergewaltigung vor zwanzig Jahren gegeben hätte, woran in dieser Runde jedoch allergrößte Zweifel bestehen, dann ist die Tat längst verjährt.«

»Ich zweifle nicht an der Aussage, die Madame Abadie gegenüber dem *Docteur* gemacht hat«, warf Isabelle ein. »Sie deckt sich in vielen Punkten mit den Indizien, die wir bereits gesichert haben.«

»*Capitaine*«, sagte Zerna streng. »Darüber werden wir später noch einmal reden.«

»Na gut«, sagte Leon und stand auf. »Das war dann wohl alles ...«

Keiner hielt ihn auf. Niemand entschuldigte sich, keiner bedankte sich für die Informationen, die er beigesteuert hatte. Im Gegenteil, die Anwesenden schienen ihn dafür zu hassen, dass er ihnen ihre Verlogenheit vorgeführt hatte.

»Eine Sache noch, *Monsieur Médecin Légiste*«, meldete sich Staatsanwalt Orlandy zu Wort. »Wir brauchen den Obduktionsbericht von Carole Abadie so bald wie möglich. Die Leiche wurde bereits der Rechtsmedizin von Saint-Sulpice überstellt. Trauen Sie sich das zu – ich meine, in Ihrem Zustand?« Dabei musterte er Leons linken Arm, den er in der Schlaufe trug, und das Sakko, das er sich über die Schultern gehängt hatte.

»Da sehe ich keine Probleme«, sagte Leon. »Sie bekommen die Ergebnisse noch heute Abend per Mail. *Messieurs dames, bonne journée ...*«

Die Runde schwieg. Einzig Masclau wünschte Leon einen guten Tag, als er den Besprechungsraum verließ. In diesem Moment stand Isabelle auf und folgte Leon nach draußen.

»Die Besprechung ist noch nicht zu Ende, *Capitaine*«, sagte Zerna schulmeisterlich.

»Ich bin sofort wieder da«, antwortete Isabelle und ging.

Leon wollte gerade das Revier verlassen, als ihn Isabelle einholte.

»Da ist noch nicht das letzte Wort gesprochen«, sagte Isabelle.

»Carole Abadie ist tot. Du weißt, was das bedeutet ...?« Leon sah seine Freundin an.

»Ja, ich weiß«, sagte Isabelle. »Aber es gibt auch drei Mordopfer. Da kann der Staatsanwalt nicht so einfach die Akte schließen, egal, was Paris von ihm erwartet.«

»Kein Täter, keine Zeugen, kein Urteil«, sagte Leon bitter. »Sorel ist fein raus. Den würden sie heute nicht mal wegen der Vergewaltigung drankriegen, selbst wenn er sie zugeben würde.«

»Du hast getan, was du konntest«, meinte Isabelle. »Mach dir keine Vorwürfe.«

»Manchmal ...«, Leon unterbrach sich.

»Manchmal was ...?«, fragte Isabelle.

»Manchmal frage ich mich, ob ich überhaupt etwas bewirken kann mit meiner Arbeit.«

Am Ende des Ganges sah man Lapierre, Orlandy und den Staatssekretär in heftiger Diskussion aus dem Besprechungsraum kommen.

»Du machst sie wütend«, meinte Isabelle mit Blick auf die Gruppe. »Das ist doch schon mal was.«

»Darf ich die Stellvertretende Polizeichefin heute Abend zum Essen einladen?«, fragte Leon. Isabelle lächelte.

»Damit warten wir lieber, bis es deinen Rippen bessergeht. Aber ich könnte meine berühmte Ratatouille machen.«

»Überredet«, sagte Leon. »Bis später.«

Leon war schon in Richtung Ausgang unterwegs, als Isabelle noch etwas einfiel.

»Du weißt, dass es bei Entführung und Geiselnahme in Frankreich keine Verjährung gibt«, sagte sie.

»Nein, wusste ich nicht«, sagte Leon und ging nach draußen.

85. KAPITEL

Im Obduktionsraum war es ruhig und kühl, und Leons Gedanken kamen zum ersten Mal seit Tagen wieder zur Ruhe. In diesen Momenten war er seinem Assistenten fast dankbar für dessen stumme, in sich gekehrte Art, die ihn gelegentlich nervte.

»Ich kann nicht alle Brüche bestimmen, *Docteur*«, Rybaud stand neben der Leiche von Carole Abadie, die auf dem Rücken lag, und tastete vorsichtig den linken Arm und die Schulter des Opfers ab, während Leon jede seiner Bewegungen genau verfolgte.

»Das waren die Felsen und das Holz«, sagte Leon. »Im Wasser wirkt das wie ein gewaltiges Mahlwerk.«

Der Körper der Toten war von Spuren dieser Zerstörung übersät. Die Felsbrocken, die Baumstämme und all der Schrott, der mit der Flut zu Tal getost war, hatten der Leiche stark zugesetzt. Es gab Rupturen, Quetschungen und offene Brüche. Allerdings hatten sich nur wenige Hämatome gebildet, woraus Leon schlussfolgerte, dass die Frau bereits tot gewesen war, als sie in den zerstörerischen Strom geriet. Außerdem fehlten ihr der rechte Arm und der rechte Fuß. Das Gesicht war vollkommen zerschlagen. Wie die weitere Obduktion ergab, war der Brustkorb von einem großen, schweren Gegenstand eingedrückt worden. Dabei war auch der Herzbeutel von einer Rippe perforiert und das Herz gequetscht worden, was zum sofortigen Tod der Frau geführt hatte. Die Lunge war dabei mehrfach gerissen, aber es war kein Wasser eingedrungen, was ebenfalls für einen schnellen Tod sprach.

»Wer in diese Wasserwalze gerät, hat keine Chance.« Leon hatte laut seine Gedanken ausgesprochen.

»Aber Sie haben es geschafft, *Docteur*«, in der Bemerkung Rybauds lag echte Bewunderung.

»Ich hatte einfach nur Glück ...«, sagte Leon nachdenklich.

Was, wenn es ihn erwischt hätte?, dachte Leon. Würde er dann auch hier liegen? Hätte Rybaud oder irgendein Kollege seinen Körper geöffnet, ohne sich auch nur eine Sekunde dafür zu interessieren, ob sein Sterben leicht oder schwer gewesen war?

»Am Unterbauch befinden sich Narben, möglicherweise von einem medizinischen Eingriff.« Rybaud zog die Lupe über die Stelle knapp über dem Schambein und trat zur Seite, damit der *Docteur* einen Blick auf die Verletzung werfen konnte.

Bei der Öffnung des Unterbauchs eine Viertelstunde später bestätigte sich Rybauds Verdacht. Es gab Vernarbungen in der Uteruswand, die sich nach oben bis in den Zervixkanal hinaufzogen und ganz offensichtlich von Schnitten oder anderen Verletzungen stammten, die Carole Abadie vor Jahren durch gewaltsam eingeführte Gegenstände beigebracht worden waren. Es war genau die Art von Verletzungen, die Leon schon vermutet hatte, als er die Polaroidfotos begutachtete. Offenbar hatte es wegen dieser Verletzungen einen operativen Eingriff gegeben, bei dem der Patientin der rechte Eierstock und der rechte Eileiter entfernt worden waren. Aber da war noch etwas.

Im linken Eierstock hatte sich eine auffällige Wucherung des Gewebes breitgemacht, die bis in den oberen Bauchraum zu reichen schien. Carole Abadie hatte Krebs gehabt, und zwar in einem fortgeschrittenen Stadium. Leon hatte genügend Krebsopfer obduziert, um zu wissen, dass der Frau nur noch wenige Monate geblieben wären. Carole Abadie war getrieben von Schmerzen und der Wut auf die Männer, die ihr Leben für immer zerstört hatten. Und die man dafür nicht mehr zur Verantwortung ziehen konnte.

Eine Stunde später verließ Leon die Klinik. Als er auf den Parkplatz kam, stand Sorel neben seinem Wagen. Der Professor strich mit der flachen Hand anerkennend über die Linie des alten Cabriolets.

»In den Achtzigern hat Peugeot noch richtig elegante Autos gebaut«, sagte Sorel.

»Um mir das zu sagen, haben Sie wohl kaum auf mich gewartet ...«

»Ach, denken Sie etwa, ich wollte mich bei Ihnen bedanken? Dass Sie mich in der Fabrik aufgespürt haben ...« Sorel hob die Hände, als müsste er Leons Erwartung dämpfen. »Ich bitte Sie, Sie hatten Glück, sonst nichts.«

»Die Mörderin Ihrer Freunde hat mir ein paar erstaunliche Dinge aus Ihrer gemeinsamen Vergangenheit erzählt.« Leon schloss die Tür seines Autos auf, setzte sich hinters Steuer und klappte das Stoffdach zurück.

»Ich habe schon gehört, dass Sie dem Staatsanwalt ein paar sehr, sagen wir mal ›fantasievolle‹, Geschichten erzählt haben.«

»Keine Geschichten, Professor. Das war das Geständnis einer Frau, die wusste, dass sie sterben würde.«

»Wie melodramatisch. Ich möchte Ihnen einen dringenden Rat geben: Behalten Sie diese Fantasiegeschichten in Zukunft für sich.«

»Anderenfalls ...?«, hakte Leon nach.

»Meine Anwälte wären gezwungen, Sie wegen Verleumdung und übler Nachrede zu verklagen. Und glauben Sie mir, einen solchen Prozess wollen Sie nicht gegen mich führen.«

Leon startete den Motor und sah noch einmal zu Sorel auf.

»Sie haben nicht zufällig Feuer im Lager von Pignol gelegt?« Leon sah Sorels wütenden Blick.

»Sehr witzig, *Docteur*. Warum sollte ich wohl so etwas tun?«, fragte Sorel.

»Um die Fotos zu vernichten, mit denen Sie zwanzig Jahre erpresst wurden. Aber das ist bestimmt auch nur eine von diesen Fantasiegeschichten, die man sich erzählt. *Bonne journée, Professeur.*«

Leon gab Gas und ließ den Professor stehen, der ihm hinterherstarrte.

86. KAPITEL

Auf dem Bouleplatz vor dem *Chez Miou* stand das Wasser immer noch knöcheltief. Überall waren Müllautos und Lkws unterwegs, um die Hinterlassenschaften des Sturms zu beseitigen. Aus den Kanalschächten quoll weiter braunes Schlammwasser, das von den Hügeln kam. Der große Regenkanal unter der Uferpromenade hatte solche gewaltigen Fluten transportiert, dass ein Teil des Strandes ins Meer geschwemmt worden war und Le Lavandous Vorzeigebucht aussah, als hätte ihr das Unwetter eine Wunde geschlagen. Aber auch hier waren fleißige Helfer dabei, mit Lastwagenladungen von Sand dem Küstenort sein Feriengesicht zurückzugeben.

Obwohl an diesem Tag immer wieder für kurze Zeit die Sonne schien, hatten sich die Gäste des *Miou* an den Tresen zurückgezogen, um bei Pastis und Rosé den neuesten Stand der Ereignisse zu diskutieren. Als Leon das Bistro betrat, sahen ihn die Gäste erwartungsvoll an.

»Ich habe gehört, Sie sind schwimmen gewesen«, spottete Michel. »Und das bei dem Wetter.«

»Sehr lustig«, sagte Véronique und zog an ihrer Gitanes. »Leon hat versucht, eine Frau zu retten. War doch so, oder, *Docteur*?«

»So ähnlich«, sagte Leon. Er lehnte Jérémys Einladung auf einen Rosé ab und bestellte sich stattdessen einen *Café Crème.*

»Für die Helden des Sturms ist heute auch der Kaffee umsonst«, sagte Jérémy. »Machst du dem *Docteur* einen *Crème*, Yolande?«

»Er wollte eine Mörderin retten«, stänkerte Michel weiter.

»Jetzt hör aber auf«, sagte Yolande. »Was hätte er denn tun sollen? Die Frau ertrinken lassen?«

»Warum denn nicht?« Jean-Claude, der bisher schweigend im Rollstuhl gesessen und Leon die ganze Zeit betrachtet hatte, schien um eine Entscheidung zu ringen.

»Michel hat recht.« Leon streute Zucker in seinen Kaffee und rührte bedächtig um. »Sie war eine Mörderin.«

»Was hat sie Ihnen erzählt?«, fragte Yolande, begierig nach Einzelheiten, die sie weitererzählen konnte.

Leon legte nur den Finger auf den Mund.

»Nichts hat sie erzählt«, sagte Michel. »Sie ist abgesoffen, und den *Docteur* hat es auch fast erwischt. Mein Schwager ist bei den *Pompiers*. Der sagt, die Feuerwehr hätte Sie aus einem riesigen Haufen Müll gefischt. Richtig?«

»Da kann ich leider nicht widersprechen«, meinte Leon.

»Tut der Arm sehr weh, *Docteur*?«, fragte Yolande und beugte sich weit über den Tresen, um ihrem Lieblingsgast einen schmerzstillenden Blick auf ihren prallen Busen zu gewähren.

»Ich habe zwei angebrochene Rippen und einen Muskelfaserriss in der Schulter«, berichtete Leon sachlich. »Sie erfahren es ja sowieso.«

»Das klingt aber gar nicht gut.« Yolande ging zurück an die Espressomaschine.

»Kann ich dich mal einen Moment sprechen?« Jean-Claude war zu Leon herangerollt. Auf seinem Schoß saß Henry, der Yorkshire Terrier.

»Ich habe keine Lust, über meine Abenteuer zu reden, Jean-Claude.«

»Musst du gar nicht«, sagte Jean-Claude. »Sollst mir nur kurz zuhören.«

»Na schön. Also, ich höre ...«

»Ich sehe einen Mann vor mir, der von Fragen gequält wird.« Jean-Claude machte eine dramatische Pause. »Von Fragen über die Vergangenheit.«

Der Rollstuhlfahrer hielt den Kopf schief und sah Leon mit einem schlauen Blick an, während er seinen Hund kraulte. Leon spürte, wie Neugier in ihm aufstieg.

»Was willst du mir sagen, Jean-Claude ...?«

»Wenn du mich so fragst, hätte ich gerne einen Pastis. Und lass uns zu einem Tisch gehen.«

»Yolande, bringen Sie bitte dem General einen Pastis. Und ein Croissant für Henry.«

»Er frisst nur die mit der Marmeladenfüllung, Aprikose«, sagte Jean-Claude.

»*Un croissant abricot, s'il vous plaît*«, rief Leon.

Leon ließ sich auf einem Stuhl nieder, und Jean-Claude platzierte sich so, dass ihn die anderen nicht hören konnten.

»Also?«, fragte Leon.

»Drei Männer sind tot«, sagte Jean-Claude. »Es gibt eine Menge Spekulationen, warum sie sterben mussten.«

»Je weniger die Leute wissen, umso wilder werden die Spekulationen. Ist ein Naturgesetz«, sagte Leon.

Yolande kam mit einem Tablett und stellte den Pastis und den *Crème* auf den Tisch. Jean-Claude griff zum Croissant, das Henry keine Sekunde aus den Augen ließ.

»Das gibt's später«, sagte er streng und wickelte es in eine Serviette ein.

»Danke, Yolande.« Leon rührte in seinem *Crème*, und die Caféhausbesitzerin zog sich zurück.

»Es gibt da einen, der könnte dir ganz genau erzählen, was damals los war.«

»Du meinst Sorel? An den kommt niemand ran, und er hat sehr gute Verbindungen nach oben«, sagte Leon frustriert.

»Nein, Sorel ist nur ein riesengroßes Arschloch mit Verbindungen zu anderen riesengroßen Arschlöchern.«

»Er hat gedroht, mich anzuzeigen, falls ich mich je über den Fall öffentlich äußern würde.«

»Sag ich doch. Er ist ein Arschloch. Aber den meine ich gar nicht.« Jean-Claude ließ den Satz in der Luft hängen.

»Der Einzige, der ...«, Leon unterbrach sich. »Du meinst doch nicht Pignol, oder?«

»Er dachte die ganze Zeit, Sorel wäre hinter ihm her. Darum hat er sich versteckt. Pignol ist kein Held, verstehst du?«

»Und du weißt, wo er sich aufhält?« Leon konnte es kaum glauben.

»Warum begleitest du nicht einen alten Veteranen ein Stück über die Mole?« Jean-Claude winkte zum Tresen. »Bin gleich wieder da, Yolande.«

Leon stand auf und folgte dem ehemaligen Fremdenlegionär.

Der Mann saß auf einer Bank ganz am Ende der Mole direkt am Wasser. Die Regenfälle hatten Schlamm und Öl ins Meer gespült, und das Wasser, das normalerweise klar war wie in der Karibik, hatte die Farbe überreifer Auberginen angenommen. Leon erkannte den Mann sofort. Es war Louis Pignol. Er trug eine dunkle Jacke und hatte den Lederhut tief ins Gesicht gezogen.

Henry sprang vom Schoß seines Herrchens, lief kläffend zu Pignol und ließ sich streicheln.

»Henry, zu mir!«, rief Jean-Claude im Befehlston, und erstaunlicherweise gehorchte der Terrier aufs Wort. »So, dann lass ich euch mal allein. *À toute à l'heure.*«

»Du denkst, er wird mit mir reden?«, fragte Leon ungläubig.

»Ich habe ihm gesagt, du wärst ganz in Ordnung.« Jean-Claude wendete den Rollstuhl. »*En avant,* Henry!«

Der Hund sprang auf den Schoß seines Herrchens, und die beiden rollten auf der Uferpromenade davon.

»*Bonjour*«, sagte Leon zu dem Mann auf der Bank. »Ich bin Leon Ritter.«

»Ich weiß«, sagte Pignol. »Sie waren mal bei mir im Geschäft. Ist schon eine Weile her.«

»Sie wollten mit mir sprechen, hat Jean-Claude gesagt.«

»Sind Sie bei der Polizei?«

»Nein. Ich bin Rechtsmediziner an der Klinik Saint-Sulpice. Aber ich arbeite mit der Gendarmerie zusammen.«

Pignol nickte, rutschte auf der Bank ein Stück zur Seite und sah aufs Meer, das regungslos dalag und in der Nachmittagssonne glitzerte, als hätte es nie ein Unwetter gegeben. Leon setzte sich schweigend neben ihn.

»Ich habe es satt, mich zu verstecken, während andere rumlaufen, als wäre nie was geschehen«, sagte Pignol nach einer Weile.

»Kann ich gut verstehen.«

Und dann begann Pignol zu erzählen. Nach einer Stunde wusste Leon, dass Carole Abadie ihn nicht belogen hatte. Pignol schilderte zwar nicht alle Einzelheiten jener beiden düsteren Tage vor zwanzig Jahren, aber ganz offensichtlich war Sorel die treibende Kraft hinter den Sexorgien gewesen. Der Philosophiestudent André Sorel fabulierte damals gerne von freier, anarchischer Liebe. Um die praktische Umsetzung seiner Visionen mussten sich allerdings die anderen kümmern. Pignol sprach die Mädchen an. Yves Dumont klaute die Betäubungsmittel aus der Apotheke seines Vaters, mit denen sie die Frauen gefügig machten. Baladure war ein Bewunderer des älteren Sorel, genau wie Nicolas Lambert. Und alle trafen sich in der Villa am Meer. Natürlich nur, wenn Andrés Eltern mal wieder den Sommer in der Schweiz verbrachten.

Es war nicht die erste Orgie, die André Sorel im Haus der Eltern veranstaltet hatte. Aber an diesem Sommerwochenende im Juli 1995 war die Sache komplett aus dem Ruder gelaufen. Das Mädchen aus Algerien, das Pignol in Toulon angesprochen hatte, war eine illegale Einwanderin. Die junge Frau kannte niemanden in Frankreich und war den Männern hilflos ausgeliefert. Die Misshandlungen zogen sich zwei Tage und zwei Nächte hin. Die Fantasien der Männer wurden immer ungezügelter und gewalttätiger. Schließlich kam André Sorel mit der Sektflasche, und irgendwann gab die junge Frau keinen Laut mehr von sich. Da war nur noch das Blut, und alle dachten, sie wäre tot.

Sorel gab Pignol den Auftrag, die vermeintlich tote Frau verschwinden zu lassen. Und Pignol hatte vorgeschlagen, die »Tote« im Grab des Priesters zu verstecken. Zu der Zeit half Pignol als Gärtner auf dem Friedhof von Bormes aus, und die Beisetzung des Geistlichen lag erst wenige Tage zurück. Das Grab war frisch aufgeschüttet und die Erde noch locker. Niemand würde auf die Idee kommen, dass dort noch jemand liegen könnte. Es war das perfekte Versteck, um eine Leiche aus der Welt zu schaffen.

Auf der Fahrt zum Friedhof merkte Pignol, dass die

junge Frau im Kofferraum noch lebte. In dieser Nacht fuhr er noch bis nach Pierrefeu-du-Var und legte die Schwerverletzte vor die Eingangstür des Medizinischen Zentrums.

Danach hatten sie nie wieder etwas von der Frau gehört. Natürlich dachten die anderen, sie läge auf dem Friedhof, im Grab des Priesters. Nur Pignol wusste es besser. Er hatte auch heimlich die Polaroidfotos mit Sorels Kamera gemacht.

Im Grunde genommen hasste Pignol die reiche, arrogante Clique um Sorel. Für die war er immer nur ein nützlicher Idiot, der für ein paar Francs die Drecksarbeit machen durfte. Er war der Verlierer, der nie Geld hatte, keine reichen Eltern, kein Studium. Der sein Geld mit Hilfsarbeiten verdienen musste. Aber er war damals noch jung und unerfahren, und er tat, was Sorel von ihm verlangte. Und am Ende blieb er hier in der Provinz, während die anderen zurück an ihre Elite-Unis gingen und Karriere machten. Als er älter wurde, erinnerte er die Freunde gelegentlich daran, dass sie eine gemeinsame Leiche im Keller hatten. Und sie hatten gezahlt. Weil sie eine Scheißangst um ihr Image hatten. Das war seine Vorstellung von ausgleichender Gerechtigkeit.

Aber dann starben plötzlich Nicolas und Gérôme. Erst war Pignol noch überzeugt, dass Sorel dahinterstecken musste. Der hatte schließlich am meisten zu verlieren. Aber dann hatten sie auch noch Yves gefunden, und da wusste Pignol, dass die Frau zurückgekommen sein musste. Darum war er abgehauen und hatte sich versteckt.

87. KAPITEL

Zerna war sauer. Seit zwanzig Minuten saß dieser blasierte André Sorel mit seinem Anwalt bei ihm im Büro, und er musste sich vorführen lassen wie ein Idiot.

Er wusste selber, dass an den Professor nicht heranzukommen war, da brauchte er sich von diesem Anwalt mit der goldenen Rolex keinen Vortrag in Strafrecht anzuhören. Dabei hätte Zerna wer weiß was dafür gegeben, Sorel dranzubekommen. Inzwischen hasste Zerna diesen arroganten Mann und malte sich aus, wie er ihn packen und mit seiner Fresse auf die Tischplatte knallen würde. Aber stattdessen lächelte er die beiden Besucher höflich an, auch wenn ihm eigentlich zum Kotzen zumute war.

»Natürlich, sollte es wider Erwarten weitere Ermittlungen geben, werden wir den gesellschaftlichen Status Ihres Mandanten keinesfalls aus dem Blick verlieren«, sagte der Polizeichef zum Anwalt und knirschte mit den Zähnen. »Das Thema haben wir ja heute Vormittag bereits ausführlich mit dem Staatssekretär besprochen.«

»Richtig. Und Jean-Pierre, ich meine Staatssekretär Fontaine, hat mir bereits am Telefon gesagt, dass Sie ein absolut zuverlässiger Mann sind, *Commandant*.« Hinter den schleimigen Worten des Anwalts konnte Zerna dessen Verachtung hören.

»Das kann ich nur bestätigen«, sagte Sorel.

»Sehr freundlich«, sagte Zerna und versuchte zu lächeln, aber sein Gesichtsausdruck wirkte eher, als hätte er starke Schmerzen.

In diesem Moment klopfte es an die Tür, und im nächsten Augenblick sah Isabelle in den Raum.

»Ja, was gibt es denn?«, fragte Zerna ungehalten.

»Wir haben da jemanden, *Patron*. Einen Zeugen …«, meinte Isabelle.

»Der *Commandant* und wir haben eine Besprechung«, mischte sich der Anwalt wichtigtuerisch ein.

»Ach, tatsächlich«, sagte Isabelle und tat so, als wäre der Anwalt gar nicht im Zimmer.

In diesem Moment tauchte Leon in der Tür auf, mit Pignol an seiner Seite. Im Raum wurde es so still, als hätte gerade jemand den Zünder einer Bombe scharf gestellt.

Manchmal gibt sich das Schicksal wirklich Mühe, dachte Leon. Wenn es dafür sorgt, dass sich alle verschlungenen Pfade des Lebens in einem einzigen perfekten Augenblick kreuzen. Es gibt nur ganz wenige solcher glücklichen Momente, an denen man glauben möchte, dass die Dinge tatsächlich vorherbestimmt sind. Momente, an die man sich ewig erinnern möchte. Allein der Gesichtsausdruck von Sorel in diesem kurzen Augenblick ließ Leon alle Mühe und Entbehrung der letzten Wochen vergessen.

»Ich habe Monsieur Pignol mitgebracht«, sagte Isabelle, »denn er kann wichtige Aussagen zu einem Vorfall machen, der zwanzig Jahre zurückliegt.«

»Unsinn. Du wirst gar nichts sagen, Louis«, zischte Sorel.

»Das hat er bereits getan«, erklärte Leon. »Monsieur Pignol war so freundlich, als Zeuge auszusagen. Bei *Capitaine* Morell.«

»Wir müssen die Ermittlungen wieder aufnehmen,

Patron«, erklärte Isabelle. »Diesmal geht es nicht um Vergewaltigung. Es geht um die Geiselnahme einer jungen Frau.«

»Augenblick mal«, ging Sorel dazwischen. »Sie wissen genau, dass das unmöglich ist. Was immer Sie sich da zusammenfantasieren, es wäre sowieso längst verjährt.«

»Schweigen Sie, Professor, ich bitte Sie dringend zu schweigen«, beschwichtigte der Anwalt seinen Mandanten. »Ich werde das hier ganz schnell zu Ende bringen.«

»So, wirklich?«, fragte Leon. »Ich habe gehört, dass die Rechtsprechung dieses Landes bei Entführung und Geiselnahme keine Verjährungsgrenze kennt.«

»Da muss ich Ihnen ausnahmsweise einmal recht geben«, Zerna senkte vor Leon den Kopf in einer kurzen, anerkennenden Verbeugung. »Professor Sorel, Sie sind vorläufig festgenommen, bis wir die ganze Sache mit Toulon geklärt haben.«

Leon lächelte zufrieden.